Zurückgeträumt

Die Autorin

Jeannette Kauric wurde 1990 in der schönen Stadt Velbert in NRW geboren und wuchs dort auf. Nach ihrem Abitur schnupperte sie zunächst etwas Medienluft bei einem Radiosender in Mettmann, bevor es sie an die Ruhr-Universität Bochum zog, wo sie 2013 ihr Bachelor-Studium in Geschichte und Literaturwissenschaften beendete.

Foto: Janine Stindt

Ihren Debütroman *Ein Traum wie ein Leben* veröffentlichte Jeannette Kauric 2017. *Zurückgeträumt* ist ihr zweiter Roman.

Weitere Bücher der Autorin:
Ein Traum wie ein Leben (2017), ISBN: 9783740727437
Print: 9,99 €, E-Book: 3,99 €

Besuche Jeannette online:

Homepage:
www.autorin-jeannette-kauric.com

Facebook:
www.facebook.com/AutorinJeannetteKauric

Instagram:
www.instagram.com/autorin_jeannette_kauric

Persönliches Feedback gerne auch per E-Mail an autorinjeannettekauric@outlook.com. Jede Nachricht wird beantwortet!

Jeannette Kauric

Zurückgeträumt

Roman

Bibliografische Information der Deutschen Nationalbibliothek:
Die Deutsche Nationalbibliothek verzeichnet diese Publikation in
der Deutschen Nationalbibliografie; detaillierte bibliografische
Daten sind im Internet über http://dnb.dnb.de abrufbar.

Herstellung und Verlag:
BoD – Books on Demand, Norderstedt

ISBN: 9783752868692

Covergestaltung: Casandra Krammer - www.casandrakrammer.de
Covermotiv: © Shutterstock.de

Alle Privatpersonen und Handlungen sind frei erfunden.
Ähnlichkeiten mit realen Personen sind zufällig und nicht
beabsichtigt.

Für dich.

Für all jene, die mich unterstützen und mich dazu ermutigen, meinen Traum zu verwirklichen.

Für jeden, der meine Bücher kauft und liest.

Für alle Buchliebhaber, Katzenmenschen und Konzertgänger da draußen.

Und für Emily, die mir beim Schreiben sehr ans Herz gewachsen ist.

Prolog

Der lange, schmale Sekundenzeiger der Wanduhr ratterte unaufhörlich.

Tick, tack.

Schon fünf nach neun. Sie hätte bereits um neun Uhr da sein sollen. Da ich nicht wusste, was ich sonst tun sollte, sah ich mich ein wenig in dem Raum um. Es war kein schönes Büro, fand ich, wenngleich ich einen Ort wie diesen noch nie betreten hatte und kaum einen Vergleich ziehen konnte. Vielleicht sahen die ja immer so aus?

Tick, tack.

Mein Blick wanderte von dem hellgrauen Schreibtisch, auf dem sich kaum mehr befand als ein Computer, ein Terminkalender und ein Kuli, über das hohe Regal daneben, das unzählige Ordner enthielt – die sich nur durch ihre Beschriftung unterschieden – bis hin zu dem Fenster mir gegenüber. Die Aussicht war phantastisch: Hinter dem Glas erstreckten sich Felder, so weit das Auge reichte.

Tick, tack.

Allerdings fiel wenig Licht in den spärlich möblierten Raum, sodass dieser zusätzlich mit einer grellweißen Leuchte erhellt werden musste.

Ich wollte gerade die Ordner in dem Regal näher inspizieren, als ich hörte, wie sich Schritte der Tür näherten und jemand sie öffnete. Mit einem lauten Klacken ihrer Absätze stürmte eine Frau energisch hinein und streckte mir gleich ihre Hand entgegen.

»Frau Krämer, guten Morgen! Es tut mir leid, dass Sie warten mussten. Bitte setzen Sie sich«, fügte die Frau hinzu und deutete mit einer einladenden Geste auf den schweren, mit dunkelgrünem Stoff bezogenen Stuhl, auf dem ich bis vor Kurzem noch gesessen hatte. Als sie den Raum betreten hatte, muss ich aufgestanden sein.

Ich tat wie mir geheißen und nahm wieder Platz. Allmählich spürte ich einen Anflug von Nervosität. Mein Gegenüber bemerkte es. Meine Güte, Emily, reiß dich zusammen!

»Ganz ruhig, Frau Krämer. Ihnen passiert nichts. Fangen wir mal mit etwas Einfachem an. Die Formalitäten haben Sie ja bereits mit meinen Kollegen geklärt. Also, was ist passiert? Woran können Sie sich erinnern?«

Ich musste schlucken, doch ich zwang mich dazu, der Frau freundlich in die Augen zu sehen und zu lächeln. Dann erzählte ich ihr, was passiert war.

Tick, tack.

1. Kapitel – einige Wochen zuvor

Der Kellner hat gerade die Getränke gebracht, da steuert Timo, mein Bruder, unseren Tisch an.

»Tut mir leid, dass ich so spät dran bin!«, sagt er und setzt seinen Mitleidsblick auf. Als hätte ich ihn nach all den Jahren nicht längst durchschaut. Mit einem gespielten Grummeln verdrehe ich die Augen und stehe dann auf, um ihn zur Begrüßung zu umarmen. Dann quetscht Timo sich an mir vorbei zu Tom.

»Die Getränke gehen heute also auf dich«, sagt Tom augenzwinkernd, schlägt meinem Bruder freundschaftlich auf die Schulter und macht ihm Platz, damit er auch alle anderen begrüßen kann. Danach lässt Timo sich mir schräg gegenüber auf der Holzbank nieder.

»Typisch Timo, nie kann er mal pünktlich sein«, raune ich meiner besten Freundin Valentina über den Tisch zu. Ihre Mundwinkel zucken kurz und sie setzt zu einer Antwort an, als der Kellner zurückkommt und den Neuankömmling um seine Bestellung bittet.

»Ein Wiener Schnitzel mit Pommes und eine große Cola, bitte.«

Die Bedienung notiert seinen Wunsch und lässt unsere Gruppe dann wieder allein.

»Also, jetzt erzähl mal, Em! Hast du schon ein Kleid ausgesucht?«, fragt Val mich neugierig und streicht mit einer eleganten Handbewegung ihr tiefschwarzes, langes Haar nach hinten. Sie ist unglaublich hübsch.

»Noch habe ich keins gefunden, das mir hundertprozentig gefällt«, antworte ich schulterzuckend. »Ich wollte bald mal einen Termin in dieser kleinen Boutique machen, die letztes Jahr neu eröffnet hat…«

»Wir kommen auf jeden Fall mit«, beschließt Val und deutet mit den Fingern auf sich und Jana, die neben ihr sitzt und heftig nickt.

»Und dann ziehst du jedes Einzelne an, während wir uns wie in den Filmen mit Champagner betrinken und dich professionell bei der Auswahl beraten«, kichert Val. »Das wird so toll!«

»Oh, oh, Tom«, sage ich gespielt schockiert und stoße meinem Verlobten mit dem Ellbogen leicht in die Seite.

»Val will mir mein Hochzeitskleid aussuchen. Wenn du mir nicht hilfst, werde ich als pompöse Glitzerkugel zum Altar rollen!«

Schnell sieht Tom von Timo und Martin, Janas Freund, zu mir rüber.

»Was?«, fragt er entsetzt und spielt mit. »Das kommt nicht infrage. Models mögen ja vielleicht so heiraten, aber Buchhändlerinnen tragen normale Kleider!«, sagt er an Val gewandt und hält warnend seinen Zeigefinger hoch.

»Meine Braut braucht kein Kleid, um aufzufallen. Ihre natürliche Schönheit erledigt das ganz von allein«, sagt Tom mit einem Grinsen und wendet mir sein Gesicht zu, um mir einen Kuss auf die Wange zu hauchen.

»Du wirst wunderschön aussehen«, flüstert er mir ins Ohr.

»Dann halte Val auf!«, kontere ich und freue mich insgeheim trotzdem über sein süßes Kompliment. Obwohl ich eine recht schlanke Statur habe und mit meinen braunen Haaren, die ich immer zum lockeren Dutt hochstecke, ganz zufrieden bin, so ertappe ich mich doch manchmal dabei, wie ich meine beste Freundin um ihr Äußeres beneide. Da sind Toms Worte wirklich Musik in meinen Ohren.

Ich gebe ihm einen zärtlichen Kuss, den er nur zu gern erwidert, bis uns das Gebrüll unserer Freunde wieder voneinander trennt.

»Ist ja widerlich, müsst ihr hier so rumknutschen? In aller Öffentlichkeit? Ihr seid noch nicht verheiratet…«, tadelt Jana uns grinsend.

»Außerdem sind jetzt die Salate da, die können Sie sich vielleicht zunächst einmal schmecken lassen«, kommentiert der Kellner lachend, während er den letzten Teller gekonnt auf den Tisch bugsiert. Tom und ich fahren auseinander und greifen rasch zum Salatbesteck. Zum Knutschen haben wir später noch genug Zeit.

* * *

Das Essen schmeckt köstlich und nach dem Hauptgang genehmigen wir uns alle noch einen Nachtisch. Es ist bald schon zehn Uhr und doch ist es noch warm hier draußen im Biergarten. Man merkt, dass der Sommer langsam kommt. Ein paar der anderen gönnen sich einige Gläser Bier und Wein, aber ich bleibe lieber bei meiner Apfelschorle. Sicher ist sicher.

Val und Jana fragen mich weiter nach den Hochzeitsplänen aus. Natürlich werden sich die beiden um mein Styling kümmern, schließlich betreiben die zwei in der Nachbarstadt einen Kosmetik- und Friseursalon. Was sollte Val, das Hobby-Model, auch sonst tun? Allerdings entspricht Jana weniger dem Klischee einer Kosmetikerin. Sie ist – besonders im Vergleich zu Val – recht klein und trägt einen kurzen, schwarzen Bob. Ohnehin ist das Meiste an ihr schwarz: der Kajal um die Augen, der Schmuck, die Kleidung. Sogar ihre Schuhe.

Jana passt optisch hervorragend zu ihrem Freund Martin, der heute ein dunkles AC/DC-Shirt trägt. Außerdem stets unverkennbar »Martin«: sein schwarzer Ziegenbart. Ich selbst habe nicht viel übrig für diesen Look, vor allem nicht in Kombination mit Martins langen Locken, die das schmale Gesicht einrahmen. Trotzdem sind er und Jana ein echtes Traumpaar für mich. Abgesehen von Tom und mir, natürlich.

Tom sieht Martin überhaupt nicht ähnlich. Mein Verlobter ist ein bisschen größer als ich, hat kurze, braune Haare und einen Dreitagebart. Gott sei Dank keinen Ziegenbart! Außerdem trägt Tom eine Brille, was ihn etwas wie ein Nerd aussehen lässt. Während ich ihn mustere, denke ich,

11

dass ich wirklich Glück habe mit ihm. Tom bemerkt meinen Blick und wirft mir ein verschmitztes Grinsen zu.

»Alles klar, Schatz?«, fragt er und sieht mich mit strahlenden Augen an. Ich nicke schnell und klinke mich wieder in das Gespräch zwischen Jana und Val ein.

Nach wenigen Minuten schweifen meine Gedanken jedoch erneut ab. Ich habe den Eindruck, dass Timo mir ständig einen flüchtigen Blick zuwirft und wegsieht. Hat er wieder etwas ausgefressen? Bei Timo weiß man das nie. Obwohl er inzwischen 25 Jahre alt ist und endlich einen festen Job als Maler hat, habe ich noch häufig das Gefühl, ihn beschützen zu müssen.

Eigentlich sieht Timo ganz gut aus, nur leider macht er nicht viel aus sich. Ein schmuddeliges Shirt zur schlichten Jeans ist das Maximum dessen, was man erwarten kann. Dass er nicht gleich seine Radler-Klamotten anlässt, ist ein Wunder. Timo ist nämlich fast ausnahmslos mit dem Rad unterwegs, was man seinem muskulösen Körper auch ansieht. Normalerweise ist mein unternehmungslustiger Bruder die Gelassenheit in Person, heute jedoch wirkt er unkonzentriert und … ja, nervös. Hoffentlich erwische ich ihn gleich noch für ein Gespräch unter vier Augen. Ob er wieder Geldprobleme hat?

»Deine Eltern kommen doch sicher auch zur Hochzeit?«, fragt Jana und reißt mich aus meinen Gedanken.

»Ja, klar. Mein Vater ist zwar immer noch nicht richtig fit, aber die frische Luft im Norden scheint ihm gut zu tun. Es wird sicher reichen, um für ein paar Tage nach NRW zu reisen.«

»Wir drücken die Daumen«, sagt Jana mit einem aufmunternden Lächeln auf den Lippen.

»Sie waren schon lange nicht mehr hier. Dafür, dass sie jahrzehntelang in Langenberg gelebt haben, scheinen sie unser beschauliches Städtchen nicht zu vermissen…«, kommentiert Val trocken.

Sie weiß, dass meine Eltern nicht nur wegen der Gesundheit meines Vaters weggezogen sind. Meine Mutter wollte schon immer an der Nordsee wohnen und hatte davon geträumt, morgens am Strand ihre Staffelei aufzubauen und zu malen. Vor ein paar Jahren haben sie es dann endlich umgesetzt und sind mit Sack und Pack nach Cuxhaven gezogen. Seitdem haben Timo und ich die zwei nur selten zu Gesicht bekommen.

Ehrlich gesagt war ich ein wenig überrascht, als ich ihre Zusage für die Hochzeit in den Händen hielt. Unser Verhältnis zueinander war nie sonderlich gut gewesen. Meine Mutter hatte nie vor gehabt, Kinder zu bekommen, und ließ uns das gerne deutlich spüren. Mein Vater hingegen hatte wahrscheinlich immer insgeheim gehofft, dass meine Mutter sich eines Tages umentscheidet. Sicherlich jubilierte er innerlich und machte im Geiste Luftsprünge, als er von »Unfall« eins und zwei erfahren hatte. Trotzdem würde es ihm nie in den Sinn kommen, meiner Mutter zu widersprechen oder gar etwas gegen ihren Willen zu tun. Er liebt sie abgöttisch.

»Ist ja jetzt auch egal«, beendet Tom das Thema, denn er weiß, dass ich nicht gerne darüber rede. »Erzähl du mal lieber von deiner neuen Freundin«, sagt er dann und sieht zu Timo. Der verschluckt sich fast an seiner Cola und stellt das Glas rasch zurück auf den Tisch.

»Freundin? Wie kommst du denn darauf? Ich habe keine Freundin«, antwortet Timo schließlich, doch man sieht ihm an, dass er lügt. Das ist es also! Jetzt ergibt alles einen Sinn.

»Du solltest sie zur Hochzeit mitbringen!«, ruft Jana begeistert.

»Es sei denn, sie ist so ätzend wie Sarah«, bemerkt Martin und erntet zustimmende Blicke aus der Runde.

»Lasst Timo das doch selbst entscheiden«, rettet dann ausgerechnet Val meinen Bruder vor unseren Kommentaren.

»Er wird sie uns schon noch vorstellen, oder nicht?«, fragt sie ihn dann auffordernd.

»Ja, klar. Ähm, das ist alles noch so frisch, deshalb ... ihr wisst schon. Wartet's ab!«, sagt der peinlich berührte Timo schnell und wechselt dann das Thema, indem er den neuesten Fußball-Transfer eines Top-Spielers in der Bundesliga zur Diskussion stellt. Die Männer steigen sofort darauf ein, während Jana, Val und ich uns wieder mit meinem Hochzeitsstyling befassen.

Eine Freundin also. Tom hat bei so etwas oft einen guten Riecher und obwohl er sicher nur gemutmaßt hat, traf er voll ins Schwarze. Timo und eine neue Freundin. Er erzählt mir doch sonst alles? Jetzt bin ich umso neugieriger, wer es ist. Schlimmer als Sarah kann sie doch kaum sein?

* * *

Tom fährt gerade mit unserem roten Clio auf die Autobahn auf, als er mir seine Hand auf den Oberschenkel legt.

»Hey, Schatz. Woran denkst du?«, fragt er mich und schaut kurz zu mir rüber. Inzwischen ist es stockduster draußen und nur die Scheinwerfer unseres Wagens erleuchten den Weg.

Obwohl wir uns meistens in der Langenberger Altstadt treffen, haben wir heute mal ein neues Restaurant in Essen ausprobiert, von dem Jana schon länger schwärmt. Ich muss gestehen: Sie hat nicht übertrieben. Trotzdem wäre es mir gerade lieber, wir hätten jetzt nicht noch die Heimfahrt im Auto vor uns. Ich werde allmählich etwas müde und schlinge mir fröstelnd den Cardigan enger um den Körper.

»Ich hab mich an den Tag erinnert, an dem ich dich kennengelernt habe«, gebe ich zu.

Tom lächelt.

»Du meinst, als ich Idiot die falsche Bahn genommen habe und viel zu früh in Langenberg war? Wie ich dann irgendwie die Zeit herumkriegen musste und dann mit meinem Laptop in deinem Lesecafé gesessen habe?«

Unwillkürlich muss ich lachen.

»Meine Kunden haben dich angesehen wie einen Alien. Niemand geht in ein Lesecafé und arbeitet dann an seinem Laptop.«

»Das Schild war halt so schlecht angebracht! Ich konnte bei dem Hundewetter nur einen kurzen Blick wagen, bevor ich wieder unter den Regenschirm musste. Und was ich da sah, war das Wort *Café*.«

»Und trotzdem bist du nicht gegangen, als du deinen Fehler bemerkt hast und alle dich anstarrten«, antworte ich.

»Natürlich nicht. Da hat mich diese super heiße Ladenbesitzerin auch schon angelächelt und da war's um mich geschehen.«

Wieder muss ich lachen. Ich habe diesen Tag noch genau vor Augen. Tom ist geschäftlich in Wuppertal unterwegs gewesen und als ein neuer Kunde ihn um die Gestaltung seiner Webseite gebeten hatte, schlug er kurzerhand ein persönliches Treffen vor. Also fuhr Tom nach Langenberg. Dass es sich bei besagtem Kunden um Timo, Martin und ihren Freund Leo handelte, die zusammen eine Band gegründet hatten, wusste ich damals natürlich noch nicht.

Langsam spricht Tom weiter. »Ich hätte nie geahnt, wo das alles hinführen würde…«

»…und wie glücklich wir sein würden! Vor fünf Jahren war ich noch ein ganz anderer Mensch und bald … bald werden wir eine Familie sein!«, sage ich und seufze leise.

»Hoffentlich«, kommentiert Tom trocken.

»Ja, natürlich. Ich weiß.«

»Martin und Jana versuchen es nun schon seit einem Jahr und es hat noch nicht geklappt. Wir müssen Geduld haben.«

»Ich weiß, Tom. Aber mit dir ist das Warten schön. Wir schaffen das alles. Da bin ich mir sicher.«

»Ich mir auch. Ich liebe dich, Emily.«

»Ich liebe dich auch, Tom«, antworte ich und drücke seine Hand, während mir ein wohliger Schauer über den Rücken fährt.

Wenige Minuten später parkt Tom unseren Wagen in einer Seitenstraße. Eine sanfte Brise umweht mein Haar und ich hake mich bei Tom unter, während wir die letzten Meter durch die Altstadt zu unserem schönen Heim laufen. Die

Straße liegt in tiefer Dunkelheit und nur wenige Laternen werfen ein schummriges Licht auf uns. Die Lampe an der Eingangstür ist seit einigen Tagen defekt, aber Tom könnte das Schloss auch blind öffnen. Es ist unser Zuhause. Leise betreten wir das düstere Café und schleichen uns durch den Verkaufsraum an das andere Ende des Ladens. Bloß keine Katze wecken! Auf Zehenspitzen tapsen wir die schmale Treppe hinauf zu unserer Wohnung, die gleich über dem Lesecafé liegt.

»Komm her«, raunt mir Tom ins Ohr und schlingt seine Arme von hinten um mich, als wir im Schlafzimmer sind. Er steht so nah bei mir, dass ich sein Parfüm riechen kann. Ich atme tief ein und sauge den Duft auf. Dann küsst Tom mich sanft in den Nacken. Ein warmes Gefühl durchströmt mich und ich schließe die Augen, während seine Lippen weiter über meinen Körper wandern. Das Leben ist so wunderschön.

2. Kapitel

Am nächsten Morgen liege ich lange mit geschlossenen Augen im Bett und hänge noch im Halbschlaf diesem wunderschönen Traum nach. Wir liefen durch eine zauberhafte Winterlandschaft, der Schnee knirschte unter unseren Schuhen. Mir wurde allmählich kalt und ich begann zu zittern, doch er nahm mich nur noch fester in seine Arme. Behaglichkeit ergriff Besitz von meinem durchgefrorenen Körper und das Zittern wandelte sich in ein angenehmes Kribbeln.

»Da vorn ist eine Hütte«, sagte er und deutete zum Waldrand. »Ich mache uns im Kamin ein schönes Feuer, damit wir uns aufwärmen können.«

Ich musste lächeln. Er war unfassbar fürsorglich. Nie zuvor habe ich ihn so sehr geliebt wie in diesem Augenblick. Er führte mich zu der Hütte und ließ mich eintreten. Die Umgebung war herrlich romantisch. Dunkle Holzmöbel, ein urbequemes, helles Sofa und ein flauschiger Teppich gleich davor. Kannte er diesen Ort? Woher konnte er wissen, dass mich die Atmosphäre derartig in ihren Bann ziehen würde? Ich sah mich zu ihm um und blickte in sein schönes Gesicht. Sein langes, dunkelblondes Haar rahmte es mit tropfnassen Strähnen ein. Ich musste meinen Kopf in den Nacken legen, um ihm in die strahlend blauen Augen zu sehen.

»Ich liebe dich, Em«, sagte er zärtlich mit sanfter, aber tiefer Stimme. Es klang so vertraut.

»Ich liebe dich auch, Chris.«

* * *

Mit einem markerschütternden Schrei wache ich endgültig auf und sitze plötzlich kerzengerade in meinem Bett. Entsetzt blicke ich neben mich und betrachte den schlafenden

Mann. Sein kurzes, braunes Haar. Es ist Tom. Beruhigt atme ich tief durch. Natürlich ist es Tom. Es war nur ein Traum. Nichts weiter.

Tom scheint von meinem kleinen Nervenzusammenbruch nichts mitbekommen zu haben, jedenfalls schläft er seelenruhig weiter. Erstaunlich. Ich wäre vermutlich sofort aufgeschreckt, doch Tom zuckt nicht einmal mit der Wimper. Rasch klaube ich mir ein paar Sachen aus dem Kleiderschrank zusammen und mache mich auf den Weg ins Bad.

Unter der Dusche versuche ich, einen klaren Kopf zu bekommen. Das warme Wasser fließt über meinen Körper und ich wünsche mir, ich könnte diesen Traum einfach von mir abwaschen wie das Peeling, mit dem ich mich einreibe. Doch es hilft alles nichts. Immer wieder sehe ich Chris vor mir. Seine Augen. Seine Lippen. Spüre sie fast schon auf meiner Haut. Das kann doch nicht wahr sein! Ich schüttele den Kopf, als könnte ich meine Gedanken damit vertreiben. Schließlich gebe ich die Hoffnung auf und stelle das Wasser ab. Ich wickle mir die nassen Haare in einen Turban ein und husche dann kurz nach unten ins Café, um mir einen leckeren Cappuccino mit dem Vollautomaten zuzubereiten. Anschließend mache ich es mir im Jogginganzug auf dem Sofa im Wohnzimmer bequem.

Heute ist – anders als gestern – ein trüber Tag. Durch das große Fenster fällt nur wenig Licht, obwohl es schon bald Mittag ist. Dunkle Wolken verhängen den Himmel und immer wieder regnet es. Die Straße vor unserem Haus glänzt bereits nass und ein kleines Bächlein aus Regenwasser zieht seine Bahnen zwischen den Pflastersteinen bergab durch die Altstadt.

Ich nippe an dem heißen Getränk, stelle es dann aber beiseite, da ich mir fast die Zunge daran verbrenne. Mein kleiner Kater Rocco liegt langgestreckt auf dem dunkelgrünen Sessel neben dem Sofa und ist tief in seinen Schlaf versunken. Wie gerne würde ich jetzt auch wieder entspannt schlummern! Dann träumte ich vielleicht etwas anderes, was meine Gedanken an Chris verscheuchen könnte.

Meine Katze Molly, eine europäische Kurzhaarkatze wie Rocco auch, allerdings schon gute zehn Jahre alt, streckt sich auf ihrem Kratzbaum und gähnt gemütlich, bevor sie mit einem lauten *Rums* auf den Boden springt. Molly ist kugelrund und flauschig, was zwar überaus niedlich aussieht, aber keineswegs eine grazile Katzendame aus ihr macht. Schlaftrunken tapst das getigerte Fellknäuel zu mir hinüber und springt mit einem Satz auf das Sofa.

Die dritte im Bunde, die grau-weiße Ragdollkatze Lola, bleibt derweil unverändert in ihrer Höhle auf dem Kratzbaum eingekuschelt. Sie muss etwa so alt wie Molly sein und ist mir vor gut zwei Jahren zugelaufen. Glücklicherweise hatte Lola sich super mit Molly und dem damals frisch eingezogenen Rocco verstanden, sodass das Dreiergespann seitdem zumeist streitfrei zusammenlebt und ein fester Bestandteil des Lesecafés geworden ist. Ich würde fast schon behaupten, einige Leser kommen eher wegen der Katzen als wegen der Bücher her.

Da ich den Sonntag jedoch zum Ruhetag im Café erklärt habe und das Wetter draußen derart ungemütlich ist, halten sich die drei heute lieber in unserer Wohnung auf. Molly hat es sich inzwischen auf meinem Schoß bequem gemacht, sodass ich mich erst einmal zurücklehne, die Augen schließe und ihr mit den Händen über das weiche Fell streiche. Wie auf Kommando ertönt ein wohliges Schnurren. Molly rollt sich auf den Rücken und hält mir auffordernd ihren Bauch hin. *Los, streichel mich!*

Sanft kraule ich sie hinter den Ohren und am Bäuchlein, während ich den Traum der vergangenen Nacht Revue passieren lasse. Ja, es war nur ein Traum. Und doch wirkte er erstaunlich echt! Es hätte wirklich so geschehen können. Die Hütte, der Kamin… Chris. Was natürlich nicht möglich ist, denn Chris und ich waren nie zusammen im Skiurlaub. Außerdem ist das Ganze schon so viele Jahre her! Wie kommt mein Unterbewusstsein überhaupt auf Chris? Bei dem Gedanken an den noch immer schlafenden Tom fühle ich mich hundeelend. Sind wir nicht überglücklich zusammen? Seit Langem habe ich nicht mal mehr an Chris gedacht und jetzt träume ich plötzlich von einem romantischen Treffen mit ihm? Was stimmt denn nicht mit mir? Wie bereits zuvor schüttele ich ungläubig den Kopf.

Ein leichter Pfotenhieb Mollys reißt mich aus meinen Gedanken. Abwesend muss ich aufgehört haben, sie zu streicheln. Schnell bessere ich mich und verwöhne die kleine Katze erneut.

Komisch, dass der Traum immer noch in meinem Kopf herumspukt. Normalerweise kann ich mich nach dem Aufwachen kaum noch daran erinnern, was ich geträumt habe. Spätestens nach ein paar Minuten ist der Traum dann gänzlich vergessen. Wie kommt es also, dass ich mich noch an jedes Detail erinnere? Dass ich sogar noch *fühle*, was ich während des Schlafens zu fühlen glaubte? Dass ich denke, Chris wieder zu lieben. Nach dieser langen Zeit.

Aargh, ich mache mich doch selbst nur verrückt hier! Entschlossen nehme ich den letzten Schluck aus der Kaffeetasse, der nun zwar kalt ist, aber dennoch schmeckt, und strecke mich mit einer Hand nach dem Laptop, der auf dem Couchtisch steht. Molly öffnet ihre Augen warnend einen kleinen Spalt, schließt sie aber sofort wieder, als sie merkt, dass ich sitzen bleibe und weiter mit ihr kuschele.

Ich weiß nicht, was genau mich dazu treibt, doch sobald der Laptop hochgefahren ist, öffne ich den Internet-Browser und gebe Chris' Namen in die Suchmaschine ein. Das Ergebnis ist recht zufriedenstellend. Neben ein paar verlinkten Profilen auf Facebook und Co. scheint er auch auf einer Kanzlei-Homepage Erwähnung zu finden.

Infolge meiner grenzenlosen Neugier klicke ich sofort auf die Facebook-Verlinkung, doch zu meiner Enttäuschung hat Chris seine Profile in den sozialen Medien gut gesichert. Ohne mit ihm »befreundet« zu sein, kann ich also bloß sein Profilbild anklicken, das jedoch nur seine Gitarre zeigt. Also zurück zu Google und ab auf die Kanzleiseite.

Der Browser öffnet eine ansehnliche Internetpräsenz. Zunächst werden drei ältere Herren in einem Slider gezeigt. Wie ich den Infotexten daneben entnehmen kann, sind sie die Namensgeber der Kanzlei. Trotzdem muss Chris auf der Seite zu finden sein, sonst hätte die Suchmaschine das Ergebnis nicht ausgespuckt. Eilig klicke ich auf den Reiter »Team«. Eine schier endlose Seite öffnet sich, die eine Vielzahl von jungen und älteren Anwälten alphabetisch sortiert auflistet.

Mit der Maus klicke ich andauernd auf den Pfeil nach unten, um weiter zu scrollen. E, F, G… . H! Da ist es. Unter diesem Buchstaben sind nur vier Anwälte gelistet. Als der Computer das Bild des zweiten Anwalts lädt, schlage ich die Hand vor meinen Mund.

Es ist Chris. Er sieht unverschämt gut aus. So, wie ich ihn in Erinnerung habe. Langes, blondes Haar. Nicht strubbelig, wie früher, sondern brav zurückgekämmt für das Foto. Außerdem trägt er einen schicken, schwarzen Anzug, wie es sich für Anwälte gehört. Trotzdem leuchten seine Augen auf dem Bild geradezu. Unwillkürlich beginnt mein Herz zu klopfen und ich spüre, wie mein Atem schneller und flacher geht. Ein nervöses Kribbeln durchfährt meinen Körper. Was, verdammt, ist nur los mit mir? Der Text neben Chris' Bild gibt mir Aufschluss über seine Karriere – und die kann sich sehen lassen!

Jurastudium und Rechtsreferendariat in München. Abschluss mit einer Spitzennote. Seit gut zwei Jahren in der Kanzlei Werner – Mayskofen – Arndter tätig. Aber was habe ich auch anderes erwartet? Chris ist schon in der Schule ehrgeizig gewesen. Ob er immer noch in München lebt?

Ein Blick ins Impressum verrät mir, dass sich die Kanzlei unweit des Karlsplatzes in München befindet. Ich war noch nie in der Stadt, deswegen sagt mir die Angabe nichts, aber laut Homepage sei der Hauptbahnhof ebenfalls nicht weit entfernt. Außerdem bestätigt die Angabe meine Vermutung, dass Chris auch nach dem Studium in Bayern geblieben ist.

Seufzend klappe ich den Laptop zusammen und schiebe ihn zurück auf den Couchtisch. Molly streckt sich einmal lang aus und gähnt, dann rollt sie sich zu einem runden Fellknäuel zusammen, seufzt ebenfalls und schläft weiter.

Chris wohnt also noch in München, na und? Was hätte es geändert, wenn er wieder hier wäre? Warum denke ich überhaupt darüber nach? Es war nur ein bescheuerter Traum. Außerdem ist es Tom gegenüber nicht fair, diese Gedanken zu haben. Es fühlt sich fast so an, als würde ich ihn betrügen.

Mein Handy klingelt und zeigt eine Nachricht an. Molly und ich schrecken kurz zusammen und ich greife rasch nach dem Telefon. Eine Mitteilung von Val.

Hey Em, ich wollte nur mal nachfragen, wie es dir geht? Du weißt, ich bin immer für dich da. Kann aber verstehen, wenn du deine Ruhe haben möchtest. Ich will nur sichergehen, dass alles okay ist. Timo sagt, du hättest seine Anrufe nicht angenommen. Melde dich mal. Val

Sie ist »immer für mich da«? Wie kommt sie darauf? Es klingt, als wüsste sie, wie ich mich gerade fühle. Dass ich keinen klaren Gedanken fassen kann. Aber wieso hat mein Bruder versucht, mich zu erreichen? Schnell klicke ich mich durch das Menü und entdecke vier unbeantwortete Anrufe. Er muss es versucht haben, als ich unter der Dusche stand und das Klingeln nicht hören konnte. Steckt Timo doch in Schwierigkeiten? Wieso sollte er sonst so häufig anrufen? Außerdem hat er doch heute einen Auftritt mit Martin und Leo, seiner Band *The Rocking Burgers*? Schnell antworte ich Val, dass alles in Ordnung sei und bei ihr hoffentlich auch. Dann schreibe ich Timo.

Hey Bruderherz, habe deine Anrufe gerade erst gesehen. Alles okay? Meld dich, wenn ich was für dich tun kann. Emi

Prompt kommt schon seine Antwort, zeitgleich mit Vals. Ich lese erst Timos.

Alles gut bei mir, große Schwester. Ich wollte nur nach dem Rechten sehen bei dir. Ich könnte jederzeit vorbei kommen, falls was ist. Denk mal nur an dich selbst und sag Bescheid, wenn du uns doch bei dir haben möchtest. Ich hab dich lieb, Schwesterchen.

Was soll das denn bitte bedeuten? Schnell lese ich auch Vals Nachricht, aber die klingt ähnlich. Warum haben die beiden heute diesen guten Riecher, dass etwas nicht stimmt? Mollys Bewegungen auf meinem Schoß reißen mich aus den Gedanken. Sie setzt sich aufrecht hin und streckt sich, um mir mit ihrer Nase ein kleines Küsschen auf meine zu geben. Ich liebe es, wenn Molly das tut. Ich streiche ihr kurz über ihr kleines Köpfchen, bevor sie vom Sofa hüpft und in Richtung Fressnapf schleicht, dann lege ich mein Handy beiseite und nehme mir vor, dem Spuk ein Ende zu bereiten.

Keine Gedanken mehr an Chris, das ist jetzt tabu! Vielleicht ist Tom schon wach? Er könnte mir sicher Ablenkung verschaffen.

* * *

Als ich durch den Flur laufe, um nach Tom zu sehen, laufen wir uns geradewegs in die Arme und können einen Zusammenstoß nur knapp verhindern.

»Guten Morgen, mein Schatz«, sagt er und gibt mir lächelnd einen Kuss. Ich erwidere ihn, kann aber nicht umhin, mich für meinen Traum zu schämen. Ob alle Bräute kurz vor der Hochzeit so etwas durch machen? Überraschende Gefühle für den Ex haben?

»Guten Morgen, Tom. Soll ich uns ein spätes Frühstück machen? Oder lieber Mittagessen?«

»Weder noch. Ich springe nur kurz unter die Dusche, dann muss ich rüber ins Büro.«

»Heute? Wieso das denn?«, frage ich und kann die Enttäuschung in meiner Stimme nicht verbergen.

»Ich habe doch diesen neuen Kunden und ich habe ihm versprochen, die Webseite in der kommenden Woche fertig zu stellen. Da muss ich mich jetzt ranhalten, wenn ich das schaffen will.«

Ich rolle mit den Augen und lasse Tom an mir vorbei in Richtung Bad gehen. Hat ja super geklappt mit der Ablenkung. Widerwillig laufe ich in die Küche und setze Wasser für ein paar Frühstückseier auf. Während diese vor sich hin kochen, backe ich ein paar Tiefkühlbrötchen im Ofen auf und stelle Marmelade und Aufstrich bereit. Dann frühstücke ich halt alleine!

Tom duscht zügig, zieht sich rasch etwas über und rauscht dann aus der Wohnung. Immerhin kommt er noch kurz bei mir vorbei, um mir einen Abschiedskuss auf die Wange zu hauchen. Gedankenversunken kaue ich schließlich an meinem Brötchen, habe aber nicht wirklich Appetit. Immer wieder sehe ich Chris vor mir. Und Tom. Diese merkwürdige Hütte in den Bergen. Was hat es mit diesem Traum auf sich?

Ich schaue auf die Uhr. Gleich eins. Vor dem Abendessen wird Tom nicht zurück sein. Sein »Büro«, wie er es liebevoll nennt, liegt nur ein paar Straßen weiter. Er hatte sich die Wohnung damals gemietet, als er neu in die Stadt gezogen ist. Da wir auf Anhieb gut miteinander auskamen und wir wegen des Lesecafés und der Katzen ausschließlich in meiner Wohnung übernachteten, wollte Tom seine vier Wände eigentlich schon wieder räumen. Als er jedoch seinen Schreibtisch und die Aktenordner in meiner schmalen Dachgeschosswohnung zu verstauen versuchte, wurde uns klar, dass mein schnuckeliges Heim keinen Platz für seine Arbeit bot. Zwar reicht es für uns zwei und die Katzen, allerdings habe ich kein Arbeitszimmer. Meine Buchhaltung ist unten ins Lesecafé ausgelagert, daher quetschte ich beim Einzug nur das Nötigste in die darüber liegende Wohnung hinein: Küche, Bett, Sofa, Kratzbaum. Selbst das Badezimmer ist winzig. Aber die paar Quadratmeter Wohnfläche reichen mir, ich brauche nicht mehr Platz.

Tom hingegen schon. Als Webdesigner erledigt er das Meiste von seinem Computer aus. Nicht mit einem kleinen, klappbaren Laptop, sondern mit einem riesigen Rechner und Monitor. Mit separat angeschlossenen Boxen und einer Maus. Einen großen High-Tech-Drucker nicht zu vergessen. Außerdem achtet er – was mich immer wieder beeindruckt! – auf eine penible Sortierung seiner Unterlagen. Für alles hat er einen eigenen Ordner. Wird mir die Selbstständigkeit manchmal etwas zu viel und wächst mir über den Kopf, so hat Tom immer alles tiptop geordnet und hat regelrechte Freude daran. Ich werde es wohl nie verstehen.

Meine Ordner im Lesecafé sind eher kunterbunt gemischt und wenn ich eine schlechte Monatsbilanz befürchte und kaum weiß, wie ich die Mitarbeiter bezahlen soll, mache ich tagelang einen großen Bogen um den Schreibtisch. Nicht sonderlich clever, ich weiß. Davon lösen sich meine Geldprobleme auch nicht in Luft auf. Trotzdem würde ich mir dann nur noch mehr Sorgen machen als zuvor schon und das schlägt mir immer auf den Magen. Wie ich Tom und seine Disziplin bewundere! Er ist genauso zielstrebig wie Chris. Chris! Meine Gedanken drehen sich im Kreis.

Ich muss endlich etwas unternehmen und stelle den Teller mit dem halb aufgegessenen Brötchen zurück in die Küche. Plötzlich überkommt mich ein Energie-Schub. Erst räume ich die Marmelade zurück in den Kühlschrank. Dabei fallen mir die vielen Krümel darin auf. Und der Geruch der Lasagne-Reste von Freitag. Ich werfe diesen Rest in den Müll und spüle die Schale dann aus. Anschließend widme ich mich dem verdreckten Kühlschrank. Einmal den Lappen in der Hand, wische ich schließlich über die Anrichte und räume die Backbleche aus dem Ofen, um sie ordentlich zu schrubben.

Ein regelrechter Putzwahn befällt mich. Nicht denken, einfach machen. Ich stelle das Radio laut an und nehme mir ein Zimmer nach dem anderen vor. Ed Sheerans »Shape of you« ertönt, bevor er durch einen anderen Song abgelöst wird. Ich putze weiter. Erst die Küche, dann das Bad. Alle Spiegel in der Wohnung. Auf die Fenster verzichte ich, denn es regnet immer noch in Strömen. Dann ist das Wohnzimmer dran. Der Kratzbaum wird mit der Fusselrolle sorgfältig enthaart, dann das Sofa. Zum Schluss beziehe ich das Bett noch mit frischer Bettwäsche und sauge einmal durch die komplette Wohnung, obwohl Tom das gestern schon gemacht hat.

Als ich mich letztendlich erschöpft auf das Sofa fallen lasse, fällt mein Blick auf die große Wanduhr im Wohnzimmer. Schon gleich halb sechs! Mein Magen beginnt zu knurren. Kein Wunder, außer dem halben Brötchen vor ein paar Stunden habe ich heute noch nichts gegessen. Ich werfe einen Blick in Vorratskammer und Kühlschrank. Ich könnte einen Kartoffelauflauf zubereiten, überlege ich. Schnell tippe ich eine Nachricht an Tom und frage ihn, ob er einverstanden ist oder lieber etwas anderes essen möchte.

Während ich auf seine Antwort warte, stelle ich den Katzen ihr Abendessen und frisches Wasser in den Näpfen hin. Molly schleicht als Erste um die Ecke und begutachtet kritisch die angebotene Mahlzeit. Zufrieden mit dem heutigen Tagesmenü schlingt sie nun das Futter herunter. Ich sollte sie demnächst mal auf Diät setzen, überlege ich, sonst wird sie noch richtig übergewichtig. Mein Handy klingelt. Eine Nachricht von Tom.

Schatz, es tut mir leid, aber ich schaffe es nicht rechtzeitig nach Hause. Ich bleibe noch so lange, bis das Grundgerüst der Seite steht, sonst kann ich mich heute Abend nicht entspannen. Iss ruhig schon mal. Ich wärme mir meine Portion dann später auf. Ich liebe dich! Tom

Na, wunderbar. Ich erwäge, den Auflauf nun doch nicht zuzubereiten, entscheide mich dann aber wieder um. Nein, nur weil Tom erst spät heimkommt, heißt das noch lange nicht, dass ich auch nichts Anständiges esse!

Zügig schäle ich die Kartoffeln und bereite den Auflauf vor, den ich kurz darauf in den Ofen schiebe und dann hungrig auf dem Sofa vor dem Fernseher verschlinge. Ich schnappe mir schließlich noch ein Buch, das schon lange auf meinem Nachttisch liegt und das ich bereits seit Ostern lesen möchte, und beginne mit den ersten Seiten. Leider kann ich mich überhaupt nicht konzentrieren. Wie auch, wenn sich die Hauptfigur gerade in einen gut aussehenden, blonden Schönling verliebt? Vor meinem inneren Auge sieht er genauso aus wie Chris. Da kann ich dann schon verstehen, weshalb sie sich in ihn verliebt…

Es ärgert mich, dass ich die Gefühle für Chris, die der Traum wachgerufen hat, den ganzen Tag über nicht loswerde. Herrgott, wie kann ein Traum eine solche Wirkung auf mich haben? Das Herzflattern, das ich zwischenzeitlich bekomme, wird überdeckt von dem schlechten Gewissen, das ich wegen Tom habe. Was er wohl denken würde, wenn er von meinem Traum wüsste? Andererseits kann man ja nicht steuern, an was man beim Schlafen denkt. Glaube ich. Diese Erklärung ist mir jedenfalls lieber als irgendwelche unbewussten Gefühle für Chris, die jetzt – kurz vor der Hochzeit mit Tom – wieder aufkochen. Mein Leben ist nun mal kein Hollywoodfilm. Und Chris käme sicher nicht plötzlich in die Kirche gestürmt, um mich aus Toms Armen zu reißen und hinaus zu tragen.

Woran denke ich hier überhaupt? Ich liebe Tom. Chris ist schon seit Jahren kein Teil mehr meines Lebens. Bestimmt ist morgen nach dem Aufwachen wieder alles gut und der Traum vergessen. Ich sehe ein, dass das Lesen heute zwecklos ist und lege das Buch beiseite. Obwohl es noch früh am Abend ist, lege ich mich in mein Bett und schlafe bald darauf ein. Hoffentlich begegnet mir Chris nicht wieder!

3. Kapitel

Am nächsten Morgen klingelt mein Wecker pünktlich um sieben Uhr. Das Erste, was ich erblicke, als ich blinzelnd meine Augen öffne, ist Molly, die gleich vor meinem Gesicht auf dem Bett sitzt und mich mit ihren großen Kulleraugen anschaut.

»Miau«, beginnt sie ihr Konzert, das ich schleunigst unterbrechen muss. Ein Blick auf die andere Bettseite bestätigt mir, dass Tom noch schläft. Er muss spät in der Nacht nach Hause gekommen sein, jedenfalls habe ich da schon tief und fest geschlafen. Während ich die Füße aus dem Bett schwinge, entdecke ich den entspannt daliegenden Rocco, der sich sofort in Bewegung setzt, sobald er bemerkt, dass ich wach bin. Mauzend tapsen die beiden hungrigen Katzen in die Küche und warten auffordernd neben ihren Näpfen. Allmählich kommt auch Lola angetrottet, lässt aber lieber die anderen zwei die Arbeit erledigen und wartet ruhig in einer Ecke ab, was als Nächstes passiert.

Ich versorge die Fellknäuel rasch, dann gehe ich ins Bad, putze die Zähne und dusche. Während ich wie jeden Morgen nach dem Föhnen meine braunen Haare zu einem lockeren Dutt hochstecke, überkommt mich die Erinnerung an gestern. An den merkwürdigen Traum. An Chris. An meinen ungewöhnlichen Putzwahn, mit dem ich die Gedanken wegzuputzen versuchte. Erfolglos. Sie sind noch da. Ebenso die Gefühle für Chris. Und das Komische daran ist: War ich mir gestern über meine Gefühle nicht im Klaren und hatte mich der Traum zunächst irritiert zurückgelassen, so sehe ich nun alles deutlich vor mir. Mit den Traum-Gefühlen für Chris sind die Gefühle für Tom so gut wie verschwunden! Es ist, als wäre er ein guter Freund, den ich schon ewig kenne, aber nicht mehr. Er ist mir zwar nicht fremd, doch trotzdem kann ich mir heute kaum vorstellen, dass ich vorgestern an nichts anderes denken konnte, als diesen Mann zu heiraten und mit ihm ein Kind zu bekommen! Nichts liegt mir heute ferner. Kinder? Jetzt schon? Mit Tom? Vielleicht ging es doch alles zu schnell mit uns. Vielleicht bin ich noch gar nicht bereit dafür…

Meine Gefühle für Chris hingegen sind überwältigend. Ich fühle mich wieder wie ein Teenager und allein beim Gedanken an Chris beginnen die Schmetterlinge in meinem Bauch zu flattern. Ach was, zu tanzen! Sie veranstalten ein regelrechtes Fest da drin, und ich habe sie nicht einmal eingeladen!

Irgendwie hat der Traum meine Gefühlswelt auf den Stand von vor neun Jahren zurück katapultiert. Damals waren Chris und ich noch glücklich verliebt und Tom ein Teil der Zukunft. Ich kannte ihn nicht einmal.

Immer und immer wieder schüttele ich den Kopf. Das kann nicht wahr sein! Das darf nicht wahr sein! Ich muss das Ganze mal realistisch betrachten. Ich gehöre zu Tom. Chris ist Vergangenheit. Ich schiebe bestimmt nur Panik wegen der Hochzeit. Wann hat dieser Albtraum bloß ein Ende?

* * *

Um kurz vor neun Uhr laufe ich die Treppe runter in das Lesecafé. Lola hat mich auf meinem Weg begleitet, um durch die Katzenklappe den Laden zu verlassen und die Altstadt unsicher zu machen. Rocco und Molly haben gerade noch auf dem Kratzbaum getobt, werden mir aber sicher bald Gesellschaft leisten. Wie immer auf der Arbeit trage ich ein einfach zusammengestelltes Outfit – eine schlichte, dunkle Jeans und ein hellblaues T-Shirt. Für heute ist wieder besseres Wetter angekündigt und ich freue mich schon auf einen gemütlichen Spaziergang in der Mittagssonne.

Zunächst schließe ich den Laden auf und stelle die zwei Tischgruppen davor, die ich vor ein paar Monaten im Internet gebraucht erstanden habe. Sie sind noch in einem super

Zustand und für den Preis ein echtes Schnäppchen. Gerade in den Sommermonaten haben mehrere Kunden nach einem Sitzplatz vor dem Laden gefragt und nun kann ich diesen endlich anbieten.

Noch ist die Langenberger Altstadt wie ausgestorben. Die meisten Geschäfte öffnen erst in einer guten halben Stunde, einige sogar noch später. Da ein paar meiner Stammkunden aber oft schon gegen halb zehn vorbei schauen, habe ich im vergangenen Jahr die Öffnungszeiten etwas ausgedehnt. Jetzt gerade scheint aber noch kein Kunde in der Nähe zu sein, also gehe ich zurück in den Laden und sortiere ein paar Bücher ein, die ich letzte Woche mit einer neuen Lieferung erhalten habe.

Das Sortiment in meinem Laden ist natürlich begrenzt, schließlich ist der Verkaufsraum recht klein. Im vorderen Bereich sind die Tische angeordnet, an denen meine Kunden es sich mit einer Tasse Kaffee oder Tee und mit einem guten Buch gemütlich machen können. Nachmittags bieten wir außerdem Kuchen an, denn meine Küchenkraft Simone, die ich vor einigen Jahren quasi mit dem Laden zusammen übernommen habe, ist eine Spitzenbäckerin. Vormittags unterstützt sie mich gelegentlich beim Service, während nachmittags eine Schülerin aushilft und die Bedienung übernimmt.

Beim Einsortieren entdecke ich eine Neuerscheinung, auf die ich bereits lange gewartet habe. Auf die Autorin bin ich vor zwei Jahren zufällig aufmerksam geworden, als eine Kundin nach ihrem Buch fragte. Da ich es nicht vorrätig hatte, musste ich es zwar bestellen, habe mir aber gleich ein Exemplar mitbestellt, denn der Klappentext klang vielversprechend. Kurzum: Ich war begeistert! Auf der Leipziger Buchmesse hatte ich dann das Glück, sie bei einer Signierstunde persönlich kennenzulernen. Umso erfreulicher, dass ihr neuer Roman nun erhältlich ist! Ich mache mir eine kurze Notiz, um ein weiteres Exemplar für meinen privaten Bedarf zu bestellen.

Die kleine Glocke am Ladeneingang bimmelt und kündigt den ersten Gast an. Es ist Erna, eine ältere Dame und jahrelange Stammkundin.

»Emily, mein Schätzchen, bist du schon da?«, ruft sie durchs Geschäft. Eilig laufe ich um den Kassentisch herum, um sie im Eingangsbereich zu begrüßen.

»Erna, schön Sie zu sehen! Das Übliche?«, frage ich sie, während wir uns kurz umarmen. Erna ist klein und vermutlich auch schon ziemlich alt, obwohl ich nicht genau weiß, wie alt. Sie hört leider schlecht und kann nur noch vernünftig sehen, wenn sie ihre Brille mit den dicken Gläsern trägt. Erna ist ein herzensguter Mensch, den ich in meinem Café jederzeit gerne empfange.

»Ja, Schätzchen, das wäre lieb. Ich setze mich da drüben an den Tisch, ja? Kannst du mir noch das Buch rüber bringen, das ich letzte Woche bei dir bestellt habe? Ich wollte gleich mit dem Lesen anfangen…«

Ich nicke. »Natürlich doch. Es liegt schon griffbereit ganz oben auf dem Stapel!«

Ich eile zurück zum Tresen und bringe Erna das gewünschte Buch. Es ist die Übersetzung eines älteren französischen Romans, der kürzlich in einer Neuauflage erschienen ist.

Anschließend stelle ich mich an unseren neuen Kaffeevollautomaten und drücke auf »Cappuccino«. Den Rest erledigt die Maschine von alleine – und es schmeckt immer köstlich. Das ist auch der Grund, weshalb ich in meiner eigenen Wohnung nur noch eine ausrangierte Filterkaffeemaschine besitze. Für Kaffeespezialitäten jeder Art brauche ich nur eine Treppe nach unten zu laufen.

Sobald der Cappuccino durchgelaufen ist, piept der Automat einmal und zeigt mit blinkendem Licht an, dass der Kaffee fertig ist. Ich stelle die Tasse auf eine hübsche Untertasse und lege noch einen verpackten Keks dazu, dann bugsiere ich das Ganze halbwegs elegant an Ernas Tisch. Obwohl ich schon so lange in dem Café arbeite, wird mir das Kellnern wohl niemals liegen. Erna hat bereits zu lesen begonnen, lächelt mich kurz an, sagt »danke« und liest dann unbeirrt weiter.

Der Tisch, an dem Erna sitzt und an dessen Tischplatte sie nun ihren Gehstock gelehnt hat, ist genau der Ort, an dem ich Tom damals kennen gelernt habe. An einem verregneten Tag im Spätherbst. Ich hatte ein Jahr zuvor meine Ausbildung zur Buchhändlerin in dem Lesecafé abgeschlossen und es dann von den vorherigen Besitzern, Betti und Ludwig, übernommen. Nicht, ohne einen dicken Kredit bei der Bank aufzunehmen.

An besagtem Nachmittag, als ich Tom begegnete, war im Café viel los. Bei strömendem Regen kamen gerne viele Gäste zu uns und an diesem Tag war es besonders voll, weil ich einige Neuerscheinungen von der Frankfurter Buchmesse mitgebracht hatte, auf die sich die Kundschaft nun stürzte.

Ruckartig öffnete sich die Eingangstür, das Glöckchen bimmelte und ein tropfnasser junger Mann polterte in den Laden. Er trug einen Anzug unter dem schweren, dunklen Mantel und elegante, schwarze Schuhe, die vor Nässe glänzten. In der rechten Hand hielt er eine Laptoptasche, in der linken einen großen Regenschirm, den er beim Betreten unseres Cafés rasch zusammenzog und im Schirmständer verstaute. Irritiert blickte er nach links und rechts, während die Augen aller Anwesenden auf ihm ruhten. Einschließlich meiner.

Es kommt selten vor, dass ein Ortsfremder diesen Laden betritt. Langenberg ist ein kleines Städtchen, hier kennt jeder jeden. Zwar verirren sich gelegentlich auch ein paar Touristen hierher oder in die angrenzenden Stadtteile, doch bleiben diese meist unter sich und kommen erst gar nicht in das Lesecafé.

Jeder wusste auf Anhieb, dass dieser Mann nicht von hier war. Ich ebenfalls. Spätestens dann, als er aus der nassen Dunkelheit hineintrat in unsere helle, behagliche Stube. Hätte ich diesen gut aussehenden Mann hier schon einmal gesehen, dann hätte ich das sicher noch gewusst! Seine

Brille beschlug aufgrund der warmen Luft im Laden und er nahm sie mit der nun freien linken Hand kurz ab. Um ihn aus seiner peinlichen Lage zu befreien, riss ich mich aus meiner Starre los und lief zum Eingang, um den Gast zu empfangen. Noch bevor ich vor ihm stand, entdeckte ich seine traumhaft schönen, haselnussbraunen Augen, die er zuvor noch hinter der Brille versteckt hatte. Die Kombination aus klitschnasser Kleidung und dem leichten Dreitagebart, den ich auf die kurze Entfernung erkennen konnte, verlieh seinem Auftreten etwas Verruchtes. Schon in diesem Moment war es um mich geschehen.

»Guten Tag. Sie … möchten einen Tisch?«, fragte ich ihn zögerlich mit Blick auf seine Laptoptasche.

Er sah sich im Raum um, betrachtete aufmerksam die Bücherregale, die vielen Menschen in den schmalen Gängen und schließlich die kleinen Tische auf der Erhöhung an der bodentiefen Fensterfront.

»Ähm… ja. Das wäre nett«, sagte er und mir entging nicht, wie jung seine Stimme klang. Er war sicher nicht viel älter als ich. Ich sah mich auffordernd im Laden um und meine Kunden verstanden den Wink. Sie wandten sich den Büchern in ihren Händen zu oder nahmen die Gespräche erneut auf. Als ich den Mann vor mir wieder ansah, erblickte ich ein dankbares Lächeln auf seinen Lippen.

»Bitte folgen Sie mir«, sagte ich freundlich und wies ihm den Weg zu einem kleinen Tisch in der Ecke. Der Tisch, an dem jetzt gerade Erna sitzt.

»Alles in Ordnung, Schätzchen?«, reißt Erna mich aus meinen Gedanken. Irritiert sehe ich zu der alten Dame, die immer noch an ihrem Platz sitzt, aber das Buch beiseite gelegt hat und mich nun mit schiefem Blick anschaut. Nein, leider ist nichts in Ordnung heute. Ich erinnere mich an Tom, an unser Kennenlernen und weiß noch genau, wie verliebt ich schon auf den ersten Blick gewesen war. Und doch ist es, als sei das nicht mir passiert, sondern jemand anderem. Oder als sei es eine Szene aus einem Film gewesen. Aber meine eigene Vergangenheit? Und Toms? So fühlt es sich überhaupt nicht an.

»Natürlich, Erna. Alles in Ordnung. Ich habe nur schlecht geschlafen.« Was ja auch stimmt.

»Sind Sie sicher? Sie sind heute so abwesend. Und Ihr Handy hat gerade geklingelt.«

Stirnrunzelnd ziehe ich das Smartphone aus meiner Schürzentasche und entdecke zwei Anrufe in Abwesenheit. Beide von Val.

»Oh, Sie haben recht, Erna. Das habe ich wohl überhört. Lesen Sie ruhig weiter, Sie brauchen sich nicht zu sorgen.«

Nicht gänzlich überzeugt nimmt Erna einen Schluck Cappuccino und greift dann wieder nach ihrem Buch.

»Ansonsten kommen Sie zu mir, ja, Schätzchen?«, sagt sie lächelnd, aber mit strengem Blick unter ihren Brillengläsern.

»Selbstverständlich. Ich danke Ihnen«, sage ich höflich und mache mich wieder ans Einräumen der Regale, nachdem ich den Handyklingelton ausgestellt habe. Bei Val kann ich mich später noch melden, sie muss jetzt genauso wie ich arbeiten.

* * *

Inzwischen sind alle Tische besetzt und ich muss mir einen Weg durch die Gänge bahnen, um das Tablett mit Kaffee und Kuchen sicher zu den Kunden zu balancieren. Ein fröhliches Geplapper füllt den Laden, obwohl ich das Gefühl habe, dass der ein oder andere mich zwischendurch mit einem eigenartigen Blick ansieht. Merkt man mir meine Verwirrung etwa an?

»Bitte sehr, der Latte macchiato«, sage ich zu einem Mann mittleren Alters, der erst seit Kurzem im Café vorbeischaut.

»Wir würden gerne zahlen«, sagt eine Kundin am Tisch hinter mir und deutet auf sich und ihre Freundin. Es ist Melli, eine junge Frau, die ich schon seit Jahren zu meinen

Stammkunden zählen darf. »Und die Bücher hier nehmen wir auch mit«, ergänzt sie und hält zwei Exemplare aus dem Second-Hand-Regal hoch.

Ich nicke, nehme noch eine Bestellung ein paar Tische weiter auf und laufe dann Richtung Kasse, um die Quittung für Melli und ihre Freundin auszudrucken. Ich rufe Simone die neue Bestellung in die Küche und will mich gerade umdrehen, als ich fast mit einer jungen Frau zusammenstoße. Sie ist groß und schlank und hat ihr tiefschwarzes, glänzendes Haar zu einem Pferdeschwanz gebunden.

»Hallo, Frau Krämer!«, begrüßt sie mich zurückhaltend, aber wie üblich mit einem Lächeln auf den Lippen.

»Elif – Gott sei Dank, du bist schon hier! Ich hatte dich nicht vor zwei Uhr erwartet.« Dankbar falle ich meiner Aushilfe um den Hals. Heute kann ich sie wirklich gut gebrauchen.

»Die letzten Stunden sind heute ausgefallen und Betti hat mich darum gebeten, wenn möglich früher zu kommen. Ich … geht es Ihnen gut?«, fragt Elif und sieht mich an, als hätte sie Angst vor der Antwort. Ich muss echt schlimm aussehen heute, anders kann ich mir das nicht erklären.

»Doch, doch. Alles gut. Es ist nur etwas stressig heute, also danke, dass du schon da bist. Kannst du bitte Tisch drei übernehmen?«, frage ich sie und reiche ihr eine Schürze aus dem Schrank.

»Na klar. Bin schon unterwegs«, antwortet Elif und schnappt sich das Tablett von der Theke, das Simone gerade dort hingestellt hat. Erleichtert atme ich durch. Mit Elif wird der Nachmittag nun etwas ruhiger. Ich kann mir also eine kurze Pause gönnen und setze mich mit einer Tasse Kaffee ins Büro. An eine richtige Mittagspause ist heute wohl nicht zu denken.

Mein Handy zeigt weitere Anrufe von Val an. Nachdem sie es aufgegeben hat, mich telefonisch zu erreichen, hat sie mir eine Nachricht geschrieben.

Süße, ich mache mir Sorgen um dich. Ich wollte in der Pause zu dir ins Café kommen, aber der Salon ist heute rappelvoll. Ich komme nach Feierabend rüber, okay? Meld dich. Kuss, Val

Ich verstehe es nicht. Woher kann Val wissen, dass etwas nicht stimmt? Ich habe seit Arbeitsbeginn jeden Gedanken an Chris erfolgreich verdrängen können, aber jetzt kann ich an nichts anderes denken als an den verrückten Traum. Vielleicht bin ich geschlafwandelt, während ich die Szene in der Berghütte träumte? Und habe Val dabei angerufen, sodass sie genau Bescheid weiß? Auch wenn ich seit Jahren nicht mehr geschlafwandelt bin, so wäre das wenigstens eine einleuchtende Erklärung. Ich schreibe Val rasch, dass ich mich auf ihren Besuch freue, aber alles in Ordnung sei, und lege das Handy beiseite. Dann schließe ich die Augen für einen Moment und stütze den Kopf in meine Hände.

Was ist nur los mit mir? Warum werde ich diese komischen Gefühle für Chris nicht los? Ich spüre, wie die Verzweiflung in mir wächst und meine Augen sich mit Tränen füllen. Das kann so nicht weiter gehen. Ich muss der Sache ein Ende setzen. Wie soll ich denn bloß Tom heiraten, wenn ich ständig an einen anderen Mann denken muss?

Entschlossen öffne ich die Augen wieder. Mein Handy leuchtet auf und durch den Tränenschleier entdecke ich eine eingegangene Nachricht. Erst nach ein paar mal blinzeln kann ich lesen, was dort steht. Es ist ausnahmsweise keine Nachricht von Val oder Timo, sondern eine Newsletter-Mail von einem größeren Verlagshaus.

Erinnerung: Morgen Abend beginnt die »Nacht der Liebesromane« – ergattern Sie jetzt eines der letzten Tickets!

Bei der Betreffzeile fällt mir wieder die ursprüngliche Einladung ein, die ich vor ein paar Monaten erhalten habe. Es handelt sich um ein Liebesroman-Event, bei dem einige deutschlandweit bekannte Autorinnen aus ihren neuen Romanen lesen. Schon beim ersten Lesen der Mail hätte ich mich am liebsten gleich angemeldet, doch der hohe Ticketpreis und der Veranstaltungsort München haben mich damals davon abgehalten.

München!

Ich halte kurz die Luft an. Die Idee ist genial. Wieso bin ich nicht schon früher darauf gekommen? Ich fahre einfach zu Chris und wenn ich ihm dann gegenüberstehe, werde ich schon merken, dass der Traum nichts anderes war, als eben genau das: ein Traum. Die Gelegenheit ist günstig. Wenn ich Tom von dem Liebesroman-Event erzähle, wird er sicher keine Fragen stellen. Er müsste nie erfahren, dass ich vor der Hochzeit plötzlich Panik geschoben habe. Im Gegenteil: Er würde mich ermuntern, an der Veranstaltung teilzunehmen. Er weiß, wie gern ich dort hingefahren wäre und dass ich mir manchmal zu wenig gönne, weil ich kleinlich auf das Geld achte. Mit dem Zeigefinger wische ich mir die letzten, verbliebenen Tränen aus dem Gesicht und lächle zuversichtlich. Jetzt wird bestimmt alles wieder gut.

Frischen Mutes trinke ich den Kaffee aus und will gerade das Büro verlassen, als jemand die Tür öffnet.

»Betti!«, rufe ich verdutzt. »Was machst du denn hier… und, oh! Ludwig, du auch?«, ergänze ich, als hinter der kleinen Frau mit dem schulterlangen, grauen Haar ihr hochgewachsener Ehemann auftaucht.

»Emi, Schätzchen, komm mal her«, antwortet Betti nur und fällt mir um den Hals. Wenn man das überhaupt so nennen kann, denn Betti ist gut einen Kopf kleiner als ich. Während Ludwig leise die Bürotür hinter sich schließt, lässt Betti nicht mehr von mir ab. Das süßliche Parfüm, das sie schon trägt, seit ich sie kenne, steigt mir in die Nase.

»Betti, was ist-«, setze ich an, doch sie unterbricht mich, indem sie mich noch fester drückt als zuvor. Ludwig zuckt nur mit den Schultern und lässt sich auf dem Hocker neben dem Schreibtisch nieder.

Als Betti sich endlich von mir löst und einen Schritt zurückweicht, greift sie nach meinen Händen.

»Betti – ich freue mich, dass ihr hier seid, wirklich. Aber stimmt etwas nicht? Du wirkst so … beunruhigt«, sage ich zögerlich.

Als hätte das etwas in ihr ausgelöst, umschlingt sie meinen Körper erneut und beginnt zu schluchzen. Merkwürdiger könnte dieser Augenblick kaum sein.

Betti und Ludwig waren die vorherigen Besitzer des Lesecafés. Nach meinem Abitur habe ich bei ihnen die Ausbildung zur Buchhändlerin begonnen und gleich nach der bestandenen Abschlussprüfung boten sie mir an, den Laden zu übernehmen. Es war eine Win-Win-Situation: Ich konnte mir meinen Traum erfüllen und das Café weiterführen und meine Chefin und mein Chef, die mehr wie Großeltern für mich waren, wussten ihr Lebenswerk in guten Händen. Endlich konnten sie mit Ende sechzig in den wohlverdienten Ruhestand gehen. Seitdem schauen sie zwar gelegentlich im Laden vorbei, sind aber entweder nur auf einen Kaffee im Besuchsraum da oder sie kündigen sich zumindest vorher an. Noch nie sind sie mir nichts, dir nichts ins Büro marschiert und obwohl Betti und ich stets ein enges Verhältnis zueinander hatten, kann ich die Gelegenheiten, an denen sie mir überraschend um den Hals fiel, an einer Hand abzählen. Zuletzt auf der Beerdigung von Ernas Mann Josef.

Während ich rätsele, was es mit diesem Besuch auf sich hat, spüre ich, wie Bettis Tränen sich einen Weg durch meine Kleidung bahnen. In kurzer Zeit ist mein hellblaues Shirt tropfnass und dunkel verfärbt.

»Ist gut, Schatz. Lass Emily mal durchatmen«, greift nun der sonst eher zurückhaltende Ludwig ein und legt seiner Frau sacht eine Hand auf die Schulter. Da erst scheint Betti zur Besinnung zu kommen, lässt mich behutsam los, streicht sich die Kleider glatt und tupft sich mit einem Taschentuch die Tränen aus dem Gesicht.

»Es ist schön, dich zu sehen, kleine Emi«, sagt sie, sobald sie sich wieder gefasst hat. Normalerweise würde ich jetzt protestieren, wie jedes Mal, wenn sie mich »kleine Emi« nennt, denn das ist unser Ding. Sie nennt mich so, ich beschwere mich scherzeshalber und trotzdem nennt sie mich beim nächsten Mal erneut »kleine Emi«. Jetzt aber gehe ich nicht darauf ein, denn es scheint mir der verkehrte Moment zu sein.

»Ich … freue mich auch, Betti. Ist alles in Ordnung? Ist was passiert?«

Betti schluckt und holt tief Luft.

»Du warst schon immer so rücksichtsvoll. Hast immer an andere gedacht, statt an dich selbst. Bei uns ist alles in Ordnung, Schätzchen. Die Frage ist: Wie geht es dir? Können wir irgendetwas für dich tun?«

Betti klingt auf einmal, als hätte sie keine einzige Träne vergossen. Plötzlich hat sie sich wieder völlig unter Kontrolle, streicht sich elegant eine Strähne aus dem Gesicht und lächelt mich liebevoll an.

»Wie es mir geht? Hat Val etwa…« Ich unterbreche mich. Falls Val wirklich was von dem Traum ausgeplaudert haben sollte, dann ist das eine Sache zwischen ihr und mir. Und geht Betti und Ludwig nichts an. Die zwei haben nämlich nicht nur mich in ihr Herz geschlossen, sondern vor langer Zeit auch Tom. Es wäre falsch, ihnen von Chris zu erzählen, zumal das alles passiert ist, bevor ich sie richtig kennenlernte. Schließlich hatten Chris und ich uns bereits kurz nach dem Abitur getrennt, als ich gerade erst meine Ausbildung begann.

»Mir geht es gut, Betti, wirklich. Solange es euch auch gut geht?«, frage ich mit einem Blick auf Ludwig. Der setzt ein leicht gezwungenes Lächeln auf, nickt aber stumm. Es ist also nichts Schlimmeres passiert, denn Ludwig hätte es mir erzählt. Er ist der ehrlichste Mensch, den ich kenne. Und der Schweigsamste, zugegebenermaßen.

»Aber es gibt da tatsächlich etwas, wobei ihr mir helfen könntet«, überlege ich.

Erfreut blickt mich Betti an und ein Lächeln huscht über ihr Gesicht.

»Alles, was du möchtest, Emily.«

»Ich … nun, ich müsste für ein, zwei Tage verreisen. Morgen beginnt die »Nacht der Liebesromane« in München und ich würde gern hinfahren. Natürlich nur, falls ihr nach dem Laden sehen könntet«, setze ich rasch hinzu, als Bettis Gesichtsausdruck von Erleichterung in Verwunderung übergeht.

»Aber natürlich machen wir das«, antwortet sie nun und wirft Ludwig einen hastigen Blick zu. Dieser nickt bekräftigend.

»Selbstverständlich schauen wir nach dem Café. Dafür hast du uns doch, Emily«, sagt er lächelnd und fährt sich mit der flachen Hand über das Haar – oder besser gesagt: über den Haarkranz, der noch übrig ist.

»Ich danke euch beiden. Das bedeutet mir viel!«

»Wenn es dir hilft, tun wir es doch gerne. Du kannst dir auch gern noch länger frei nehmen. Wir sind für dich da. Und wenn du sonst noch etwas brauchst, sag uns Bescheid.« Betti drückt lächelnd meine Hand.

Irgendetwas geht hier vor sich, doch ich durchschaue noch nicht recht, was. Die zwei verheimlichen etwas vor mir, aber kann ich es ihnen übel nehmen? Ich habe selbst etwas zu verbergen. Einen verbotenen Traum, der nicht hätte geträumt werden dürfen. Weil ich bald heiraten werde. Weil ich glücklich bin. Weil Tom mein Mann fürs Leben ist. Und nicht Chris.

Erwartungsvoll sehen Betti und Ludwig mich an. Vermutlich haben sie noch etwas auf dem Herzen, doch sie sagen nichts. Heute werde ich es kaum noch aus ihnen herausbekommen. Ich muss das wohl auf übermorgen vertagen, wenn ich aus München zurückgekehrt bin und meine Angelegenheiten geklärt habe.

Ich nehme die zwei noch einmal in den Arm, bedanke mich von ganzem Herzen für ihre Unterstützung und binde mir wieder eine Schürze um. Die Arbeit ruft. Schließlich übertönt sie alle Gedanken an Chris und das kann ich gerade gut gebrauchen.

* * *

»Em, bist du da?«, tönt es durch den Laden.

Ich habe ihn vor einer guten Stunde geschlossen und zusammen mit Elif Ordnung gemacht. Da sie jedoch schon längst Feierabend hatte und noch für eine Klausur lernen musste, habe ich den Rest selbst erledigt und Elif nach Hause geschickt. Anschließend habe ich mich mit meiner aktuellen Lektüre – dem neuen Fitzek-Thriller – in einen der bequemen Sessel gesetzt. Das gehört zu meiner Tagesroutine, seit ich das Café übernommen habe. Nachdem der letzte Gast gegangen ist und bevor ich in meine Wohnung hochgehe, setze ich mich eine halbe Stunde lang mit einem Buch hin und genieße die Ruhe. Wann nimmt man sich sonst die Zeit zum Lesen? Immer steht irgendetwas Wichtiges an. Ich müsste dringend Einkäufe erledigen. Das Katzenklo könnte mal wieder gründlich gereinigt werden. Den ein oder anderen Vorsorgetermin bei meinen Ärzten sollte ich auch mal wahrnehmen. Eine Runde Joggen täte mir gut.

Wenn ich mir nicht bewusst jeden Tag diese dreißig Minuten nähme, um zu lesen, würde ich sie mir nur selten gönnen. Vielleicht mal eine Stunde am Wochenende oder gar nur eine alle paar Wochen? Um das zu verhindern, habe ich mir diese Tradition einfallen lassen – und es klappt. Dadurch vernachlässige ich nicht einmal andere Sachen, sondern ich nutze meine Zeit effizienter und schaffe all die übrigen Dinge trotzdem.

Obwohl das Buch gerade richtig spannend wurde und ich am liebsten noch die restlichen hundertfünfzig Seiten gelesen hätte, raffte ich mich nach der halben Stunde Lesezeit dazu auf, einen Cappuccino mit unserer High-Tech-Kaffeemaschine zuzubereiten. Val hatte sich angekündigt und nachdem ihre Stimme gerade durch den Laden hallte, schaut ihr Kopf auch schon um die Ecke.

»Hier bist du also«, stellt sie fest und drückt mich kurz, aber herzlich.

»Hey, Val. Hast du die Tür wieder abgeschlossen?«

Neben Timo hat auch Val einen Schlüssel für das Café und meine Wohnung. Man weiß ja nie, wozu das gut sein kann.

»Klar doch. Jetzt kann uns kein Kunde auf die Nerven gehen… Habe ich das etwa laut gesagt?«, fügt sie schmunzelnd hinzu und schlägt verschwörerisch die Hand vor den Mund.

»Schon gut«, antworte ich grinsend und reiche ihr eine Tasse.

»Wie … geht es dir?«, fragt Val zögernd und nimmt einen kleinen Schluck.

»Wieso fragen mich das heute alle? Mir geht es gut. Ich habe einen Plan.«

»Sie machen sich nur Sorgen. Es ist schön, wenn es dir gut geht. Es ist aber auch okay, wenn du dich mies fühlst.«

Sie nimmt noch einen Schluck Cappuccino und wischt sich das Schaumbärtchen über den Lippen weg.

»Du hast also einen Plan? Welchen?«

»Betti und Ludwig kümmern sich zwei Tage lang um den Laden. Ich muss nach München fahren.«

»Nach München? Wieso denn das?«

Ich überlege, wie viel sie weiß, entschließe mich dann jedoch dazu, nichts zu verraten. Wenn mein Plan aufgeht, ist Chris in zwei Tagen wieder Geschichte und ich kann mich auf die Hochzeit mit Tom konzentrieren. Dann müsste nie jemand von meinen Zweifeln erfahren. Auch nicht Val.

»Da ist so ein Liebesroman-Event. Du weißt schon, Buchhändler-Kram. Ich wollte sowieso schon lange dahin, doch dann dachte ich, es sei besser, das Geld für die Hochzeit zu sparen. Aber wenn Tom diesen neuen Auftrag bekommt, dann reicht das Geld auch so… Ist was?«, frage ich Val, als sie sich an ihrem Getränk verschluckt und die Tasse hustend wieder auf den Tisch stellt.

»Alles okay«, gibt sie unter Hustenanfällen zu verstehen und streckt abwehrend ihre Hand von sich. Als sie sich wieder eingekriegt hat, antwortet sie: »Die Ablenkung wird dir sicher gut tun. Ich könnte dich begleiten, wenn du möchtest. Dann verschiebe ich meine Termine im Salon auf nächste Woche. Das ist sicher kein Prob-«

Ich schüttle schnell den Kopf.

»Das brauchst du wirklich nicht, Val. Danke, aber das ist für dich total öde. Du kennst die Autorinnen gar nicht und ich sehe dich nie ein Buch lesen. Versteh mich nicht falsch, aber du wärst fehl am Platz.« Gut gerettet, Em, denke ich. Val wäre tatsächlich völlig fehl am Platz, wenn ich mit Chris spreche, um ihn endlich aus meinen Gedanken zu verjagen.

»Okay, wenn du meinst…«, antwortet Val schließlich. »Wann geht's denn los?«

»Gleich morgen früh. Ich buche heute Abend noch das Ticket, wenn ich mit Tom gesprochen habe.«

Entsetzt und mitleidig zugleich sieht Val mich an.

»Wenn du mit Tom-«

»Ja, ich weiß, was du denkst. Er kann auch nichts anfangen mit dem Bücherkram, aber er steht bei sowas immer hinter mir. Wenn ich fahren will, wird er einverstanden sein. Außerdem hat er diese Woche selbst genug um die Ohren mit dieser neuen Webseite, da würden wir uns eh kaum sehen.«

Plötzlich springt Val vom Stuhl auf, läuft auf mich zu und nimmt mich fest in den Arm. Als sie sich von mir löst, drückt sie mir einen dicken Kuss auf die Stirn.

»Em, ich liebe dich. Du bist meine beste Freundin. Ich bin immer für dich da, egal was-«

»Val, ich liebe dich auch. Danke für alles. Ich brauche jetzt einfach nur ein bisschen Zeit für mich«, sage ich ausweichend, stoße sie sanft von mir und wische mit einem nassen Lappen über den Tresen, als ihr Handy klingelt. Val nimmt den Anruf nicht an.

»Geh ruhig ran, Süße«, fordere ich sie lächelnd auf. Es kostet mich Mühe, ihr nicht um den Hals zu fallen und ihr all meine Sorgen bis ins Detail zu schildern. Meine plötzlich aufkeimenden Gefühle für Chris. Die Zweifel an der Hochzeit. Der wahre Grund für meinen Münchentrip. Ich muss sie schnell loswerden, sonst verplappere ich mich noch.

»Ich muss sowieso gleich noch was erledigen. Wir sehen uns spätestens am Wochenende, ja?« Ich bin beeindruckt, wie locker und beiläufig ich das gerade gesagt habe.

Irritiert blickt Val erst mich an, dann das Handy.

»Dir geht es wirklich gut?«

»Mir geht es gut. Na los, jemand verlangt nach dir«, sage ich lachend und deute auf das Handy.

»Meld dich, Süße, und pass auf dich auf«, sagt sie ermahnend, gibt mir einen Kuss auf die Wange, schnappt sich ihre Handtasche und zieht mit ihrem Handy am Ohr von dannen.

»Ich verstehe es auch nicht«, murmelt sie noch an ihren Gesprächspartner gewandt, dann fällt die Ladentür ins Schloss.

* * *

Als Tom von der Arbeit zurückkommt, habe ich meine Portion Spaghetti bereits aufgegessen. Da er heute nicht sonderlich gesprächig ist, spiele ich den Alleinunterhalter. Erzähle ihm von meinem komischen Tag. All den merkwürdigen Kommentaren. Und dem Plan, nach München zu fahren. Als ich das Liebesroman-Event anspreche, blickt er nicht einmal zu mir auf. Zum Glück, denke ich, denn ich bin eine schlechte Lügnerin. Ein Wunder, dass Val nicht bereits meine wahren Absichten entlarvt hat!

»Klar, tu das, Liebling. Da wolltest du doch schon immer mal hin… Haben wir noch mehr Sauce?«, fragt er dann und als ich nicke, erhebt er sich und läuft mit seinem Teller in die Küche, um sich einen Nachschlag zu holen.

»Wann geht denn dein Zug?«, fragt er, als er sich wieder gesetzt hat, und schiebt sich eine volle Gabel mit Spaghetti Bolognese in den Mund.

»Ich wollte gegen halb sieben losfahren. Es wird also eine kurze Nacht. Das Ticket muss ich gleich noch buchen.«

Ich fühle mich elend, Tom anzulügen, doch was soll ich tun? Im Endeffekt mache ich es ja für uns. Wenn ich mir jetzt nicht Gewissheit über meine Gefühle verschaffen kann, wann dann?

»Puh, so früh schon! Na gut, es kommt mir eigentlich ganz gelegen. Ich werde die nächsten Tage sowieso viel um die Ohren haben, da fühle ich mich dann nicht ganz so schlecht, wenn ich nicht bei dir sein kann. Soll ich uns morgen Brötchen zum Frühstück holen?«, bietet Tom an.

»Dafür habe ich wohl keine Zeit. Ich werde am Bahnhof einen Happen essen, während ich auf den Zug warte. Oder ich hole mir was im Bordbistro im ICE. Ich muss mal schauen.«

Tom nickt bloß und isst weiter. So schweigsam, wie er heute ist, kenne ich ihn gar nicht. Seltsam. Dieses Verhalten rundet den ohnehin merkwürdigen Tag auf ungewöhnlich passende Weise ab.

Weil in meinem Inneren noch das Gefühlschaos brodelt, Tom heute zu keinem anständigen Gespräch mehr fähig ist und ich gleich schlafen gehen sollte, um nicht todmüde im Zug zu sitzen, schnappe ich mir meinen Laptop und buche schnell das Bahnticket. Anschließend spüle ich die Kochtöpfe aus und räume unsere Teller geistesabwesend in die Spülmaschine ein. Nachdem ich sie angestellt habe und sie sich leise surrend in Gang setzt, gehe ich ins Bad und mache mich bettfertig. Ich betrachte mich im Spiegel. Müde Augen starren zurück, mein Haar steht in Fransen von meinem Kopf ab. Um den gruseligen Anblick nicht länger ertragen zu müssen, wische ich mir rasch mit einem Lappen über das Gesicht, trage eine Nachtcreme auf und krieche kurz darauf ins Bett.

Tom schläft bereits tief und fest.

4. Kapitel

Ruhig und verlassen liegt der Bahnhof vor mir. Die Morgensonne zeigt sich am wolkenlosen Himmel und die ersten zarten Strahlen legen sich auf die Gleise. Es verspricht ein herrlicher Junitag zu werden. Eine Taube gurrt und tapst mit wippendem Kopf über den Bahnsteig. Gelegentlich höre ich von der Straße her Motorenlärm und ein paar Autos und ein Bus fahren vorbei. Ansonsten liegt Stille über dem Bahnhof, wie eine große Glocke. Ich schaue auf die digitale Anzeigetafel, die verkündet, meine Bahn träfe in drei Minuten ein. Immerhin pünktlich, denke ich erleichtert. Als ein stetig lauter werdendes Quietschen die sich nähernde Bahn ankündigt, trete ich einen Schritt an die Bahnsteigkante heran.

Außer meiner übergroßen Handtasche habe ich nichts dabei. Ich hatte erst überlegt, den kleinen Reisetrolley zu packen, doch was brauche ich schon bei einer einzigen Übernachtung? Ein Schlafshirt, Wechselkleidung und der Kulturbeutel sollten ausreichen. Zumal ich ja noch gar nicht weiß, was mich in den nächsten Stunden erwartet. Ich umklammere meine Tasche fest, während ich auf den blinkenden Knopf an der Bahn drücke. Nahezu lautlos gleiten die Türen nach links und rechts. Mit einem mulmigen Gefühl in der Magengegend betrete ich die S-Bahn. Ich bin noch nie gern Bahn gefahren, schon gar nicht alleine. Ich sehe mich um. Im Abteil links von mir hängt ein Mann meines Alters schief auf dem Sitz, die Kapuze seiner Sweatjacke weit über den Kopf gezogen. Vermutlich schläft er. Ansonsten ist das Abteil leer. Ich wende mich nach rechts und setze mich auf einen Platz am Fenster.

Glücklichweise ist heute Dienstag und somit bleiben mir die Party-Leute erspart, die diese Bahn am Wochenende üblicherweise bevölkern. Oft begegnet man dann angetrunkenen, jungen Frauen in allzu knappen Röcken und grölenden oder – je nach Uhrzeit – schlafenden Männern, die nach Alkohol und Zigarettenrauch stinken und im Anschluss an eine lange, durchzechte Nacht den Weg nach Hause antreten.

Doch die jetzt herrschende, vollkommene Stille, gelegentlich durchbrochen von einem Schnarcher des Sweatshirt-Typen, ist mir fast genauso unheimlich. Während die Bahn Station für Station durch die umliegenden Kleinstädte fährt, blicke ich aus dem Fenster und betrachte die schöne Landschaft. Ich mag es hier in meiner Heimat, alles ist mir vertraut. Natürlich gibt es auch in kleinen Städten oder Dörfern Streit und Intrigen – vielleicht sogar gerade dort – aber hier wird mein Bedürfnis nach Harmonie besser gestillt als in überlaufenen Großstädten. Die machen mir eher Angst mit ihren breiten, mehrspurigen Straßen, der ständigen Hektik, dem Lärm und den vielen Menschen. Dort könnte ich nie zur Ruhe kommen und stünde unentwegt unter Strom. So gerne ich mich in meinen Gedanken in fremde Länder und an ferne Orte träume, so wenig hat das tatsächlich Platz in meinem Leben. Eine Doku über die Bahamas? Klasse. Ein Roman, der in Argentinien spielt? Spannend. Aber wirklich in ein Flugzeug steigen und die Welt erkunden? Unvorstellbar.

Schon kurze Entfernungen bereiten mir Unbehagen. Wenn ich verreise, dann nur in der sicheren Gesellschaft Toms. Oder zur Buchmesse, denn da fahre ich schon seit Jahren hin. Stets in dieselben Hotels, in Frankfurt wie in Leipzig. Einfach so in einen Zug nach München steigen, um einen Ex zu treffen, mit dem ich seit einer gefühlten Ewigkeit kein Wort gewechselt habe – das sieht mir ehrlich gesagt gar nicht ähnlich. Aber was bleibt mir übrig, wenn ich meine Beziehung mit Tom retten will? Diese merkwürdigen Gefühle für Chris sind immer noch da. Sie werden bestimmt nicht von allein verschwinden. Außerdem ist es, als zöge mich eine magische Kraft nach München. Ich *muss* einfach dorthin.

Zum Glück hatte Tom heute Morgen die Gelegenheit beim Schopfe gepackt und ist ebenfalls früh zur Arbeit gefahren. Noch während ich unter der Dusche stand, hörte ich die Wohnungstür zufallen. Das war für mich eine echte Erleichterung, denn ich wüsste nicht, wie ich ihm hätte gegenübertreten können. *Guten Morgen Schatz, ich fahre jetzt nach München, um meinen Ex zu treffen, damit ich mir sicher sein kann, dass ich dich wirklich heiraten will?* Klingt nicht so gut. Das hätte selbst den entspannten Tom aus der Ruhe gebracht. Immerhin sitze ich nun schon einmal in der Bahn und nähere mich meinem Ziel. In einigen Stunden habe ich endlich Gewissheit. Ich muss das hier einfach tun, so verrückt es auch ist. Ein optimistisches Lächeln huscht über mein Gesicht und ich atme tief durch.

* * *

Als die Bahn am Wuppertaler Hauptbahnhof hält, schwinge ich mir meine Handtasche über die Schulter und mache mich rasch auf den Weg zu einer Bäckerei. Da ich den Bahnhof kenne, muss ich wenigstens nicht suchend umherirren, wie sonst beim Umsteigen. Das war neben dem günstigen Ticketpreis der große Pluspunkt dieser Bahnverbindung. Da nehme ich es auch gerne in Kauf, ein oder zwei Stunden länger unterwegs zu sein. Ich quetsche mich zwischen den Berufspendlern hindurch und ergattere rechtzeitig ein belegtes Brötchen und einen Kaffee to-go. Dann laufe ich schnell die Treppen hinauf zu meinem Gleis, wo gleich schon der ICE abfahren soll. Ich habe das Brötchen gerade aufgegessen und wische mir mit der Serviette über den Mund, als der Zug einfährt und mir der Fahrtwind um die Ohren weht. Ich werfe Kaffeebecher und Brötchentüte eilig in den Mülleimer, dann steige ich in den Zug ein.

Hier ist es deutlich voller als noch in der S-Bahn. Geschäftsreisende tippen auf Laptop-Tastaturen, Urlauber haben ihre großen Koffer in der Gepäckablage verstaut, Zugbegleiter laufen durch die Abteile und knipsen oder scannen die Tickets ab. Da viele der Sitzplätze für Teilstrecken bereits reserviert sind, muss ich durch zwei Waggons laufen, bis ich endlich einen freien Platz entdecke. Wieder am Fenster, jubele ich innerlich. Dann kann ich hinausschauen und die Aussicht genießen. Ich lasse mich in den bequem gepolsterten Sitz fallen und seufze erleichtert. Jetzt kann ich es mir für die nächsten fünf Stunden gemütlich machen, so gut es geht.

Ich fische meine Kopfhörer aus der Handtasche und stecke sie in mein Handy. Ein bisschen Musik hören wird mir guttun. Während ich durch meine Playlists scrolle, bleibe ich bei Sunrise Avenue hängen. Es ist, als hätten meine Finger ein Eigenleben. Ich sehe ihnen dabei zu, wie sie das erste Album von 2006 auswählen und direkt den Song »All because of you« antippen. Als Samu zu singen beginnt und der ICE losfährt, schaue ich aus dem Fenster und sehe Felder und Wiesen vorbeiziehen. Die Sonne zeigt sich von ihrer besten Seite und ich muss gelegentlich blinzeln, wenn ich geblendet werde. Ich spüre, wie die Musik sich kribbelnd durch meinen Körper zieht, bis mein Herz ganz schnell und im gleichen Takt klopft.

Das Lied versetzt mich sofort zurück in die Sommer, die ich gemeinsam mit Chris verbracht habe. Nachdem wir uns schon seit der Kindheit aus der Nachbarschaft gekannt hatten, waren wir uns im Herbst nach Beginn der elften Klasse auf einer Hausparty näher gekommen. Val war damals mit einem Typen von einer anderen Schule verschwunden und Chris und ich tranken einen Drink nach dem anderen, bis ich irgendwann kichernd auf seinem Schoß saß. Die meisten Gäste waren zu dem Zeitpunkt schon gegangen, auch den Gastgeber konnten wir nicht ausfindig machen.

»Wir sollten gehen«, sagte Chris damals und strich mir zärtlich eine Strähne, die sich aus meinem Dutt gelöst hatte, hinter die Ohren.

»Ich will aber noch nicht gehen…«, murmelte ich als Antwort, mein Gesicht in seinem Nacken vergrabend.

»Ein bisschen frische Luft wird dir guttun«, beharrte er aber und hob mich sanft hoch. Ich torkelte etwas nach hinten und musste zugeben, dass er recht hatte. Er muss meine Jacke aus dem Nebenzimmer geholt haben, jedenfalls waren wir kurz darauf draußen auf der Straße und liefen durch die dunkle Herbstnacht. Ich musste mich bemühen, nicht auszurutschen, was nicht nur an meinem Alkoholpegel, sondern auch an dem nassen Laub lag. Hinzu kam, dass meine Stiefel nicht unbedingt das beste Profil besaßen. Chris hakte mich unter seinen Arm und bugsierte mich gekonnt durch die Straßen.

In unserer Stadt fuhren nachts keine Busse. Wenn man sein Taschengeld nicht für ein Taxi ausgeben wollte, blieb einem nur übrig, einen der Älteren um eine Mitfahrgelegenheit zu bitten oder nach Hause zu laufen. Da Chris' Familie immer schon eine Straße neben uns in der Wohnsiedlung gewohnt hatte, mussten wir ohnehin in dieselbe Richtung. Ich weiß nicht mehr genau, worüber wir auf dem Weg redeten, doch ich kann mich noch an einzelne Momente erinnern. Mir war kalt, und da Chris selbst nur einen dünnen Pulli trug, versuchte er, uns abzulenken. Er begann zu singen.

»…und wenn ein Lied meine Lippen verlässt…«

»Chris, im Ernst jetzt? Söhne Mannheims? Das ist doch selbst für dich zu schnulzig«, lachte ich.

»Wirklich? Ich wollte eigentlich ›Femme Like U‹ singen, aber ich kann ja kein Französisch, da kommt dann nur Kauderwelsch raus bei mir…« Entschuldigend zuckte er mit den Schultern, lachte und zog mich näher an sich heran.

»Oh, du Charmeur! Was täte ich nur ohne dich!«, seufzte ich theatralisch und umklammerte ihn fester. Die kalte Nachtluft tat mir gut und ich wurde langsam wieder nüchtern. Das hatte den kleinen Nebeneffekt, dass ich plötzlich nervös wurde angesichts der Tatsache, dass Chris und ich allein nach Hause liefen. Eigentlich war das zwar nichts Besonderes, aber an diesem Abend spürte ich dieses Knistern in der Luft. Bis dahin war mir nie in den Sinn gekommen, Chris als *Mann* zu betrachten, aber das sah nun anders aus. Wie konnte ich nicht bemerken, wie er sich entwickelt hatte? Wie aus meinem Spielplatz-Kumpel ein so attraktiver Mann geworden war? Jahrelang waren wir nur in der Parallelklasse gewesen, aber durch die vielen Partys und unsere gemeinsamen Kurse in der Oberstufe kamen wir in der letzten Zeit zunehmend häufiger in Kontakt.

Während Chris sich von mir losriss und weiter singend die Straße entlanglief – ja, immer noch die Söhne Mannheims! – beobachtete ich ihn schmunzelnd. Ich mochte sein schulterlanges, blondes Haar, das ihm einen verwegenen Surferboy-Look verlieh. Seit ein paar Monaten ging er außerdem ins Fitnessstudio und das sah man auch. Allmählich nahm sein Oberkörper Form an. In dieser Nacht erkannte ich, wie viel mir Chris schon die ganze Zeit über bedeutete. Und in dieser Nacht küssten wir uns das erste Mal. Nicht vor der Haustür zum Abschied, wie man es aus Filmen kennt. Wir konnten nicht so lange warten. Noch auf halbem Weg drehte sich Chris plötzlich zu mir um, nahm meine Hände in die seinen und küsste sie.

»Emi, ist alles okay? Deine Hände sind ja ganz kalt.« Er rieb seine Handflächen an meinen und pustete warme Luft darauf.

»Es ist nicht okay, Chris. Es … ist perfekt«, gab ich zu und lächelte. »Du … ich… Ich weiß nicht, wie ich es sagen soll…«

»Ich weiß, was du meinst, Emi. Ich kann es auch nicht beschreiben.« Mit diesen Worten blieb er stehen, schlang seinen Arm um meine Schultern und drehte den Kopf zu mir. Ihm in die Augen zu schauen, raubte mir den Atem. Sehnsuchtsvoll lehnte ich mich vor, um ihn zu küssen, doch Chris wandte sich von mir ab.

»Emi, ich will nicht, dass du das morgen bereust. Du hast getrunken und…«

»Ich werde es nie bereuen«, sagte ich noch, dann drehte ich seinen Kopf zu mir zurück und küsste ihn endlich. Erst zögerlich, dann immer leidenschaftlicher. Es war, als hätten wir an dem Abend erst begriffen, was wir tief im Innern schon immer gewusst hatten. Wie war das nochmal? *Tausendmal berührt…*

Als Chris sich dazu entschloss, meiner Aussage Glauben zu schenken und mich zurück küsste, flatterten zum ersten Mal Schmetterlinge durch meinen Bauch. Okay, es war nicht mein erster Kuss, aber es war der Erste, der für mich zählte. Weil er etwas bedeutete. Als wir uns an meiner Haustür verabschiedeten, war ich wieder völlig nüchtern und doch fühlte sich alles so unwirklich an. Bevor ich ging, standen wir minutenlang vor der Tür, Arm in Arm, die Augen geschlossen, und genossen einfach nur den Augenblick. Dass mir kalt war, hatte ich da schon längst vergessen.

* * *

»Entschuldigen Sie, junge Dame, ist hier noch frei?«

Eine korpulente, ältere Frau reißt mich aus meinen Tagträumereien und deutet auf den Sitz neben mir.

»Natürlich, klar doch«, antworte ich irritiert und ziehe meine Tasche vom Nebensitz auf meinen Schoß. Ein Blick aus dem Fenster verrät mir, dass wir bereits in Köln halten. Die letzte halbe Stunde habe ich wie in Trance verbracht und das Sunrise Avenue-Album ist schon fast bis zum Ende durchgelaufen. Ich scrolle durch die Lieder und wähle ein etwas schnelleres in der gemischten Playlist aus, um nicht sofort wieder in Gedanken zu versinken. Es ist, als hätte die räumliche Distanz zu Tom ihn auch emotional von mir fortgeschoben. Je länger ich in diesem Zug sitze, desto mehr denke ich an Chris und desto eher verdränge ich Tom. Das schlechte Gewissen wegen dieses Münchentrips schiebt sich in meinen Hinterkopf und die positiven Gefühle nehmen überhand. Ich empfinde tatsächlich Vorfreude bei dem Gedanken daran, bald Chris wiedersehen zu können! Meine Musik-Playlist macht mir allerdings rasch einen Strich durch die Rechnung und lässt mich nicht lange zufrieden. Als der Zufallsgenerator zu James Blunts »Tears and Rain« springt, meinem Liebeskummer-Song während der Trennungsphase von Chris, kommen all die alten Gefühle wieder hoch.

Wir hatten fast drei wunderschöne Jahre zusammen. Seit der besagten Partynacht waren wir ein Herz und eine Seele. Unsere Familien waren glücklich, weil sie sich schon lange kannten und einander vertrauten, Val war glücklich, weil ich es war, und ich war glücklich, weil ich Chris hatte. Wir genossen unsere Zeit zusammen und taten all die Dinge, die junge verliebte Pärchen tun. Vor dem Abitur besuchten wir gemeinsam einen Tanzkurs und auf dem Abiball tanzten wir ungebändigt zu schnellen Popsongs und traten eng umschlungen bei ruhigen Liebesliedern auf der Stelle. Es war perfekt. Oder: Es hätte perfekt sein können. Wäre da nicht das Leben gewesen.

Für mich war spätestens seit meinem Deutsch-Leistungs-kurs klar gewesen, dass ich Buchhändlerin werden wollte. Als ich im Frühling vor dem Abi meine Bewerbung bei Betti und Ludwig abgegeben hatte, drückte Betti sie mir gleich wieder zurück in die Hand und sagte bloß: »Du kannst am 01.09. anfangen!« Ich war überglücklich. Schon seit Jahren war ich selbst Stammgast in dem Lesecafé gewesen und ich freute mich darauf, dort meine Ausbildung absolvieren zu können.

Chris allerdings war schon immer ehrgeiziger als ich gewesen, seine guten Noten spiegelten das wider. Er wollte wie sein Vater Jura studieren und Anwalt werden. Ich ging zunächst davon aus, er würde sein Studium wie unsere Mitschüler in Bochum oder Münster aufnehmen. Ihm wäre das auch recht gewesen, aber seine Eltern hatten andere Pläne. Nachdem er die Zusagen für mehrere Unis sicher hatte, verlangten sie von ihm, dass er sich für München ein-schrieb. Dort besaßen sie eine Eigentumswohnung, die sich sein Vater nach seiner eigenen Studienzeit dort gekauft hatte. Chris' ältere Schwester Luisa lebte damals in der Wohnung, doch mit ihren 78 Quadratmetern blieb noch ausreichend Platz für Chris. Außerdem hatte ein ehemaliger Studienkollege seines Vaters bereits zugesichert, Chris nach dem Studium eine Stelle in seiner angesehenen Münchner Kanzlei anzubieten.

Es war also beschlossene Sache, Chris blieb kaum eine Wahl. Er hätte sich zwar woanders einschreiben können, dann hätte er sich das Studium jedoch mit Gelegenheitsjobs finanzieren müssen. Außerdem hatte er stets viel Wert auf die Meinung seiner Eltern gelegt.

Und so kam es, dass wir Mitte September am Bahnsteig standen. Die meisten Sachen hatte Chris bereits am Wochenende zuvor mit seinen Eltern in die Wohnung gebracht. Ich erinnere mich noch an diesen Tag, als sei es gestern gewesen. Der Kloß in meinem Hals war riesig. Schon seit dem Morgengrauen war ich nah am Wasser gebaut. Am Bahnhof verabschiedeten sich Chris' Eltern etwas früher von ihm, um uns Zeit für den Abschied zu geben. Chris schüttelte immer wieder den Kopf.

»Es tut mir so leid, Emi. Es ist ein Fehler, es ist ganz sicher ein Fehler…«

»Chris, sag das nicht! Du bist zu Größerem bestimmt. Du würdest unglücklich werden in unserer Kleinstadt. Du… musst das einfach tun.« Ich schluckte und versuchte, mir selbst zu glauben. Zu glauben, dass er das Richtige tat, obwohl alles in mir danach schrie, ihn davon abzuhalten.

»Und du willst es wirklich so?«, fragte er und strich mir mit dem Daumen liebevoll über die Handflächen.

Wir hatten vereinbart, keine Fernbeziehung zu führen. Val hatte das einmal mit einem Austauschschüler aus Belgien versucht, und einer von Chris' besten Kumpels war ebenfalls durch diese Hölle gegangen. Beide Beziehungen waren gescheitert. Es war ein langwieriger, schleppender Prozess gewesen, an deren Ende jeweils verzweifelte, unglückliche Menschen standen.

Chris und ich wollten das nicht. Wir wollten uns in Erinnerung behalten, wie wir waren. Ohne Stress. Ohne stundenlange Bahnfahrten jedes Wochenende, nach denen

wir wie gerädert wieder nach Hause kamen. Ohne Miss-
trauen und Sorgen. Ohne jemanden zu vermissen, der nicht
da sein kann. Ohne die Verpflichtung, ständig quer durch
Deutschland zu reisen. Zumal wir beide unsere Berufsleben
begannen und wir viel dafür tun mussten. Ich hatte plötzlich einen Vollzeitjob, Chris hatte Hausarbeiten vorzuberei-
ten. Wir hatten das besprochen und waren uns einig
gewesen, dass wir so nicht enden wollten. Wir beschlossen,
unserem neuen Leben eine Chance zu geben und wenn es
doch für uns bestimmt sein sollte, dann würde das Schicksal uns wieder zusammenführen.

»Ja, Chris. Es muss so sein. Wir würden uns doch nur
kaputt machen, das hast du selbst gesagt.«

»Ich weiß. Trotzdem will ich nicht, dass es das jetzt war.«

»Ich will es doch auch nicht«, sagte ich und mir liefen die
ersten Tränen die Wangen hinab.

Er nahm mich in den Arm und ich sah nichts weiter als
seine dunkle Stoffjacke. Ich schloss die Augen. Versuchte,
den Moment einzufangen. Den Duft seines frischen Rasier-
wassers, das er seit Kurzem benutzte. Seine großen, starken
Arme, die mich die letzten drei Jahre lang beschützt hatten.
Die mich fest umklammert hielten, weil sie wussten, was
das für ein Abschied war. Was er bedeutete. Am liebsten
hätte ich einen Rückzieher gemacht. Gesagt, was für eine
furchtbare Idee das war. Dass er nicht gehen sollte. Dass
wir doch eine Fernbeziehung versuchen könnten. Dass ich
meinen Job schmeißen und mit ihm gehen würde…

Die Durchsage am Bahnhof kündigte den Zug an, der
gleich einfahren sollte. Ich löste mich aus seiner
Umarmung.

»Ich werde dich immer lieben, Emi.«

»Ich dich auch, Chris. Ich dich auch…«

»Wollen wir es jetzt tun?«, fragte er und schluchzte leise.
Er war ebenfalls kurz davor, zu weinen. Ich nickte und
zückte mein Handy. Auch Chris zog seins hervor. Dann
wählten wir beide die Nummer des anderen aus, sahen uns
tief in die Augen und drückten gleichzeitig auf »löschen«.

Das hatten wir vorher so vereinbart. Wenn wir ständig voneinander hörten oder uns jederzeit anrufen könnten, wäre es schwer, weiterzumachen. Ein neues Leben zu beginnen. Wir würden daher den Kontakt komplett abbrechen. Das Kapitel »Emi und Chris« beenden.

Chris zog mich ein letztes Mal an sich heran und küsste mich zärtlich. Es war ein Kuss purer Leidenschaft und völliger Verzweiflung. Unter unseren Tränen schmeckte er salzig. Wir küssten uns so lange, bis der Zug eingefahren war und der Schaffner die Fahrgäste ein letztes Mal zum Einsteigen aufforderte. Chris löste sich von mir, nahm seinen Koffer und trug ihn die Stufen hinauf. Ich blieb regungslos auf dem Bahnsteig stehen. Die Tränen liefen mir nun in Strömen die Wangen hinab, doch ich gab nur ein leises Wimmern von mir.

Chris blieb im Eingangsbereich des Zuges stehen, als die Türen sich schlossen, und sah mich durch die Glasscheibe noch immer an. Dann hielt er seine rechte Hand daran. Trotz der Entfernung konnte ich erkennen, dass er das Armband mit unseren Initialen trug, das ich ihm letztes Jahr zu Weihnachten geschenkt hatte. Ich trug meines ebenfalls und hob die Hand. Ein letzter Blick noch, dann verschwand Chris aus meiner Sichtweite. Und aus meinem Leben.

Der Zug war schon lange aus dem Bahnhof gefahren, um mich herum herrschte reges Treiben der übrigen Fahrgäste. Mir war in diesem Moment alles egal. Ich stand immer noch am selben Fleck, mit Tränen in den Augen, dem Kloß im Hals und dem Wissen in meinem Innern, dass dies nicht bloß ein Abschied war.

Es war ein Abschied für immer.

* * *

»Val, du kannst mich abholen«, sprach ich damals tonlos in mein Handy, legte wieder auf und schob es in die Hosentasche zurück. Wie verabredet holte Val mich kurz darauf auf dem Bahnsteig ab. Sie sagte nichts, sondern nahm mich nur in den Arm und zog mich hinter sich her. Es war der schlimmste Tag meines Lebens, doch Val war für mich da. Wie immer. Sie fragte nicht, wie es mir ging. Sie wusste genau, was ich durchmachte. Nachdem ich mich stundenlang in ihrem Zimmer ausgeheult hatte, begann sie mit der Ablenkung. Zum Ausgehen war ich noch nicht bereit, deshalb mixte sie mir ein paar Amaretto-Apfelsaft, die ich so lange trank, bis ich erschöpft auf Vals Sofa einschlief.

Die nächsten Wochen waren nicht besser. Ich fühlte mich hundeelend, doch hatte ich immerhin ausreichend zu tun auf der Arbeit, sodass sich im Laufe der Zeit immer mehr Augenblicke einschlichen, in denen ich nicht an Chris dachte. Zwar war ich anfangs oft kurz davor gewesen, zu seinen Eltern zu fahren und sie um die Münchner Adresse zu bitten. Ihm einfach hinterher zu reisen. Egal, ob ich hier eine Ausbildungsstelle hatte oder nicht. Ich wollte doch nur Chris! Dann rief ich mich aber wieder zur Besinnung. Das, was wir hatten, war doch nie das »echte Leben« gewesen. Wir hatten auf Wolke sieben gelebt, waren zur Schule gegangen. Hatten keine echten Sorgen gehabt, keine echten Probleme. Es war die erste große Liebe, aber doch nicht die Liebe fürs Leben? Das sagte ich mir immer wieder. Und es half, irgendwann jedenfalls.

Ich packte eine Kiste mit allen Erinnerungen an Chris – dem Armband mit den Initialen, alten Fotos, Gedichten und Briefen – und verbannte sie auf den Dachboden. Die Erinnerung verblasste zunehmend und es kamen einige neue, schöne hinzu. Partynächte mit Val und Jana. Spieleabende bei Betti und Ludwig. Auch Timo war für mich da. Oder, besser gesagt: Ich war für ihn da, denn er baute immer wieder aufs Neue Mist. In der Schule, mit seinen Kumpels. Aber das war gut für mich, denn so fand ich neue Aufgaben und Herausforderungen. Zum Glück hatten Chris und ich unsere Nummern beim Abschied gelöscht, denn so blieb mir kaum eine Möglichkeit, ihn zu kontaktieren. Ich hatte zwar noch seine E-Mail-Adresse, aber nachdem ich den PC hochgefahren und die ersten

Sätze getippt hatte, kam ich wieder zu Verstand. Es wäre einfacher gewesen, an einem feucht-fröhlichen Abend kurz zum Handy zu greifen und seine Nummer zu wählen, doch das war glücklicherweise nicht möglich. Und so kam es, dass Chris schließlich nicht mehr mein Lebensmittelpunkt war, sondern Teil meiner Vergangenheit. Bis heute.

* * *

»Alles in Ordnung, junge Dame?«, fragt mich die Frau auf dem Platz nebenan und reicht mir ein Taschentuch. Da erst merke ich, dass ich vor mich hin schluchze. Dankend nehme ich das Tuch an und sage erklärend: »Das ist bestimmt der Heuschnupfen…«

Dass ich nicht wirklich eine Pollenallergie habe, muss ich ja nicht erwähnen. Die Frau nickt verständnisvoll und wendet dann ihren Blick ab. Ich drehe mich wieder zur Fensterfront und stütze den Kopf auf meine Handflächen. Wie kann es sein, dass die Erinnerung an den Abschied damals mich dermaßen aus der Fassung bringt? So viele Jahre sind seither vergangen. Ich bin einigen neuen Männern begegnet, habe Tom kennen und lieben gelernt. Und ich werde ihn bald heiraten, ermahne ich mich. Heute schließe ich endgültig mit dem Thema Chris ab.

5. Kapitel

Mit nur zehn Minuten Verspätung trifft der ICE im Münchner Hauptbahnhof ein. Ich bin froh, endlich aufstehen zu können und steige als einer der ersten Passagiere aus dem Zug. Nachdem ich das Gleis verlassen habe und mir zwischen Touristen, Geschäftsreisenden und der Münchner Bevölkerung einen Weg gebahnt habe, stehe ich plötzlich im Bahnhofsgebäude vor einer großen Anzeigetafel und starre blind auf die Abfahrtszeiten.

Ich bin so dumm! Wie konnte ich nur derartig naiv sein? Ich bin einfach in einen Zug gestiegen, nach München gefahren – und jetzt? Es ist gleich zwei Uhr mittags. Ich kann doch nicht in Chris' Kanzlei hereinspazieren und ihn fragen, ob er mal ein paar Minuten Zeit hätte, damit ich meinen Verlobten nun endlich reinen Gewissens heiraten kann! Ich schüttle den Kopf angesichts meiner eigenen Blödheit, als mich ein Mann anspricht.

»Ich fass es nicht! Wollten Sie auch mit dem Zug um neun nach zwei fahren?«

Der Anzugträger deutet mit seiner Aktentasche in Richtung der grellen Beleuchtung vor uns, die für besagte Verbindung anzeigt: »Zug fällt heute aus«. Ich schüttle erneut den Kopf, unfähig, etwas zu sagen.

»Verzeihung. Ich dachte nur, weil Sie etwa so verzweifelt aussehen, wie ich mich gerade fühle«, ergänzt er und lächelt mich verlegen an.

»Oh, entschuldigen Sie. Meine Verzweiflung liegt ausnahmsweise nicht an der Deutschen Bahn, sondern an meiner eigenen Dummheit«, gebe ich zu und während der Mann über meine Antwort lacht, betrachte ich ihn näher. Er sieht gut aus. Zwar nicht mein Typ, aber… Herrgott, woran denke ich hier überhaupt? Ich sollte schleunigst den Zielort meiner Reise ausfindig machen.

»Dummheit? Seien Sie nicht so streng mit sich. Ich bin mir sicher, es ist nicht so schlimm, wie Sie glauben. Aber da Sie wohl nicht mit mir auf die Suche nach einem alternativen Zug gehen werden, muss ich mich leider verabschieden«, sagt der Mann schulterzuckend.

»Warten Sie!«, rufe ich und hindere ihn am Gehen, indem ich ihn am Arm packe und rasch einen Zettel aus meiner Hosentasche ziehe und entfalte.

»Ähm… Ich müsste zum Karlsplatz. Können Sie mir sagen, mit welcher Bahn ich dahin komme?«

»Aber natürlich doch. Sie brauchen aber nicht unbedingt die Bahn zu nehmen, er ist ganz in der Nähe. Wenn Sie den Ausgang ›Bayerstraße‹ nehmen, dann müssen Sie sich nur links herum wenden und einfach der Straße folgen, dann laufen Sie geradewegs darauf zu.«

Erleichtert seufze ich auf.

»Vielen, vielen Dank! Sie haben mich gerettet!«, bedanke ich mich überschwänglich. Der Mann winkt höflich ab und wünscht mir alles Gute, dann wendet er sich endgültig um und geht davon. Er war wirklich nett. Wieso kann so jemand nicht neben mir sitzen, wenn ich fünf Stunden auf demselben Platz hocken muss? Naja, ich sollte mich nicht beschweren. Immerhin hat sich meine Sitznachbarin im ICE als zurückhaltend, aber freundlich und vertrauenswürdig erwiesen, sodass sie auf meine Sachen aufpassen konnte, während ich zur Toilette ging. Außerdem habe ich gerade andere Probleme, als mir um den gutaussehenden Fremden Gedanken zu machen.

Ich halte nach den Schildern Ausschau, die den Weg zum Ausgang ›Bayerstraße‹ weisen, und mit diesem Ziel vor Augen setze ich mich in Bewegung. Es ist viel los auf dem Gehweg, weshalb ich Slalom laufen muss, um niemandem in die Quere zu kommen. Die breite Straße wird von den Gleisen einer Straßenbahnlinie durchkreuzt, die gelegentlich quietschend an mir vorbeifährt. Einfach geradeaus laufen, hat er gesagt. So schwer kann das ja nicht sein. Nervös angesichts der Tatsache, dass ich gleich meinem

Exfreund begegnen werde, den ich seit Jahren weder gesprochen noch gesehen habe, tippe ich in mein Handy den Namen von Chris' Kanzlei. Sobald Google mir die Adresse und Telefonnummer ausspuckt, drücke ich auf »Anruf«, bevor ich es mir anders überlegen kann.

»Die Kanzlei Werner-Meyskofen-Arndter, Sie sprechen mit Ariane Zeitler, grüß Gott!«

»Schönen guten Tag, mein Name ist … Valentina Falcone«, missbrauche ich in einem Anflug von Panik den Namen meiner besten Freundin. »Ich muss Herrn Hermlinger noch ein paar Unterlagen zu meinem Fall vorbei bringen. Wäre er gleich kurz zu sprechen?«

Ich bleibe mitten auf dem Bürgersteig stehen und schließe kurz die Augen.

»Einen Augenblick bitte, ich schaue rasch nach.«

Es klickt und ich hänge in der Warteschleife. Oh mein Gott, was mache ich hier nur? Was, wenn sie mich gleich zu Chris durchstellt? Was soll ich ihm nur sagen? Außerdem kennt er Val, ich hätte mir schon einen besseren Namen einfallen lassen können! Ich will gerade auflegen, da meldet sich Frau Zeitler mit ihrem bayrischen Dialekt wieder.

»Hören Sie bitte? Herr Hermlinger hat gerade einen Termin und schaut danach nicht mehr in der Kanzlei vorbei. Kann ich ihm etwas ausrichten?«

Resigniert lasse ich die Schultern sinken und lege den Kopf in den Nacken. Das war ja klar. Wieso denke ich eigentlich nicht nach, bevor ich eine Aktion wie diese starte?

»Vielen Dank, aber … es ist wichtig. Könnte ich ihn vielleicht nach seinem Termin kurz abfangen?«

»Unsere Mandanten empfangen wir immer im gleichen Restaurant. Sie können natürlich dort ihr Glück versuchen, wenn Sie möchten.«

»Das wäre freundlich! Ich … äh, hatte noch nicht die Ehre, Herrn Hermlinger dort zu treffen. Könnten Sie mir bitte noch einmal den Namen nennen?«

Frau Zeitler gibt mir die Anschrift des Restaurants durch und verabschiedet sich dann höflich. Nachdem ich aufgelegt habe, hole ich tief Luft. Okay, ich weiß also, wo Chris jetzt gerade ist. Ich muss nur noch hingehen. Ich laufe wieder los in Richtung Karlsplatz. Als ich dort ankomme, folge ich meinem Handy-Navi über eine Kreuzung und biege nach rechts ab. Immerhin sieht man hier mal ein bisschen Grün. Ich bin eine gute Viertelstunde unterwegs, bis ich endlich mein Ziel erreicht habe. Glücklicherweise kann ich mich auf Google Maps verlassen und finde das Restaurant trotz mehrmaligem Links- und Rechts-Abbiegen problemlos. Ein wahrer Nobelschuppen. Wenn Chris da regelmäßig Mandanten trifft, dann hat er es echt geschafft!

Es war nicht sonderlich clever von mir, in aller Frühe aufzubrechen, muss ich allmählich feststellen. Ich hätte lieber ausgeschlafen und wäre ein paar Stunden später losgefahren, dann hätte ich Chris nicht bei der Arbeit überraschen müssen. So langsam wird mir warm, die Sonne steht hoch am Himmel. Der kleine Marsch hierher tat sein Übriges, sodass ich nun feine Schweißperlen auf meiner Stirn wahrnehme. Ich wische mir kurz mit dem Handrücken darüber, dann schirme ich meine Augen ab, sodass ich mich auf dem Platz umsehen kann. Überall feine Lokale. Nichts für eine kleine Buchhändlerin wie mich. Allmählich meldet sich aber mein Magen, schließlich habe ich seit dem Brötchen heute Morgen nur einen Müsliriegel im Zug gegessen. Als ich die Suche nach etwas Ess- und Bezahlbarem gerade aufgeben will, entdecke ich eine Eisdiele in einer Seitenstraße. Ich mache mich gleich auf dahin, beeile mich aber, um Chris nicht zu verpassen. Während ich mich in der langen Schlange anstelle, huscht mein Blick immer wieder zurück zum Nobelrestaurant. Als ich schließlich an der Reihe bin, gebe ich meine Bestellung auf, ohne den Kellner anzusehen und starre weiter in die Richtung, aus der ich gekommen bin.

»Vier sechzig macht das bitte.«

Vier Euro sechzig? Für zwei Kugeln Eis? Fassungslos krame ich in meinem Portemonnaie das Geld hervor, drücke es dem Mann in die Hand und nehme im Gegenzug die Waffel mit dem Schoko- und Erdbeereis aus dem Ständer. Vielleicht sind das ja normale Großstadtpreise, aber ich bin solche Preise nicht gewohnt! Bei *Antonio* in Langenberg gäbe es für das Geld einen ganzen Becher.

Trotz des gesalzenen Preises ist das Eis eine wohltuende Erfrischung an diesem heißen Frühsommertag und ich genieße, wie es auf der Zunge schmilzt. Während ich zu Chris zurück schlendere, kommt mir die Idee, einmal einen Blick ins Restaurant zu werfen. Vielleicht entdecke ich ihn ja? Langsamen Schrittes laufe ich an der großen Fensterfront vorbei und versuche möglichst unauffällig hindurch zu schauen. Da der noble Italiener über keinen Außenbereich verfügt, muss Chris irgendwo da drin sein. Weil sich die Sonne im Glas spiegelt, kann ich jedoch nichts erkennen, schon gar nicht, ob mein Ex darin sitzt. Ein wenig enttäuscht laufe ich weiter – ich will ja nicht auffallen – und setze mich in sicherer Entfernung auf eine Bank. Der große Baum gleich daneben spendet etwas Schatten und ich strecke die Beine aus. Obwohl ich inzwischen bereits die Eiswaffel verputze, stellt sich in meinem Magen noch keine Normalität ein. Im Gegenteil: Es rumort immer mehr da drin. Das Gefühl zieht von Kopf bis Fuß durch meinen Körper und nistet sich zunehmend in der Magengrube ein. Allmählich dämmert mir, dass ich wieder meinen Hormonen zum Opfer falle. Ich kann es kaum erwarten, Chris gleich endlich zu sehen. Chris. Das Wort hallt so zauberhaft in meinen Ohren, dass ich es immer wieder hören will.

Was ist wohl aus ihm geworden? Hat in seiner Karriere alles geklappt, wie er es sich vorgestellt hat? Ist er glücklich mit seinem Job, seinem Leben? Wie wohnt er? Immer noch in der Eigentumswohnung seines Vaters, zusammen mit Luisa? Wie sieht er aus? Noch so wie früher, wie auf dem Kanzleifoto? Ob er immer noch viel Sport treibt?

Was wäre geschehen, wenn Chris nicht nach München gezogen wäre? Wenn er einfach in Langenberg geblieben wäre, bei mir? Wären wir dann heute noch zusammen? Oder hätte Tom trotzdem mein Herz erobert? Ich beiße mir auf die Unterlippe. So etwas sollte ich gar nicht denken. Das steht überhaupt nicht zur Debatte. Ich bin doch hier, um Chris aus meinen Kopf zu verjagen, und nicht, um das Was-wäre-wenn-Spielchen durchzukauen. Und doch kreisen meine Gedanken immer wieder um dieselben Fragen.

Je öfter ich zum Restauranteingang schiele, desto nervöser kribbelt es überall. Ständig schlucke ich, aber mein Mund wird immer trockener. Ein Blick auf die Uhr verrät mir, dass ich nun schon fast eine Stunde lang hier sitze. Angenommen, Chris' Termin hat kurz vor meiner Ankunft begonnen, dann dürfte er doch bald fertig sein? Jedes Mal, wenn sich die Tür des Restaurants öffnet und jemand herauskommt, setzt mein Herzschlag kurz aus. Aber ganz München scheint das Lokal zu verlassen, nur nicht Chris.

Die Minuten vergehen und ich merke, wie sich meine Atmung normalisiert. Fast schon denke ich, er sei gar nicht in dem Laden, als sich die Tür erneut öffnet. Fehlalarm. Erst treten ein paar Geschäftsleute hinaus in die Mittagssonne, dann schleicht eine Gruppe älterer Damen hinterher. Ein echter Seniorentrupp, denke ich. Die Rentnerinnen sind schon halb über den Platz, als die Tür noch einmal aufgeht und eine weitere ältere Frau den Laden verlässt … gefolgt von … oh – mein – Gott!

* * *

Er ist es. Er ist es wirklich. Mein Herz macht einen großen Satz nach vorn, dann beginnt es wie wild zu hüpfen und sich im Kreis zu drehen. Ich weiß nicht, wie mir geschieht. Chris. Er kommt hinter der Nachzügler-Rentnerin aus dem Restaurant. Vermutlich ist sie weniger eine Seniorin als vielmehr seine Mandantin. Oder wahrscheinlich beides zugleich.

Mit weit aufgerissenen Augen starre ich ihn an. Er sieht unfassbar gut aus. Trotz des Anzugs erkenne ich die muskulösen Züge seines Oberkörpers. Sein blondes Haar, das ich früher so gern mit meinen Händen durcheinander gebracht habe, hat er heute streng nach hinten frisiert und mit Gel fixiert. Und er ist groß! Ich hatte beinahe vergessen, dass er mich um mehr als einen Kopf überragt. Neben der alten Dame wirkt er umso größer. Unfähig mich zu rühren beobachte ich, wie Chris der Frau ein Taxi heranwinkt und ihr die Tür öffnet. Einen freundlichen Händedruck später ist die Mandantin verschwunden. Chris dreht sich um … und kommt auf mich zu. Oder eher auf die U-Bahn-Station, die wenige Hundert Meter hinter mir liegt. Was soll ich jetzt nur tun? Einfach hingehen und ihn ansprechen? Ihn zufällig anrempeln? Vielleicht sollte ich –

»Emily?«

Er steht vor mir. So nah, dass sein Körper einen Schatten auf meine Füße wirft, die gerade noch der prallen Sonne ausgesetzt waren. Rasch springe ich auf.

»Chris!« Ich versuche, möglichst überrascht zu klingen, bin aber nicht sicher, ob mir das gelingt. Wir stehen uns etwas unbeholfen gegenüber, doch dann schließt er mich einen kurzen Moment lang in seine Arme. Oh Gott, wie gut sich das anfühlt!

»Ich … also, ich war gerade in der Nähe und…«

»Schon gut, Emi. Meine Sekretärin hat mir eine Nachricht auf dem Handy hinterlassen, dass jemand nach mir gefragt hätte. Allerdings hatte sie von einer Frau Falcone gesprochen.«

»Ja, das… Keine Ahnung, warum ich das gesagt habe.«

»Val heißt doch Falcone, oder?«

»Ja. Du hast ein fabelhaftes Gedächtnis!«, gebe ich bewundernd zu und lächle verlegen.

»Du bist also in München und dachtest, du schaust mal vorbei?«

Chris hat solch eine positive Ausstrahlung, dass sein ganzer Körper mit lacht, wenn er lächelt. Geht das überhaupt?

»Ja, sozusagen. Aber ich kann es verstehen, wenn du noch zu tun hast… Tut mir leid, ich hätte vorher anrufen sollen.«

»Macht doch nichts. Meine Mandantin ist gerade gegangen, ich kann für heute Feierabend machen. Ich hätte mir ohnehin nur noch ein paar Akten zuhause angesehen… Magst du einen Kaffee mit mir trinken gehen?«

Ich spüre, wie mein Atem immer schneller und flacher geht, weswegen ich nur ein knappes »ja« japse. Würde ich mehr sagen als das, dann würde er heraushören, dass ich keuche wie nach einem Marathon. Ich kann es noch nicht so richtig glauben. Ich bin in München. Bei Chris. Und er hat mich auf einen Kaffee eingeladen! Gegen meinen Willen klopft mein Herz ganz schnell und ich spüre wieder diese Schmetterlinge in der Magengegend. Wieso nur fühle ich mich wie ein Teenager beim ersten Date? Und wieso fühlt sich das alles nicht falsch an, sondern genau richtig? Trotz der Hitze überkommt mich eine Gänsehaut am ganzen Körper, als Chris mich kurz berührt und in die Richtung eines kleinen Cafés unweit der Eisdiele lotst.

»Bitte, setz dich!«, sagt er, zieht – ganz Gentleman, der er ist – einen Stuhl zurück und bietet ihn mir an. Ich lasse mich nieder und stelle die Handtasche zwischen meinen Beinen auf dem Boden ab. Hoffentlich klaut die niemand! Nicht, dass da etwas Wertvolles drin wäre, aber in Großstädten habe ich intuitiv den Drang, mein Hab und Gut zu beschützen.

»Ich habe gerade schon etwas zu Mittag gegessen, aber du kannst dir gerne etwas bestellen – geht auf mich«, fügt er schmunzelnd hinzu.

»Tatsächlich habe ich heute noch nicht viel gegessen. Ich würde gern ein Stück Kuchen essen. Und danke für das Angebot, aber ich bezahle selbst!«, ergänze ich.

»Kommt gar nicht infrage! Wenn du schon nach neun Jahren aus heiterem Himmel in mein Leben platzt, musst du mir wenigstens die Gelegenheit geben, mich von meiner besten Seite zu zeigen.«

Eigentlich ist es mir nicht so recht, wenn mich mein Ex auch noch einlädt, aber er kann schon verdammt charmant sein. Ich lasse mich also überreden.

»Okay. Nicht, dass du das nötig hättest. Dich von deiner besten Seite zu zeigen, meine ich«, antworte ich grinsend und stelle fest, dass meine Augen ihn anstrahlen. Was ist nur los mit mir? Flirte ich etwa? Mit meinem Ex? Oh nein, das läuft alles absolut nicht nach Plan. Was ist denn aus »merken, dass das alles nur ein Traum war« geworden? All die negativen Gedanken, das schlechte Gewissen wegen Tom… Das ist alles wie weggezaubert. Da sind nur diese Schmetterlinge dran Schuld, ich sag's ja!

»Guten Tag, die Herrschaften. Was darf ich Ihnen bringen?«

Durch mein Rumgeflirte habe ich gar nicht bemerkt, dass die Kellnerin bereits mit ihrem Notizblock an unserem Tisch steht. Chris deutet freundlich zu mir, damit ich den Anfang mache.

»Hallo … Ich hätte gern einen Cappuccino und ein Stück Kuchen. Was haben Sie denn für Sorten?«, frage ich und muss an mein eigenes Café denken. Da gibt es dank Simones Backkünsten immer einen Apfel- oder Pflaumenkuchen, einen Käsekuchen und meistens auch noch einen Rüblikuchen. Oder Marmor, Toms Favorit, wenn Simone auf die Schnelle etwas herbeizaubern muss.

»Wir haben diverse Torten und Früchtekuchen in der Auslage. Sie können sie sich gern einmal ansehen«, bietet die Kellnerin an und weist in Richtung Tresen, wo ein Glaskasten die verschiedenen Sorten zur Schau stellt.

»Aus persönlicher Erfahrung kann ich den Heidelbeer-Käsekuchen empfehlen!«, mischt sich Chris nun ein.

»Dann folge ich seiner Empfehlung«, sage ich an die Kellnerin gewandt und nicke Chris zu. Er bestellt sich einen Kaffee, anschließend zieht die Bedienung von dannen.

»So, erzähl mal! Was treibt dich nach München?«, fragt Chris neugierig und klatscht auffordernd in die Hände.

Ich rutsche ein wenig auf dem urbequemen, mit hellem Samt bezogenen Stuhl herum, bevor ich ihm antworte. Um ehrlich zu sein, weiß ich nicht, wie viel ich ihm erzählen soll. Ich entscheide mich dafür, erst einmal nicht alles preiszugeben.

»Eine Veranstaltung in der Buchbranche. Ein großer Verlag organisiert sie jedes Jahr und dieses Mal dachte ich, ich sollte endlich mal hinfahren. Und da ich dann zufällig in der Nähe war, dachte ich, ich schau mal vorbei. Wen kenne ich sonst schon in München?« Ich versuche mich an einem ungezwungenen Lachen, doch es gelingt mir nicht so ganz. Chris scheint es nicht zu bemerken, sondern lächelt mich freudig an.

»Du bist also weiterhin in der Buchbranche tätig? Arbeitest du noch in diesem Lesecafé?«

»Ja, genau. Tatsächlich habe ich es nach meiner Ausbildung von den Besitzern übernommen, denn sie wollten schon längst in Rente gehen.«

»Wow, das ist beeindruckend! Dann hast du dir deinen Traum also verwirklicht.«

»Und wie! Es ist der beste Job der Welt. Ich liebe das Café. Ich wohne jetzt auch in der Wohnung darüber, die dazu gehört.«

»Ach, in der Altstadt? Wie schön. Ich mochte Langenberg immer sehr gerne. Aber ich muss sagen, München ist auch eine hübsche Stadt. Hier hält man es ganz gut aus…«

»Offensichtlich. Und du bist also wirklich Anwalt geworden!«, stelle ich bewundernd fest.

Chris nickt bescheiden und wartet kurz, während die Kellnerin die Getränke und meinen Kuchen serviert. Als ich mir mit der Gabel ein Stück abtrenne und in den Mund schiebe, wünscht Chris mir einen guten Appetit und beginnt zu erzählen.

»Ja, es lief genauso, wie meine Eltern es sich vorgestellt haben. Und ich mir auch, irgendwann. Das Studium war hart, aber lehrreich. Ich mag die Arbeit mit den Gesetzen sehr. Es ist, als sei ich für diesen Beruf geboren«, fügt er nachdenklich hinzu. »Naja, als ich fertig war, konnte ich sofort mein Referendariat in der Kanzlei beginnen, in der mein Vater jemanden kennt. Eigentlich wollte ich mich nicht auf Vitamin B verlassen, sondern selbst etwas erreichen, aber die Kanzlei hat wirklich einen guten Ruf. Es wäre idiotisch, sich deswegen eine solche Chance entgehen zu lassen. Daher bin ich auch nach dem Referendariat dort geblieben und versuche nun, mich dort nach oben zu kämpfen.«

Er zuckt mit den Schultern, nimmt dann einen Schluck Kaffee und beugt sich zu mir vor.

»Aber das willst du sicher gar nicht hören. Ich will es ja selbst nicht hören«, gibt er mit einem trockenen Lachen zu. »Die Arbeit gefällt mir, es ist ein solider Job und eine tolle Kanzlei, aber auch nichts Besonderes. Erzähl du lieber von deiner Arbeit! Und von Langenberg. Was gibt's Neues?«

Ich verschlucke mich fast an meinem Cappuccino. Tom kann ich jetzt bestimmt nicht erwähnen.

»Ja, was gibt es da zu berichten… Also, das Café läuft ganz gut. Ich habe viele wunderbare Stammkunden und genieße die Arbeit, denn es fühlt sich nicht an wie Arbeit. Trotzdem verdient man mit einem Lesecafé nicht die Welt, und wenn die Monatsabrechnungen anstehen, sieht nicht immer alles rosig aus. Aber ich würde meinen Laden nie wieder hergeben wollen«, gestehe ich und lasse mir noch ein Stück Käsekuchen auf der Zunge zergehen. Er ist tatsächlich köstlich! Chris hat nicht zu viel versprochen.

»Kann ich mir vorstellen. Es steckt sicher viel Mühe und Liebe darin – ich würde das Café zu gern einmal sehen.«

»Komm doch vorbei, wenn du mal in der Stadt bist!«

Hallo? Was sage ich da? Lade ich gerade meinen Exfreund in das Café ein? Ich bete, dass er das Angebot nicht annimmt. Das kann doch nicht gut gehen!

»Danke, Emily. Das ist wirklich sehr nett von dir. Vielleicht mache ich das wirklich, wenn ich mal wieder da bin. Wobei das selten vorkommt, muss ich gestehen…«

»Hat sich das Verhältnis zu deinen Eltern nicht gebessert?«, frage ich.

»Nein, leider nicht. Die Distanz tut zwar sehr gut, aber ich habe immer noch das Gefühl, es ihnen recht machen zu müssen. So wie damals schon. Ich weiß nicht, warum, aber sie haben auch heute noch so viel Macht über mich. Selbst, wenn sie nicht einmal in der Nähe sind.«

Ich nicke verständnisvoll. Seit ich sie kenne, waren Chris' Eltern … nun ja, sagen wir mal »speziell«, und er hat eine Art angeborenen Instinkt, sie zufrieden zu stellen. Sein Ehrgeiz war sicher auch daraus entstanden, dass nur das Lob seiner Eltern ihn glücklich machte. Ich mochte seine Eltern damals wie heute, und doch sind sie aus einer anderen Welt als ich. Einer, in der Ansehen und Karriere mehr bedeuten als Familie und Werte. Wahrscheinlich war mir bei Chris' Umzug nach München klar gewesen, dass ich gegen die Macht seiner Eltern niemals ankäme. Ich muss ziemlich melancholisch dreinschauen, denn Chris beugt sich plötzlich über den Tisch und berührt einen Augenblick lang meine Hand.

»Alles okay?«

Wie nach einem elektrischen Schlag zuckt es durch meinen Körper. Die Berührung holt mich sofort zurück ins Hier und Jetzt.

»Klar, ja. Natürlich. Entschuldige, ich bin heute etwas durch den Wind«, gebe ich zu. Wobei das ausschließlich an der Begegnung mit Chris liegt, was ich ihm allerdings nicht auf die Nase binde.

»Ich kann es immer noch nicht fassen, dass du hier vor mir sitzt«, sagt er dann kopfschüttelnd.

»Ich kann auch wieder gehen«, antworte ich spaßeshalber und verschränke die Arme gespielt beleidigt.

»Nein, bitte nicht!«, ruft er etwas zu schnell. »Ich freue
mich wirklich, dass du hier bist, Emi. Es ist schön, dich zu
sehen.«

Ein Lächeln huscht über mein Gesicht und ich muss ihm
recht geben. Ich bin heute glücklich wie lange nicht
mehr ... um genau zu sein, seit Tom mir den Heiratsantrag
gemacht hat. Aber das kommt mir gerade vor, als sei es in
einem anderen Universum in einer anderen Zeit geschehen.
Nicht mir, nicht vor wenigen Monaten. Was sich dagegen
umso realer anfühlt, ist Chris. Ich versuche, ihn unauffällig
zu mustern. Er sitzt vor mir, in diesem maßgeschneiderten
Anzug, mit sich selbst und seinem Leben im Reinen. Mit
einer Mischung aus Schüchternheit und verführerischem
Charme grinst er mich an. Ich traue mich kaum, ihm länger
als zwei Sekunden in die Augen zu blicken, denn ich würde
darin versinken. In diesen tiefblauen Augen. Chris hat sich
nicht verändert, seit wir uns das letzte Mal gesehen haben.
Natürlich, er ist erwachsener geworden, wie ich auch. Aber
im Übrigen ist er noch genauso bodenständig, höflich und
liebevoll wie vor neun Jahren. Als wir noch ein Paar waren,
das sich eine rosige Zukunft ausmalte, die niemals eintreten
sollte.

»Ich freue mich auch, dich zu sehen«, gebe ich zurück
und spüre, wie sich ein Kloß in meinem Hals bildet. Wie
hätte alles verlaufen können, wäre er nicht nach München
gezogen? Ich habe ihn so geliebt. Mir jeden Tag nach seiner
Abreise die Augen ausgeweint. Ständig gehofft, er stünde
plötzlich vor meiner Tür und würde einsehen, was für ein
Fehler es war, fortzugehen. Stattdessen bin ich in Langenberg geblieben. Alleine. Habe Tom kennengelernt. Und jetzt
bin ich mit ihm verlobt. Wieso also fällt es mir dermaßen
schwer, in Chris' Gegenwart die Beherrschung zu wahren?
Es ist, als hätte es die letzten Jahre nie gegeben, als wären
wir niemals voneinander getrennt gewesen. Diese noch

71

immer währende Vertrautheit zwischen uns ist fast schon erschreckend.

Unter einem Vorwand verlasse ich unseren Tisch und verschwinde in der Damentoilette. Vorher habe ich mir rasch mein Handy in die Hosentasche gesteckt. Ich stütze mich an dem großen Marmorwaschbecken ab und schließe einen Moment lang die Augen. Das kann doch nicht wahr sein! Wieso bringt Chris mich aus der Fassung wie niemand sonst? Glücklicherweise bin ich die Einzige in den Toilettenräumen, sodass ich meinen Gefühlen freien Lauf lassen kann. Ich bin kurz davor zu weinen. Vor Freude, vor Glück. Vor schlechtem Gewissen. Vor Verzweiflung. Alles kommt auf einmal in mir hoch und ich kann nichts dagegen tun.

Was habe ich mir nur dabei gedacht? Ich öffne die Augen wieder, atme dreimal tief durch und blicke in den goldumrandeten Spiegel vor mir. Immerhin sehe ich gefasster aus, als ich mich fühle, stelle ich fest. Dann ziehe ich das Handy aus meiner Hosentasche. Eine Nachricht von Timo. Ich solle ihn mal anrufen. Ich schüttle entschieden den Kopf. Nein, denke ich. Heute muss ich mich mal um meine eigenen Probleme kümmern. Ich kann nicht immer Timos Beschützerin sein. Ich brauche doch gerade selbst jemanden, der mich beschützt…

Außerdem zeigt das Handy zwei unbeantwortete Anrufe von Val. Ich erwäge, sie anzurufen – der Hauptgrund dieses plötzlichen Toilettenbesuchs – und ihr von meiner bescheuerten Aktion zu erzählen. Sie um Rat zu fragen. Doch dann entscheide ich mich dagegen. Klar, sie ist meine beste Freundin. Aber genau deswegen würde sie mir ganz schnell klar machen, dass ich mich in den nächsten Zug nach Langenberg setzen sollte, damit ich nichts tu, was ich nachher bereue. Weil sie weiß, wie sehr Tom mich liebt. Und ich ihn. Aber seit diesem merkwürdigen Traum ist nichts mehr wie zuvor. Tom ist mir auf seltsame Weise fremd geworden und Chris dagegen so vertraut wie nie. Ich verstehe ja selbst nicht, warum ich auf einmal wieder diese Gefühle für Chris habe, und vor allem: wo die für Tom hin sind. Trotzdem fühlt es sich richtig an, heute den Tag mit meinem Ex zu verbringen.

Dieses Wechselbad der Gefühle macht mich noch verrückt! Ich wasche mir entschlossen die Hände mit kaltem Wasser – ich habe mal gelesen, dass es gut für den Kreislauf sei, die Handgelenke abzukühlen – und mache mich dann wieder auf den Weg zu unserem Tisch. So leicht werde ich nicht aufgeben. Tom hat Ehrlichkeit verdient. Und wenn das bedeutet, dass ich den Tag mit Chris verbringen muss, um mir über meine Gefühle klar zu werden, dann ist das halt so. Außerdem: Niemand ist unfehlbar. Auch Chris nicht. Irgendwann werde ich ihn in einem Moment erleben, in dem ich enttäuscht bin von dem Mann, der er geworden ist. Oder erschrocken. Er kann doch nicht wirklich so perfekt sein! Oder?

6. Kapitel

Nachdem Chris und ich unsere Tassen geleert haben und er die Rechnung beglichen hat – nicht ohne meinen Anteil zu übernehmen und der Kellnerin ein großzügiges Trinkgeld zu geben – entscheiden wir uns dazu, ein wenig durch die Straßen zu spazieren. Da ich mich hier überhaupt nicht auskenne, verliere ich rasch die Orientierung und könnte nicht einmal mehr den Weg zum Hauptbahnhof finden. Aber Chris ist hier zuhause, er führt mich mal durch belebte, mal durch ruhigere Viertel. Gelegentlich nehmen wir für ein paar Stationen die Straßenbahn und Chris zeigt mir einige seiner Lieblingsorte in der Stadt. Ich durchlebe diesen Nachmittag wie in Trance. Er zeigt mir die Frauenkirche. Den Marienplatz. Einen Park, dessen Name mir schon wieder entfallen ist. Ich kann die Schönheit dieser Stadt gar nicht richtig wahrnehmen, weil ich mich ständig dabei ertappe, wie ich Chris mustere. Er spielt souverän den Fremdenführer und ich fühle mich wohl und sicher an seiner Seite.

»Ich hoffe, du hast noch Kraft für ein wenig Abendsport?«, fragt er grinsend und deutet auf eine Kirche vor uns.

»Wieso das denn?«, gebe ich irritiert zurück.

»Ach, du wirst schon sehen«, antwortet Chris augenzwinkernd und bedeutet mir, ihm zu folgen. Ich trete hinter ihm in die beeindruckende Kirche. Die Kühle des Gotteshauses steht im Kontrast zur Hitze draußen und ich genieße die Verschnaufpause. Während Chris mir von den gotischen und barocken Elementen erzählt, begutachte ich fasziniert die Deckenfresken und die goldenen Skulpturen. Wie immer, wenn ich eine Kirche betrete, überkommt mich eine Gänsehaut aufgrund dieser einmaligen Atmosphäre. Ich war nie sonderlich gläubig, doch trotzdem haben solche

Orte etwas Magisches an sich. Schließlich führt Chris mich zu einer schmalen Treppe.

»Die 300 Stufen lohnen sich. Dank mir, wenn du oben bist«, sagt er und steigt voran. Ich folge ihm, links und rechts von mir alte, weiße Mauern. Angesichts der körperlichen Betätigung wird mir bereits wieder warm.

»Wo … sind wir … überhaupt?«, keuche ich, um mich abzulenken.

»In der Pfarrkirche St. Peter… oder, um genau zu sein: im ›Alten Peter‹, wie die Münchner diesen Kirchturm nennen.«

»Und … warum … laufen wir da jetzt hoch?«, keuche ich erneut.

»Wir sind gleich da«, gibt Chris nur zurück. Unser Weg führt uns durch die Glockenstube, dann sind wir bald draußen auf einer Aussichtsplattform. Und die Aussicht hat es in sich! Zwar ist der gesamte Bereich durch ein Gitter gesichert, gleichwohl hat man von hier aus einen traumhaften Ausblick über die Stadt.

»Und? Hab ich zu viel versprochen?«

»Keineswegs. Es ist wundervoll!«, gebe ich zu und sehe mich in alle Richtungen um.

»Je nach Wetterlage kann man manchmal bis zu den Alpen sehen«, erklärt Chris. Ich verstehe, warum er mich hierhin mitgenommen hat. Würde ich in München wohnen, wäre das bestimmt auch einer meiner Lieblingsorte.

Obwohl es ein warmer Frühsommerabend ist, tummeln sich hier heute wenige Touristen. Ein paar Asiaten knipsen eifrig Bilder, ein junges Pärchen küsst sich und macht sich dann wieder an den Abstieg. Plötzlich stehen Chris und ich ganz allein hier oben. Über den Dächern Münchens. Er steht gleich hinter mir, ganz nah. Während ich ein paar Bilder mit meinem Handy mache, kann ich seiner Atmung lauschen. Ruhige, gleichmäßige Züge. Es ist, als wären wir die einzigen Menschen auf diesem Planeten. Nur Chris und ich. Ich und Chris.

Zwischen den roten Dächern entdecke ich ein Gebäude, das ich schon mal auf einer Postkarte gesehen habe. Ich will mich gerade zu Chris umdrehen, um ihn danach zu fragen, als ich bemerke, dass er unmittelbar vor mir steht. So nah. Er lächelt liebevoll und sein Blick trifft meinen. Nein, nein, nein! Warum muss das bloß so romantisch sein?

»Ähm… Ich hab genug Fotos, glaube ich. Danke. Wir sollten wieder runtergehen.«

Wenn Chris angesichts meines plötzlichen Rückziehers verwundert ist, lässt er es sich nicht anmerken. Er nickt kaum wahrnehmbar, dann dreht er sich um und wir klettern wieder den Alten Peter hinunter. Gott sei Dank! Gerade noch rechtzeitig, bevor ich etwas sehr, sehr Dummes getan hätte.

* * *

Nachdem wir den Abstieg hinter uns gebracht haben, spazieren Chris und ich durch die Straßen. Die Sonne steht tief am Himmel; bald wird sie untergehen und die Luft kühlt sich zunehmend ab. Obwohl es das Klügste wäre, will ich nicht, dass wir uns bald verabschieden. Als Chris mir schließlich anbietet, ein wenig Münchner Nachtleben in einer Bar kennenzulernen, nehme ich das Angebot dankend an. Zielstrebig führt er mich wieder durch die Stadt, bis wir schließlich in einer Bar landen, die in einem belebten Viertel liegt. Wir bahnen uns einen Weg zwischen den Tischen hindurch und machen es uns in einer gemütlichen Ecke abseits des Trubels bequem. Meine Handtasche ist zwar nicht sonderlich voll, trotzdem merke ich allmählich, wie meine Schultern zu schmerzen beginnen. Es war bisher ein langer, anstrengender Tag und ich genieße den ersten Schluck des kalten Cocktails, den Chris mir bestellt hat. Er schmeckt fruchtig.

»Ein *Touchdown*?«, frage ich.

»Ja. Ist doch immer noch dein Lieblings-Cocktail, oder?«

Ich nicke und nehme noch einen Schluck. Was Chris noch alles weiß! Nachdem er auch einen kräftigen Zug von seinem Bier genommen hat, fragt er mich nach Timo und Val.

»Denen geht's gut soweit. Val ist jetzt Besitzerin eines Kosmetiksalons, den sie mit einer ehemaligen Kommilitonin von der Uni aufgezogen hat…«

»Dann ist sie also ganz in ihrem Element! Das passt zu der Val, an die ich mich erinnere. Ist sie immer noch jederzeit perfekt gestylt?«

»Oh ja«, bestätige ich ihm lachend, ziehe die Cocktailkirsche vom Spieß und stecke sie mir grinsend in den Mund. »Und dabei hat Val das überhaupt nicht nötig! Ihre Haut ist so makellos, sie bräuchte keine Kosmetik. Oder teure Klamotten. Sie ist einfach eine Naturschönheit…« Ich seufze. Manchmal beneide ich Val ja um ihr Aussehen. Zwar bin ich mit meinem Äußeren einigermaßen zufrieden: Die Figur ist passabel, mein Haar lässt sich zumeist bändigen und eigentlich ist auch mein Gesicht ganz in Ordnung. Und dennoch: Val hatte nicht einmal in der Pubertät mit Pickeln zu kämpfen, ihr seidig schwarzes Haar bedarf kaum Pflege und sie kann essen, was sie will, ohne auch nur ein Gramm zuzunehmen.

»Mach dir nichts draus, Emi. Irgendwann stellt sich heraus, dass Val ein Alien ist und überhaupt nicht von dieser Welt. Damit sollte man sich nicht vergleichen«, sagt Chris lachend, der meine Gedanken durchschaut. Wie oft ich ihm damals geklagt hatte, wie ungerecht das Leben doch sei. Mit einer so hübschen besten Freundin wie Val hat man es nicht immer leicht…

»Du hast leicht reden«, gebe ich zwinkernd zurück.

»Okay, Themenwechsel: Was ist mit Timo?«, fragt Chris.

»Du hast wahrscheinlich noch den pubertären Teenager vor Augen, der regelmäßig Blödsinn anstellt?«, entgegne ich und Chris' Gesichtsausdruck zufolge treffe ich ins Schwarze.

»Naja, dann hat sich nicht viel geändert. Er steht zwar inzwischen auf eigenen Beinen, hat eine Ausbildung zum Maler gemacht und verdient genug, um die Miete zu zahlen. Und doch er ist immer noch der Alte. Nur, dass es jetzt nicht mehr um verhauene Prüfungen oder Schulstreiche geht, sondern darum, dass er immer wieder an die falschen Leute gerät«, sage ich seufzend. »Und ich darf dann herhalten, wenn er mal wieder Spielschulden hat oder sonst was…«

»Oh«, gibt Chris tonlos zurück. Er glaubte wohl, aus Timo sei endlich was geworden. Tja, falsch gedacht.

»Und deine Eltern? Was sagen die dazu?«, fragt er dann.

»Die haben sich vor ein paar Jahren nach Norddeutschland abgesetzt. Seitdem sehen wir die beiden kaum noch. Der Hauptgrund war zwar ursprünglich die Gesundheit meines Vaters, aber meine Mutter scheint ihr Hippie-Ich wiederentdeckt zu haben und lebt nun ihre künstlerische Ader aus. Was soll's. Ich hab ja noch Timo.«

Schulterzuckend nippe ich an meinem Cocktail, während Chris betroffen sein Bierglas anstarrt.

»Das … tut mir leid. Ich mochte deine Eltern. Ich hoffe, sie schauen bald mal wieder bei dir vorbei«, sagt er aufrichtig.

»Ja, ich schätze mal, sie kommen bald zur Ho…«, verplappere ich mich beinahe. »…ähm, zu Ludwigs Geburtstagsfeier. Er wird achtzig und hat die beiden kürzlich eingeladen.« Puh, gut gerettet! Fast hätte ich Chris von meiner Hochzeit erzählt. Dass Ludwig erst in vier Jahren achtzig wird und von einer Party noch keine Rede ist, muss ich ja nicht erwähnen. Es ist die einzig plausible Ausrede, die mir auf die Schnelle eingefallen ist.

Chris nickt stumm. Er will gerade etwas erwidern, da klingelt sein Handy. Nachdem er einen kurzen Blick darauf geworfen und ein paar Worte getippt hat, steckt er es wieder in die Hosentasche.

»Alles okay?«, frage ich. Etwas zu überschwänglich nickt Chris und klatscht auffordernd in die Hände.

»Wenn du deinen Cocktail ausgetrunken hast, könnten wir rüber in den Nebenraum gehen. Da findet dienstags immer die ›Lateinamerikanische Nacht‹ statt.«

Lateinamerikanisch! Er kennt mich einfach zu gut. Begeistert funkeln meine Augen und ich trinke den *Touch-down* in wenigen Zügen aus.

»Na dann, los geht's!«, gebe ich zurück und kämpfe mich aus der Sitzbank. Chris folgt mir und wir laufen rüber in den Tanzbereich, welcher der Bar angeschlossen ist. Die ersten Paare tummeln sich bereits auf der Tanzfläche und aus den Boxen tönt ›La Bicicleta‹ von Shakira. Das Publikum ist recht jung, vermutlich sind fast alle hier Studenten. Wer sonst hätte auch unter der Woche Zeit, um tanzen zu gehen? Ob Chris zu Studienzeiten auch regelmäßig hier feiern war? Seine Vorlesungen zugunsten der ein oder anderen Party ausfallen ließ? Ich versuche, ihn mir als Student vorzustellen, aber es will mir nicht recht gelingen.

Nachdem ich meine Handtasche in Sichtweite platziert habe, nimmt Chris mich an der Hand und führt mich auf die Tanzfläche. Unwillkürlich durchzuckt der Bass meinen Körper. Wie lange habe ich nicht getanzt! Ich beherrsche zwar einige Stilrichtungen dank jahrelangen Unterrichts in der Tanzschule, doch Chris erinnert sich bestimmt kaum noch an mehr als den Walzer-Grundschritt. Daher tun wir es den übrigen Gästen gleich und bewegen uns einfach im Takt der Musik. Hier eine Drehung, da ein Hüftschwung. Die ausgelassene Stimmung der Musik überträgt sich auf mich und ich genieße das wohlige Gefühl, das sich in meinem Körper ausbreitet. Oder ist das der Alkohol? Jedenfalls fühlt es sich ziemlich gut an und ich kann das Grinsen auf meinen Lippen gar nicht mehr abstellen. Hin und wieder erhasche ich einen Blick auf Chris, dann verschwindet er in der Dunkelheit der Bar, bis der Lichtkegel ihn erneut erfasst. Sein Gesichtsausdruck spricht Bände, es liegt eine Mischung aus Bewunderung und Faszination darin. Und Verlangen. Plötzlich fühle ich mich erstaunlich sexy. Nur zu gerne koste ich dieses Gefühl aus.

Die Musik wechselt, der DJ spielt ein ruhigeres Lied von Maluma und ich schließe kurz die Augen, während meine Arme und Beine sich rhythmisch bewegen. Chris fasst mich mit einer Hand an der Hüfte und zieht mich näher an sich heran. Ich sollte protestieren, mich seinem Griff entwinden… Doch ich kann nicht. Ich will nicht. Mit immer noch geschlossenen Augen nehme ich den Moment in mich auf. Wie lange ich diese Berührung vermisst und herbeigesehnt habe, ohne es zu ahnen!

»Du bist noch so wunderschön wie früher, Emi«, höre ich Chris in mein Ohr flüstern und spüre, wie sein Mund sich meinem Gesicht nähert. Ich schlucke. Meine Lippen kribbeln, mein Herz klopft schneller und aus dem angenehmen Flattern in der Magengrube wird schlagartig ein krampfartiger Schmerz. Wo soll das hier hinführen? Ich muss es schleunigst unterbinden, bevor ich meinen Hormonen verfalle!

Mit einer geschickten Drehung bringe ich Chris erst auf Abstand, dann lächle ich charmant, aber bestimmt. Als sei nichts passiert, lehne ich mich zu ihm rüber und frage ihn lautstark, ob er noch was zu Trinken wolle. Aufgrund des Lärmpegels nickt er nur in Richtung Bar und zieht mich hinter sich her.

»Wir können ja nachher noch weiter tanzen«, sagt er augenzwinkernd und wendet sich der Bedienung zu. Während ich kurze Zeit später einen neuen *Touchdown* schlürfe, krempelt Chris sich die Hemdärmel hoch und knöpft es sich etwas tiefer auf. Aus dem Augenwinkel erhasche ich einen dunklen Streifen auf seiner rechten Brust.

»Wart mal kurz«, sage ich, als Chris sich das Hemd zurecht ziehen will. Dann knöpfe ich es noch weiter auf und schiebe es zur Seite, über seine Schulter.

»Ein Tattoo?«, frage ich überrascht.

Chris schaut ertappt drein und lächelt verlegen.

»Ja. Ich hab es mir vor Jahren stechen lassen.«

Ich nicke und inspiziere das Kunstwerk genauer. Es ist ein Notenschlüssel, der auf seiner rechten Brust beginnt und dessen schwungvolle Linien bis in die Mitte reichen. Mit meinen Fingerspitzen fahre ich sanft die schwarzen Konturen nach, bis mir klar wird, wo wir uns befinden. Und wen ich da begrapsche, nämlich nicht meinen Verlobten! Wie vom Blitz getroffen ziehe ich meine Hand rasch zurück und bringe einen guten Meter Sicherheitsabstand zwischen mich und meinen zugegebenermaßen ziemlich attraktiven Ex. Unter seiner weichen Haut konnte ich die stählernen Muskeln ertasten. Gut, dass ich so schnell reagiert habe – eine Sekunde länger, und ich hätte mir die Finger verbrannt…

»Spielst du noch Gitarre?«, frage ich Chris dann, um die Situation zu entschärfen. Als wir noch zusammen gewesen waren, hatte Chris regelmäßig Cover meiner Lieblingssongs einstudiert. Er hat auch eigene geschrieben, doch waren die nur für ihn selbst. Bis auf ein einziges Lied. In der Nacht zu meinem achtzehnten Geburtstag saßen wir bei ihm zuhause vor dem Kamin und um Mitternacht sang er das schönste Lied, das ich je gehört habe. Obwohl er es nur für diesen Abend komponiert hatte und danach nie wieder spielte, kann ich mich noch genau daran erinnern, wovon es handelte. Ewige Liebe, die alle Zeiten überdauert. Die eine Liebe, die nie zu Ende geht. Chris scheint ebenfalls an diese Geburtstagsnacht zu denken, denn er schmunzelt verträumt und nickt.

»Ja, schon. Ich spiele aber nur für mich selbst. Manchmal schreibe ich auch noch, aber in den letzten Jahren fehlte mir meistens die Inspiration dazu.«

Zu gerne würde ich ihn spielen hören. Und singen. Er ist unglaublich talentiert. Nicht umsonst sang er mir damals nach der Party auf dem Nachhauseweg »Und wenn ein Lied«. Chris hat es als Musiker einfach drauf. Er hätte mehr daraus machen können, aber er schien sich im Rampenlicht nicht wohlzufühlen. Für mehr als ein paar Auftritte bei Geburtstagsfeiern in der Familie war er zu schüchtern. Ich will ihn gerade an den Schulball erinnern, bei dem meine

Mutter plötzlich auf die Idee kam, er könne die Band ja ein Lied lang ablösen, als ich sanft beiseite geschoben werde.

»Chris! Schön, dich zu sehen!«

Hinter mir tauchen zwei Männer auf. Einer etwa in unserem Alter, mit kurzen, schwarzen Locken. Der andere ist sicher ein paar Jahre älter, wirkt aufgrund seines frechen Grinsens aber recht jung. Beide quetschen sich an mir vorbei, um Chris zu begrüßen.

»Max, Andi, hey!«, antwortet Chris freudestrahlend.

»Wer ist denn die hübsche Frau hier?«, fragt der Ältere von beiden unverblümt und nickt mir anerkennend zu.

»Oh, entschuldigt. Emily, das ist Andi«, sagt Chris dann mit Blick auf den frechen Kerl, »und das ist Max.« Er deutet auf den Lockenkopf. Max gibt mir freundlich die Hand, doch Andi schnappt sie ihm sogleich weg und deutet einen Handkuss an.

»Enchanté«, haucht er vermeintlich verführerisch, doch ich kann nur in schallendes Gelächter ausbrechen. Max und Chris stimmen mit ein, während Andi gespielt beleidigt die Arme vor der Brust verschränkt. Plötzlich greift Chris in seine Hosentasche und zieht sein Handy hervor. Weil ich ihm gegenüberstehe, kann ich nicht sehen, was er macht, aber es sieht aus, als hätte er eine Nachricht bekommen. Er murmelt Max etwas ins Ohr, das ich nicht verstehen kann, dann verabschieden Andi und Max sich wieder und verschwinden in der Menge.

»Hör zu, Emi«, ruft Chris mir dann ins Ohr. Die Lautstärke steigt wie die Temperatur von Minute zu Minute. »Ich muss allmählich los.«

»Du musst … äh, klar. Wir können ruhig gehen«, antworte ich und leere den restlichen Cocktail mit einem einzigen Schluck. Natürlich, Chris muss morgen ja auch wieder früh raus. Schließlich ist er kein Student mehr. Wir bahnen uns einen Weg durch die Bar, dann stehen wir draußen an der frischen Luft. Meine Ohren sind noch ein wenig taub von dem Lärm da drinnen.

»In welchem Hotel schläfst du denn? Ich kann dir ein Taxi rufen.«

Es dauert einen Moment, bis ich verstehe, was Chris da sagt. Hotel? Daran habe ich gar nicht mehr gedacht!

»Ich … ähm … Kann ich nicht bei dir auf dem Sofa schlafen?«

»Das wird Swetlana wohl nicht so recht sein, nehme ich an.«

Swetlana? Wer soll das denn sein, seine Freundin? Wie konnte ich nur so blöd sein! Natürlich hat er eine Freundin, wieso sollte ein derart gutaussehender, intelligenter Mann noch single sein? Und wieso, verdammt, denke ich überhaupt über sowas nach?

»Ach so«, sage ich bloß und versuche, mir meine Enttäuschung nicht anmerken zu lassen.

»Ich könnte Luisa fragen, ob sie was dagegen hätte, wenn du im Gästezimmer schläfst?«, schlägt Chris vor. »Während ihr Haus renoviert wird, wohnen sie und mein Schwager vorübergehend wieder in der Eigentumswohnung meiner Eltern bei der Uni. Du müsstest nur mit Kindergeschrei am Morgen rechnen, denn meine Nichte steht gern früh auf«, ergänzt er lachend.

Schlagartig fühle ich mich völlig nüchtern. Das war alles ein großer Fehler! Nicht nur ich habe zuhause einen liebenswerten Mann sitzen. Auch Chris ist vergeben, er hat eine Freundin, und vielleicht ist sie sogar seine Verlobte oder Ehefrau! Er hat ein eigenes Leben, eines, in dem ich keinen Platz mehr habe. Und er sollte in meinem auch keinen Platz mehr haben. Ich hätte nicht nach München kommen dürfen oder hätte zumindest auf dem Absatz kehrtmachen müssen, als mir klar war, dass der Traum wirklich Gefühle wieder zum Leben erweckt hat und das nicht bloß Einbildung war. Es war alles ein unglaublich dummer Fehler!

»Ach, du brauchst Luisa nicht extra zu fragen… Es ist schon spät.« Fröstelnd ziehe ich mir meine Jacke über und schlinge sie mir um den Körper. Wie komme ich nur aus der Sache wieder raus?

»Meine Jacke!«, ruft Chris plötzlich und schlägt sich mit der flachen Hand gegen die Stirn. »Ich habe sie am Tresen abgelegt, als ich mir das Hemd hochgekrempelt habe… Moment, ich bin gleich wieder da!«, sagt er dann und geht zurück in die Bar.

Ich zögere. Die Gelegenheit ist günstig. Ich könnte jetzt mir nichts, dir nichts verschwinden. Zurück in mein altes Leben. Zu Tom. Und Chris mitsamt aller Erinnerungen und Gefühle in eine große Schachtel stecken und die dann ganz tief irgendwo im Boden vergraben…

Die Tür zur Bar ist noch geschlossen. Ich werfe einen Blick durch das Fenster daneben. Chris schlängelt sich gerade an einem knutschenden Paar vorbei. Sein Rücken ist dem Ausgang zugewandt.

Entschlossen umklammere ich die Henkel meiner Handtasche mit der rechten Hand und presse sie fest an meinen Oberkörper. Los jetzt, schnell! Dann renne ich los. Ich laufe so lange, bis die Bar weit hinter mir liegt und ich mir sicher bin, dass Chris mir nicht gefolgt sein kann. Ich muss diesen Fehler wieder gutmachen.

7. Kapitel

Als ich mich endlich traue, meinen Schritt zu verlangsamen, spüre ich einen stechenden Schmerz in der Seite. Angesichts meiner mangelnden Kondition gehe ich schnaufend weiter und versuche, meinen Körper wieder herunterzufahren. Ich sollte dringend mehr Sport treiben! Sobald der Adrenalinschub nachlässt, gebe ich mir Mühe, einen klaren Kopf zu bekommen. Okay, Schritt eins: Ich sollte zum Hauptbahnhof zurück, um nach Hause zu kommen. Schritt zwei: Tom alles beichten und hoffen, dass er mir verzeihen kann. Und am Wichtigsten ist Schritt drei: Chris endlich vergessen.

Mit diesem Plan will ich mich zielstrebig in Richtung Hauptbahnhof wenden, stelle jedoch mit Schrecken fest, dass ich keine Ahnung habe, wo ich hier gerade bin. Den ganzen Tag lang hat Chris mich gelotst, sodass ich dank meines ohnehin schon schlechten Orientierungssinnes keinen Anhaltspunkt habe, in welchem Stadtteil ich mich überhaupt befinde. Zumal ich vor der Bar einfach blind drauf losgelaufen bin. Ich schaffe es ja sogar, mich trotz Google Maps zu verlaufen. Na klasse, weit und breit ist niemand zu sehen, der mir helfen könnte!

Ich stöhne auf und verdrehe innerlich die Augen. Es ist schon das zweite Mal heute, dass ich intuitiv so etwas Bescheuertes mache. Und der Tag ist noch nicht mal ganz um. Wie ist das möglich? Ich, die ich planlose Aktionen verabscheue. Spontane Trips. Undurchdachte Fahrten zu ihrem Ex-Freund.

All der Ärger bringt mir jetzt aber herzlich wenig. Ich muss erst einmal zum Hauptbahnhof kommen. Und zu allererst sollte ich aus dieser gottverlassenen Gegend hier weg, denn allmählich überkommt mich ein ungutes Gefühl. Wäre das nicht mein Leben, sondern ein Horrorfilm, würde ich der armen Hauptfigur kreischend zurufen, bloß abzuhauen, bevor der Killer um die Ecke kommt. Ganz ruhig, das ist kein Film, Em. Das ist nur die Konsequenz deines schwachsinnigen Handelns…

Halt, was war das? Irgendetwas ist doch runter gefallen? Oder habe ich schon Wahnvorstellungen? Hektisch blicke ich mich nach allen Richtungen um, doch die Dunkelheit verschluckt alles um mich herum. Plötzlich höre ich ein Fluchen.

»Scheiße, das ist nicht witzig! Leuchte mal kurz hierhin!«

»Hihi… Ist ja gut, da liegt's doch. Hier, schau mal, Isa!«

Ich sehe in die Richtung, aus der die Stimmen kommen, und kann mit zusammengekniffenen Augen auf der gegenüberliegenden Straßenseite zwei Frauen ausmachen. Die eine hockt auf dem Boden und hebt etwas auf, während die andere ihr mit dem Handy leuchtet.

»Gott sei Dank, es funktioniert noch!«, ruft die eine Stimme dann.

Ich fasse mir ein Herz und laufe rasch über die Straße. Zwei jungen Mädels kann man als Frau noch am ehesten vertrauen, oder?

»Entschuldigung? Hey, ihr… Könnt ihr mir vielleicht sagen, wie ich zum Hauptbahnhof komme?«

»Oh Gott, erschreck uns doch nicht so! Ich hab in der Dunkelheit niemanden kommen sehen!«, antwortet die eine der beiden und steht wieder vom Boden auf. Die andere schaltet die Taschenlampen-Funktion an ihrem Handy wieder aus, sodass ich nicht mehr in das grelle Licht schauen muss und die Schemen der beiden Frauen zumindest erahnen kann.

»Tut mir leid. Ich bin nicht von hier … und ich bräuchte gerade echt Hilfe.«

»Schon gut. Ähm, zum Hauptbahnhof, sagst du?«

»Ja, genau.«

»Okay, dann lauf die Straße hier einfach weiter in die Richtung, aus der wir gerade kommen. An der zweiten Kreuzung biegst du links ab und kurz danach müsste schon ein Schild kommen. Daran kannst du dich dann weiter orientieren.«

Ein Stein fällt mir vom Herzen. Wer hätte gedacht, dass ich in dieser düsteren Straße keinen Mörder, sondern hilfsbereite Ortskundige treffen würde?

»Vielen, vielen Dank! Dann lauf ich gleich mal los. Habt noch einen schönen Abend!«, antworte ich und gehe winkend an den beiden vorbei. Vermutlich können sie das in dieser sternlosen Nacht nicht einmal sehen, doch sie verabschieden sich ebenfalls freundlich und laufen kichernd weiter.

»Hast du die kommen sehen? Ich hab so einen Schreck bekommen!«, höre ich sie hinter mir noch lachen, doch irgendwann verebben ihre Stimmen und um mich herum ist wieder nur Stille und Dunkelheit. Wieso ist diese Gegend auch so schlecht beleuchtet? Da langsam etwas Panik in mir aufsteigt, beschleunige ich meinen Gang und bin erleichtert, als ich bei der besagten Kreuzung ankomme. Hier verändert sich das Stadtbild ein wenig, das künstlich flackernde Licht von Tankstellen, Supermärkten und Kiosks erhellt zusammen mit einigen Laternen die dunkle Nacht und ich laufe immer mehr Menschen über den Weg. Weit kann es nicht mehr sein. Eine gute Viertelstunde später habe ich den Bahnhof erreicht.

Ich atme auf, als ich endlich wieder in der Bahnhofshalle stehe. Dann fische ich mein Handy aus der Handtasche, um die nächste Bahnverbindung herauszusuchen. Es ist bereits nach Mitternacht! Mein Handy piepst zweimal kurz und zeigt dabei blinkend an: »Akku fast leer«. Na klar doch. Was auch sonst. Ich schüttle den Kopf und versuche, schnell noch meine ungelesenen Nachrichten durchzulesen, bevor der Akku ganz seinen Geist aufgibt. Wieder ein paar von Val und von Timo, diesmal aber auch eine von Tom.

Em, Schatz, ich hoffe, deine Fahrt lief gut und du kamst sicher in München an. Pass gut auf dich und deine Sachen auf. Viel Spaß heute Abend bei dem Buch-Event! Bin schon auf deine Berichte morgen gespannt ;-) Ich vermisse dich. Schlaf später gut! Ich liebe dich!

Ich schlucke und muss mich zusammenreißen, um nicht loszuweinen. Er hat die Nachricht bereits am frühen Nachmittag geschickt, aber ich habe natürlich nicht mehr auf mein Handy geschaut. Schließlich war ich abgelenkt… Plötzlich ist der Kloß in meinem Hals wieder da und ich wünsche mir, ich wäre einfach zuhause bei meinem Verlobten. Wäre niemals nach München gefahren. Obwohl nichts passiert ist mit Chris, fühlt es sich an, als hätte ich Tom hintergangen. Und das habe ich ja auch! Ich habe ihn belogen. Daran gibt es nichts zu rütteln. Ich kann nur versuchen, ihm alles zu beichten und zu hoffen, dass er es wenigstens akzeptieren kann. So, wie ich Tom kenne, wird er es auch tun. Was mir mehr Angst macht, ist der Gedanke daran, wie enttäuscht er von mir sein wird. Weil ich Zweifel hatte. Weil ich nicht mit ihm darüber gesprochen habe. Weil ich so etwas Dummes getan habe. Ich habe einen tollen Mann wie ihn gar nicht verdient!

Ich wische mir eine Träne weg, hole tief Luft und nehme mir vor, stark zu sein. Zumindest vorerst, schließlich muss ich ja irgendwie nach Hause kommen. Bevor mein Handy ganz ausgeht, suche ich schnell in der Bahn-App nach einer geeigneten Verbindung für den Rückweg. Glücklicherweise werde ich schnell fündig: Trotz der Kurzfristigkeit ist sie erstaunlich günstig und ich muss sogar nur einmal umsteigen … oh, und der Zug fährt erst in gut drei Stunden los.

Zum wiederholten Male schüttle ich den Kopf. Was nun? Soll ich doch zu Chris' Schwester in die Wohnung fahren und fragen, ob ich auf ihrer Couch schlafen kann? Ist bestimmt leichter, als mitten in der Nacht noch ein Hotelzimmer aufzutreiben. Zumal die in München bestimmt überteuert sind! Und ich ehrlich gesagt kaum noch Kraft habe, um mich jetzt darum zu kümmern.

Andererseits… Ich kann jetzt auch nicht einfach bei Luisa aufkreuzen. Es ist ewig her, dass ich sie das letzte Mal gesehen habe, und sie wohnt ja auch nicht allein. Wie sollte ich ihr erklären, was ich in München mache und warum ich kein Hotelzimmer habe und weshalb ich überhaupt bei Chris war? Außerdem weiß ich ja nicht einmal, wo die Wohnung genau liegt.

So schnell, wie mir der Gedanke an Luisa gekommen ist, verwerfe ich ihn wieder. Mir bleibt wohl nichts anderes übrig, als den Zug um halb vier zu nehmen und mir bis dahin die Zeit zu vertreiben. Glücklicherweise ist mir vorhin am Eingang die Leuchttafel eines Schnellrestaurants aufgefallen. Die haben sicherlich rund um die Uhr geöffnet. Erschöpft schleppe ich mich dorthin und sitze wenig später mit einem Pappbecher Kaffee in einer Ecke. Der Laden ist spärlich besucht und so ziehe ich mir die Jacke über die Schultern und lehne mich zurück.

* * *

Von einem lauten Türknall wache ich auf. Ein strenger Geruch von Essig und Putzmitteln steigt mir in die Nase und ich öffne blinzelnd meine Augen. Ich muss eingeschlafen sein, denn ich befinde mich noch immer in der Sitzecke des Restaurants, den am Boden festgeschraubten Tisch und meinen leeren Kaffeebecher vor mir. Abgesehen von mir ist der Laden fast leer. Nur ein paar Tische weiter rechts sitzt eine Gruppe Jungs, die sich einen späten Snack gönnen und herzhaft in ihre Burger beißen. Mein Blick schwankt durch den Raum weiter nach links und bleibt an einem Putzwagen hängen, der gleich vor einer Tür mit der Aufschrift *Nur für Personal* geparkt ist. Daher wohl der Knall vorhin. Missmutig geht eine Frau an die Arbeit, zieht sich ihre Handschuhe über und zieht dann den Wagen polternd hinter sich her. Das war's wohl mit Schlaf. Ich bringe mich in eine aufrechtere Position, reibe mir die Augen und werfe dann einen Blick auf die Armbanduhr. Gleich vier Uhr.

Scheiße! Mein Zug ging doch um halb vier! Erschöpft lasse ich den Kopf nach hinten sacken, wo er unsanft gegen den Rand der Polsterung knallt. Was für ein Mist! Jetzt hab ich tatsächlich die Abfahrt verschlafen! Schlagartig bin ich wieder wach.

Mit meiner Handtasche im Schlepptau, die übrigens die ganze Zeit auf meinem Schoß gethront hatte, schlurfe ich in Richtung Toiletten und mache mich dort ein wenig zurecht. Fransig stehen einzelne Strähnen aus meinem Dutt ab, weshalb ich mir rasch mit den Fingern durch das Haar kämme und mir einen neuen Dutt hochstecke. Keinen strengen, natürlich, sondern wieder einen lockeren wie vorher.

Anschließend mache ich mich wieder auf den Weg in den Bahnhof und klicke mich am Automaten durch die nächsten Verbindungen. Zwar habe ich vorhin noch eine Powerbank in meiner Handtasche gefunden und mein Handy daran angeschlossen, doch reicht ihre restliche Ladung wohl nur für ein paar Prozent. Um mir diese für die Bahnfahrt aufzusparen, buche ich die Fahrkarte also lieber am Automaten.

Gott sei Dank kommt in einer guten halben Stunde wieder ein Zug Richtung Köln, weshalb ich mir schnell das Ticket ausdrucke und es mir dann auf einer Bank auf dem Bahnsteig gemütlich mache. Wobei »gemütlich machen« es nicht recht trifft, denn sind Bahnhofsbänke je gemütlich? Das kalte Metallgitter vertreibt den letzten Rest Müdigkeit aus meinem Körper, gemeinsam mit der kühlen Morgenluft, die durch die Bahnhofshalle weht.

Als wenige Minuten später endlich mein ICE einfährt und außer mir nur eine Handvoll Fahrgäste einsteigt, ergattere ich rasch einen guten Platz. Zu so früher Stunde sind die meisten Sitze noch leer und nur wenige reserviert. Den Jackenkragen wieder hochgezogen, verkrieche ich meinen Kopf darin, schalte meine Musik an und träume mich wieder weg in eine Welt, in der noch alles gut war. Zumindest solange, bis mein Handyakku ganz den Geist aufgibt. Mit ihm verstummt auch die Musik.

* * *

Hinter mir fällt die Tür ins Schloss und erschöpft stelle ich meine Tasche im Flur ab. Noch bevor ich mich aus meiner Jacke zwängen kann, streift Rocco bereits um meine Beine, reibt sich mit seinem Köpfchen daran und stupst mich liebevoll an. Rasch ziehe ich die Jacke aus, lege sie beiseite und streiche meinem kleinen Kater erst einmal über sein seidig schwarzes Fell. Augenblicklich beginnt er zu schnurren. Meine Ankunft muss sich unter den Katzen herumgesprochen haben, denn wenige Sekunden später kommen auch Lola und Molly angetrottet und wollen sich Kuscheleinheiten abholen. Ich war doch nur einen Tag weg und Tom war doch da! Wieso sind die Kleinen so anhänglich?

Ich verwöhne die Fellknäuel noch ein wenig, dann schäle ich mich aus meiner Kleidung und verkrieche mich im Schlafzimmer unter der großen Bettdecke. Immerhin waren Betti und Ludwig vorhin im Laden und haben mich schnurstracks ins Bett geschickt. Weil Tom wie üblich in seinem Büro sein muss, habe ich jetzt noch ein paar Stunden Zeit, um mich auszuruhen. Bevor ich ihm beichten muss, was passiert ist.

* * *

Halbwegs erholt erwache ich um sechzehn Uhr vom Klingeln meines Handyweckers. Ich schalte ihn rasch aus, ziehe das Telefon vom Ladegerät ab und laufe rüber ins Bad, um mich frisch zu machen. Eine Dusche später und mit getrockneten und hochgesteckten Haaren mache ich mir in der Küche ein Brot fertig. Zwar sollte ich etwas Anständiges im Magen haben, bevor ich mit Tom über gestern rede, aber mehr als eine Scheibe mit Wurst bekomme ich nicht herunter.

Ich werfe einen Blick auf mein Handy. Immer noch keine neue Nachricht von Tom. Komisch. Ich hatte ihm vor dem Schlafengehen doch geschrieben, ich sei früher zurück? Ist er derart beschäftigt auf der Arbeit, dass er wieder lange im Büro bleibt? Seufzend öffne ich die Wohnungstür und laufe hinunter in das Lesecafé. Noch auf der Treppe kann ich Vals Stimme heraushören, in hitziger Diskussion mit Betti und Ludwig. Als ich den Verkaufsraum betrete, verstummen sie schlagartig und starren mich alle drei an.

»Em, Gott sei Dank!«, ruft Val erleichtert und fällt mir um den Hals. »Wieso bist du letzte Nacht nicht ans Handy gegangen?«

»Der Akku war leer. Tut mir leid, Val. Was machst du hier? Müsstest du nicht noch im Salon arbeiten?«

Val schüttelt den Kopf und zieht mich beiseite. Es ist erstaunlich leer heute. Betti und ihr Mann bleiben in sicherem Abstand in der Nähe von Küche und Kasse, während Val auf mich einredet.

»Em, du glaubst gar nicht, was ich mir für Sorgen gemacht habe! Erst meldest du dich nicht, dann gehst du nicht ans Handy. Ich hab schließlich bei den Veranstaltern dieser Buch-Sache da angerufen und die haben gesagt, du wärst gar nicht angemeldet für den Abend! Ich hab panisch alle Hotels angerufen, doch nirgendwo gab es eine Reservierung für dich. Und dann ging bei deinem Handy plötzlich nur noch die Mailbox ran. Zum Glück hat mich Betti heut Morgen sofort angerufen, nachdem du zurück warst!«

»Val, beruhige dich«, sage ich und fasse sie sanft am Arm. »Es ist alles gut. Ich … hab nur Mist gebaut«, gebe ich zu.

»Das Wichtigste ist, dass du wieder hier bist! Unversehrt. Ich dachte schon, dir wäre wer weiß was zugestoßen! Das hätte ich nicht auch noch ertragen!«

»Mir geht es gut, wirklich! Ich habe nur gerade ganz andere Probleme…«

Entsetzt starrt Val mich an.

»Ich wusste es. Du musst da irgendwann drüber reden. Du kannst es nicht einfach in dich hinein fressen. Man sagt ja, irgendwann platzt der Körper vor Gefühlen. Also, rede mit mir. Ich bin für dich da. Ich-«

»Ich war nicht für die Nacht der Liebesromane in München«, unterbreche ich Vals Geschnatter. »Ich war bei Chris.«

»Was?« Fassungslos schüttelt sie den Kopf. »Aber … wieso?«

»Wegen dieses Traums. Du weißt schon, ich hab dir doch … davon erzählt?«, frage ich sie, doch erneut schüttelt sie irritiert den Kopf.

»Ich hab keine Ahnung, wovon du da sprichst, Em. Bei Chris? Ich versteh's nicht. Was soll das? Ich dachte, du wolltest dich ablenken, um die Sache zu vergessen.«

»Die Sache? Was für eine Sache?«, frage ich, unterbreche Val aber sofort, als sie zu einer Antwort ansetzt. »Hör zu, Val, ich hab Mist gebaut. Ich hätte nicht zu Chris fahren dürfen, das ist mir auch klar. Aber es ging nicht anders. Ich werde es Tom erklären. Ich muss einfach hoffen, dass er mir verzeihen kann und nicht alles hinwirft. Es war alles ein großer Fehler…«

»Du willst es Tom erklären?«, fragt Val schließlich leise und ein seltsamer Ausdruck liegt in ihren Augen.

»Ja…«, beginne ich zögerlich. »Ich muss einfach mit ihm darüber sprechen. Ich kann es ihm nicht verschweigen, das hat er nicht verdient. Wenn ich könnte, würde ich das alles rückgängig machen, aber es geht nicht. Bitte, Val – weißt du, ob Tom noch arbeiten ist? Oder hat er sich bei dir gemeldet? Ich muss so schnell wie möglich zu ihm!«

Ich habe mich regelrecht in Rage geredet. Keine Sekunde länger kann ich noch mit diesem schlechten Gewissen leben. Ich muss reinen Tisch machen mit Tom. Muss ihm alles erklären. Ihm sagen, dass er mir so unendlich viel bedeutet und so etwas nie wieder vorkommen wird.

Etwas an Vals Blick verwirrt mich. Sie sieht nicht wütend aus oder neugierig, wie es eine beste Freundin nach so einem Geständnis sein müsste. Nicht einmal erfreut oder verängstigt. Nein, was in ihrem Gesicht zu sehen ist, ist Mitleid. Trauer. Verzweiflung.

»Em, Schätzchen… Ich… Du kannst dich wirklich nicht daran erinnern?« Vals Lippe bebt und sie schließt kurz die Augen. Dann drückt sie meine Hand. Ganz fest.

»Liebes, du kannst mit Tom nicht mehr darüber reden. Du kannst mit ihm gar nicht mehr reden. Er ist…«

Sie atmet tief durch.

»Tom … ist tot.«

8. Kapitel

Hallo, du da! Ja, genau dich meine ich. Du erinnerst dich bestimmt an den Moment, als ich in diesem Büro auf dem schweren, mit dunkelgrünem Stoff bezogenen Stuhl saß und die Frau mich fragte, an was ich mich erinnern könne. Nun, *das* war es, an was ich mich erinnerte. An einen wunderschönen Abend mit Tom, an unser Gespräch auf der Heimfahrt. An die wundervolle Nacht, die darauf folgte. An den verrückten Traum von Chris und an die daraufhin plötzlich wieder aufflammenden Gefühle für ihn. Daran, dass meine Beziehung mit Tom auf Null zurückgesetzt wurde, als hätte ich ihn nie geliebt. An meine Zweifel, den idiotischen Münchentrip…

Das war es, was geschehen war. Dachte ich jedenfalls. Unerklärliche Dinge, ich gebe es ja zu, aber genau daran konnte ich mich erinnern. Nun ja … was soll ich sagen. Mein Gespräch mit dieser Frau in ihrem Büro liegt nun ein paar Wochen zurück. Heute weiß ich es besser. Inzwischen weiß ich, was wirklich passiert ist.

* * *

»Er … ist was?«

»Oh Gott, Em! Ich will nicht diejenige sein, die es dir sagt. Also kannst du dich wirklich an nichts mehr erinnern?«

»Woran denn erinnern? Tom ist auf der Arbeit, wie kommst du darauf…«

Ich hielt inne, denn Val schüttelte niedergeschlagen den Kopf.

»Es tut mir so leid, Em. Ich…« Val sprach nicht weiter. Konnte nicht weitersprechen. Ihr Gesicht verzog sich und sie begann plötzlich zu weinen. Sie schluchzte und schniefte, wischte sich die Tränen aus den Augenwinkeln und fing nur umso stärker an zu weinen, sobald sie mich wieder ansah.

Ich spürte, wie mir jemand von hinten eine Hand auf die Schulter legte. Ich drehte mich um. Betti. Sprachlos und mit zuckendem Oberkörper begann auch sie zu weinen. Fiel mir um den Körper und umschlang mich mit ihren Armen.

Nun erstarrte ich zur Salzsäule. Stimmte es, was sie sagten? Wenn es wahr sein sollte, dann… Nein, das konnte nicht sein. Das war nicht möglich. Er war doch gestern noch hier gewesen. Sie erlaubten sich eindeutig einen Scherz. Aber wer machte Scherze über so etwas? Bestimmt nicht Betti und garantiert nicht meine beste Freundin! Ludwig tauchte hinter Betti auf und zog sie sanft beiseite, wie vorgestern.

»Gib ihr Zeit, Liebling«, sagte er leise.

Wie in Zeitlupe wandte ich den Kopf, sah zu Val, die immer noch weinte, zu Betti, deren Hand sich an meine klammerte, bis hin zu Ludwig, der betroffen auf den Boden blickte.

Wenn das stimmte… Wenn…

Ich schluckte. Es gab keinen Grund, mich anzulügen. Außerdem waren das neben Timo meine engsten Vertrauten. Ich konnte aber nicht… Ich wollte einfach nicht…

»Tom … ist tot?«, wiederholte ich trocken.

Val nickte schluchzend.

Dann brach ich in Tränen aus.

* * *

Seit dem Tag, an dem man mir eröffnete, mein Verlobter sei tot, war mein Geist wie benebelt. Ich weiß nicht mehr, wie lange ich da stand, bis Val mich an den Schultern packte und durch den Laden schob. Betti und Ludwig sprachen kurz mit ihr, doch ich konnte kein einziges Wort verstehen durch den Wattebausch, in den mein Kopf gehüllt war. Die beiden blieben im Lesecafé, während Val mich die Treppe hinauf in die Wohnung lotste. Sie strich mir immer wieder tröstend über das Haar, während ich mich mit einer Decke auf dem Sofa verkroch. Rocco und Molly hielten Sicherheitsabstand zu meinem bebenden Körper, doch Lola wagte es, sich mir vorsichtig zu nähern und neben mir einzurollen. Val setzte sich neben mich aufs Sofa und hielt meine Hand. War es eine Stunde, ein Tag?

Zwischendurch muss ich eingeschlafen sein. Irgendwann wachte ich auf und sah Timo neben Val sitzen. Beide machten besorgte Gesichter und sahen aus, als hätten sie ewig nicht geschlafen. Ich war nicht dazu in der Lage, mit ihnen zu reden. Kaum öffnete ich meinen Mund, kam gleich ein Wimmern heraus und ich begann erneut zu weinen. Es war, als hätte ich bereits all meine Körperflüssigkeit heraus geweint, doch in den hintersten Ecken hatte sich immer noch welche versteckt, die ausgeweint werden konnte. Es war unaufhaltbar. Zwischendurch gab ich Sachen von mir, zusammenhangslose Wortfetzen. Tom war nicht tot, das konnte nicht sein! Bald mussten sie diesen schlechten Scherz doch auflösen. Wie lange wollten sie mich noch zum Narren halten? Ein Teil von mir glaubte ihnen, was sie sagten. Doch der andere Teil in mir übertönte die Stimme, die von Wahrheit sprach, und übernahm die Kontrolle. Ich wusste, was passiert war. Wie konnten sie denken, ich würde diese Farce nicht durchschauen?

Irgendwann müssen sie mich in das Auto verfrachtet haben. Wir fuhren nicht lange, ich kannte die Strecke. Trotzdem kam es mir vor, als wäre ich außerhalb meines Körpers. Als sei dieser nur noch eine leere Hülle gewesen, während mein Ich darüber schwebte und die Hülle beobachtete.

Sie brachten mich ins städtische Krankenhaus. Ich bin schon oft an diesem Ort gewesen: Timo hatte sich ein Bein gebrochen und wurde hier zusammengeflickt, meinem Vater diagnostizierte man hier vor ein paar Jahren seine Herzkrankheit, meine Großmutter starb hier und eine alte Schulfreundin ist in diesem Krankenhaus Mutter geworden. Doch die Station, auf der ich nie zuvor gewesen war, befand sich ganz oben.

»Psychiatrie« stand auf einem der Schilder. Ein Pfleger kam, um uns die Tür zu öffnen, dann ging ich mit Val und Timo an den Händen hinein. Ein Arzt kam hinzu, sie legten mich zunächst in ein Bett. Es war mir egal. Mir war alles egal. Ich wusste nicht mehr, was ich glauben sollte. War Tom tot? Bin ich überhaupt in München gewesen? Was passierte gerade mit mir? Eine Schwester kam ins Zimmer, spritzte mir ein Beruhigungsmittel und gab mir eine Tablette zum Schlucken. Auch das war mir egal. Ich wollte nur, dass ich nichts mehr fühlte. Überhaupt nichts mehr. Einen gefühlslosen Geist schaffen, der zu der leeren Körperhülle passte.

* * *

Als ich am nächsten Morgen erwachte, durchblickte ich die Situation, in der ich mich befand, auf erschreckend rationale Art und Weise. Ich war im Krankenhaus. In der Psychiatrie. Zu Unrecht – schließlich war nicht ich es, die den Blödsinn von sich gab, von wegen Tom sei tot. Wie kamen alle darauf?

Ich hatte doch mit ihm geschrieben, telefoniert. Hatte mich wegen seiner lieben Nachricht so schlecht gefühlt, als ich aus München zurückkehrte.

Allerdings muss ich zugeben, dass seine Nachrichten gelöscht waren, als ich nachschauen wollte. Ich hatte vor, Val und allen anderen ihren Irrtum zu beweisen, doch die letzte Nachricht von Tom, die ich in meinem Handy fand, lag bereits Tage zurück. Niedergeschmettert hatte ich das Handy anschließend in mein Fach im Schwesternzimmer zurückgelegt und es danach nicht mehr in die Hand genommen.

Eine Schwester brachte mich in das Büro der zuständigen Ärztin. Der lange, schmale Sekundenzeiger der Wanduhr ratterte unaufhörlich.

Tick, tack.

Schon fünf nach neun. Sie hätte bereits um neun Uhr da sein sollen.

Kurze Zeit später öffnete sich die Tür, die Ärztin kam hinein. Stellte sich mir vor. Fragte, was passiert sei. Woran ich mich erinnern konnte. Dann erzählte ich ihr, was passiert war.

Tick, tack.

Ich erzählte es ihr. Alles. Von Anfang an. Sie war verständnisvoll, nickte gelegentlich, machte sich Notizen und vor allem: Sie sah mich nicht an wie alle anderen. Nicht mitleidig, nicht besorgt. Sie hörte mir einfach zu.

* * *

Die folgende Woche erlebte ich wie in Trance. Schwestern und Pfleger betraten das Zimmer und brachten mir Medikamente. Timo und Val kamen zu Besuch, ebenso Betti, Ludwig und sogar meine Eltern. Ich kann mich nicht mehr erinnern, worüber ich mit ihnen gesprochen habe. Ob wir überhaupt redeten, oder einfach da saßen und uns anschwiegen. Was hatte ich auch schon zu sagen?

Manchmal hatte ich Termine bei der Ärztin vom ersten Tag. Sie warf mit Fachwörtern um sich, die sie mir danach zu erklären versuchte. Es blieben nur Fetzen in meinem Kopf hängen. Trauerbewältigung. Schock. Verdrängung. Erschaffen alternativer Ereignisse, weil die Wahrheit zu schmerzhaft für mich war.

Im Laufe der Tage wurde mein Kopf klarer. Ich bekam weniger Medikamente. An einem Tag hatte ich gerade gefrühstückt und geduscht, als Val den Kopf durch die Tür steckte. Wir gingen gemeinsam in das Besuchszimmer, das bis auf uns beide leer war.

»Em, wie geht es dir?«, fragte sie mich und sah mich mit großen Augen an. Als hätte sie Angst vor der Antwort.

»Ich glaube, besser. Aber ich brauche deine Hilfe, Val. Ich weiß nicht sicher, was passiert ist und was nicht. Kannst du mir alles erzählen?« Ich hatte tagelang damit gerungen, sie das überhaupt zu fragen, aber wer könnte es mir erklären, wenn nicht Val?

»Natürlich, Süße. Ich … fange dann mal mit dem Unfall an.«

»Unfall?«

»Du erinnerst dich an den Abend im Biergarten? An dem Timo zu spät war? Als wir die Hochzeit planten?«

Ich nickte stumm. Es schien Monate her zu sein, und doch wusste ich, dass es gerade mal ein, zwei Wochen sein konnten.

»Nachdem ihr losgefahren seid… Auf der Autobahn muss euch ein Wagen überholt haben. Der Kerl war viel zu schnell unterwegs und hat euch auf der Fahrerseite gerammt. Euer Auto wurde von der Straße in den Graben geschleudert.«

Meine Augen weiteten sich. Ein Unfall? Nach dem Abend im Biergarten?

»Aber ich bin doch unversehrt! Das kann nicht stimmen, Val«, antwortete ich kopfschüttelnd.

»Ich weiß«, sagte sie und drehte den Becher Kaffee, den sie sich vorhin am Automaten gezogen hatte, ständig im Kreis. Schob ihn dann von links nach rechts, von rechts nach links.

»Hör zu, Em: Du hattest Glück. Unfassbares Glück. Hättest du nicht einen riesigen Schutzengel gehabt, wärst auch du … jetzt nicht hier.«

»So wie Tom?«

»Er … muss durch den Zusammenprall mit dem anderen Wagen bereits das Bewusstsein verloren haben. Die Kollision traf ja die Fahrerseite. Als der Krankenwagen eintraf, konnten sie nur … konnten sie nur noch seinen Tod feststellen.«

Val hielt kurz die Luft an und warf mir einen durchdringenden Blick zu. Ich schluckte und spürte, wie mir die Tränen in die Augen stiegen. Ich war bei ihm, als er starb. Und konnte mich an nichts erinnern, außer an blitzartig aufzuckende Erinnerungsfetzen.

»Es ging also schnell?«, fragte ich mit bebender Stimme.

Val nickte langsam.

»Er hat nicht lange gelitten, Em. Es … war eine furcht-bare Nacht. Als wir den Anruf bekamen, fuhren wir alle sofort ins Krankenhaus. Wir waren total neben der Spur. Erst als wir in der Notaufnahme eintrafen, sagten sie uns, dass nur einer der Insassen es geschafft hatte.«

»Ich war im Krankenhaus?«, fragte ich tonlos. Es war, als erzählte Val mir eine Geschichte, die nicht meine war. Nicht mir passiert war.

»Ja. Du standest unter Schock, sahst aber soweit gut aus. Es konnten keine schweren Verletzungen festgestellt werden, nicht einmal einen Kratzer hattest du. Sie stimmten zu, dich nach Hause zu lassen, sofern wir regelmäßig nach dir sehen würden.«

»Und dann wurde ich entlassen?«

Val nickte wieder.

»Schon. Allerdings musstest du zunächst noch mit der Polizei sprechen, denn der Fahrer hatte Fahrerflucht begangen. Ich war mit dir kurz auf der Wache. Dann haben Timo und ich dich nach Hause gebracht. Du hast fast die ganze Nacht durchgeschlafen. Am nächsten Morgen klärten wir mit dir ab, dass wir alle paar Stunden vorbeikämen. Du sagtest aber, es ginge dir gut und hast dich mit Buch und Laptop zu den Katzen aufs Sofa gesetzt.«

Ich erinnerte mich daran. Das war der Moment, als ich Chris gegoogelt habe. Nach diesem sonderbaren Traum.

»Und so ging es dann jeden Tag?«

»Nein. Am Sonntag kamen wir vorbei oder schrieben dir, aber du wolltest allein sein und das respektierten wir. Wir sahen immer nur kurz nach dem Rechten. Am Montag wolltest du dann unbedingt den Laden wieder aufmachen. Wir haben dir davon abgeraten, aber du meintest, das sei das Beste. Wir haben dich gelassen, aber Elif, Betti und Ludwig zur Unterstützung gerufen.«

»Und dann? Bin ich in Langenberg geblieben … oder bin ich irgendwo hingefahren?«

»Du wolltest nach München. Zu so einem Liebesroman-Event, hast du gesagt. Wir wollten dich eigentlich nicht gehen lassen, aber wir dachten, vielleicht wäre Ablenkung nicht so schlecht. Immerhin hattest du versprochen, dich zwischendurch bei uns zu melden.«

Also bin ich wirklich in München gewesen. Nur war ich auch bei Chris? Das konnte ich Val nicht fragen, aber sie hätte es mir auch nicht beantworten können.

»Als du aus München zurück warst, wurde uns erst klar, dass du dir die ganze Zeit lang was vorgemacht hast. Du wusstest gar nicht mehr, was geschehen war. Wir waren krank vor Sorge, weil du nicht an dein Handy gegangen bist…«

»Ich stand wohl total neben mir«, gab ich zu. »Es tut mir leid, Val. Ich wollte euch nicht-«

»Schon gut, Liebes. Das Wichtigste ist, dass du mit der Situation irgendwie … klar kommst. Auch wenn es unglaublich schwierig ist. Weswegen ich heute da bin…«

Erwartungsvoll sah ich sie an.

»Heute ist seine Beerdigung.«

Wieder war es, als berichtete sie mir vom Schicksal eines anderen Menschen. Nicht von mir, nicht von Tom.

»Bist du stark genug, um…«

Ich nickte. Natürlich würde ich zur Beerdigung gehen. Auch wenn sich alles noch surreal anfühlte.

»Ich brauche aber noch Kleidung, ich hab hier nur-«

Val zog eine Stofftasche unter dem Tisch hervor.

»Deine Mutter, Timo und ich haben dir was rausgesucht. Falls du mitkommst. Du solltest dich gleich umziehen, wir müssen in einer Stunde etwa los«, sagte Val dann mit Blick auf die Uhr.

Ich nickte stumm. Zog die Tasche über den Tisch zu mir. Die Tasche, in der die Kleidung lag, die ich anziehen sollte. Um auf die Beerdigung meines Verlobten zu gehen.

Nach meinem Gespräch mit Val kam die Erinnerung an die Unfallnacht stückweise zurück. An die Tage danach. Zwar hatte ich noch einige Lücken, doch nun wusste ich, was geschehen war. Dieser merkwürdige Traum von Chris hatte damals meine Gefühle für Tom auf Null gesetzt und stattdessen die für Chris wieder aktiviert. Nun war es ähnlich: Plötzlich lebten die Gefühle für Tom erneut auf, als wären sie nie verschwunden gewesen. Das Merkwürdige daran war nur, dass alles, was ich die letzten Tage für Chris empfunden hatte, nicht einfach verschwand, sondern parallel neben der Liebe für Tom bestand. War das überhaupt möglich? Ich schob den Gedanken an Chris beiseite. Er hatte nichts in meinem Leben verloren, schon gar nicht am Tag von Toms Beerdigung! Der Gedanke daran verursachte ein schmerzhaftes Ziehen in meinem Körper.

Mechanisch zog ich das schlichte, aber elegante schwarze Kleid an, das Val mitgebracht hatte. Tom hatte mir immer gesagt, wie hübsch er mich darin fand. Ich betrachtete mich in dem kleinen Badezimmerspiegel in meinem Krankenzimmer. Den Dutt hatte ich heute strenger gesteckt als üblich und ich trug nur wenig Make-up. Immerhin verdeckte es meine Haut ein wenig, die durch die Medikamente noch blasser geworden war.

»Em, bist du fertig?«, rief Val aus dem Flur, wo sie eben noch telefoniert hatte.

»Ja, einen Moment noch!«

Ich steckte mir den Verlobungsring, den mir die Stationsschwester für den heutigen Anlass aus meinem Fach ausgehändigt hatte, an den linken Ringfinger und betrachtete still dieses Symbol der Liebe. Der winzig kleine Stein in der silbernen Fassung glitzerte unschuldig. Er wusste nicht, dass sein Käufer ihn nie wieder anschauen sollte. Dass der passende Ehering dazu niemals angesteckt werden konnte. Ich zwang mich dazu, nicht zu weinen, und trat schnell durch die Tür.

»Wir können los, Val«, sagte ich trocken und setzte mich in Bewegung.

* * *

Während der Zeremonie war ich kaum dazu in der Lage, den Worten des Pastors zu folgen. Ich war froh, dass Val mir einen schwarzen Hut mit Schleier besorgt hatte, sodass mir nicht jeder gleich in die Augen sehen konnte. Fast hätte ich gelacht angesichts der grotesken Ironie, die darin lag, dass ich nun doch in der Kirche einen Schleier tragen sollte, wenngleich keinen weißen. Warum musste es bloß Tom treffen? Er hatte es nicht verdient. Tom war der liebenswürdigste Mann auf der Welt, hatte ein großes Herz und war stets mein Anker gewesen. Wenn ich mal wieder durchdrehte, holte er mich auf den Boden der Tatsachen zurück. Hörte mir zu, wenn ich Geldsorgen wegen des Lesecafés hatte. Unterstützte mich dabei, meinen Bruder auf den rechten Weg zu leiten. Tom war überaus gütig.

Wie war es möglich, dass ausgerechnet er sterben musste? Warum nicht ein Serienmörder, ein Terrorist oder ein Tierquäler? Warum Tom? Und vor allem: Warum nicht ich? Ich hatte keinen einzigen Kratzer davongetragen, während Tom all den Schmerz, all die Verletzungen auf sich nehmen musste. Es war so ungerecht! Ein Mensch wie Tom hätte hundert Jahre alt werden sollen. Er hätte seinen Urenkeln von unserem Kennenlernen im Lesecafé erzählen müssen. Doch all das hatte man ihm genommen. Hatte ihm ein einziger Autofahrer genommen. Der danach auch noch Fahrerflucht beging.

Ich schüttelte zum wiederholten Male den Kopf und verdrückte leise eine weitere Träne. Ich war froh, dass ich den Reden kaum zuhörte. Hätte ich das getan, wäre ich vermutlich schon in der Kapelle ein emotionales Wrack gewesen. Stattdessen versuchte ich, mich auf Tom zu konzentrieren. Auf sein liebes Wesen und unsere schöne, gemeinsame Zeit. Die leider viel schneller zu Ende sein sollte, als wir geglaubt hatten.

Noch vor dem Trauergottesdienst hatte ich Val darum gebeten, nichts sagen zu müssen. Keine Rede der Welt hätte meine Gefühle zum Ausdruck bringen können. Da Toms Eltern für die Beerdigung aus Magdeburg, Toms Heimatstadt, hergekommen waren und auch Timo und Val als unsere engsten Vertrauten ein paar Worte sagten, war das Programm ohnehin gut gefüllt. Ich würde anders von Tom Abschied nehmen. Nicht hier, nicht in aller Öffentlichkeit.

Nachdem der Pastor den Gottesdienst geschlossen hatte, stand ich schweigend auf und folgte der Masse nach draußen, gestützt an Vals und Timos Arme. Die Sonne lachte höhnisch vom wolkenlosen Himmel dieses Sommertages und empfing uns mit warmen Strahlen. Da Tom in seinem Testament eine Einäscherung verfügt hatte, gab es keinen Sarg. Keinen Leichnam, der zurechtgemacht war, als schlafe er seelenruhig. Kein Schauspiel, keinen letzten Blick auf den Menschen, den man so sehr liebte. Ich war froh darüber. Tom muss übel zugerichtet gewesen sein nach dem Unfall, zumal Val mir berichtete, dass man ihn obduziert hatte. So wollte ich ihn nicht sehen und in Erinnerung behalten. Lieber dachte ich an einen fröhlich lachenden Tom.

Als wir an der Mauer mit den Urnenkammern angelangt waren, versammelte sich die Menge schweigsam. Hinter mir nahm ich meine Eltern wahr, die mir kurz über die Schulter strichen. Anschließend verschwanden sie wieder in dem Nebel, der sich vor meinem inneren Auge bildete. Timo hatte ihnen für ein paar Tage ein Hotelzimmer organisiert, doch es war mir egal. Sie hatten Tom kaum gekannt. Hatten sich nie wirklich für uns interessiert. Ein Wunder, dass sie überhaupt hergekommen waren…

Der Pastor sagte noch etwas, dann traten die Anwesenden grüppchenweise vor, um sich zu verabschieden. Ich hatte Angst, die Urne näher anzusehen, wobei ich durch den Tränenschleier vor meinen Augen ohnehin nicht viel hätte erkennen können. Ich vermied den Blick dorthin. Das war nicht mein Verlobter. Das war nicht Tom. Tom war in meinem Herzen. Lebendig für immer. Ich brachte den Gang rasch hinter mich, doch das Schlimmste kam noch. Neben mir standen Grit und Holger, Toms Eltern. Gemeinsam nahmen wir die Beileidsbekundungen an. Es war rührend und unerträglich zugleich. Rührend, weil mir bewusst wurde, wie viele Menschen Tom geschätzt und geliebt hatten. In der Kapelle hatte ich in der ersten Reihe gesessen und nicht gesehen, wer alles gekommen war. Unerträglich, weil ich dem Ausdruck in ihren Augen nicht standhalten konnte. Sie alle hatten Tom auf ihre eigene Art und Weise gekannt und geliebt und nun kamen sie zu mir, um mir das zu sagen. Ich, die ich nicht einmal seine Witwe sein durfte, sondern seine zurückgelassene Verlobte.

Ich weiß nicht, wie lange es dauerte, doch irgendwann entwich mir ein Wimmern und ich begann zu schluchzen. Erst sachte, dann entwickelte es sich zu einem regelrechten Heulen. Ich konnte gar nicht mehr aufhören und stand einfach da, während Timo und Val mir schützend die Arme um die Schultern legten. Dann brach ich weinend am Boden zusammen.

* * *

Die folgenden Wochen verbrachte ich weiterhin in der Psychiatrie. Ich sprach mit der Ärztin über die Beerdigung. Darüber, wie fremd mir alles vorgekommen war, bis ich an der Urnenkammer zusammengebrochen war. Seitdem war mir klar, dass es kein Spiel war. Nicht das Leben eines anderen. Sondern dass genau das mir passierte. Mein Verlobter war gestorben. Und er würde niemals zurückkommen.

Der schwierigste Teil stand mir also noch bevor. Sobald ich mir eingestanden hatte, was vorgefallen war, ging es mir zunächst noch schlechter. Ich verbrachte die ersten Tage nur im Bett. Schlurfte ein paar Mal am Tag die wenigen Meter ins Bad rüber, nur um mich dann wieder im Bett zu verkriechen. Wollte niemanden sehen, nicht einmal Val oder Timo. Doch ihnen war es egal. Sie kamen jeden Tag, hielten neben mir Wache und leisteten mir einfach Gesellschaft. Auch wenn ich es nicht zugeben wollte, so war es schön, jemanden in der Nähe zu wissen. Jemand anderen als meine stumme Zimmernachbarin, die so viele Medikamente nahm, dass sie zumeist bloß dalag und an die Zimmerdecke starrte.

Jede Nacht hatte ich Albträume. Nicht so harmlose, wie die Begegnung mit Chris in dieser eingeschneiten Berghütte, sondern echte. Von Tom, von unserem Unfall. Ich wusste nicht, ob es sich wirklich so ereignet hatte, aber die Gefühle waren echt. Die Angst. Die Sorge. Schweißgebadet wachte ich nachts auf, nur um kurz darauf wieder in einen unruhigen Schlaf zu versinken.

Es dauerte lange, bis ich realisiert hatte, was geschehen war. Es nicht mehr leugnete. Gleichwohl überkam mich jedes Mal ein Schauer, wenn ich mir einredete, ich musste darüber hinweg kommen. Damit abschließen. Was für ein Blödsinn! Ich musste gar nichts. Ich konnte zwar die Vergangenheit nicht ändern, doch das hieß noch lange nicht, dass ich einfach weitermachte, als sei nichts geschehen.

9. Kapitel

»Hast du alles?«, fragt Timo und wirft sich die Reisetasche über seine Schulter. Ich drehe mich einmal um die eigene Achse und scanne mit meinen Augen das Zimmer. Es scheint nichts mehr hier zu sein, was nicht hierher gehört.

»Augenblick noch«, sage ich zu meinem Bruder und schnappe mir die Zeitschriften und den Schokoriegel vom Nachttisch. Ich hatte gestern Abend keinen Hunger mehr darauf und ihn daher aufgehoben. Eilig laufe ich zwei Zimmer weiter, wo Judith mir entgegenkommt.

»Emi! Ich wollte gerade zu dir rübergehen«, sagt sie und drückt mich fest. »Es wird komisch sein, wenn du nicht mehr hier bist.« Sie seufzt, dann lösen wir uns wieder voneinander.

»Ich weiß. Ich vermisse dich jetzt schon«, antworte ich lächelnd und halte die Zeitschriften in die Höhe. »Hier, die sind für dich. Ich hab sie durchgelesen und dachte, vielleicht wird dir ja langweilig…«

»Langweilig? Wie kommst du denn auf sowas?«, antwortet sie ironisch, rollt mit den Augen und nimmt mir lachend die Magazine ab. »Die werden mich die nächsten Tage hier über Wasser halten. Du bist ein Schatz.«

»Ach, und ich hab noch was für dich«, sage ich und wedele grinsend mit dem Schokoriegel.

»Oh, danke, danke! Du weißt, wie sehr ich die Dinger liebe! Ich werd ihn mir gut einteilen«, verspricht Judith mir zwinkernd. »So, und nun auf! Das ist dein großer Tag, du solltest ihn so gut es geht genießen! Hast du die Papiere schon bekommen?«, fragt sie neugierig.

Ich nicke.

»Ja, vor einer Stunde. Mein Bruder ist eben gekommen, ich kann jetzt also los…«

Judith strahlt mich aufrichtig an.

»Na, dann verlier keine Zeit! Ab nach Hause!«, sagt sie lächelnd, drückt mich noch einmal und schiebt mich zur Tür hinaus.

»Wir bleiben in Kontakt«, verspreche ich ihr, dann laufe ich zurück zu Timo.

»Können wir?«, fragt er mich.

»Ja. Unbedingt«, antworte ich.

Dann verlassen wir die Station. Ich blicke nicht ein einziges Mal zurück.

* * *

Als wir durch den Laden laufen, steigt mir der vertraute Geruch von Kaffeebohnen und Büchern in die Nase. Timo geht voran und steigt die Treppe hinauf. Ich folge ihm und die Stufen knarren unter unserem Gewicht. Was habe ich das vermisst! Ein winziges bisschen Vorfreude kribbelt in meinem Innern. Es ist der erste Tag, an dem mein erster Gedanke nach dem Aufstehen nicht Tom galt. Natürlich, gleich einen Augenblick später kam alles sofort wieder zurück, aber diese wenigen Sekunden, nachdem ich die Augen aufschlug, waren unschuldig, unwissend und … fast friedlich.

Endlich zuhause! Timo will gerade nach dem Schlüssel suchen, da fliegt die Tür bereits auf.

»Da seid ihr ja!«, ruft Val und bittet uns mit einladender Geste hinein. Inzwischen ist Hochsommer und meine Dachgeschosswohnung hat sich ordentlich aufgeheizt, wie jedes Jahr. Keuchend lässt Timo die Tasche fallen und wischt sich mit dem Handrücken über die Stirn. Ich drücke meine beste Freundin kurz, dann sehe ich mich um. Fast hätte ich erwartet, eine andere Wohnung vorzufinden, doch im ersten Moment erscheint mir alles genauso wie zuvor. Nichts hat sich verändert, zumindest äußerlich. Tatsächlich jedoch ist alles anders als beim letzten Mal, als ich in dieser Wohnung war. Vor gut vier Wochen. Nichts ist mehr wie damals und das wird es auch nie mehr sein.

Mein Blick fällt ins Wohnzimmer, wo Lola und Molly auf mich zugetrottet kommen. Mauzend und mit erhobenem Schwanz streichen sie um meine Beine und drücken ihre kleinen Köpfchen daran. Was habe ich die Kleinen vermisst! Ich hocke mich hin, streiche ihnen über das Fell und kraule sie hinter den Ohren, als der Dritte im Bunde angesprintet kommt. Ohne zu zögern springt Rocco auf meine Oberschenkel und will an mir hochklettern. Ich nehme ihn auf den Arm, gebe ihm einen liebevollen Nasenkuss und setze ihn wieder zu den anderen beiden auf den Boden.

Dann laufe ich weiter durch die Wohnung. Val hat sich große Mühe gegeben, alles in Ordnung zu halten. Sie hat sich zusammen mit Timo um die Katzen gekümmert, in allen Zimmern aufgeräumt und sogar geputzt. Sie ist ein Schatz!

Ich sehe kurz ins Bad und in die Küche. Augenscheinlich ist alles beim Alten. Mein Blick fällt auf die Schlafzimmertür. Ich will sie ignorieren, doch gleichermaßen zieht mich eine unsichtbare Kraft in diese Richtung. Val und Timo bleiben bei den Katzen im Flur und unterhalten sich mit gedämpften Stimmen. Behutsam drücke ich die Klinke herunter und betrete den Raum. Hier drin staut sich die Hitze noch viel mehr, obwohl das Rollo heruntergefahren ist. Im schummrigen Licht erkenne ich unser Bett – *mein* Bett, korrigiere ich mich im Geiste – gleich neben dem Kleiderschrank. Dem Kleiderschrank, der zur Hälfte Sachen beherbergt, die niemandem mehr gehören. Als ich bemerke, dass ich wie angewurzelt im Raum stehe, kehre ich zurück in den Flur. Schlagartig verstummen Val und Timo.

»Ich danke euch. Ihr habt euch toll um alles gekümmert«, sage ich.

Val kommt ein paar Schritte auf mich zu und streicht mir sachte über die Schulter.

»Alles gut, Em. Wofür hast du uns denn? Komm erst mal in Ruhe zuhause an. Wir … gehen dann mal lieber«, sagt Val zögernd.

»Nein, bitte. Bleibt doch ruhig noch auf einen Kaffee!«

Ich will noch nicht alleine sein in der Wohnung, in der plötzlich nur noch ich wohne.

»Wenn du möchtest – gern«, antwortet Val, doch Timo schüttelt entschuldigend den Kopf.

»Ich muss noch rüber zu Leo und den Jungs. Wir haben heute Probe, und da ich die letzten beiden Male bereits verpasst habe…« Zerknirscht zuckt er mit den Schultern.

»Macht nichts. Dann viel Spaß euch, und grüß die Band von mir!«, sage ich lächelnd. Timo gibt mir einen Kuss auf die Wange und umarmt mich, dann verschwindet er durch die Wohnungstür.

»Ich mache uns eben im Laden einen Cappuccino, ja?«, sagt Val und ist bereits auf dem Weg nach unten. Unterdessen mache ich mich am Katzenklo zu schaffen, denn Molly tapst gerade erleichtert aus dem Bad und bei der heutigen Hitze verbreitet sich der Duft in Windeseile.

Fast gleichzeitig sind Val und ich fertig und wir setzen uns mit den Getränken ins Wohnzimmer.

»Ich freue mich, dass ich dich wieder habe«, sagt Val lächelnd und nimmt einen Schluck.

»Ach, Val, ich hab euch auch so vermisst! Irgendwann arrangiert man sich zwar mit dem Klinikalltag, aber es wurde Zeit, in mein echtes Leben zurückzukehren. Dennoch war es die richtige Entscheidung, dass ihr mich damals dorthin gebracht habt.«

»Wir hatten kaum eine Wahl. Du warst nicht mehr zurechnungsfähig und deine Erinnerung war vollkommen verklärt. Du hast nach dem Unfall anscheinend einige Dinge verdrängt, umgedeutet oder erfunden… Als wir das erkannt haben, waren wir so in Sorge um dich, dass wir nicht anders konnten.«

»Du hast recht. Inzwischen weiß ich, dass nicht alles so passiert ist, wie ich es glaubte. Ich habe mir die Geschehnisse so zurechtgelegt, dass es in meine neu geschaffene Realität passte. In der … Tom noch lebte.«

»Aber jetzt erzähl mal, Em! Wie genau hast du dir denn erklärt, dass Tom nicht mehr da war?«

Val muss merken, dass es mir heute viel besser geht als in den letzten Wochen, sonst würde sie das nicht fragen. Vermutlich hat es ihr schon lange auf der Seele gebrannt, doch sie hatte es nicht gewagt, mich darauf anzusprechen. Zu kritisch war mein Zustand. Ich hole tief Luft und nippe an dem viel zu heißen Cappuccino.

»Okay, aber ich erzähl's nur dir, ja?«, beginne ich und verspüre Erleichterung angesichts dessen, dass ich nun endlich jemandem *meine* Sichtweise schildern kann. Jemandem, der nicht in einer Klinik lebt oder arbeitet.

»Die meiste Zeit hab ich Ausreden dafür gefunden, weshalb Tom weg war. Dass er arbeiten war und spät nach Hause kam, zum Beispiel. Und dann bin ich ja selbst weggefahren, nach München. Ich hab mir eingeredet, Tom nicht mehr zu lieben. Das passte meinem Verstand wohl ganz gut in den Kram…«

»Und nach München wolltest du wegen Chris?«

»Ja, nach diesem komischen Traum. Keine Ahnung, ob ich das wirklich geträumt habe oder ob mir mein Unterbewusstsein etwas vorgespielt hat. Jedenfalls glaubte ich, von ihm geträumt zu haben und von einer … na ja, nennen wir es romantischen Begegnung in einer Berghütte. Danach konnte ich keinen klaren Gedanken mehr fassen und war wie frisch verliebt in Chris. Es war wirklich sonderbar…«

Val nickt, als mir etwas auffällt. Ich halte inne.

»Aber woher weißt du das mit Chris? Ich hatte es niemandem erzählt!«, sage ich voller Überzeugung.

Val verzieht das Gesicht.

»Doch. Kurz vor deinem Zusammenbruch. Und Chris hat es mir auch gesagt.«

»Was?« Dass ich es ihr doch erzählt habe, ist gut möglich. Mein Verstand spielt mir momentan andauernd Streiche. Aber Chris?

»Er kam hierher, als du in der Klinik warst.«

»Im Ernst? Er war hier? Wieso?«

Ich kann kaum glauben, was Val mir da berichtet, und stelle meine Tasse ab. Unwillkürlich verdrängt Neugier alle anderen Gedanken und Gefühle in meinem Innern.

»Erzähl schon, Val!«

»Okay, okay. Nachdem du bei deinem Besuch so plötzlich abgehauen bist, war er wohl total durch den Wind und-«

»Das heißt, ich war wirklich bei ihm. In München«, stelle ich fest.

»Anscheinend.«

»Ich dachte die ganze Zeit, ich hätte mir das Treffen mit ihm auch eingebildet.«

»Sieht nicht so aus, Em. Jedenfalls… Weil er keine Handynummer von dir hatte und nicht wusste, wo du nun übernachtet hattest, hat er noch am nächsten Wochenende einen Zug nach Langenberg genommen und wollte ins Café rein spazieren. Zum Glück habe ich ihn auf der Straße entdeckt und beiseite genommen. Ich dachte, ich hab Halluzinationen!«

Das kann ich verstehen. Mir wäre es sicher genauso gegangen.

»Er war total nett und erzählte mir, dass er mit dir sprechen wolle. Die Angelegenheit klären. Ich wusste natürlich nicht, wovon er sprach, also erzählte er es mir. Dann allerdings hab ich ihm sagen müssen, dass du nicht nur vergeben, sondern verlobt warst und Tom gerade bei einem Unfall verloren hattest. Er war total irritiert-«

»Ja, ich hatte ihm nichts von Tom erzählt«, gestehe ich und der Kloß in meinem Hals kehrt allein durch das Aussprechen seines Namens zurück. Tom.

»Offensichtlich. Na ja, du warst zu dem Zeitpunkt schon in der Klinik und ich hielt es für keine gute Idee, wenn er dich besuchen käme. Also bat ich ihn, wieder zu gehen.«

»Und dann ist er einfach gefahren?«

»Nicht ganz. Moment.«

Val springt vom Sofa auf und verschwindet kurz im Flur. Ich versuche unterdessen, die Neuigkeiten zu verdauen. Ich war wirklich bei Chris. Wir haben uns tatsächlich unterhalten und wunderbar verstanden. Ich bin abgehauen, weil ich auf einmal wieder an Tom dachte. Der damals sogar schon tot war, auch wenn ich es nicht wahrhaben wollte. Vermutlich habe ich mir deshalb auch meine Gespräche mit ihm und seine Kurznachrichten per Handy eingebildet. Ob auf meinem Handy noch die Fotos gespeichert sind, die ich oben auf dem Kirchturm gemacht habe? Ich nehme mir vor, das nachher zu prüfen, da kommt Val bereits ins Wohnzimmer zurück.

»Hier«, sagt sie und hält mir einen Briefumschlag hin.

»Was ist das?«, frage ich sie und nehme ihn an.

»Weil er keinen Urlaub bekommen hatte, musste Chris am gleichen Wochenende noch zurück nach München. Am liebsten hätte er wohl gewartet, bis es dir besser geht, aber wir konnten ohnehin nicht abschätzen, wann das sein würde. Also hat er eine Nachricht für dich hinterlassen. Keine Sorge, ich hab nicht rein geschaut«, ergänzt Val schließlich und hält unschuldig die Hände in die Luft.

Ich drehe den Umschlag zwischen meinen Fingern. Mit schlichter, schwarzer Farbe steht dort mein Name. Sonst nichts. Er ist noch zugeklebt, weshalb Val tatsächlich nicht gelesen haben kann, was drin steht. Ich lege den Brief auf dem Couchtisch ab.

»Danke, Val. Das war die richtige Entscheidung. In meiner Verfassung hätte ich ihm nicht begegnen können…«

»Weiß ich doch. Du musstest erst einmal wieder auf die Beine kommen. Ich mochte Chris schon immer, das weißt du, aber so kurz nach der Sache mit Tom wollte ich dich nicht unnötig verwirren.«

»Das war am Besten so. Du hast recht. Ich weiß auch noch nicht, ob ich ihn lesen will. Ich entscheide das später«, gebe ich zu und schiebe den Umschlag demonstrativ noch etwas weiter weg von mir.

»Ist gut. Das ist allein deine Sache. Aber erzählst du mir jetzt weiter von deinem verrückten Münchentrip?«

Ich grinse. Val ist immer neugierig, aber wer kann's ihr verübeln? Bei so einer spannenden Story. Lachend beginne ich zu erzählen und lasse kein Detail aus. Es tut gut, mich mit meiner besten Freundin über eine meiner idiotischsten Ideen zu unterhalten und einfach mal nicht zu weinen oder darüber nachzudenken, dass ich meinen Verlobten verloren habe. Oder darüber, wie meine Zukunft ohne ihn jetzt aussieht. Ich habe in den letzten Wochen fast pausenlos gegrübelt. Meine Gedanken sind ständig Karussell gefahren. Das wird die nächste Zeit sicher nicht anders sein. Daher versuche ich, diesen Moment der vorübergehenden Ablenkung zu genießen.

* * *

Eine geschlagene Stunde starre ich den Brief in meinen Händen bereits an. Val ist vorhin gegangen und ich konnte nicht anders, als ihn mir direkt zu schnappen. Trotzdem sitze ich jetzt hier und bringe es nicht über mich, ihn zu öffnen. Das würde es endgültig wahr machen. Mir bestätigen, dass ich tatsächlich so abscheulich gewesen bin, gleich nach dem Unfalltod meines Verlobten in einen Zug zu steigen und zu meinem Ex zu fahren. Solange der Brief noch verschlossen ist, habe ich das Gefühl, das sei nicht wirklich geschehen. Das sei alles nur ein Albtraum, aus dem ich irgendwann noch aufwachen kann…

Dann fasse ich mir ein Herz, reiße den Umschlag auf und ziehe den Brief heraus. Chris' Nachricht ist auf schlichtem, weißen Papier geschrieben mit einem einfachen, schwarzen Kugelschreiber. Obwohl ich sie so viele Jahre lang nicht gelesen habe, erkenne ich seine Handschrift sofort wieder.

Meine liebe Emi,

wenn du diesen Brief liest, hat Valentina ihn dir endlich gegeben – was bedeutet, dass es dir besser geht. Das freut mich aufrichtig.

Dein Besuch bei mir in München hat mich mehr als verwirrt. Du bist so plötzlich aufgetaucht, es traf mich völlig unvorbereitet. Und doch hast du mich in nur wenigen Stunden wieder verzaubert. Hast mich an die Zeit erinnert, die wir damals gemeinsam hatten. Und mir vor Augen geführt, was für ein schrecklicher Fehler es gewesen ist, nach München zu ziehen und dich zurückzulassen. Nichts kann mein Verhalten von früher entschuldigen und doch hoffe ich, dass du mir verzeihen kannst. Vielleicht hilft es dir, wenn ich dir sage, dass ich nach unserer Trennung monatelang nur an dich gedacht habe und ein nervliches Wrack war. Allein die Uni war Ablenkung für mich, weshalb ich mich regelrecht ins Lernen gestürzt habe. Trotzdem konnte ich dich nie vergessen.

Natürlich, man macht weiter. Lebt sein Leben. Das habe ich auch und das ist nur verständlich. Ich habe vor einiger Zeit Swetlana kennengelernt und sie ist vor Kurzem bei mir eingezogen. Und doch ist es mit ihr ganz anders als zwischen uns. Nur dieser eine Tag mit dir zusammen hat gereicht, um mein ganzes Leben über den Haufen zu werfen. Es war schön, dich zu sehen und ich hatte so viel Spaß wie lange nicht mehr. Noch heute klingt dein Lachen in meinen Ohren nach…

Deshalb war ich auch so überrascht, als du plötzlich fort warst. Ich hätte dir noch viel zu sagen gehabt, hätte mich zu gerne noch richtig von dir verabschiedet. Nachdem ich Luisa angerufen hatte und sie mir bestätigte, dass du nicht zu ihr gekommen warst, war ich völlig fertig. Bis zu diesem Augenblick war mir gar nicht klar gewesen, wie viel mir diese kostbare Zeit mit dir bedeutet hatte.

Leider konnte ich mir auf der Arbeit nicht frei nehmen, weshalb ich bis heute warten musste, um zu dir nach Langenberg fahren zu können. Ich wollte Gewissheit. Musste erfahren, wieso du nach München gekommen bist und was du empfindest.

Ich weiß ehrlich gesagt nicht, womit ich gerechnet hatte, jedoch sicherlich nicht damit, dass Valentina mich auf der Straße aufgreift und für noch mehr Verwirrung sorgt. Sie erzählte mir von deinem Verlobten und von eurem Unfall. Davon, dass sie dich inzwischen in eine Klinik gebracht hat und du mich in deinem Zustand besser nicht sehen solltest.

Ich war sprachlos. Es passte plötzlich gar nichts mehr zusammen. Wieso warst du in München, weshalb hast du mir nichts von Tom erzählt? Oder von dem Unfall? Valentina vermutet, du hast dir selbst etwas vorgemacht und dir einige Dinge eingebildet. Ich weiß nicht, ob das stimmt, oder ob hinter deinem Besuch etwas anderes steckte. Was ich aber weiß, ist, dass dein Auftauchen in München mich in ein absolutes Gefühlschaos gestürzt hat.

Ich sitze gerade bei Valentina im Wohnzimmer und schreibe dir diesen Brief, während sie in der Küche telefoniert. Vermutlich geht es um dich, ich weiß es nicht genau. Jedenfalls danke ich ihr von Herzen, dass sie dir diesen Brief aushändigt.

Es ist komisch, einen echten Brief auf Papier zu verfassen. Seit Langem schreibe ich private Nachrichten nur noch über das Handy und die einzigen Briefe, die ich verschicke, gehen an Mandanten oder Gerichte. Ich hoffe, ich kann einigermaßen in Worte fassen, was ich empfinde.

Vermutlich bist du selbst ziemlich durcheinander, wenn du diese Zeilen hier liest. Denkst noch an deinen Verlobten, kannst das Ganze noch nicht recht begreifen. Du sollst wissen: Ich bin für dich da. Ich hätte es schon immer sein sollen, das ist mir jetzt klar geworden. Wenn du auch nur die geringste Chance siehst, dass wir zwei eines Tages eine gemeinsame Zukunft haben könnten, dann melde dich bitte. Wir können das schaffen. Wir hätten es damals schon geschafft, nur wussten wir es nicht.

Gleich, wie du dich entscheidest, ich werde die Beziehung mit Swetlana beenden. Unsere Begegnung hat mir vor Augen geführt, dass das nicht alles ist, was ich mir in meinem Leben wünsche. Da ist noch mehr und ich glaube, du bist der Schlüssel dazu.

Es würde mir viel bedeuten, von dir zu hören. Allein, um zu wissen, dass es dir wieder gut geht. Natürlich verstehe ich es, wenn du vorerst keinen Kontakt zu mir haben möchtest, weil die Ereignisse noch frisch sind. Ich gebe dir alle Zeit der Welt, Emi, und wünsche dir alles erdenklich Gute.

Alles Liebe
Dein Chris

Die letzten Worte kann ich nur erahnen, weil sich meine Augen unwillkürlich mit Tränen füllen, die nach und nach auf das Papier tropfen. Sie vermischen sich mit der schwarzen Farbe und hinterlassen verschwommene Textfetzen. Die Telefonnummer, die Chris an den unteren Papierrand geschrieben hat, ist kaum noch lesbar. Nicht, dass ich vorhätte, ihn anzurufen.

Dieser Brief ist unbeschreiblich schön und traurig zugleich. Wie sehr hätte ich mich vor neun Jahren über diese Worte gefreut! Dann wäre Chris hiergeblieben und hätte mir viel Schmerz erspart. Andererseits… Ich hätte Tom nicht kennen gelernt. Tom, von dessen Tod nun auch Chris erfahren hat.

So schön Chris' Worte auch sind, so falsch sind sie zugleich. Ich muss dem bald ein Ende setzen. Aber nicht heute.

Ich lasse den Brief auf dem Couchtisch liegen, schnappe mir ein dünnes Schlaflaken aus dem Schrank und verkrieche mich in meinem Bett. Ich wage es kaum, Toms Seite zu berühren. Die Katzen leisten mir Gesellschaft, während ich in einen unruhigen Schlaf falle.

* * *

Warum Tom? Wie hat ein Mann wie er es verdient, so früh aus dem Leben gerissen zu werden? Der Kloß in meinem Hals wird unerträglich groß und ich fürchte, bald daran zu ersticken. Niemand wird mir helfen können, so wie niemand Tom helfen konnte. Ich kann es immer noch nicht richtig fassen, dass Tom jetzt einfach weg ist. Nie wieder kommen wird. Dass nicht einmal mehr sein *Körper* existiert, sondern nach dem Unfall obduziert und dann verbrannt wurde.

Er ist nicht mehr da.

Ich bin allein.

Vor Kurzem noch organisierten wir unsere Hochzeit, freuten uns auf den Nachwuchs, der kommen sollte.

Schmiedeten Pläne für die Flitterwochen. Und jetzt kommt mir das alles vor, als sei es in einem anderen Universum geschehen. Die Hochzeit wird ausfallen, stattdessen gab es eine Beerdigung. Ein Baby wird es nicht geben und Flitterwochen sowieso nicht. Jetzt sollte die schönste Zeit in meinem Leben sein, doch ist es das Schlimmste, was mir je widerfahren ist. Und Tom ist gar nicht mehr…

Der Kloß wird zunehmend größer, breitet sich aus und wandert den Hals hinauf. Mir wird schlecht, ich springe vom Bett auf, renne ins Bad und muss mich übergeben. Als ich mich am Waschbeckenrand abstütze und in den Spiegel vor mir sehe, schaut ein fahles, graues Gesicht ausdruckslos zurück. Meine Augen starren ins Leere, sie sind gerötet vom vielen Weinen. Ich schniefe und wische mir mit einem Tuch über das Gesicht.

Das war's also. Alle Pläne, die ich für mein Leben hatte – für *unser* Leben hatte – einfach futsch. In einer einzigen Nacht hat sich alles verändert und ich kann nichts davon rückgängig machen. Werde niemals Toms Frau sein. Oder die Mutter seiner Kinder. Stattdessen bin ich jetzt allein hier.

Zugegeben, nicht ganz allein. Aber wer versteht schon, was ich durchmache? Einige meiner engsten Vertrauten haben zwar auch schon mal jemanden verloren, aber waren das nun mal Großeltern oder ältere Tanten. Menschen, die ihr Leben gelebt haben. Jeder Tod ist tragisch und hinterlässt eine Lücke bei den Angehörigen, aber kann man diese Schicksale mit Tom vergleichen? Der noch unzählige Jahre vor sich hatte? Der *unschuldig* war und einfach so heraus gerissen wurde, wegen diesem Mistkerl von Autofahrer?

Zu der Verzweiflung und Trauer kommt nun auch Wut und ich kann die ganzen Gefühle gar nicht mehr sortieren. Ich schleiche ins Schlafzimmer zurück, werfe mich auf das Bett und hämmere mit beiden Fäusten darauf ein, bis ich irgendwann wieder erschöpft einschlafe.

10. Kapitel

Es vergehen noch einige Tage, bis ich mich wieder halbwegs im Griff habe. Ich dachte, ich hätte mich in der Klinik schon genug ausgeweint. Mit der Therapeutin darüber gesprochen. Und doch hat es nicht gereicht. Mein Dasein steht in Trümmern, meine Zukunft ist ungewiss. Mein Verlobter ist tot. Wenn ich mein eigenes Leben nicht wegwerfen will, muss ich jetzt versuchen, aus diesem Loch herauszukommen.

Ich nehme mir vor, ab Montag wieder im Laden zu arbeiten und damit Betti und Ludwig zu entlasten, die sich während meiner Abwesenheit um das Café gekümmert haben. Meine Eltern hatten ihnen zwar auf der Beerdigung Unterstützung angeboten, doch war es bloß ein Akt der Höflichkeit. Betti, die das durchschaut hatte, lehnte dankend ab. Sie käme zurecht. Meine Eltern waren sicher froh darüber. Meinen Vater belasteten solche Reisen wegen seiner Krankheit inzwischen sehr, das kann ich verstehen. Bestimmt aber war meine Mutter die treibende Kraft dahinter, die schleunigst wieder fort wollte. Ich kann froh sein, dass sie sich hier überhaupt haben blicken lassen… Ebenso wie Toms Eltern. Sie waren nur vorübergehend hergekommen, um die Beerdigung zu organisieren – schließlich war ich dazu offensichtlich nicht fähig. Kurz darauf reisten sie ab, um sich um Toms Großmutter zu kümmern, die sie seit ihrer Demenz zuhause pflegen.

Mit jedem Tag, der vergeht, bestimmt Toms Tod mein Leben ein winziges Bisschen weniger. Der Schmerz ist zwar immer da und ich denke häufig an ihn und die Zukunft, die wir uns ausgemalt hatten. Die dann wie eine Seifenblase zerplatzte. Trotzdem gibt es immer mehr Augenblicke, in denen ich auch mal ein paar Minuten lang vergessen kann, was passiert ist. Einfach lebe, arbeite. Mich mit Val unterhalte, lache. Später, wenn die Erinnerung wieder präsent ist, fühle ich mich dann schuldig. Habe ein schlechtes Gewissen. Und doch weiß ich, dass das falsch ist. Ich *muss* ja weitermachen. Aber wäre das nicht ein Verrat an Tom, wenn ich lustige Dinge erlebe oder gar glücklich bin?

Und immer, wenn ich glaube, ein klein wenig Normalität in mein Leben zurückzuholen, wenn ich einkaufen gehe oder mein Brot beim Bäcker besorge, kehrt die Realität mit brutaler Härte zurück. Früher habe ich die Einkäufe zusammen mit Tom erledigt. Während ich planlos durch die Gemüseregale gelaufen bin und Inspirationen für das Abendessen suchte, blätterte Tom durch die Computerzeitschriften ein paar Gänge weiter. In der Bäckerei trafen wir meistens Nachbarn oder Kunden und plauderten ein wenig über dies und das.

Wenn ich jetzt durch den Supermarkt gehe, laufe ich schnell am Zeitschriftenregal vorbei. In der Bäckerei sehen mich alle mit einem mitleidigen Blick an. Fragen mich ständig, wie es mir geht. Ob ich klar komme.

Nein, verdammt! Das tu ich nicht. Wie soll ich denn je wieder ein normales Leben führen, wenn man mich ständig an das erinnert, was passiert ist? Ich weiß, sie meinen es nur gut, aber ich könnte jedes Mal in Tränen ausbrechen, wenn mich jemand darauf anspricht.

Ich hab festgestellt, dass die Menschen mich auf zwei verschiedene Arten behandeln: Die erste Gruppe bemitleidet mich, streicht mir verständnisvoll über den Arm, schenkt mir Schokolade oder Blumen. Die andere Gruppe ignoriert die Tatsache, dass mein Verlobter gestorben ist. Sie behandeln mich so, als sei nichts geschehen. Erwähnen nicht seinen Namen. Lachen über sinnlose Dinge.

Obwohl ich die zweite Gruppe meistens bevorzuge, gibt es Momente, in denen ich sie anschreien will. Ihnen sagen will, dass überhaupt nichts okay ist. Dass ich nicht lachen *will*. Aber dann wird mir klar, dass mir diese Gruppe eigentlich guttut. Mir nicht andauernd vor Augen führt, was ich verloren habe. Sondern dabei hilft, weiterzumachen.

Schmerz, Trauer, Wut, Verdrängung, Ablenkung…

Das alles vermischt sich und ich weiß kaum noch, was ich fühlen soll. Fühlen darf. Es ist ein Wunder, dass ich noch nicht implodiert bin. Und dann ist da noch die Sache mit Chris. Mahnend liegt der Brief noch immer auf dem Couchtisch. Ich nehme mir vor, ihn heute zu beantworten und damit einen Schlussstrich unter das München-Wochenende zu setzen. Das bin ich Tom schuldig.

* * *

Drei Stunden später sitze ich mit Lola auf dem Sofa, kraule sie hinter den Ohren und lese mir den Brief noch einmal durch. Zum mittlerweile vierten Mal. Meine eigenen Worte erleichtern mich und machen mich zugleich traurig. Der Taschentuchberg neben mir wächst unaufhörlich und ich greife immer wieder nach dem Kuli, um etwas zu ändern. Das Gute (oder ist es das Schlechte?) an *echten* Briefen ist die Tatsache, dass man nicht mal eben etwas streichen oder ergänzen kann, ohne dass es der Empfänger bemerkt. Es ist nun mal nicht wie bei einer E-Mail oder WhatsApp-Nachricht, in der man einzelne Abschnitte mit einem Klick ausschneiden und durch andere ersetzen kann. Ich zögere. Soll ich den Brief wirklich abschicken? Was wird Chris dazu sagen? Was würde Tom sagen, wenn er hier wäre? Ist es das Richtige? Oder ein Fehler? Energisch schüttle ich den Kopf, falte das Papier, stecke es rasch in den Umschlag und klebe ihn zu. Dann bringe ich ihn schnell zum Briefkasten, bevor ich es mir wieder anders überlege.

Lieber Chris,

ich muss gestehen: Dein Brief hat mich überrascht. Vor Kurzem erst wurde ich aus der Klinik entlassen und tatsächlich scheint es, als hätte mein Unterbewusstsein mir einen Streich gespielt und einige Ereignisse umgedeutet. Deshalb dachte ich bis vor wenigen Tagen noch, ich wäre nie bei dir gewesen. In München, ja, aber eben nicht bei dir. Als Val mir erzählte, du seist hierher gekommen und hättest einen Brief hinterlassen, war ich völlig verwirrt. Vor allem, weil das bedeutete, dass ich tatsächlich bei dir gewesen bin. Wir den Tag zusammen verbracht haben … und ich einfach abgehauen bin.

Mein Verhalten tut mir unendlich leid. Ich hätte nie nach München kommen sollen und hätte dich auch nicht einfach stehen lassen dürfen. Ich gebe zu, mir hat unser gemeinsamer Tag gefallen und ich hatte Spaß. Auch ich habe anschließend viel über damals nachgedacht…

Und dennoch: Das Ganze war ein großer Fehler. Ich muss neben der Spur gewesen sein wegen des Unfalls und habe dir falsche Hoffnungen gemacht. Es war nicht meine Absicht, dich in eine solche Lage zu bringen oder deine Beziehung zu Swetlana zu gefährden. Du solltest ihr die Situation erklären und dich mit ihr versöhnen. Ich wünsche dir nur das Beste und möchte, dass du glücklich bist.

Was Val über den Unfall und über Tom erzählt hat, ist leider wahr. Während ich kaum einen Kratzer davon trug, musste mein Verlobter mit seinem Leben bezahlen. Ich denke, du verstehst es, wenn ich deshalb erst einmal keinen Kontakt zu dir haben möchte. Auch nicht als Freunde. Das alles überfordert mich gerade und ich weiß noch nicht, wie es weitergehen soll. Mein Leben wurde in nur einer Nacht komplett auf den Kopf gestellt.

Ich bitte dich daher darum, nicht mehr hierher zu kommen oder mir zu schreiben. Trotzdem hoffe ich für dich, dass du dein Glück mit Swetlana wiederfindest und mich bald vergisst.

Alles Gute

Emi

* * *

Noch Tage später geht mir dieser Brief nicht aus dem Kopf. Chris muss ihn inzwischen erhalten haben, doch habe ich nichts von ihm gehört. Das macht mich einerseits traurig, andererseits respektiert er damit nur meinen Wunsch, sich nicht bei mir zu melden. Es war das einzig Richtige, den Kontakt zu unterbinden. Der Unfall ist zwar schon bald zwei Monate her, doch die inneren Wunden, die er hinterlassen hat, schmerzen nach wie vor. Ich vermisse Tom jeden Tag und der Gedanke daran, was wir alles nun nicht mehr gemeinsam erleben können, zerreißt mich. Außerdem wäre es falsch, so früh schon mit einem anderen Mann gesehen zu werden. Allein schon Gerüchte darüber wären unangemessen. Was sollen die Leute denken? Und Tom, könnte er uns sehen?

Nein, es ist richtig so, wie ich es entschieden habe. Das Schlimme daran ist nur, dass zwar mein Verstand mittlerweile klar zwischen Realität und Einbildung unterscheiden kann, meine Gefühle dazu aber nicht in der Lage sind. Obwohl ich inzwischen weiß, dass dieser mysteriöse Traum meinem Unterbewusstsein entsprungen sein muss, um mich von Tom abzulenken, und obwohl ich Tom über alles liebe und vermisse, sind die Emotionen noch da. Dieses nervöse Kribbeln, diese Verliebtheit. In Chris, nach dem Traum. Und in Tom, der nicht mehr da ist.

Ich kann meine Gedanken kaum sortieren und gleich, wie oft ich mir einrede, dass das nur ein Abwehrmechanismus meines Gehirns war, der mich in Chris' Arme treiben wollte, so bleiben die Gefühle. Gerade deshalb ist es umso besser, wenn ich mit ihm weder schreibe noch telefoniere oder ihn gar persönlich sehe. Dann wäre meine Gefühlswelt sicherlich vollkommen außer Kontrolle und das ist sie ohnehin schon genug.

Ich wünsche mir einfach so sehr, Tom wäre wieder da und das mit Chris nie passiert. Dann würden wir jetzt Hochzeitstorten verkosten, die Blumen aussuchen und unsere Gelübde verfassen. Stattdessen sitze ich hier. Allein. Vor dem Scherbenhaufen, der einmal mein Leben war.

* * *

Die Glocke am Ladeneingang bimmelt und kündigt einen Gast an. Ich luge hinter der Küchentür hervor und entdecke Timo, der rasch durch den heute nur spärlich besuchten

Laden zu mir kommt. Bei dem herrlichen Sommerwetter ist den Kunden mehr nach Freibad und Eisbechern zumute als nach Büchern und Cappuccino im Café. Ich kann's ihnen nicht verübeln.

»Schwesterchen, du arbeitest ja wieder!«, ruft er zur Begrüßung und drückt mich kurz.

»Ja, seit gestern. Es tut gut, etwas aus der Wohnung raus zu kommen. Wie sehr habe ich meinen Alltag und die Arbeitsroutine vermisst!«

Timo lächelt zögerlich, dann zieht er aus einer Stofftasche einen Fertigsalat und zwei in Alufolie verpackte Schalen vom Italiener.

»Schon wieder was zu Essen?«, frage ich kopfschüttelnd.

»Jep. Heute gibt's Lasagne.«

»Timo, du weißt schon, dass ich nicht körperlich einge-schränkt bin, oder? Ich kann mir selbst was kochen.«

»Klar weiß ich das. Trotzdem will ich nicht das Risiko eingehen, dass du es vielleicht nicht tust. Du musst essen, Emi. Sonst hast du nicht genug Energie.«

»Ist schon gut, Timo. Aber bald muss das aufhören, ja?«

Mein Bruder rollt mit den Augen, nickt dann aber wider-strebend.

»Okay, okay. Dann war das heute das letzte Mal. Du musst mir aber versprechen, dass du anständig isst! Am Besten schickst du mir täglich Beweisfotos aufs Handy…«, schlägt er grinsend vor.

»Wenn's sein muss«, gebe ich mich geschlagen. Solange Timo endlich mit diesen Care-Paketen aufhört. Es ist schon fast unheimlich, ihn so fürsorglich zu erleben. Normaler-weise muss ich mich um ihn kümmern, nicht andersrum. Seit meiner Entlassung aber kommt er täglich vorbei, bringt Essen mit und will mir bei allem helfen. Er würde mich wohl sogar aufs Klo verfolgen, wenn ich ihm nicht Einhalt geböte.

Da gerade nicht viel los ist und Elif vorhin ihre Schicht angetreten hat, setzen Timo und ich uns an einen der Tische auf der Straße in den Schatten. Gleich daneben befindet sich der Fahrradständer, an dem Timo sein Rad angeschlossen hat, das nun einsam und verlassen dort steht. Kaum ein anderer kommt in einer bergigen Stadt wie unserer mit dem Rad ins Café. Nachdem Timo die Gerichte ausgepackt hat, machen wir uns hungrig darüber her.

»Was ist denn jetzt eigentlich mit deiner Freundin? Wolltest du sie uns nicht mal vorstellen?«, frage ich und versuche damit, das Gesprächsthema direkt in eine andere Richtung zu lenken. Weit weg von mir.

»Naja… Das ist gerade nicht der beste Zeitpunkt. Ich werd's dir noch erzählen. Vielleicht in ein paar Wochen oder so…«

Wenn es dir besser geht, ergänze ich in Gedanken den Satz meines Bruders.

»Du machst es ja wirklich spannend. Ich glaube, ich sollte mal Val fragen, ob sie was weiß. So oft, wie ihr zusammen in die Klinik gefahren seid, muss sie doch was mitbekommen haben…« Grinsend schiebe ich mir eine Gabel voll Lasagne in den Mund. Mein Bruder hingegen blickt mich mit aufgerissenen Augen an.

»Mach das bitte nicht«, sagt er sichtlich erschrocken.

»Schon gut. Wenn sie was wüsste, hätte Val es mir sowieso längst erzählt«, necke ich ihn ein letztes Mal.

Dann frage ich ihn nach der Arbeit, um das Thema zu wechseln, und Timo berichtet mir begeistert von seinen Plänen, bald auf die Meisterschule zu gehen.

* * *

Ich betrete gerade meine Wohnung, da kommen mir die Katzen schon entgegen und streichen hungrig mauzend um meine Beine. Rasch stelle ich das Tablett mit den zwei Cappuccinos, die ich für Val und mich mitgebracht habe, auf dem Couchtisch ab, und folge den Fellknäueln in die Küche, um sie mit Nassfutter zu versorgen. Man könnte glauben, sie seien am Verhungern.

Sobald die drei mit Fressen beschäftigt sind, will ich mich wieder den Getränken widmen, als mir plötzlich schwarz vor Augen wird. Ich halte mich mit einer Hand an der Wand fest und sinke daran nieder. Mit geschlossenen Augen atme ich tief durch. Ja, es war ein heißer Tag und ich habe vielleicht nicht genug getrunken, aber warum sollte ich fast ohnmächtig werden? Das sieht mir gar nicht ähnlich…

Ich bleibe noch zwei Minuten auf dem kühlen Laminat sitzen, bevor ich mich langsam wieder aufrichte. Ein kurzer Blick auf die Armbanduhr verrät mir, dass Val jeden Moment auftauchen muss. Ich will gerade zurück ins Wohnzimmer gehen, als ich aufstoße und das Gefühl habe, mich übergeben zu müssen. Mit einer Hand vor dem Mund renne ich ins Bad und reiße den Toilettendeckel gerade noch rechtzeitig hoch.

Danach lehne ich etwas zittrig an der Duschkabine, unsicher, ob ich das Bad schon verlassen sollte oder lieber doch nicht. Vals Stimme holt mich zurück ins Hier und Jetzt.

»Em, bist du da?«, fragt sie und ich höre, wie die Wohnungstür ins Schloss fällt.

»Einen Augenblick noch«, rufe ich zurück, ziehe mich hoch und stütze mich am Waschbeckenrand ab. Nachdem ich mich etwas frisch gemacht habe, schaue ich in den Spiegel vor mir. Ich habe schon mal besser ausgesehen.

Ich zwinge mich zu einem lockeren Lächeln, dann gehe ich zu Val ins Wohnzimmer. Und könnte fast schon wieder ins Bad stürzen.

»Alles okay, Süße? Du bist etwas blass…«

»Schon okay. Irgendwie … fühle ich mich heute nicht so gut«, sage ich und setze mich zu ihr aufs Sofa.

»Hast du denn was gegessen? Getrunken? Vielleicht solltest du etwas schlafen?« Überfürsorglich erwägt Val alle Eventualitäten, doch ich winke ab.

»Nein, nein. Alles gut. Ist einfach nur etwas viel gerade…«

»Oder hast du dich erkältet? Hatte Elif letzte Woche nicht einen Schnupfen?«

»Val, glaub mir: Es ist okay. Ich … habe da schon eine Vermutung.«

»Was? Wie meinst du das?«

Ich schließe kurz die Augen und hole tief Luft. Es ist nur eine Ahnung, aber sie laut auszusprechen, macht es real. Ich überlege, es Val doch nicht zu erzählen, doch dann entscheide ich mich wieder um. Schaden kann es nicht und schließlich sind beste Freunde doch dafür da.

»Ich glaube, ich bin schwanger.«

»Du bist … was?«

Val lässt beinahe ihre Tasse fallen, stellt sie dann jedoch sicher ab und greift nach meinen Händen. Ich weiß nicht, ob Freude oder Schock in ihrem Blick liegt.

»Aber was… Wie kommst du darauf?«

»Ich weiß nicht. Ich hatte ja schon vor längerer Zeit die Pille abgesetzt, schließlich wollten wir ein Kind. Es ist also durchaus möglich. Und meine Periode lässt gerade auch auf sich warten. Na ja, und ich fühl mich kotzübel…«, gebe ich zu.

Ein Lächeln huscht über Vals Gesicht.

»Aber das wäre doch … wunderbar, oder nicht?«

»Schon. Aber wir wollten es damals, als noch alles gut war. Und dann … geschah der Unfall. Ich habe mir noch keine Gedanken darüber gemacht, was wäre, wenn es tatsächlich geklappt hätte.«

»Du hast recht, Em. Du musst dich jetzt erst einmal um dich selbst kümmern. Außerdem wäre es besser für ein Kind…«

»…mit seinem Vater aufzuwachsen, schon klar. Aber ich bin mir ja nicht einmal sicher, ob es überhaupt stimmt. Ich weiß nicht, ab wann man sowas definitiv feststellen kann.«

»Du hast noch keinen Test gemacht?«

»Nein… Ich habe Angst vor dem Ergebnis.«

»Dann solltest du es wagen. Ich kann dabei sein, wenn du möchtest. Du musst Gewissheit haben.«

»Du hast recht. Ach, ich weiß auch nicht. Einerseits will ich unbedingt ein Kind, wir hatten monatelang über nichts anderes gesprochen. Außerdem hätte ich so noch einen Teil von Tom bei mir. Ich weiß, es wäre falsch, es mir zu wünschen, aber ich kann nicht anders. Es wäre wundervoll, wenn es stimmen würde.«

»Oh, Em, ich verstehe das vollkommen. Wahrscheinlich schreit dein Verstand ›Bitte nicht!‹, während deine Gefühle sich nichts sehnlicher wünschen… Aber du könntest es ohnehin nicht beeinflussen. Mach den Test und dann kannst du weiter sehen. Das geht ganz schnell, glaub mir. Ich hab dieses Stäbchen schon etliche Male mit panischem Blick angesehen…«

Unwillkürlich muss ich grinsen, denn ich erinnere mich an das letzte Mal, als ihre Urlaubsbekanntschaft Harvey sie in eine solche Situation gebracht hat. Val und ich sind so unterschiedlich und doch versteht sie mich besser als jeder andere. Sie weiß genau, wie ich mich fühle. Ich nehme mir vor, morgen in der Drogerie einen Test zu kaufen, drücke Val aber zunächst einmal mit einem leichten Anflug von Vorfreude. Bei dem Gedanken daran, dass in mir womöglich gerade ein kleiner Tom heranwächst, durchfährt mich ein aufgeregtes Kribbeln. Vielleicht wendet sich das Blatt doch noch zum Guten für mich, sofern das möglich ist. Noch gebe ich die Hoffnung nicht auf.

* * *

Die Sekunden wollen einfach nicht vergehen. Es kommt mir vor wie eine halbe Ewigkeit, dass ich nun schon hier sitze und warte. Ich habe Val nicht hinzu gebeten, weil sie erst heute Abend Zeit hätte und ich kann es nicht so lange aufschieben. Ich muss wissen, was los ist. Jetzt.

Ich schaue erneut auf die Uhr. Noch eine halbe Minute. Dann steht es fest. Immer wieder huscht mein Blick zu dem Plastikstäbchen, das auf dem Waschbeckenrand liegt. Als die Zeit endlich um ist, greife ich schnell danach. Ich kann gar nicht verstehen, wie Frauen in Hollywood-Filmen diesen Test machen können und dann behaupten, das Ergebnis doch nicht wissen zu wollen. Wie kann man sich selbst so lange auf die Folter spannen?

Mit der rechten Hand umfasse ich das Plastikgehäuse und drehe es zu mir um, damit ich das Ergebnis sehen kann.

Es ist nur ein Streifen darauf zu sehen. Die Legende daneben ist eindeutig.

Nicht schwanger.

* * *

Eine halbe Stunde lang habe ich zugelassen, dass meine Augen den letzten Tropfen Flüssigkeit aus meinem Körper herausweinen, dann habe ich mich zurechtgemacht und bin in das Café runtergegangen. Während Elif gerade die ersten Tische bedient – Gott sei Dank sind Sommerferien und sie kann bereits vormittags helfen! – sitze ich im Büro und klicke mich durch verschiedene Websites zum Thema Schwangerschaftstest.

Noch nie habe ich mich ernsthaft damit auseinandergesetzt, aber jetzt stelle ich fest, dass das eine Wissenschaft für sich ist. Wie viel dabei schief gehen kann, denn schließlich sind die Tests nur zu 99,9 % zuverlässig. Man könnte also ein negatives Ergebnis erhalten, obwohl man tatsächlich schwanger ist…

Das Ganze kann durch unterschiedliche Faktoren beeinflusst werden. Wenn man bestimmte Medikamente nimmt. Oder eine Krankheit hat, von der man womöglich gar nichts weiß. Es könnte wohl schon ausreichen, den falschen Zeitpunkt zu wählen oder zu viel zu trinken, um ein verkehrtes Ergebnis zu erhalten. Habe ich nicht heute Morgen ziemlich viel Saft getrunken? Und einen Kaffee? Vielleicht war das der Grund für das Testergebnis. So richtig kann man sich ja nicht auf einen billigen Test aus der Drogerie verlassen, oder? Wozu gibt es schließlich Ärzte, die dafür bezahlt werden, tagtäglich solche Diagnosen zu stellen?

Schnell greife ich zum Telefon und wähle die Nummer meiner Frauenärztin. Glücklicherweise ist die Sprechstundenhilfe eine alte Bekannte von Betti, sodass sie mir einen Termin für morgen Nachmittag besorgen kann. Hineingequetscht zwischen andere Termine zwar, aber immerhin. Dann kann die Ärztin mir endgültig Gewissheit verschaffen. Mit dem Testergebnis kann ich ja noch nichts anfangen, solange die Möglichkeit besteht, dass es falsch ist.

Nachdem ich aufgelegt habe, blinkt mein Handy. Eine Nachricht von Val.

Wollen wir heute Abend den Test zusammen machen?

Sie soll noch nichts vom bisherigen Ergebnis erfahren. Erst will ich mit der Ärztin reden.

Ich melde mich nochmal. Ist viel los auf der Arbeit. Bis dann, Süße!

Halbwegs zufrieden mit dem Verlauf des Vormittags binde ich mir wieder die Schürze um, stürze mich in das Chaos eines Donnerstagmittags und verdränge fast erfolgreich jeden Gedanken an ein oder zwei Striche auf weißem Hintergrund.

* * *

Rhythmisch wippe ich mit den Füßen, die eigentlich auf dem zementgrauen Praxisboden ruhen sollten. Doch sie haben ein Eigenleben entwickelt. Den ganzen Tag über bin ich bereits hibbelig und die Tatsache, dass ich vor wenigen Minuten das Wartezimmer meiner Frauenärztin betreten habe, macht das Ganze nicht besser.

Neben mir sitzt eine hochschwangere Frau, die etwa zwei, drei Jahre jünger ist als ich. Entspannt sitzt sie dort, zurückgelehnt in den unbequemen Schwingstuhl, und liest in der Zeitschrift, die auf ihrem Bauch thront. Außer uns sind noch andere Patientinnen im Raum. Eine Frau Ende Vierzig im schicken Kostüm, die geschäftig auf ihr Smartphone eintippt; eine andere Mitte Dreißig, auf deren Schoß ein kleiner Junge mit seinem Kuschel-Löwen spielt; eine weitere im gleichen Alter, die sich hinter ihrem Buch versteckt – leider kann ich den Titel von hier aus nicht lesen – und ein junges Mädchen, das sicher noch nicht oft in einer Frauenarztpraxis war.

Neugierig und befremdlich zugleich begutachtet sie die in der Vitrine ausgestellten Flyer und die Plakate an der Wand, die zu Vorsorgeuntersuchungen aufrufen, während ihr Blick immer wieder zur Tür huscht. Unwillkürlich muss ich an meinen ersten Frauenarztbesuch denken und grinse. Damals gab es nichts Schlimmeres für mich als die regelmäßigen Kontrolltermine, die inzwischen zur Routine geworden sind. Bis heute. Heute ist der erste Tag, an dem ich nicht bloß zur halbjährlichen Vorsorge herkomme und nach fünf Minuten wieder herausspaziere, nachdem ich mein Pillenrezept bekommen habe.

Nein, heute geht es für mich um mehr. Vielleicht geht mein großer Traum endlich in Erfüllung und die Ärztin sagt die magischen Worte: »Herzlichen Glückwunsch, Sie werden Mutter.« Ich ermahne meine Füße innerlich, das Wippen sein zu lassen, und atme durch. In dieser Praxis liegen Freude und Leid so nah beieinander. Glückliche Schwangere, die sich nichts sehnlicher wünschen, treffen auf solche, die ihre letzte Liebschaft nur zu sehr bereuen und nicht daran erinnert werden wollen oder sich noch gar nicht bereit fühlen für ein Kind. Manche bekommen hier schlimme Diagnosen, wie Gebärmutterhalskrebs.

Auch Val hatte schon einige unschöne Arzttermine, an deren Beginn ein Frauenarztbesuch stand. Wie ich hatte sie die Pille schon seit Jahren genommen. Eines Tages jedoch, als wir bei ihr zuhause einen Filmabend machen wollten, saß sie auf dem Sofa, als ihr linkes Bein plötzlich auf das Doppelte anschwoll. Ich hab sie sofort ins Krankenhaus gebracht. Ergebnis: Thrombose, mit hoher Wahrscheinlichkeit verursacht durch die Pille. Ein späterer Test bestätigte die Vermutung. Val musste zur Beobachtung noch einige

Zeit im Krankenhaus bleiben, um eine Lungenembolie aus-
schließen zu können. Monatelang musste sie noch Throm-
bosestrümpfe tragen und Tabletten nehmen. Die Pille
musste sie für immer absetzen. Mir hat dieses Erlebnis erst
die Augen geöffnet und die Gefahren der Pille bewusst
gemacht, weshalb auch ich sie gleich absetzte. Meine
Gesundheit wollte ich nicht weiter gefährden und außerdem war der Zeitpunkt für mich perfekt, denn Tom und ich
wollten sowieso bald ein Kind bekommen.

Womit wir wieder beim Thema wären.

* * *

»Sind Sie sicher?«, frage ich nun zum dritten Mal.

»Ja, Frau Krämer. Es tut mir leid, es kann durchaus vorkommen, dass Sie Symptome haben, die denen einer
Schwangerschaft ähneln. Trotzdem kann ich bedauerlicher-
weise eindeutig sagen, dass Sie nicht schwanger sind.«

»Aber … ich habe mich übergeben. Ich habe meine
Periode nicht bekommen. Und wir haben es ja mit einem
Kind probiert…«

»Ich weiß, das muss schwer für Sie sein, wenn Sie es sich
so sehr wünschen. Das Ausbleiben der Periode oder
gelegentliche Übelkeit kann auch von anderen Medikamenten beeinflusst werden. Haben Sie kürzlich Arznei-
mittel verschrieben bekommen, die Sie sonst nicht ein-
nehmen?«

Ich denke an die verschiedenen Tabletten im Bade-
zimmerschrank, von denen ich seit meinem Klinikaufent-
halt täglich eine schlucke, und nicke.

»Ja, schon…«

»Dann liegt es sicher daran. Geben Sie sich selbst etwas
mehr Zeit. Und Ihrem Partner ebenso. Wenn ihr Körper
bereit ist, wird es schon klappen. Und wenn nicht, dann
können wir in ein paar Monaten ein paar Alternativen zur
natürlichen Befruchtung besprechen, wenn Sie möchten.«

Sie lächelt mich freundlich an und nickt zur Bekräftigung kurz. Ich weiß, die Ärztin meint es nur gut. Aber wie soll ich je mit Tom ein Kind bekommen, wenn ich jetzt nicht schwanger bin? Sie kann ja nicht von seinem Tod wissen. So klein ist die Stadt nun auch wieder nicht.

Während mir die Tränen in die Augen steigen, winke ich kopfschüttelnd ab, dann stürze ich aus dem Raum.

* * *

Der himmlische Duft einer warmen Salamipizza steigt in meine Nase. Val weiß genau, wie man mich aufmuntern kann. Und vermutlich hat Timo sie dazu angestiftet, mit dem täglichen Care-Paket weiter zu machen und mir Essen zu bringen.

»Das ist wirklich beschissen, Em, ich geb's ja zu… Aber mal rein sachlich betrachtet ist es wohl das Beste. Du hast gerade genug eigene Probleme am Hals, musst den Laden alleine schmeißen, hast eben erst die Beerdigung hinter dir und dann noch ein Kind? Mutter Natur tut dir damit in Wirklichkeit einen Gefallen, auch wenn es sich vielleicht nicht so anfühlt.«

»Ja, ich weiß ja selbst«, sage ich, während ich mir noch ein Stück dampfender Pizza in den Mund schiebe. »Trotzdem hätte ich es mir gewünscht. Vor allem, weil…« Weil Tom mir kein Kind mehr schenken kann. Weil ich ein Stück von ihm immer behalten hätte. Und jetzt alles verloren habe. Ich brauche es gar nicht auszusprechen, denn meine beste Freundin versteht mich auch ohne Worte.

»Süße, ich weiß. Ich weiß.« Traurig sieht sie mich an. »Einmal knuddeln?« Ich kann nur noch nicken, dann kommen schon wieder die Tränen und ich heule mir die Augen aus.

Nachdem ich mich halbwegs beruhigt habe, lenkt Val das Gesprächsthema wieder auf Tom und lässt mich damit zumindest kurz den Gedanken an das Kind, das wir nie gemeinsam haben werden, vergessen.

»Ich hab vorhin den Brief von der Polizei auf dem Tisch gesehen… Gibt es was Neues, was den Fahrer des Wagens angeht?«

Ich schnaube verächtlich und wische mir mit einem Taschentuch die restlichen Tränen aus dem Gesicht.

»Als ob. Ich glaube, die werden diesen Mistkerl nie kriegen. Es ist jetzt schon so lange her und bisher haben sie noch keine brauchbare Spur. Was für ein Schwein richtet ein anderes Auto so übel zu und haut dann einfach ab? Wie kann man so herzlos sein?«

»Das hab ich mich schon so oft gefragt, seit das passiert ist. Keine Ahnung, Em. Es ist schrecklich, zu wissen, dass der Kerl da draußen ungestraft herumlaufen kann, während…« Sie hält inne.

»…sag's ruhig! Während mein Verlobter tot ist! Das macht mich so wütend«, gebe ich zu und merke, wie meine anfängliche Traurigkeit nach dem Frauenarztbesuch sich nun von meinem Zorn ernährt. Ich weiß, es hätte keinen Unterschied gemacht, wenn der Fahrer geblieben wäre. Ich war ohnehin unversehrt und Tom auf der Stelle tot. Trotzdem sollte dieses Arschloch seine gerechte Strafe bekommen! Er hat einem anderen Menschen das Leben genommen!

Während der letzten Wochen war ich zu sehr mit mir selbst beschäftigt und damit, wie mein Leben ohne Tom weitergehen soll, als dass ich mich mit dem Fahrer des Unfallwagens hätte beschäftigen können. Allmählich jedoch zwingt mich mein gesunder Menschenverstand dazu, die Situation – so schrecklich sie auch ist – irgendwie zu akzeptieren. Aber mein Herz schreit nach Rache. Der Typ soll für seine Taten büßen!

11. Kapitel

»Em, jetzt komm schon«, fleht Val mich durch das Telefon an. »Du kannst dich nicht ewig zuhause verkriechen!«

»Ich bin einfach nicht in Stimmung, Val. Vielleicht nächstes Mal.«

»Das hast du letztes Wochenende auch schon gesagt!«

»Ich hab Judith versprochen, sie in der Klinik zu besuchen und…«, beginne ich, doch meine beste Freundin schneidet mir das Wort ab.

»Das kannst du auch morgen noch. Außerdem warst du doch vorgestern schon bei ihr. Es wird Zeit, wieder unter Leute zu gehen!«

Ich höre im Hintergrund ein paar Autos hupen und einen Bus vorbeifahren. Val muss auf dem Rückweg vom Salon sein.

»Bitte, Em. Jana und Martin kommen auch mit. Sogar Timo hat es mir versprochen!«

Ich seufze tief, dann gebe ich mich geschlagen. Val lässt sowieso nicht locker, ehe sie ihren Willen bekommt.

»Ist ja gut. Wo treffen wir uns?«

* * *

Ich fühle mich fehl am Platz wie schon lange nicht mehr. Obwohl wir unzählige Abende in dieser Kneipe verbracht haben, kommt sie mir heute fremd vor. Es ist das erste Mal, dass ich ohne Tom hier bin. Während Martin und Jana sich bemühen, mit mir über möglichst unverfängliche Themen zu sprechen – sodass wir uns fast nur über das Wetter unterhalten – quetschen sich Timo und Val durch die Menge an die Bar, um uns Getränke zu besorgen.

Dem Gespräch kann ich kaum folgen, ständig schweifen mein Blick und die Gedanken ab. Da drüben ist die Dartscheibe, an der Tom mir das Werfen beigebracht hatte. Vorher hatte ich nie einen Dartpfeil in den Händen gehalten. Jana folgt meinem Blick und streicht mir kurz tröstend über den Arm.

»Em, ich kann vollkommen verstehen, wenn du-«

»Achtung, hier kommt die Lieferung!«, tönt Timo über die vielen Köpfe hinweg und reicht mir mein Bier. Wenn ich schon nicht schwanger bin, kann ich wenigstens was trinken! Wenn auch nicht allzu viel, denn das verträgt sich nicht sonderlich gut mit meinen Tabletten. Von der vermeintlichen Schwangerschaft habe ich außer Val niemandem etwas erzählt und so soll es auch bleiben.

Ich nippe an dem Bier, doch es schmeckt grässlich. Früher hat mir das nichts ausgemacht, aber jetzt bekomme ich es kaum runter. Ich stelle es auf dem Tisch neben mir ab und schaue gedankenverloren umher, bis mein Blick an einem Mann in der Ecke hängen bleibt. Er hat mir den Rücken zugewandt, sodass ich sein Gesicht nicht sehen kann, doch trotz des schummrigen Lichtes wirkt er in dieser Kneipe genauso deplatziert wie ich. Sein dunkelblaues Hemd ist eindeutig zu schick für die Umgebung und vor ihm auf dem Tisch steht ein Laptop, der ein grelles Licht in der Ecke verbreitet.

Gegenüber am gleichen Tisch sitzt ein knutschendes Pärchen auf der unbequemen Holzbank und vergisst die Welt um sich herum. Sie scheinen nicht mal zu bemerken, dass keinen halben Meter entfernt ein Geschäftsmann seiner Arbeit nachgeht. Fast muss ich schmunzeln. Der Mann passt so wenig in diese Kneipe wie Tom damals in mein Lesecafé.

Der Gedanke an Tom versetzt mir wieder mal einen Stich. Tom. Wenn er jetzt nur hier wäre… Ich wische mir mit den Fingerspitzen eine kleine Träne aus dem Gesicht und drehe mich kurz weg. Es ist zwar dunkel, aber ich will nicht, dass es jemand mitbekommt.

Seit Toms Tod versuchen alle, sich in mein Leben einzumischen. Mir zu sagen, ich solle weinen, es rauslassen. Oder unter Leute gehen und mal Spaß haben. Die haben doch alle keine Ahnung! Keiner von ihnen! Wenn ich weinen will, dann ist das in dem Moment genau das Richtige. Wenn ich ausgehen will, dann ist das auch okay. Aber ich mache das alles, weil *ich* es für richtig halte und nicht, weil irgendwer es mir gesagt hat.

Und jetzt will ich weinen. Ich will nicht hier stehen und so tun, als sei alles in Ordnung. Denn das ist es nicht. Und das wird es auch nie wieder sein.

Ich lasse das nahezu unberührte Bier auf dem Tisch stehen, dann tauche ich in der Menge unter und bahne mir einen Weg aus der Kneipe. Ich will nur noch nach Hause.

* * *

»War das gerade wirklich…«

»Melissa? Jep«, bestätige ich Vals Befürchtungen und halte ihr die Ladentür auf, während wir beide unserer ehemaligen Mitschülerin hinterherstarren, deren lange Beine durch die Straßen der Altstadt stolzieren.

»Setz dich, Val, ich hole uns was zu Trinken«, schlage ich vor und tippe auf einen der freien Stühle.

»Kannst du überhaupt gerade Pause machen? Sonst komme ich später wieder«, entgegnet Val, aber ich winke ab.

»Elif ist da und kümmert sich. Außerdem ist hier nicht gerade die Hölle los heute«, sage ich mit einem Blick auf das fast leere Café.

»Im Sommer ist es hier echt ruhig«, stimmt Val zu und macht es sich bequem, während ich uns die Getränke besorge.

»Ich war besorgt, dass du nicht mehr mit mir reden willst, nachdem ich dich am Samstag in den *Bierkeller* geschleift habe«, sagt Val und seufzt erleichtert.

»Ach, schon gut. Ich hab's nur nicht mehr ausgehalten.«

»Ich hätte es besser wissen müssen. Du warst nicht in Stimmung, das hattest du ja gesagt. Gut, dass Timo dir gefolgt ist und gesehen hat, dass du heimgegangen bist.«

»Timo ist mir gefolgt?«

»Na klar. Denkst du etwa, wir lassen dich so einfach verschwinden?«

»Ich sollte wirklich besser aufpassen. Ich hab das gar nicht bemerkt…«

»Da hast du recht, Em. Aber es war ja nur Timo, vor dem brauchst du keine Angst zu haben«, sagt Val lachend und beugt sich dann neugierig über den Tisch.

»Aber jetzt erzähl mal… Was hatte Melissa hier zu suchen?«

Ich verziehe das Gesicht. Am liebsten würde ich das Gespräch mit Melissa sofort wieder vergessen. Stattdessen weihe ich Val endlich ein.

»Ich hab vor ein paar Wochen mit der Bank gesprochen. Ich bin mit ein paar Raten im Rückstand und-«

»Für das Lesecafé, meinst du? Aber wieso?«

Ich zögere und drehe die Tasse in meinen Händen hin und her.

»Erst wegen der Hochzeit. Wir hatten schon die Anzahlung für den Raum geleistet und ein paar Dinge in die Wege geleitet. Als *es* dann passiert ist, habe ich Toms Eltern die Hälfte der Beerdigungskosten zurückgezahlt. Ich wollte nicht einfach gar nichts beisteuern, nur weil wir noch nicht verheiratet waren… Und da im Sommer sowieso weniger Kundschaft hier ist, war es schwer, den Rückstand aufzuholen.«

»Und das heißt?«, fragt Val mit aufgerissenen Augen.

Ich beiße mir auf die Lippe und traue mich kaum, meine Freundin anzusehen.

»Em, bitte! Was-«

»Ich muss das Café verkaufen. Zumindest, wenn ich nicht innerhalb von vier Wochen den Rückstand ausgleichen und drei Raten im Voraus hinterlegen kann.«

»Das ist doch nicht dein Ernst! Das können die nicht machen! Das ist *dein* Café!«, ruft Val entrüstet.

»Psst… Nicht so laut«, flüstere ich ihr zu und sehe nervös umher. Zum Glück sind die einzigen Kundinnen gerade in ein Gespräch mit Elif verwickelt, sodass uns niemand zugehört hat.

»Genau genommen kann die Bank das schon machen. Ich habe für das Lesecafé schließlich einen hohen Kredit aufgenommen und habe ihn bewilligt bekommen, obwohl ich kaum Rücklagen oder Sicherheiten hatte. Daran waren dann Bedingungen geknüpft…«

»Und was hat das Ganze mit Melissa zu tun?«

Ich muss tief Luft holen, denn es ist mir zuwider, was ich gleich sagen muss.

»Sie will den Laden kaufen.«

»Sie will … *was*?«

»Den Laden kaufen. Sie leitet die Essener Filiale einer Buchhandlungs-Kette und sollte mich davon überzeugen, das Feld zu räumen. Die Langenberger Altstadt bietet wohl das optimale Flair, um eine besondere Filiale aufzubauen. Sie wollen das Konzept Lesecafé zwar beibehalten, würden aber das Haus komplett abreißen, neu bauen und das Altstadt-Ambiente künstlich erzeugen. Sie wird alles zerstören«, sage ich mit bebender Stimme, als mir das Ausmaß erst richtig klar wird.

»Du wirst das doch nicht machen, Em? Also den Laden verkaufen?«

»Ich habe keine Wahl. Wo soll ich das Geld herbekommen?«

»Aber… Es gibt doch immer Wege und … wir können dir alle was leihen und wenn-«

»Val. Es ist hoffnungslos. Das ist viel zu viel Geld und ich habe nur noch vier Wochen Zeit. Melissa ist die einzige Interessentin, ich werde ihr das Café wohl verkaufen müssen.«

»Em, Schätzchen, schlaf erst mal ein paar Nächte drüber. Wir finden eine Lösung.«

Ich schüttle den Kopf, dann übermannen mich wieder meine Gefühle und ich spüre, wie sich ein unangenehmer Kloß in meinem Hals festsetzt. Ich bin wie gelähmt. Val kommt um den Tisch herum zu mir und drückt mich fest.

Als wolle ihr Handy unsere Umarmung unterbrechen, klingelt es just in diesem Moment los. Val wirft einen kurzen Blick darauf und ihr Gesicht wechselt von Mitleid über Verwunderung hin zu Verärgerung.

»Tut mir leid, ich muss da kurz dran gehen«, entschuldigt sie sich und verlässt den Laden, um draußen im Schatten der Markise zu telefonieren. Ich will nicht lauschen, doch da die Fenster offen stehen weht der laue Sommerwind einzelne Gesprächsfetzen zu mir hinüber.

»Was soll das? … Ich hab dir doch gesagt … Du solltest nicht hier sein! Du weißt nicht, was du tust … Denk nochmal drüber nach … Meld dich erst mal nicht bei mir.«

Das Telefonat wirkt alles andere als angenehm und als Val in den Laden zurückkehrt, kann ich nicht umhin, sie danach zu fragen.

»Musstest du wieder einen Verehrer abwimmeln?«

»So in etwa«, murmelt Val und steckt das Handy in ihre Tasche.

»Hör zu, Em, ich muss jetzt noch was erledigen, aber wir sprechen morgen, ja?«

Ich nicke. »Klar, kümmer du dich erstmal um deine Angelegenheiten«, antworte ich zwinkernd. Val und ihre Männergeschichten immer!

»Schon gut. Und dann halten wir Melissa davon ab, dir deinen Traum zu stehlen. Wir schaffen das!«

Val drückt mir einen Kuss auf die Wange, dann verschwindet sie draußen in der Hitze.

* * *

Ein paar Tage später besuche ich Judith wieder einmal in der Klinik. Die Ärzte sagen, sie mache sich gut, und sie kann offenbar in den nächsten Wochen entlassen werden. Hauptsache, sie nimmt ihre Tabletten, wenn sie zuhause ist.

Nachdem ich die Klinik verlassen habe und auf dem Weg zum Parkplatz bin, schüttle ich energisch das Gefühl von mir ab, das mich jedes Mal in diesem Gebäude ergreift. Es ist eine Mischung aus Furcht und Machtlosigkeit, aus Kontrollverlust und Unsicherheit. Beklemmend.

Ich hoffe wirklich, dass Judith bald raus kommt, denn dann können wir uns wie andere Menschen auf einen Kaffee treffen. Und so tun, als wäre alles ganz normal.

Da Elif und Simone heute den Laden komplett übernehmen, habe ich ausnahmsweise mal frei. Ich bin wirklich dankbar für diese zwei Engel und nutze die Gunst der Stunde, um bei der Bank vorbei zu fahren und um einen Fristaufschub zu bitten. Vielleicht bekomme ich das Geld zusammen, wenn ich noch drei, vier Monate länger Zeit habe.

Der zuständige Bankangestellte befindet sich gerade in einem Gespräch und so bleibt mir nichts weiter übrig, als erstmal zu warten. Ich mache es mir auf dem roten und erstaunlich bequemen Sofa im Empfangsbereich gemütlich und zupfe erst mal mein T-Shirt zurecht. Es klebt an meiner Haut. Gott sei Dank sind die Geschäftsräume hier gut temperiert, so kann mein Körper sich ein wenig abkühlen. Ich spüre, wie sich einige Strähnen aus meinem Zopf gelöst haben und jetzt in meinem Nacken festkleben. Rasch löse ich das Haargummi und binde mir den Dutt neu. Schließlich will ich einen guten Eindruck hinterlassen, es geht ja um die Zukunft des Cafés!

»Frau Krämer?«, fragt die Empfangsdame freundlich in meine Richtung und ich springe rasch auf.

»Bitte folgen Sie mir«, sagt sie und geht voran durch den Flur. Wir passieren mehrere Bürotüren, bis sie schließlich stehen bleibt und mir eine Tür öffnet.

»Sie werden bereits erwartet«, sagt sie mit einer einladenden Geste und schließt die Tür hinter mir.

Nervös nehme ich Platz und gehe in Gedanken noch einmal meine Argumentation durch. Ich hätte Val bitten sollen, mich zu begleiten, sie tritt immer viel überzeugender auf als ich! Zu spät. Ich muss jetzt da durch.

Nachdem ich tief Luft geholt habe und gerade ansetzen will, etwas halbwegs Kluges zu sagen, nimmt Herr Schulz, mein Sachbearbeiter, mir bereits den Wind aus den Segeln.

»Hören Sie, Frau Krämer. Ich kann Ihre Situation völlig nachvollziehen. Gleichwohl ändert das nichts an dem Umstand, dass…«

Weiter höre ich gar nicht mehr hin. Stattdessen starre ich diesen Schnösel in seinem teuren Anzug an und mustere sein Gesicht. Er ist sicher ein paar Jahre jünger als ich. Vielleicht hat er gerade erst seine Ausbildung hier beendet. Jedenfalls scheint er ganz gut zu verdienen oder seine Eltern lassen viel Geld springen für die Kleidung ihres Sohnes.

Als hätte der auch nur den Hauch einer Ahnung von *meiner Situation*! Von Tom. Von Geldproblemen. Dieser Kerl ist meilenweit davon entfernt, den Trümmerhaufen, der sich mein Leben nennt, nachvollziehen zu können!

Am liebsten würde ich sofort aufstehen und wieder gehen, das führt doch zu nichts hier. Trotzdem bleibe ich höflich sitzen, nicke gelegentlich und schnappe ein paar Worte auf von dem, was mein Gegenüber von sich gibt. Bla bla. Kurzum teilt er mir in schönen Umschreibungen mit, dass ich das Geld in vier Wochen haben muss. Sonst ist mein Lesecafé Geschichte.

Nachdem ich mich von Herrn Schnösel verabschiedet habe und mich für seine Hilfe – also für nichts – bedankt habe, laufe ich gedankenversunken durch die Straßen zu meinem Parkplatz, als ich plötzlich mit jemandem zusammenstoße. Ich hebe den Kopf und kann meinen Augen kaum trauen.

Es ist Chris.

* * *

»Emily!«
»Chris!«

Unsicher, was ich tun oder wie ich mich verhalten soll, bleibe ich wie angewurzelt stehen. Auf einmal sind alle Gedanken an das Gespräch in der Bank verschwunden.

»Darf ich…?«, fragt Chris nervös und deutet eine Umarmung an.

»Ja, klar…«, antworte ich vielleicht etwas zu schnell und lasse es geschehen. Seine starken Arme drücken mich kurz. Es ist eine intime Umarmung und doch beendet Chris sie rasch genug, um sie nicht falsch wirken zu lassen.

Ich spüre, wie sich auf meinen Unterarmen eine Gänsehaut bildet und bereue es auf einmal, heute bloß ein T-Shirt zu tragen.

»Bitte versteh das nicht falsch. Ich bin nicht hier, um dich zu belästigen…«

Verlegen tritt Chris einen Schritt zurück, um Abstand zu gewinnen. Dann streicht er sich gedankenverloren über den kurzen Bart und schüttelt den Kopf, während ich einfach da stehe.

»Ich sollte besser gehen«, sagt er schließlich und will sich abwenden, doch instinktiv greift meine rechte Hand nach seinem Arm und hält ihn zurück. Sobald ich ihn berühre, fährt ein elektrisierendes Kribbeln durch meinen ganzen Körper. Mein Herzschlag beschleunigt sich.

»Nein… Bleib doch. Ein paar Minuten hätte ich schon Zeit.«

»Sicher? Dein Brief war eindeutig. Und Val…«

»Val? Was hat sie damit zu tun?«

»Ich hab … warte, ich erklär's dir gleich. Wollen wir uns kurz setzen? Wir stehen hier etwas im Weg«, sagt Chris und deutet auf eine Parkbank. Angesichts einer Fußgängerin mit Kinderwagen, die sich uns nähert und der wir ausweichen müssen, willige ich ein und setze mich zu ihm. Obwohl die dunkle Bank im Schatten eines Baumes steht, hat sich das Holz aufgeheizt. Zum Glück trage ich eine lange Hose, denn direkt auf der Haut wäre es sicher glühend heiß. Außerdem könnte Chris dann auch dort die Gänsehaut entdecken, die ich an den Armen gerade zu verbergen versuche.

»Also, was hat Val gesagt?«, frage ich ihn.

»Ich hab sie letztens angerufen, kurz nachdem ich hier angekommen bin. Sie hat mir deutlich gemacht, dass ich mich von dir fernhalten sollte. Und daran hab ich mich auch gehalten.«

»Moment mal… Warst *du* der Verehrer am Telefon, den sie abwimmeln musste?«

Seine Mundwinkel huschen nach oben und dieses Lächeln gräbt sich tief in mein Gedächtnis.

»Scheint so. Ich bin jedenfalls zufällig gerade hier lang gelaufen und-«

»Augenblick. Stopp«, unterbreche ich ihn. »*Warum* bist du hier?«

»Ich … ziehe wieder zurück.«

»Zurück? Du meinst, nach Langenberg?« Überrascht starre ich ihn an. Chris hebt kurz seinen muskulösen Arm, um sich mit der rechten Hand am Hinterkopf zu kratzen. Dabei verrutscht sein Shirt ein wenig und der V-Ausschnitt gibt einen Moment lang den Blick frei auf sein Tattoo. Den Notenschlüssel, den ich damals in der Bar entdeckt habe. Ich schüttle meinen Kopf, um meine Gedanken und Gefühle zu sortieren. Erfolglos.

»Also kommst du wieder hierher?«

»Ja. Nein. Also, vielleicht…«, antwortet Chris verlegen und lässt den Arm wieder sinken.

»Es ist so: Ich wohne gerade übergangsweise in einer Ferienwohnung. Ich hab zwar noch keine neue Stelle sicher, aber das kommt noch. Ich hab mich in Düsseldorf und Essen beworben und je nachdem, wo ich eine Zusage erhalte, werde ich wohl dorthin ziehen. Aber vorerst wollte ich gerne in meiner Heimat bleiben.«

»Also hast du deinen Job in München geschmissen?«

»Ja, vor ein paar Wochen. Ich… Mir wurde klar, dass ich nicht dorthin gehöre. Mein Vater war natürlich stinksauer deswegen, darum wohne ich gerade auch nicht bei meinen

Eltern. Sie sind überaus enttäuscht, schließlich hatte ich gute Chancen auf eine Partnerschaft in der Kanzlei.«

»Aber … wieso?« So richtig will es in meinem Kopf noch nicht ankommen, dass mein Ex zurück in der Stadt ist. Und bleibt. Zumindest fürs Erste. Der Ex, für den ich vor Kurzem noch in einen Zug nach München gestiegen bin.

»Ich passe einfach nicht nach München. Das habe ich noch nie. Klar, es ist eine wunderschöne Stadt, aber es ist nicht mein Zuhause…«

Ich muss schlucken. Er ist jetzt also hier. Chris. Live. Real. Direkt vor mir.

Plötzlich ist es, als werde ein Schalter in meinem Kopf umgelegt.

»Ich… Also, wir sollten wirklich nicht zu viel Zeit miteinander verbringen. Val hat recht. Ich sollte also…«

Da ich nicht weiß, wie genau ich meinen Satz beenden will, springe ich einfach auf und deute ein Winken an. Doch Chris hält mich auf und nimmt zärtlich meine Hand in seine.

»Emi. Bitte. Geh nicht. Wenn es wegen deines Verlobten ist…«

»Wage es ja nicht, von Tom zu sprechen!«, rufe ich plötzlich und ziehe meine Hand von ihm weg. Meine Augen funkeln ihn an und werden glasig. Erst der ganze Mist in der Bank und jetzt das?

»Ich wollte ja nur-«

»Was wolltest du? Die Situation ausnutzen? Mal gucken, wie es so läuft?«, fahre ich ihn an und hasse mich selbst dafür. Ich weiß, dass Chris nicht so ist, aber gerade entlädt sich meine gesamte Wut der letzten Wochen auf einmal.

»Nein, ich wollte dir meine Hilfe anbieten. Du weißt ja, ich bin Anwalt. Und ich bin gut im Recherchieren. Ich könnte dir helfen, den Fahrer des Unfallwagens zu finden.«

»Vergiss es«, fauche ich, dann wende ich mich endgültig ab und laufe so schnell ich kann zu meinem Auto.

Nachdem ich die Tür hinter mir zugeknallt habe, lehne ich mich weinend über das Lenkrad und gebe mich meinen Gefühlen hin.

12. Kapitel

Die nächsten Tage plätschern vor sich hin wie ein tropfender Wasserhahn. Tropf. Arbeit im Café. Tropf. Besuch von Judith, die mittlerweile entlassen wurde. Tropf. Kaffeeklatsch mit Val. Tropf. Bloß nicht an Chris denken…

Es ist Samstagabend und ich sitze im Büro über dem Monatsabschluss, denn die Gehälter müssen nächste Woche überwiesen werden. Es war ein schlechter Monat für das Lesecafé, noch viel schlechter als diejenigen zuvor. Wenn ich doch schon kaum die Löhne meiner Mitarbeiterinnen bezahlen kann, wie soll ich nur die Vorschüsse aufbringen? Die Zeit läuft mir davon… Es ist zum Haareraufen und leider gibt es keine Aussicht auf Besserung. Die finanziell besseren Monate im Winter wird mein Herzensprojekt wohl nicht mehr erleben.

Es quietscht und die Tür geht auf. Elif.

»Frau Krämer, ich habe den Laden gerade abgeschlossen. Simone hat die Küche schon fertig gemacht. Wir würden dann jetzt Feierabend machen, wenn…«

»Aber natürlich doch! Hab einen schönen Abend, meine Liebe! Wir sehen uns am Montag?«, frage ich sie und nehme sie zum Abschied kurz in den Arm. Sie ist wahrlich ein Goldstück – was hätte ich bloß ohne sie in den letzten Wochen gemacht! Anständig, wie sie ist, wahrt Elif aber immer noch das »Sie«. Ich wollte sie eigentlich schon oft darum bitten, mich zu duzen, aber dann würde ich wohl das kleine bisschen Kompetenz verlieren, das ich besitze. Als Chefin bin ich wirklich eine Niete.

»Natürlich, am Montag. Ich komme dann nachmittags zur Schicht, richtig?«

Ich werfe kurz einen Blick auf den von mir zusammengebastelten Plan, dann nicke ich.

»Genau. Genieß deinen freien Tag! Bis Montag!«

Elif lächelt freundlich, dann verlässt sie den Raum und schließt leise die Tür hinter sich.

Ich lehne mich seufzend im Bürostuhl zurück. Ich kann von Glück reden, Elif zu haben. Eine Schüleraushilfe kostet bei Weitem nicht so viel wie eine gelernte Buchhändlerin oder eine erfahrene Kellnerin. Elif gibt sich mit einem geringen Stundenlohn zufrieden. Natürlich hätte sie viel mehr verdient, doch dann hätte ich das Café wohl schon vor Monaten verkaufen müssen.

Ich merke, dass meine buchhalterischen Fähigkeiten allmählich an ihre Grenzen gelangen. Vielleicht sollte ich mal einen Experten darüber schauen lassen. Hoffentlich kann der noch was rausholen aus der ganzen Sache.

Ich fahre den Computer herunter und gehe dann rüber in den ans Büro grenzenden Abstellraum. Hier lagern wir alte Aktenordner und ein paar private Kisten von mir stauben ebenfalls vor sich hin. In Ermangelung eines Kellers bin ich Bettis Vorschlag damals dankend gefolgt und habe ein paar Kartons hierher verfrachtet. Schließlich ist die Wohnung über dem Café wirklich nicht groß.

Ich ziehe ein paar Ordner aus dem Regal und will gerade wieder den Raum verlassen, als mein Blick auf eine ziemlich alte, schmuddelige Kiste fällt. »EK« steht mit schwarzem Edding darauf geschrieben. Ich hatte ganz vergessen, dass ich sie hier unten lagere.

»EK« – Erinnerungskramkiste. Hier habe ich früher all die Sachen reingepackt, die zu schade zum Wegwerfen waren, die aber auch keinen sinnvollen Zweck in der Wohnung erfüllten und nicht einmal zum Dekorieren geeignet waren. Oder Dinge, bei denen ich es einfach nicht übers Herz bringen konnte, sie zu entsorgen. Eine kleinere und aktuellere Version der »EK« befindet sich oben in meiner Wohnung in der Nachttischschublade.

Schnell bringe ich die Ordner rüber ins Büro, dann kehre ich in den Abstellraum zurück und ziehe die Kiste hervor. Schon von der kurzen Berührung werden meine Finger staubig. Ich fege mit den Händen rasch den Dreck von dem Karton, dann klemme ich ihn mir unter den Arm.

Mir ist gerade danach. Heute werde ich ein bisschen in meinen Erinnerungen kramen.

* * *

Eine Stunde später sitze ich auf dem Boden in meinem Wohnzimmer. Es ist brütend heiß. Wo waren diese heißen Sommertage eigentlich früher, als ich noch zur Schule ging und wochenlang Zeit gehabt hätte, ins Freibad zu gehen? Ich kann mich nicht daran erinnern, je einen so warmen Sommer erlebt zu haben. Oder liegt das bloß an meiner Dachgeschosswohnung?

Ich habe mir einen erfrischenden Eistee gemacht und wühle mich jetzt durch die EK. Lola, Molly und Rocco streichen gelegentlich um mich herum und inspizieren die Gegenstände, die hier rumliegen, genauestens.

Die Kinokarte von einem meiner ersten Dates mit Chris. *Harry Potter und der Feuerkelch.* Chris war so süß und wollte mich unbedingt einladen, obwohl wir beide nicht viel Taschengeld bekamen. Gleich daneben finde ich das Armband mit unseren Initialen.

Das Plektrum, das ich bei einem kleinen Konzert in Hamburg von dem Gitarristen gefangen habe. Meine Kundin Melli hatte mich damals zu diesem Wochenendtrip überredet und ich habe es nicht bereut.

Die Restaurantquittung von meinem allerersten Date mit Tom. In der aktuellen Kiste müsste auch die Quittung von dem Abend sein, als er mir den Heiratsantrag gemacht hat. Wir waren romantisch beim Chinesen essen und ich ahnte nichts. Anstatt mir ein Champagnerglas mit einem Ring zu reichen (wie wir es schon unzählige Male in Filmen gesehen haben), hatte sich Tom etwas Besonderes überlegt. Nach dem Essen gab es wie immer einen Glückskeks vom Kellner. Nur stand in meinem drin: *Die nächste Frage sollten Sie mit »Ja« beantworten.* Kaum habe ich den Text gelesen und wieder zu Tom geschaut, kniete er auch schon vor mir, den Ring in seinen Händen, und stellte mir die entscheidende Frage. Ich war überrascht und überglücklich, zog ihn gleich hoch zu mir und stammelte ständig »ja«, bevor ich ihn küsste. Dann erst steckte er mir den Verlobungsring an.

Mit einem stechenden Schmerz im Herzen blicke ich auf meine linke Hand, wo er sich noch immer befindet. Er ist wunderschön. Schlicht und dennoch elegant. Ein klitzekleiner Diamant steckt in der silbernen Fassung. Tom muss ein Vermögen für dieses Stück Luxus ausgegeben haben. Heute in zwei Wochen hätten wir uns das Jawort gegeben. Wir hätten einen traumhaften Tag erleben sollen inmitten unserer engsten Freunde und Verwandten. Nichts hätte uns mehr trennen können. *Bis dass der Tod euch scheidet.* Dass ich nicht lache! Der Tod hat mir überhaupt erst meine Ehe genommen! Es ist grotesk, wie das alles gelaufen ist.

Schluchzend und gleichwohl vorsichtig ziehe ich den Ring von meinem Finger und lege ihn auf den Wohnzimmertisch. Ich sollte ihn in die aktuelle EK legen und nicht ständig an mir tragen. Das macht es nur noch schwerer, einen Schlussstrich zu ziehen.

Molly merkt, dass ihr Frauchen mal wieder weint und kommt tröstend angetrottet. Sie rollt sich neben mir auf dem Boden zusammen und legt beschützend eine Pfote auf mein Bein. Diese Geste rührt mich so sehr, dass ich nur noch mehr weine. Ich blinzele ein paar Mal, damit ich wieder sehen kann, und greife nach dem nächsten Stück in der EK.

Es ist eine Kette mit einem Herzanhänger, in den die Buchstaben »E & C« eingraviert sind. Chris hatte ihn mir geschenkt, als wir in der elften Klasse auf Kursfahrt in Südfrankreich gewesen waren. Am letzten Tag vor unserer Abreise hatte er die Kette an einem Marktstand besorgt, während Val mich ablenkte. Nach dem Abendessen hatte er sie mir dann überreicht. Ich wollte sie sofort tragen und so musste Chris einige Zeit an dem Verschluss herumnesteln, bevor sie sicher an meinem Hals ruhte. Dann gingen wir noch ein wenig am Strand spazieren und setzten uns auf einen kleinen Felsvorsprung, als die Sonne unterging. Das Farbenspektakel war atemberaubend. Im Hintergrund rauschte das Meer und neben mir saß meine große Liebe. Er hielt mich in den Armen, bis es dunkel wurde und wir zurück ins Hotel mussten.

Mit zitternden Fingern lege ich die Kette zurück in die Kiste und schließe für einen Moment die Augen. Wieso musste er nur wieder hier auftauchen? Er ist zu perfekt, um ihn nicht zu mögen. Außerdem brauche ich ihn.

Ich hole tief Luft. Dann greife ich nervös nach meinem Handy. Zum Glück habe ich mir vorgestern seine aktuelle Nummer aus Vals Handy gesucht. Die Ziffern auf dem vollgeheulten Briefpapier waren nämlich unbrauchbar. Und: Man weiß ja nie, wofür so eine Nummer mal gut sein kann…

Entschlossen tippe ich eine Nachricht an ihn.

Hab's mir anders überlegt. Ich würde deine Hilfe gern annehmen, wenn du was rausfinden kannst. Ich muss wissen, wer der Fahrer war. Meld dich bitte. Emi

* * *

Keine zehn Minuten später hat Chris mir bereits geantwortet und wir verabreden ein Treffen für den nächsten Freitag. Da Elif das Lesecafé ab 16 Uhr übernehmen wird, kann ich mich mit Chris bereits am Nachmittag im Eiscafé treffen. Das ist definitiv unverfänglicher als ein gemeinsames Abendessen, was mich ein wenig beruhigt. Trotzdem fiebere ich dem Wochenende mit gemischten Gefühlen entgegen.

Endlich nehme ich die Sache in die Hand und vielleicht haben wir ja mehr Glück als die Polizei und kommen dem Fahrer endlich auf die Spur. Andererseits bereitet es mir Unbehagen, dass ausgerechnet Chris mir hilft. Als ich Val von meinen Sorgen erzähle, redet sie mir gut zu. Klar, anfangs war sie skeptisch. Aber sie kennt Chris und weiß, dass er nur das Beste für mich will. Allerdings haben wir ihn auch seit Jahren nicht gesehen. Womöglich hat er sich doch verändert in all der Zeit?

Da mir das Grübeln nicht weiterhilft, verdränge ich diese Gedanken, so gut es geht. Die Woche zieht sich wie Kaugummi. Am Mittwoch gibt es ein kurzes, aber starkes Sommergewitter. Das treibt wenigstens ein paar Kunden mehr in den Laden und wir haben alle Hände voll zu tun. Ich bin dankbar für diese Ablenkung und stürze mich in die Arbeit in meinem Café. Wer weiß, wie lange ich das noch kann…

* * *

»Okay, meld dich, wenn was sein sollte!«, rufe ich Elif winkend zu und schließe die Tür hinter mir. Wie erwartet, ist kaum ein Kunde im Café, sodass ich meine Aushilfe guten Gewissens allein lassen kann.

Als die Ladentür ins Schloss fällt, wende ich mich nach links und laufe den Berg hinunter in Richtung Kirchplatz. Auch heute brennt die Sonne wieder gnadenlos vom Himmel, dabei ist es bereits kurz nach vier. Kritisch blicke ich an mir herunter. Ich habe mich für eine einfache Jeans entschieden, wie immer. Darin ist es in der Sonne zwar brütend heiß, aber ich hoffe, dass wir uns in den Schatten setzen. Auch mein T-Shirt ist nichts Besonderes. Es ist schlicht und bordeauxrot. Keine Schnörkel, keine Pailletten. Lediglich eine Kette trage ich um den Hals.

Ich habe vorhin lange vor dem Kleiderschrank gestanden und überlegt, was ich anziehen soll. Immerhin ist es quasi ein Date mit meinem Exfreund. Nein, kein Date, rufe ich mich zur Besinnung. Ich treffe lediglich einen Anwalt, der mir bei der Geschichte mit der Fahrerflucht helfen will. Er ist nur zufällig auch mein Exfreund.

Nachdem ich mehrere Kleidungsstücke anprobiert habe und sogar kurz einen Rock anhielt, um zu schauen, wie er aussieht, kam ich wieder zu Verstand. Ich sollte nicht mehr draus machen, als es ist. Ich sollte stattdessen einfach etwas anziehen, in dem ich mich wohlfühle und was ich auch bei einem Treffen mit Val tragen würde. Zielstrebig griff ich dann nach einem der vielen Basics im Schrank und nickte meinem Spiegel-Ich aufmunternd zu. Da meine Katzen mich bei dieser Klamotten-Odyssee beobachtet haben und ihren Spaß dabei hatten, in die Kleiderschränke zu springen, ließ ich ihnen die Schranktüren offen. Die drei sollten sich ruhig auch mal amüsieren. Schließlich fehlt Tom nicht nur mir, sondern auch unseren Fellknäueln, die ihr Herrchen verloren haben.

Zufrieden mit meinem Outfit, sofern man das überhaupt so nennen kann, laufe ich weiter. Ich begegne kaum einer Menschenseele, die Straße ist hier oben wie ausgestorben. Meine Sonnenbrille taucht die Langenberger Altstadt in einen dunklen Cremeton. Bloß meine Sandalen, die ohnehin tiefschwarz sind, bleiben genauso schwarz. Nur vielleicht mit einer merkwürdigen Nuance. Sie sind flach, wie fast alle meine Schuhe. Wenn man in der Altstadt wohnt, gewöhnt man sich daran, keine Stöckelschuhe zu kaufen. Weder in Form von Pumps noch als Stiefel. Das Kopfsteinpflaster kann nämlich zum wahren Spießrutenlauf werden.

Nach wenigen Minuten erreiche ich nassgeschwitzt den Kirchplatz. Gut, dass ich auf dem Hinweg nur bergab laufen muss, sonst bekäme ich dank meiner Unsportlichkeit jetzt bereits erste Schwächeanfälle!

Ich werfe einen prüfenden Blick auf die Uhr. 16 Uhr 24. Chris hat noch ein paar Minuten, er ist sicher noch nicht…

»Emi, da bist du ja schon!«

Ich wende mich nach links und kann in dem Menschengewusel auf dem Kirchplatz Chris ausmachen, der winkend auf mich zukommt.

»Oh, du bist schon da!«, antworte ich ehrlich überrascht.

»Ja, ich hab vergessen, wie klein die Stadt ist. In wenigen Minuten ist man ja überall«, gesteht er lachend. Ich mustere ihn. Auch heute trägt er ein dunkles Shirt mit V-Ausschnitt, das seinen trainierten Oberkörper betont. Vermutlich nutzt er es mal aus, nicht ständig Hemd und Krawatte tragen zu müssen. Die Anzughose von unserer ersten Begegnung in München hat er durch eine knielange, helle Shorts ausgetauscht, die den Blick auf seine muskulösen Beine freigibt. Ich schlucke und versuche, mich auf seine Worte zu konzentrieren.

»Ja, die Stadt ist wirklich klein ... und das Eiscafé leider auch. Ich fürchte, wir bekommen keinen Platz bei *Antonio*«, sage ich und verziehe das Gesicht.

»Keine Sorge, darum habe ich mich schon gekümmert«, sagt Chris und führt mich zu einem kleinen Tisch am Rand. Es ist faszinierend, wie die ganze Stadt sich hier vor dem Eiscafé zu versammeln scheint. Höflich nicke ich dem ein oder anderen zu, dann setze ich mich zu Chris. Ich komme mir beobachtet vor und kann dieses Gefühl nur mühsam abschütteln.

»Du kennst sicher kaum noch jemanden, oder?«, frage ich ihn und rutsche auf meinem Stuhl herum. Irgendwie ist er heute fürchterlich unbequem.

»Doch, ein paar Leute habe ich schon getroffen. Meine ehemalige Nachbarin und meinen Gitarrenlehrer Thomas. Und Antonio, natürlich«, fügt er mit einem verschmitzten Grinsen hinzu.

»Klar. Wer könnte den Besitzer des weltbesten Eiscafés je vergessen?«, grinse ich zurück. »Und wie sieht's aus mit Nico, Phil oder Bastian?«

»Die Jungs aus der Schule?«, gibt Chris lachend zurück. »Na ja, ich hab in München leider den Kontakt zu ihnen verloren. Ich wollte mich demnächst mal wieder bei ihnen melden. Sieht so aus, als wohnten sie alle noch hier in der Nähe…«

»Nico auf jeden Fall! Er ist nur weiter Richtung Stadtzentrum gezogen. Was Phil macht, weiß ich leider nicht, aber Bastian läuft mir auch gelegentlich über den Weg… Erinnerst du dich noch an Martin?«, frage ich ihn dann.

»Klar, Timo und er waren ja unzertrennlich!«

»Sie sind es noch«, antworte ich schmunzelnd. »Allerdings hat Martin schon seit längerer Zeit eine feste Freundin, Jana. Sie ist echt eine Nette…«, versuche ich Smalltalk zu machen, als ich eine Kellnerin entdecke, die sich unserem Tisch nähert.

»Ein Schokoladen- und ein Erdbeerbecher«, sagt sie und stellt die beiden Glasschalen vor uns ab. Mit einem Lächeln dreht sie sich wieder um und verschwindet in der Eisdiele. Ich kenne die junge Frau, sie ist die Schwester einer meiner Kundinnen.

»Du hast schon bestellt?«, frage ich Chris überrascht.

»Ja, ich dachte, dann müssen wir nicht so lange warten. Sieh dir mal die Schlange an«, sagt er und deutet auf die vielen Menschen, die sich ein Eis auf die Hand kaufen wollen.

»Hast recht. Aber woher wusstest du…«

»…was du nimmst? Früher war's immer ein Erdbeerbecher. Aber da ich mir nicht sicher war, ob sich das geändert hat, habe ich sicherheitshalber auch noch einen Schokobecher mitbestellt. Such dir einen aus, den anderen nehme ich.«

Ich kann nicht umhin zu lächeln. Dass er sich wirklich noch an mein Lieblingseis erinnert! Ein wenig gerührt strecke ich die Hand nach dem Erdbeerbecher aus und ziehe ihn zu mir rüber.

»Stimmt. Ich liebe Erdbeereis immer noch«, sage ich und schiebe mir bereits den ersten Löffel voll Eis, Erdbeeren und Sahne in den Mund.

»Köstlich«, sage ich und schließe kurz verträumt die Augen.

»Himmlisch«, gibt Chris lachend zurück, nachdem er von seinem Schokoeis probiert hat. »Wie konnte ich nur all die Jahre ohne dieses Eis leben?«

Ich kichere, halte dann jedoch inne, als ich merke, wie immer mehr Blicke zu unserem Tisch huschen. Natürlich, die Kunden kennen mich. Viele hier wissen, was passiert ist. Dass ich Tom verloren habe. Und finden es bestimmt nicht gut, wenn ich mich hier mit einem ›Fremden‹ treffe. Die wenigsten werden Chris noch zuordnen können, dafür ist zu viel Zeit vergangen.

»Wollen wir nach dem Eis hoch in mein Café gehen? Ich wollte dir den Laden gern zeigen und ich habe außerdem alle Unfallunterlagen zuhause…«, schlage ich zaghaft vor.

»Natürlich, das ist eine gute Idee. Ich will ja auch nichts… Also, ich will, dass du dich wohlfühlst«, entgegnet Chris und schenkt mir ein aufmunterndes Lächeln.

»Okay. Danke dir. Und danke dafür, dass du mir helfen willst.«

»Das ist doch selbstverständlich! Ich habe mich wirklich über deine Nachricht gefreut und unterstütze dich gerne, wo ich nur kann! Es ist wirklich unfassbar, dass die Polizei noch nichts rausgefunden hat…«

»Na ja, aber womit soll sie auch groß arbeiten? Es gab nur zwei Zeugen und von denen ist einer tot und der andere sitzt gerade mit Gedächtnisverlust vor dir. Jedenfalls, was diese Nacht betrifft.«

»Du kannst dich also an gar nichts mehr erinnern? Was ist das Letzte, was du sicher weißt?«

»Dass wir ins Auto eingestiegen sind. Und geredet haben über … die Zukunft. Danach ist alles wie ausgelöscht. Ich kann mich nicht an den Unfall erinnern oder an die Zeit danach. Nur hier und da blitzen einzelne Fetzen in meinem Kopf auf, aber ich kann das Ganze nicht zuordnen…«

»Es muss schlimm sein, die Antwort unterbewusst zu kennen, ohne sie finden zu können. Aber mach dir keine Sorgen, wir finden schon heraus, was passiert ist!« Unwillkürlich greift Chris nach meiner Hand und auch wenn ich die Berührung seiner warmen, schützenden Finger genieße, die behutsam über meinen Daumen streichen, ziehe ich rasch meine Hand zurück und lege sie sicher auf meinen Schoß.

»Ich … wollte nur … ich«, stammele ich, aber Chris unterbricht mich.

157

»Schon gut, Emi, ich wollte nicht, dass das falsch rüber kommt. Ich … also, lass uns einfach das Eis essen und dann nach den Unfalldokumenten sehen, ja?«

Ich nicke zustimmend und versuche wieder einen klaren Kopf zu bekommen. Nachdem wir ein paar Minuten schweigend dasitzen und unser Eis löffeln, beginnt Chris plötzlich damit, über Belangloses zu plaudern. Er erzählt mir von seiner winzigen Ferienwohnung hier in Langenberg und dem Vorstellungsgespräch, das er vorgestern hatte.

Ich bin erleichtert über den Themenwechsel und gehe dankbar darauf ein.

* * *

»Das ist also das berüchtigte Lesecafé«, sagt Chris und blickt sich neugierig in meinem Laden um. Elif muss vor ein paar Minuten die letzten Kunden verabschiedet haben und macht scheinbar gerade mit Simone in der Küche Ordnung. Obwohl die Tür geschlossen ist, höre ich den Wasserhahn laufen und Geschirr klappern. Zwischendurch mischt sich ein gedämpftes Kichern darunter. Die zwei haben sich schon immer gut verstanden.

»Ja, zumindest jetzt noch«, murmele ich und schließe die Tür hinter mir.

»Was, wie meinst du das?« Chris hält inne.

Ich werfe durch den dunklen Verkaufsraum einen Blick in Richtung Küche, um sicherzugehen, dass uns niemand zuhört. Dann spreche ich leise weiter: »Die Bank hat mir eine Frist gesetzt. Ich muss bald einen Haufen Geld auftreiben, sonst war's das.«

»Was? Dann musst du das Café aufgeben?«, fragt Chris entsetzt und kommt einen Schritt auf mich zu.

»Psst… Nicht so laut!«, warne ich ihn flüsternd und nicke mit meinem Kopf in Richtung Küche.

»Aber was heißt das?«, fragt Chris dann deutlich leiser.

»Wenn ich nicht zufällig im Lotto gewinnen sollte, dann werde ich das Café wohl oder übel verkaufen müssen.«

»Das kann doch nicht dein Ernst sein! Nach allem, was ich gehört habe, liebst du dieses Lesecafé! Du kannst es nicht einfach hergeben!«

»Muss ich aber. Na ja, mal abwarten, was…«

»Hast du überhaupt einen Käufer?«

Ich nicke augenrollend und stöhne kurz auf. »Erinnerst du dich an Melissa aus der Schule?«

»Dieses Möchtegern-Model?«

»Ja, genau die. Sie arbeitet auch in der Buchbranche und ist Filialleiterin in Essen. Wie es im Moment aussieht, wird sie wohl meinen Laden kaufen.«

»Das kannst du doch nicht zulassen, Emi. Hast du denn keine Rücklagen? Ein Sparkonto?«

»Nein«, gebe ich trocken lachend zurück. »Ich hatte noch nie mehr Geld, als ich zum Leben brauchte. Wie sollte man da sparen?

»Wieviel ist es denn? Ich könnte es dir leihen…«

»Nein, Chris. Das ist viel zu viel Geld. Außerdem könnte ich das nicht annehmen.«

»Aber ich wollte sowieso meine-«

»Lass gut sein. Wir sind jetzt wegen etwas anderem hier«, wechsele ich das Thema und dränge mich an ihm vorbei. Mein Café ist wirklich winzig, die Gänge schmal. Noch ein paar Meter weiter rieche ich Chris' Aftershave. Ich habe es schon immer geliebt.

Eilig versuche ich, diese Gedanken beiseite zu schieben, und stecke den Kopf durch die Küchentür.

»Elif, Simone? Ich bin jetzt oben in der Wohnung. Schließt ihr bitte ab, wenn ihr geht?«

Die beiden nicken zustimmend und ich bedeute Chris mit einer Handbewegung, mir zu folgen.

Die Treppe knarrt unter unseren Schritten und sobald ich die quietschende Wohnungstür öffne, werden wir von der drückenden Hitze meiner Dachgeschosswohnung erschlagen.

»Ich lüfte erstmal«, sage ich und laufe rüber zum Wohnzimmerfenster, um die kühlere Abendluft hinein zu lassen.

Misstrauisch kauern Molly und Lola in einer Ecke, um den Neuankömmling zu begutachten, während Rocco neugierig auf Chris zutapst und sich eine Streicheleinheit abholt. Er war schon immer viel mutiger als die zwei anderen! Grinsend stelle ich den Katzen frisches Wasser und etwas Nassfutter hin und schon sind alle drei in der Küche verschwunden.

Chris setzt sich derweil ins Wohnzimmer an den Couchtisch, wo schon mein Ordner mit den Unfallunterlagen bereitliegt. Während er ihn gedankenverloren durchblättert, bereite ich uns einen erfrischenden Eistee zu.

»Und, kommst du zurecht?«, frage ich Chris, reiche ihm sein Glas und setze mich dann mit etwas Abstand zu ihm.

»Danke«, sagt er abwesend und stellt das Glas ohne hinzusehen auf dem Couchtisch ab. Dann blättert er ein paar Seiten zurück.

»Das sind ja ziemlich viele Papiere«, gibt er zu und legt den Ordner beiseite.

»Da sollte man denken, es stünde was Sinnvolles darin, oder?«, frage ich seufzend und nehme einen großen Schluck Eistee.

»Irgendwie schon. Bis jetzt konnte ich nichts Interessantes entdecken, aber ich hab's auch nur überflogen. Vielleicht kannst du mir ja ein paar Fragen beantworten?«, fragt er zögerlich.

»Ich will es zumindest versuchen«, antworte ich. »Was möchtest du denn wissen?«

»Also, Punkt eins: Es gibt keine Zeugen, richtig?«

»Bis auf mich nicht. Also ja, richtig.«

»Okay. Gibt es irgendwelche hilfreichen Aufnahmen aus der Nacht? Von Überwachungskameras auf Tankstellen, zum Beispiel?«

»Nicht, dass ich wüsste. Dann hätte sie die Polizei ja ausgewertet.«

»Könnte es sein, dass sie derzeit mehrere Spuren verfolgen und dir nicht alle Informationen weitergeben?«

Ich überlege kurz, dann schüttele ich den Kopf.

»Ich schätze, ich wäre darüber informiert. Vals Cousine Giovanna arbeitet auf dem Revier und obwohl sie in dem Fall nur zuarbeitet, hat sie Zugang zu den Unterlagen. Klar, sie darf uns nichts sagen, aber sie hätte Val gegenüber zumindest Andeutungen gemacht. Also nein, keine Videoaufnahmen.«

»Mist«, gibt Chris zu und spielt nervös mit dem Kuli herum. »Na ja, selbst wenn es Aufnahmen gäbe, dann wären sie jetzt unter Verschluss und wir kämen ohnehin nicht dran…«, murmelt er vor sich hin.

Ich versuche, mich für die nächste Frage zu wappnen.

»Gut, dritter Punkt: Hat man einen auffälligen Patienten in der Notaufnahme verzeichnet, der vielleicht einen Autounfall hatte? Es könnte-«

»Nein, leider nicht«, unterbreche ich ihn. Daran hatte ich auch schon gedacht, aber diese Hoffnung auf eine Spur zerplatzte ebenfalls wie eine Seifenblase.

»Wie sieht es aus mit Werkstätten, die einen potentiellen Unfallwagen reparieren sollten?«

Wieder schüttele ich den Kopf.

»Nein, denke ich auch nicht. Die Polizei hat so etwas noch nicht einmal angesprochen, glaube ich.«

»Und was ist mit der … Obduktion?«, fragt Chris dann vorsichtig. Ich muss schlucken.

»Hat nichts Besonderes ergeben«, sage ich, bemüht darum, die Fassung zu bewahren.

»Eine Kopie des Obduktionsberichtes wollten sie mir nicht aushändigen. Allerdings habe ich mir gleich nach dem Gespräch ein paar Notizen gemacht zu allem, was sie in ihrem Fach-Chinesisch erzählt haben. Mein Zettel müsste da drin sein« sage ich und deute auf den Ordner, den Chris vorhin neben sich gelegt hat.

»Okay, das sehe ich mir nachher an«, sagt er nickend und schweigt dann. Vermutlich überlegt er, was er überhaupt noch sagen kann, so zerbrechlich, wie ich wirke.

Tatsächlich fühle ich mich gerade ein wenig zittrig und erinnere mich nur zu gut an den Tag, an dem man mich vom Polizeirevier nach Hause schickte. Ohne nähere Angaben zum Tod meines Verlobten. Es sei keine Mordermittlung, sagte man. Lediglich Fahrerflucht mit Todesfolge. Pah! Das Rechtssystem ist doch einfach widerlich! Der Fahrer ist ein verdammter Mörder und wird nicht mal als solcher gesucht!

Ich schiebe diese Gedanken zurück in meinen Hinterkopf und werfe Chris dann einen hilflosen Blick zu.

»Es sieht nicht gut aus, oder?«, frage ich zaghaft und habe Angst vor seiner Antwort.

»Um ehrlich zu sein: Nein. Zumal es inzwischen schon zwei Monate her ist… Aber ich werde alles dran setzen, etwas raus zu kriegen. Ich verspreche es dir, Emi! Ich bin für dich da«, sagt Chris und versucht mir ein aufmunterndes Lächeln zuzuwerfen. Trotz seines sonst so fröhlichen Wesens scheitert er kläglich. Weil ich spüre, dass ich gleich wieder in Tränen ausbreche, versuche ich eilig, das Gespräch zu beenden.

»Kann ich den hier mitnehmen?«, fragt Chris schließlich und wedelt mit dem Aktenordner in seiner rechten Hand.

»Klar. Behalt ihn solange wie nötig«, sage ich knapp. Ich befürchte, mit jedem Wort, das ich sage, immer näher am Wasser gebaut zu sein.

»Gut, dann melde ich mich die Tage bei dir, ja?«

Chris erhebt sich und läuft ein paar Schritte in Richtung Wohnungstür.

»Auch wenn die Umstände besser sein könnten: Es war wirklich schön, dich wiederzusehen«, sagt er und schaut mich mit seinen aufrichtig leuchtenden Augen an.

»F…finde ich auch«, bringe ich noch hervor, dann bricht der Damm und ich heule Wasserfälle.

Chris, der perplex dasteht und mich zum Abschied drücken will, zieht mich in Ermangelung einer Alternative nah an sich heran. Seine starken Arme umschlingen meinen Oberkörper und ich lehne den Kopf an seine Brust. Es ist kein niedliches, mädchenhaftes Schluchzen, das ich von mir gebe, sondern ein ekliges Heulen mit Schniefen.

Immer wieder streicht mir Chris beruhigend über das Haar, aber diese liebevolle Geste bringt mich nur noch mehr zum Weinen. Was gäbe ich dafür, wenn Tom mich jetzt so halten könnte! Wenn er einfach hinter einer Ecke hervorkäme und laut »Überraschung« riefe. Aber das wird nicht passieren. Niemals.

Ich vergrabe meinen Kopf noch tiefer in Chris' Umarmung und weine noch stärker als zuvor.

* * *

Chris ist nun seit einer halben Stunde weg und ich habe mich wieder einigermaßen im Griff. Sobald ich die Heulerei endlich sein lassen konnte, bedankte ich mich bei ihm und setzte ihn quasi vor die Tür. Danach habe ich mich mit Lola auf das Sofa gekuschelt und Löcher in die Luft gestarrt. Jetzt kann ich wieder halbwegs klar denken.

Zugegeben, ich fühle mich wie gerädert und mein Körper schmerzt von Kopf bis Fuß. Wenn ich jetzt in den Spiegel schaute, so würde mich ein aufgequollenes Gesicht mit geröteten Augen anblicken. Ohnehin gebe ich noch immer in regelmäßigen, jedoch kürzer werdenden Abständen ein Schniefen und einen nervösen Luftschnapper von mir. Ich weiß schon gar nicht mehr, wieso ich überhaupt angefangen habe zu weinen. Weil mir Tom fehlt? Weil niemand bestraft wird für das, was er ihm angetan hat? Weil Chris statt Tom bei mir war? Oder vielleicht, weil ich mich schlecht deswegen fühle, dass ich Chris' Anwesenheit tatsächlich genossen habe?

Ich kann es nicht abstreiten, es war schön, bei ihm zu sein. Einfach nur Zeit miteinander zu verbringen, so wie früher. Natürlich weiß ich, dass es falsch ist. Ich dürfte gar nicht an ihn denken und schon gar nicht auf diese Weise. Aber meine Gefühle habe ich seit Langem nicht mehr unter Kontrolle. Außerdem heißt das nicht, dass ich Tom weniger vermissen würde. Das sind zwei vollkommen verschiedene Paar Schuhe und trotzdem fühle ich mich so … schuldig. Ja, das ist es. Schuldig.

Aber weswegen? Etwa, weil ich versuche, mein Leben wieder auf die Reihe zu bekommen? Weil ich unseren Unfall endlich aufklären will? Weil ich versuche, weiterzumachen? Mit Tom geht das ja schlecht!

Manchmal habe ich das Gefühl, wütend auf Tom zu sein, weil er mich verlassen hat. Natürlich ist das vollkommener Blödsinn und dieses Gefühl verschwindet genauso schnell, wie es gekommen ist, aber irgendwie fühlt es sich so an. Als hätte er mich im Stich gelassen. Alleine, hier auf dieser Welt.

Was wäre, wenn nicht nur Tom bei dem Unfall gestorben wäre? Führten wir dann jetzt gemeinsam ein Leben nach dem Tod? Im Paradies? Oder wären wir einfach weg? Jedenfalls wäre keiner von uns einsam.

Und was, wenn ich statt Tom ums Leben gekommen wäre? Würde er mich genauso vermissen wie ich ihn? Würde er versuchen, weiterzumachen? Ich wünschte es mir, stelle ich fest. Ich würde nicht wollen, dass er sich zuhause verkriecht, sondern dass er raus geht und sein Leben genießt. Es ist so unfassbar wertvoll und kann von einem Moment auf den anderen vorbei sein.

Was wäre, wenn…

Meine Gedanken drehen sich im Kreis und ich befürchte, erneut einen Zusammenbruch zu erleiden. Ich schniefe ein letztes Mal laut und tröte dann in ein Taschentuch. Lola ergreift daraufhin die Flucht und ich nutze die Gelegenheit, um vom Sofa aufzustehen. Sie hatte sich so gemütlich bei mir eingekuschelt, dass ich es nicht wagte, mich zu bewegen.

Während ich zum Badezimmer schlurfe, bleibt mein Blick an dem Bilderrahmen auf dem kleinen Regal im Flur hängen. Wie gebannt greife ich danach und betrachte das Foto. Es zeigt mich und Tom im letzten gemeinsamen Urlaub. Lachend versuche ich, mein Haar zurückzuhalten, doch der Wind bläst es mir gnadenlos ins Gesicht. Im Hintergrund sieht man die Nordsee. Da ich ohnehin kaum Geld für eine Reise übrig hatte und wir für die Hochzeit sparen wollten, hatte Tom spontan vorgeschlagen, ein paar ruhige Tage in einer Ferienwohnung in Norddeutschland zu verbringen.

Ursprünglich wollten wir auch einen Abstecher nach Cuxhaven machen, um meine Eltern zu besuchen, aber ich habe mich schließlich dagegen entschieden. Die gemeinsame Zeit mit Tom war viel zu schön, als dass ich sie mit einem Besuch bei ihnen hätte kaputt machen wollen. Unser Verhältnis war nie sonderlich gut gewesen und inzwischen habe ich mich damit abgefunden. Es reicht, wenn ich ihnen hin und wieder auf größeren Familienfeiern begegne.

Gedankenversunken streiche ich über den hellen Holzrahmen, in dem sich das Bild befindet. Dann laufe ich rasch zum Vorratsschrank und schnappe mir eine Stofftasche. Ich lege das Bild schnell hinein, bevor ich es mir anders überlege, und hänge die Tasche dann behutsam an die Klinke der Wohnungstür. Wenn ich wieder runter in den Laden gehe, werde ich die Tasche mitnehmen und sie in einer Kiste neben den Ordnern aufbewahren.

Es wird Zeit für eine neue Erinnerungskramkiste. Eine »Tom-EK«. Da kommen dann auch ein paar seiner Kleidungsstücke hinein. Einen Großteil will ich spenden, aber ein paar Teile werde ich behalten. Für mich. Obwohl der Weichspülerduft vieles überdeckt, so riechen sie noch nach Tom. Nach Zuhause. Nach Liebe.

Während ich ins Bad laufe und mir am Waschbecken das Gesicht mit kaltem Wasser wasche, denke ich traurig an den Tag zurück, an dem mir klar wurde, dass ich nun unzählig viele Dinge in der Wohnung habe, die niemand mehr gebrauchen wird, es sei denn, ich gebe sie weg.

Toms Schuhe zum Beispiel. In unserem Schuhschrank türmen sich zwar meine Turnschuhe und Ballerinas, aber ein kleiner Bereich darin wird auch von Toms Schuhwerk eingenommen. Seine Sportschuhe. Die Chucks, die er am liebsten trug. Die schicken Lederschuhe, die er extra für unsere Hochzeit besorgt hatte.

Ich schlucke und trockne mir das Gesicht mit einem Handtuch ab. Dann öffne ich den Medizinschrank und drücke eine Kopfschmerztablette aus der Plastikverpackung. Weinen mag zwar emotional reinigend sein, weil man danach nicht mehr viel fühlen kann, aber es ist körperlich doch ziemlich anstrengend. Diese Erfahrung habe ich in den vergangenen Wochen recht häufig machen müssen. Ich habe das Gefühl, dass mein Kopf gleich explodiert. Rasch schlucke ich die Tablette mit etwas Wasser.

Ich gehe in die Hocke und will mich gerade am Katzenklo zu schaffen machen, das meine drei Raubtiere wie ein Schlachtfeld hinterlassen haben, da lässt mich ein Klopfen wieder hochfahren.

»Em, bist du da?«, höre ich Vals gedämpfte Stimme durch die Wohnungstür dringen und vernehme anschließend das vertraute Geräusch des sich im Schloss drehenden Schlüssels.

»Augenblick«, antworte ich und lege die Schaufel zurück neben das Katzenklo. Ich wage es gar nicht erst, einen Blick in den Spiegel zu werfen, denn ich sehe sowieso grässlich aus. Val hat mich schon oft genug so gesehen, besonders in letzter Zeit.

»Em, meine Liebe«, sagt Val und lässt ihre Handtasche achtlos zu Boden fallen. »Du siehst ja…«

»Ich weiß«, antworte ich kurz und versuche mich an einem Lächeln.

»Ist was passiert? Ist es wegen Chris?«

Schnell zieht Val mich zu sich heran und drückt mich fest. Erst als sie mich wieder loslässt, kann ich ihr antworten.

»Nein, nein. Es ist nichts. Nichts Neues jedenfalls. Chris war wunderbar. Er … kümmert sich um die Angelegenheit«, sage ich ausweichend und will ins Wohnzimmer schlurfen, doch Val hält mich zurück.

»Gut, da bin ich beruhigt. Sonst hätte ich mal ein ernstes Wörtchen mit ihm reden müssen«, sagt sie und nickt dabei so energisch mit dem Kopf, dass ihr Pferdeschwanz auf und ab schwenkt.

»Aber du wirst dich jetzt bestimmt nicht wieder hier drin verkriechen! Du kommst mit mir«, befiehlt sie schließlich und drückt mir meine Handtasche in die Hand, die im Flur auf der Ablage steht.

»Mit dir? Wohin? Du siehst doch, dass-«

»Schon gut. Wir fahren zu Toms Wohnung.«

»Oh«, sage ich und nicke stumm, während ich den Anweisungen meiner Freundin folge leiste und meine schwarzen Sandalen wieder anziehe.

* * *

Toms alte Wohnung, sein »Büro«, ist nur wenige Fahrminuten von der Altstadt entfernt. Trotzdem war ich nicht oft dort, schließlich fuhr Tom zum Arbeiten hin. Nachdem Val ihren kleinen Smart in eine winzige Parklücke gequetscht hat, steige ich aus und werde unmittelbar von der untergehenden Abendsonne geblendet.

Die Augen mit den Händen abschirmend laufen wir ein paar Meter zu dem Haus, in dem das Büro liegt. Es ist ein Altbau mit hellgelber Fassade, die erst vor wenigen Jahren frisch gestrichen wurde. Eine breite Treppe führt hinauf zur schweren Eingangstür aus dunklem Holz.

Es ist ein hübsches Haus. Hätte ich nicht ohnehin die Wohnung über dem Lesecafé gehabt und wäre Toms Wohnung größer gewesen, so hätte ich mir durchaus vorstellen können, hier zu wohnen. Der Stuck an der Decke, der helle Dielenboden… Während ich gedankenverloren hinter Val herlaufe, merke ich gar nicht, dass sie stehen bleibt und stoße daher mit ihr zusammen.

»Was ist, Val?«, frage ich sie stirnrunzelnd.

»Ich hab nur gerade den Wagen da entdeckt. Sieht so aus, als hätte er schon alles rein bekommen.«

Val deutet mit dem Finger auf einen großen Transporter am Straßenrand, der wohl weiß sein sollte, aber schon länger keine Waschstraße mehr gesehen hat.

»Was ist mit dem Wagen?«

»Er gehört Flo. Er hat ihn Timo geliehen, damit er ein paar Möbel zum Gebrauchtwarenhaus fahren kann.«

»Flo? Du meinst Leos Bruder?«

Val nickt und schließt die Eingangstür auf.

Timos Bandkollegen Leo kenne ich schon länger. Die zwei sind gemeinsam zur Schule gegangen und haben immer viel Zeit miteinander verbracht. Seinen Bruder jedoch habe ich nur gelegentlich mal gesehen. Er arbeitet in einer größeren Autowerkstatt, repariert aber ab und zu auch privat Autos für Freunde im Gegenzug für einen Kasten Bier. Bevor Tom und ich unsere eigenen Autos verkauft hatten und uns als gemeinsamen Wagen den Clio kauften, bin ich mit meinem alten Corsa mal bei Flo gewesen, als die Batterie ihren Geist aufgegeben hatte. Tom kannte sich mit sowas nämlich überhaupt nicht aus. Ich erinnere mich noch daran, wie ölverschmiert Flos Finger waren. Ein typischer Schrauber eben. Ich hatte mich kaum getraut, ihm die Hand zur Begrüßung zu schütteln.

Schmunzelnd angesichts dieser Erinnerung folge ich Val durch das breite Treppenhaus. Als wir im zweiten Stock ankommen, entdecke ich, dass die Wohnungstür zu Toms Büro bereits offen steht. Bis auf den großen Tisch im Wohnzimmer sind die Räume leer geräumt. Auf der Platte türmen sich Kaffeebecher, leere Papiertüten vom Bäcker und Werkzeuge. Es riecht nach frischer Farbe.

»Emi, Schwesterherz!«, ruft mein Bruder aus dem Nebenzimmer, kommt rüber und drückt uns kurz.

»Timo!«, rufe ich, erfreut, ihn zu sehen. Er trägt seine Maleruniform und hält einen Pinsel in der rechten Hand.

»Die Möbel sind alle im Transporter«, erklärt er.

»Das haben wir uns gedacht«, entgegnet Val grinsend und blickt in der leeren Wohnung umher.

»Ha ha«, antwortet Timo ihr und zieht eine Grimasse.

»Martin hat mir beim Schleppen geholfen. Er klebt gerade im nächsten Zimmer die Fußleisten ab, damit ich weiter machen kann.«

»Hi, Em! Hi, Val«, ruft Martin uns zu.

»Hey, Martin!«, antworten wir im Chor.

»Leo ist gerade im Baumarkt und holt noch einen Eimer Farbe, denn die Reste hier reichen nicht«, sagt Timo mit einem Blick auf das Farbeimer- und Pinsel-Sammelsurium auf dem Flurboden.

»Und wo ist Jana?«, fragt Val ihn.

»Die ist für das Wichtigste zuständig: Sie besorgt frische Pizza«, antwortet er mit einem breiten Grinsen.

Ich bin meinem Bruder und unseren Freunden unglaublich dankbar für ihre Hilfe. Ohne sie hätte ich die Wohnung kaum leer räumen können, schließlich brach ich bereits bei meinem ersten Besuch hier nach Toms Tod in Tränen aus.

»Wir haben ja noch Zeit bis zum Monatsende, bevor du die Schlüssel abgeben musst, richtig?«, fragt Timo, während ich zum Wohnzimmerfenster gehe und auf die Straße hinabblicke, die gerade in ein gleißend rotes Licht getaucht wird. Gleich geht die Sonne unter, dann wird es rasch dunkel. Ob Tom wohl auch aus diesem Fenster hinausgesehen hat, wenn er mal eine kreative Blockade hatte beim Webdesign?

»Äh, ja. Genau. Bis zum Monatsende«, antworte ich und erinnere mich an das Gespräch mit dem Vermieter. Nachdem mir Toms Eltern eine Vollmacht erteilt hatten für alle noch ausstehenden Angelegenheiten, hatte ich ihn sofort aufgesucht, um die Wohnungsauflösung in die Wege zu leiten.

»Das schaffen wir locker«, sagt Timo zufrieden. »Und die Möbel sollen wirklich alle ins Gebrauchtwarenhaus? Willst du nicht welche behalten oder sie verkaufen?«

Ich schüttele den Kopf. Es käme mir falsch vor. Zwar hat Tom im Testament ausdrücklich mich als alleinigen Erben all seines Eigentums festgelegt, trotzdem will ich mich nicht an seinem Tod bereichern. Es sind ohnehin kaum Sachen von finanziellem Wert – nichts, was das Lesecafé vor dem Untergang bewahren könnte. Das wäre die einzige Situation, in der ich bereit gewesen wäre, das Geld anzunehmen.

Nein, ich will die Sachen spenden. Was soll ich auch sonst damit tun? Ein paar persönliche Gegenstände habe ich bereits vor ein paar Wochen aus der Wohnung herausgeräumt. Timo sollte sich nur noch um die größeren Möbel kümmern und Klarschiff machen. Da Tom die Wohnung als Büro genutzt hat, steht hier ohnehin nicht allzu viel herum.

»Die Möbel kommen ins Gebrauchtwarenhaus«, sage ich entschlossen. »Ich danke dir, Timo. Ich bin dir was schuldig!«

Erleichtert darüber, dass ich diese Wohnung nun von meiner To-Do-Liste streichen kann, falle ich meinem Bruder um den Hals.

»Du bist mir überhaupt nichts schuldig, Emi. Wenn du doch schon einen gelernten Maler in der Familie hast, solltest du das nutzen«, sagt er augenzwinkernd. »Außerdem bist du doch meine große Schwester!«

»Ebendrum! *Ich* bin die Große. Ich sollte mich um dich kümmern – nicht du dich um mich.«

»Das hast du lange genug getan«, entgegnet Timo grinsend. »Ich bin jetzt erwachsen. Du kannst mich ruhig mal was für *dich* tun lassen«, sagt er und streicht mir liebevoll über den Arm.

»Ich will nicht zwischen den Geschwister-Fronten stehen!«, ruft Val scherzhaft panisch und flüchtet an uns vorbei zu Martin ins Nebenzimmer.

»Das tust du doch schon längst«, ruft Timo ihr hinterher und drückt mich dann noch einmal.

»Alles gut, Emi?«, fragt er leise.

Ich nicke lächelnd und muss mich ausnahmsweise mal zusammenreißen, nicht eine Freudenträne zu vergießen. Ich kann mich wirklich glücklich schätzen, einen Bruder wie Timo zu haben.

13. Kapitel

Am Montagmorgen gehe ich optimistisch und mit neuem Mut an die Arbeit. Der Duft frischen Kaffees steigt mir in die Nase und meine erste Kundin des Tages, Erna, schenkt mir ein aufmunterndes Lächeln. Zum ersten Mal seit Wochen habe ich das Gefühl, mein Leben endlich wieder ein Stück weit im Griff zu haben.

Chris hat sich gestern Abend kurz bei mir gemeldet, um mir mitzuteilen, dass er auf eine heiße Spur gestoßen ist. Laut Unfallbericht sei der Wagen, der uns gerammt hat, blau gewesen. Das ginge aus den Lackschäden an unserem Auto hervor. Chris will heute bei der Polizei anrufen und nachfragen, ob man der Spur bereits nachginge.

Lächelnd räume ich die neue Bücherlieferung in die Regale ein. Ich bin ihm wirklich dankbar für seine Unterstützung. Mir war gar nicht klar, wie sehr er mir die letzten Jahre gefehlt hat. Nicht unbedingt als Partner, vor allem als Freund. Wir kennen uns schon seit unserer Kindheit, haben jahrelang in derselben Straße gewohnt. Er ist einfach ein guter Kerl und das hat sich seitdem nicht geändert.

»Emily, hi!«, höre ich eine Stimme durch den Laden rufen und rappele mich vom Boden auf, wo ich in dem großen Karton wühle und die Bücher vorsortiere. Als ich aufblicke, schaue ich in ein strahlendes Gesicht.

»Melli, hallo! So früh schon heute?«, frage ich meine Kundin.

»Mehr oder weniger. Ich wollte nur kurz das Buch abholen, das ich bestellt habe, denn ich muss gleich weiter zur Arbeit. Aber ich bin noch aus einem anderen Grund hier…«

»Ach ja?«, frage ich neugierig. Rasch suche ich in dem Karton nach ihrer Bestellung und reiche ihr die Neuerscheinung.

»Danke. Bezahlt habe ich ja schon letzte Woche, oder?«

Ich nicke. »Genau, wir sind quitt.«

»Nicht ganz… Hier, ich hätte auch was für dich«, sagt Melli und wühlt in ihrer mit Blumenmuster übersäten Handtasche. Dann zieht sie ein Ticket hervor.

»Hast du im Oktober schon was vor?«, fragt sie grinsend.

»Ähm… So spontan wüsste ich nicht, dass ich schon verplant wäre. Wieso?«

»Dann kommst du mit mir zu diesem Konzert«, entgegnet sie fröhlich und hält mir das Ticket hin.

»Ryan Keen«, lese ich vor. »Wer ist das?«

»Ein Singer-Songwriter aus England. Ich hab zwei Tickets gewonnen und dachte mir, der könnte deinen Musikgeschmack treffen. Ein sehr talentierter Musiker! Er war auch schon mal mit Ed Sheeran auf Tour.«

Überrascht nehme ich das Ticket entgegen. Ich bin sprachlos. Wie lieb von ihr, dass sie da an mich gedacht hat!

»Vielen Dank, Melli! Das ist … unfassbar nett. Ich gehe gern mit dir hin. Mir hat das Konzert in Hamburg ja schon so gut gefallen, da wirst du dieses Mal sicher auch was Gutes vorschlagen!«

»Na klar doch. Dafür bin ich bekannt«, gibt sie augenzwinkernd zurück.

»Womit hab ich das verdient? Du hättest sicher auch jemand anderen fragen können, oder nicht?«

»Ich kenne schon ein paar Leute, die zu dem Konzert wollen. Aber ich möchte mich bei dir auch noch einmal für deine Hilfe letztens bedanken. Dass du dir meine Bewerbungen durchgelesen hast, meine ich.«

Es kommt mir vor wie eine Ewigkeit, doch ist es erst ein paar Wochen her, dass Melli mit ihren Unterlagen in den Laden kam und mich um meine Hilfe bat. Da ohnehin nicht viel los war, hatte ich mich sofort mit dem Rotstift hingesetzt und ihr ein paar Tipps und Verbesserungsvorschläge gegeben.

»Ach, das ist doch selbstverständlich. Das war doch nicht viel Arbeit…«

»Natürlich war es das! Und es hat sich ausgezahlt: Ich hatte letzte Woche zwei Vorstellungsgespräche und bei einem sogar gleich eine Zusage erhalten! Ich kann schon in sechs Wochen dort anfangen!«

»Das freut mich so für dich, Melli! Herzlichen Glückwunsch!«, gratuliere ich ihr und nehme sie freudig in den Arm.

»Danke dir! Also, was das Konzert angeht: Hör schon mal rein in sein aktuelles Album, damit du mitsingen kannst! Ich muss jetzt los.«

»Alles klar. Also, danke nochmal! Und viel Spaß mit dem neuen Buch! Lass mich wissen, wie es dir gefallen hat!«

»Mach ich! Bis demnächst«, gib Melli zurück, dann ist sie auch schon wieder verschwunden.

Immer noch perplex angesichts dieser freundlichen Geste laufe ich zur Kasse und deponiere dort das Konzertticket. Ich nehme mir vor, gleich heute Abend die CD von Ryan Keen zu bestellen. Zum Anhören werde ich aber wohl erst am Wochenende kommen, denn meine routinemäßige halbe Stunde Lesezeit nach Feierabend hat in der letzten Zeit öfter mal an meinem ungewohnten Tagesablauf gelitten. Daran muss ich dringend etwas ändern, was wäre ich sonst für eine Buchhändlerin?

Der weitere Vormittag vergeht weitgehend ereignislos. Allerdings versetzt eine Nachricht am Mittag meiner bislang verhältnismäßig guten Laune einen kleinen Dämpfer. Chris schreibt, er habe beim Polizeirevier nachgefragt, wie der Status hinsichtlich des Lackschadens sei. Allerdings mussten sie einräumen, dass diese Spur zwar vorhanden sei, man ihr aber erst in ein paar Wochen nachginge. Andere Fälle hätten momentan Priorität.

Das alles sagte man ihm natürlich nur inoffiziell, aber die Aussage reichte ihm, um seinen Plan zu ändern. Er verspricht mir, eine Liste vor allem von kleineren Werkstätten zusammen zu stellen, die er eine nach der anderen abklappern will, bevor es zu spät ist und der Unfallwagen womöglich schon wieder abgeholt wurde. Vielleicht ist er auch jetzt schon repariert und wir finden ihn gar nicht, aber es ist unsere einzige Spur. Wir müssen ihr nachgehen. Ich schreibe Chris rasch, dass ich mit ihm suchen werde und bitte ihn darum, mich am kommenden Samstag, wenn Elif und Simone sich um den Laden kümmern, abzuholen.

* * *

Am Mittwochabend habe ich gerade die Ladentür hinter mir abgeschlossen und will mich mit dem neuen Jojo Moyes-Roman aus der letzten Lieferung und einer herrlich duftenden Tasse Kaffee an einen der Tische setzen, als ich ein Klopfen höre. Ein Blick zum Eingang verrät mir, dass es Melissa ist. Ausgerechnet Melissa! Die hat mir gerade noch gefehlt… Ich unterdrücke ein genervtes Seufzen und schließe die Tür wieder auf.

»Hey, Melissa. Was gibt's?«, frage ich und versuche, ruhig zu bleiben.

»Ich wollte ein paar Einzelheiten mit dir besprechen. Kann ich rein kommen?«, fragt sie, wartet meine Antwort aber gar nicht erst ab und zwängt sich an mir vorbei in den Verkaufsraum. Augenrollend schließe ich rasch wieder die Tür hinter ihr, denn draußen braut sich seit ein paar Stunden ein kleiner Sommersturm zusammen und der Wind pfeift jetzt schon durch jeden Spalt.

»Was willst du?«, frage ich sie und verschränke meine Arme vor der Brust. Ich habe wirklich keine Lust, mir meine halbwegs gute Woche von Melissa kaputt machen zu lassen.

»Noch einmal den Laden begutachten. Und ich hätte ein paar Fragen zu der Grundfläche des Grundstücks. Ach, und ist das Haus eigentlich unterkellert? Nicht, dass es eine Rolle spielt, schließlich wird es eh nicht mehr lange hier stehen. Aber der Vorstand wollte noch ein paar Informationen zum Objekt haben.«

Mit einem süffisanten Grinsen stolziert Melissa durch mein Café und setzt schließlich einen Blick auf, der geheuchelte Freundlichkeit, echtes Interesse an dem Laden sowie spöttische Abfälligkeit vereint. Jede Minute, die sie in meinem Café verbringt, ist Gift für mich.

Eilig laufe ich ins Büro und krame eine Dokumentenmappe hervor. Es war mir zuwider, sie anzufertigen, und doch war ich mir der Tatsache bewusst, dass nur ein Verkauf des Ladens mich vor dem finanziellen Ruin bewahren kann. Um möglichst viel Geld herausschlagen zu können, habe ich die Vorteile des Standorts und die Details zu den Räumlichkeiten aufgelistet. Mir war klar, dass Melissa sich irgendwann melden und nach Infos verlangen würde, aber ich hätte ihr zumindest den Anstand zugetraut, sich vorher bei mir anzukündigen. Stattdessen hat sie mich jetzt nach einem langen Arbeitstag vollkommen überrumpelt.

»Hier«, sage ich knapp und reiche ihr die Mappe.

»Was ist das?«, fragt sie und wirft mit einer gekünstelten Handbewegung ihre blonden Haare nach hinten.

»Nimm sie ruhig mit. Dadrin steht alles, was du wissen musst.«

»Ah. Ich dachte, wir könnten noch-«

»Tut mir leid, ich hab heute noch was vor«, entgegne ich, laufe rasch durch den Laden, der ja jetzt zumindest noch mir gehört, und öffne die Tür wieder. Glücklicherweise folgt Melissa meiner unausgesprochenen Aufforderung und setzt sich langsam in Bewegung. Ein paar Meter vor mir bleibt sie dann stehen, zupft sich ihren dünnen, schwarzen Trenchcoat zurecht und setzt ihr gekünsteltes Lächeln auf.

»Hast du es eigentlich schon gehört? Chris ist wieder in der Stadt.«

Ich atme tief durch. Und noch einmal. Dann erst zwinge ich mich dazu, ihr zu antworten und möglichst gelassen zu klingen.

»Klar. Langenberg ist klein, da spricht sich so etwas herum. Er war am Wochenende erst hier im Laden«, kann ich mir nicht verkneifen, hinzuzufügen.

»Ach, echt?«, gibt Melissa ehrlich überrascht zurück und fährt sich irritiert mit den perfekt manikürten Nägeln durch das Haar. Dann ist der flüchtige Augenblick auch schon vorbei und sie hat sich wieder unter Kontrolle.

»Ich wusste gar nicht, dass ihr noch miteinander redet. So dramatisch, wie das alles zwischen euch auseinandergegangen ist damals. Eine wahrhafte Tragödie!« Das Wort *Tragödie* zieht Melissa extra in die Länge und wartet auf ein Zeichen meiner Schwäche oder Enttäuschung. Das wird sie aber nicht bekommen.

»Ach, tragisch würde ich es nicht nennen. Wir stehen schon länger wieder in Kontakt«, sage ich. Gut, ich übertreibe ein wenig, aber woher sollte Melissa das wissen? Nun ist es an mir, ein überlegenes Lächeln aufzusetzen und Melissa erneut aus dem Laden zu bitten.

Mit funkelnden Augen rauscht sie an mir vorbei und stöckelt mit ihren Pumps über das Altstadtpflaster. Es ist dunkel geworden, die Wolken haben sich in den letzten Minuten immer mehr zugezogen. Als kurz darauf ein Donner am Himmel zu hören ist und sich ein Platzregen über unser Städtchen ergießt, dem Melissa mit noch schnellerem Davonstöckeln zu entkommen versucht, fühlt es sich ein kleines Bisschen so an, als hätte ich einen Sieg gegen sie eingefahren.

* * *

Ich hätte schon früher darauf kommen müssen, dass mehr hinter Melissas Verhalten steckt. Sie kann es einfach nicht lassen, ihre kindische Fehde gegen mich weiter zu führen. Es fing alles in der Oberstufe an. Melissa, Val und ich hatten jahrelang dieselbe Klasse besucht und waren zwar nicht gerade die besten Freundinnen, aber wir kamen miteinander aus.

Bis zu der Stufenparty, zu der Melissa mit einem Jungen der Nachbarschule, Patrick, als Date aufgetaucht war. Ich kannte ihn damals noch nicht, aber er sollte unsere oberflächliche Beziehung mit Melissa zum Bröckeln bringen. Als er ihnen gerade Getränke besorgen wollte, lernte er an der

Bar Val kennen und von da an war Melissa abgemeldet. Das war der Anfang vom Ende.

Zugegeben, Val und Patrick hatten nur ein paar Dates und sahen sich danach fast nie wieder. So war es bei Val damals nun einmal. Und Patrick schien wie sie zu ticken. Es war ja nicht mal böse Absicht von Val gewesen, Melissa das Date auszuspannen. Und doch war Val zu diesem Zeitpunkt in den Fokus von Melissas Sticheleien gerückt. Val störte das nicht sonderlich und auch ich war damals noch nicht in die Geschichte involviert – abgesehen natürlich von der Tatsache, dass ich zu Val hielt und dadurch automatisch auf der Feindesseite stand.

Mein Streit mit Melissa begann erst später, als ich mit Chris zusammenkam. Wenn man überhaupt von »Streit« sprechen kann, schließlich hat sie ihre Probleme mir gegenüber nie direkt angesprochen.

Sobald Chris und ich uns in der Schule als Paar zeigten und ein paar Mal auf dem Gang händchenhaltend und ja, gelegentlich auch knutschend, erwischt worden waren, behandelte mich Melissa mit noch mehr Abscheu und Wut als zuvor. Als ich Chris davon erzählte, wusste er sofort, was sie störte: Wenige Wochen vor der Party, auf dessen Heimweg Chris mich zum ersten Mal küsste, hatte Melissa versucht, bei ihm zu landen. Sie schwärmte schon wochenlang für ihn, aber er hatte ihr eine Abfuhr erteilt. Sie war einfach zu sehr Tussi für ihn und – wie er mir später einmal erzählte – er war damals schon in mich verliebt. Glück für uns, Pech für Melissa.

Allerdings verkraftete sie es wohl nicht, dass sie, die Beauty-Queen der Stufe, von Chris einen Korb bekommen hatte und dieser es dann auch noch wagte, ausgerechnet mit mir zusammen zu kommen. Ich war zwar keine Außenseiterin, aber auch nicht das hübscheste oder beliebteste Mädchen der Stufe. Warum Chris auf mich stand, war sicher nicht nur Melissa schleierhaft.

Ich hatte jedenfalls angenommen, sie würde diese Angelegenheit irgendwann mal vergessen können und den

Streit begraben, aber jedes Mal, wenn ich ihr in den vergangenen Jahren begegnete, war sie in angriffslustiger Stimmung und ließ keine Gelegenheit aus, ihre vermeintliche Überlegenheit mir gegenüber zu präsentieren. Deshalb vermutlich auch die geplante Demütigung durch den Kauf meines Cafés.

Ich bin wirklich ein harmonieliebender Mensch, aber wenn mir jemand so krumm kommt wie Melissa, obwohl ich ihm nichts getan habe, dann lasse ich mich nicht herumschubsen. Wenn ich ihren Namen schon höre, gehe ich schleunigst in die Defensive und versuche mich Stück für Stück in die Offensive zu kämpfen. Ehrlich gesagt tut sie mir sogar ein bisschen leid. Ich glaube, sie hatte damals ernsthafte Gefühle für Chris und vielleicht hat sie die noch heute. Womöglich hat er sie nicht bloß in ihrem Stolz gekränkt, sondern ihr unwissentlich das Herz gebrochen.

Aber das war doch nicht meine Schuld! Melissa-Streit hin oder her. Diesen neuen Krieg wird leider sie gewinnen, nicht ich. In wenigen Wochen läuft das Ultimatum ab und ich muss mich auf den unvermeidbaren Verkauf des Ladens einlassen.

Missmutig lege ich den Roman, bei dem ich gerade mal fünf Seiten geschafft habe, zurück auf den Couchtisch und schalte den Fernseher an. Ich muss dringend eine banale Komödie schauen. Denn mit einem hat Melissa tatsächlich recht: Mein Leben ist gerade eine einzige Tragödie.

* * *

Am Freitag kümmern sich Elif und Simone gleich morgens früh schon im Laden um die ersten Gäste. Ich nutze daher die Gelegenheit, um mich mit Judith auf ein ausgiebiges Frühstück zu treffen. Da sie in Essen wohnt, setze ich mich ein paar Minuten in die Bahn und schlendere bald darauf mit ihr durch die Innenstadt zu dem Café, von dem sie bereits am Telefon schwärmte.

»Freut mich, dass du so spontan Zeit hast!«, erklärt sie strahlend und blättert durch die Karte, nachdem wir uns einen gemütlichen Platz in der Ecke gesucht haben.

»Ja, ich wollte dich schon länger wieder sehen. Wie geht es dir?«

Judith berichtet mir von der Zeit nach ihrer Entlassung. Es tut gut, mit jemandem darüber zu sprechen, der weiß, was man durchmacht. So sehr Val und Timo in dieser schwierigen Zeit für mich da waren: Sie sind nun einmal nicht selbst in der Psychiatrie gewesen. Müssen keine Tabletten schlucken, um den Alltag zu überstehen. Kennen nicht das Gefühl, den Ärzten und Schwestern ausgeliefert zu sein. Keine Kontrolle über sich selbst und sein Leben zu haben.

Judith hingegen versteht mich voll und ganz und ich ebenso sie. Wir hatten beide unsere Gründe, die uns in die Klinik geführt haben, aber von da an hatten wir ein ähnliches Schicksal. Das hat uns zusammengeschweißt. Wir haben gemeinsam die Maltherapie besucht und scheiterten kläglich im Musikkurs, da wir beide kein Instrument beherrschen. Wir haben uns diese schwierigste Zeit unseres Lebens ein wenig erträglicher gemacht und das wird uns für immer verbinden.

Wir sprechen nicht nur über unsere Probleme und die Klinik, sondern später auch über ein paar erheiternde Dinge. Über Judiths Schwester zum Beispiel, die von ihrem Auslandsaufenthalt als Hippie zurückgekehrt ist und der Technik den Rücken gekehrt hat. Ich hingegen berichte von Val, meinen Katzen und von Timo, der uns immer noch nicht erzählt hat, wer seine mysteriöse Freundin ist. Vielleicht gibt's die ja auch gar nicht?

Kichernd wie zwei Schulmädchen laufen Judith und ich ein wenig durch die Geschäfte, nur um katastrophale Outfits herauszusuchen und anzuprobieren. Mit einem pinken 80er-Jahre Jogginganzug gehe ich als Siegerin dieses Wettbewerbs hervor.

Als ich später in der Bahn nach Hause sitze, merke ich, wie ich es genossen habe, ein wenig Zeit mit Judith zu verbringen. Sie kennt mich aus der Klinik und deshalb ist sie so ziemlich die Einzige, die keinen mitleidigen Blick aufsetzt, wenn sie mich sieht. Zumal sie Tom ja gar nicht kannte. Es ist, als hätte ich ein paar meiner Lasten beim Einstieg in die Bahn zurückgelassen.

Mit einem Lächeln auf den Lippen schaue ich aus dem Fenster und betrachte die vorbeiziehende Landschaft. Es hat sich die vergangenen zwei Tage lang ausgeregnet und so sind die Felder zwar noch feucht, trocknen aber allmählich durch die zarten Sonnenstrahlen, die sich durch die Wolkendecke kämpfen. Ich kann die dünnen Nebelschwaden, die über dem Boden liegen, fast schon riechen.

Das Klingeln meines Handys reißt mich aus den Gedanken. Neugierig schaue ich nach. Eine Nachricht von Chris.

Mit unserer Verabredung morgen wird das leider nichts. Sitze im Zug nach München. Ich melde mich wieder.

Mit einem Mal ist die entspannte Leichtigkeit des Vormittags wie weggeblasen und weicht einer zunehmend größer werdenden Wut.

Klasse. Das war ja klar. Von wegen »Ich bin für dich da« und so. Alles Blödsinn! Ich überlege, ihn sofort anzurufen und zur Rede zu stellen, entscheide mich jedoch dagegen. Ich bin gerade einfach zu aufgebracht. So ein Mistkerl! Erst taucht er ungefragt in Langenberg auf, schleicht sich in mein Leben und gibt vor, mir helfen zu wollen, nur um mich letztendlich doch sitzen zu lassen – mal wieder für München! Wahrscheinlich ist Swetlana daran Schuld. Seine Freundin. Wie konnte ich bloß so naiv sein, anzunehmen, er käme endgültig zurück? Wir wären nach all der Zeit immer noch Freunde? Ich kenne ihn ja kaum noch. Wen ich kenne – oder glaube, zu kennen – ist der Chris von vor neun Jahren.

Anscheinend ist ihm sein Fehler bewusst geworden und so hat er Hals über Kopf seine Sachen gepackt, um hier abzuhauen, bevor er mich an der Backe hat. Aber was soll »Ich melde mich wieder« bitte bedeuten? Als könne er in einem halben Jahr einfach reinschneien und mit dem Finger schnipsen, damit ich ihn willkommen heiße!

Wütend stopfe ich mein Handy zurück in die Tasche und kann kaum erwarten, endlich hier rauszukommen. Als wir schließlich in den Langenberger Bahnhof einfahren, stehe ich schon nervös an der roten Ausgangstür und drücke eilig auf den blinkenden Knopf, sobald die Bahn zum Stehen kommt. Rasch steige ich aus und laufe schnellen Schrittes nach Hause. Ich weiß, was ich jetzt tun will. Was mir hilft.

In den Wochen der Trauer und Verzweiflung wollte ich mich am liebsten zuhause verkriechen, jetzt aber möchte ich meinen Frust loswerden. Körperlich. Bei Traurigkeit helfen ein Kissen oder eine Schulter zum Ausweinen vielleicht, bei Wut aber weniger.

Im Lesecafé angekommen laufe ich schweigend durch den Verkaufsraum zur Treppe, nicke ein paar Kundinnen mit einem aufgesetzten Lächeln freundlich zu und versuche, beim Hochgehen in meine Wohnung nicht allzu laut zu trampeln. Dann krame ich eilig meine Laufschuhe hervor, ziehe mir Jogginghose und ein dünnes Langarmshirt drüber und verschwinde genauso schnell, wie ich gekommen bin.

Ich bin lange nicht mehr gejoggt. Zu lange. Tom und ich sind eher Couchpotatoes gewesen und so verstaubten meine Joggingschuhe zumeist im Schrank. Nur ab und zu, wenn Val mich überredete, mitzukommen, oder ich wie heute einfach alles raus lassen wollte, kamen sie zum Einsatz.

Ohne darüber nachzudenken schlage ich den Weg in Richtung Wald ein. Diese Strecke bin ich mit Val schon öfter gelaufen und hier werde ich kaum einer Menschenseele begegnen. Perfekt.

Ich mache einen Schritt nach dem anderen.

Rums.

Rums.

Es dauert ein paar Minuten, bis ich meinen Rhythmus gefunden habe, aber ab da läuft es wie von allein. Ich gehorche nun meinen Körper, nicht mein Körper meinem Verstand.

Weiter. Immer weiter. Nicht nachdenken. Einfach laufen. Ich laufe und laufe und bin wie in Trance, sodass ich sogar einmal falsch abbiege. Glücklicherweise merke ich es rechtzeitig und kann meine Runde fortsetzen.

Der Waldboden ist noch etwas feucht und an manchen Stellen muss ich aufpassen, dass ich nicht ausrutsche. Einmal kreuzt ein kleines Kaninchen meinen Weg und als ich unwillkürlich lächeln muss angesichts seiner Niedlichkeit, merke ich, wie meine Wut allmählich verpufft.

Ich weiß nicht, wie lange ich schon unterwegs bin, aber ich spüre die positive Wirkung. Wenn ich wieder im Laden ankomme, werde ich nur noch erschöpft sein und gar nicht dazu in der Lage, mich über Chris zu ärgern. Oder über meine eigene Dummheit.

Als ich den Waldrand erreiche und die gepflasterten Straßen zurücklaufe, durchströmt mich ein Gefühl von Gleichgültigkeit. Ziel erreicht, denke ich, und gehe die letzten Meter zum Laden etwas langsamer. Immerhin will ich nicht keuchend und nassgeschwitzt an meinen Kundinnen vorbeilaufen müssen.

Zugegeben, nassgeschwitzt bin ich immer noch, aber meine Atmung geht wieder normaler. Zügig und schweigsam wie zuvor schon passiere ich das Lesecafé und steige beschwingten Schrittes die Treppen in meine Wohnung hinauf. In der Dusche lasse ich mir warmes Wasser über den Körper laufen und spüre, wie meine Muskeln sich entspannen. Die nassen Haare in einen Turban gewickelt setze ich mich schließlich auf das Sofa. Ich habe einen Entschluss gefasst. Ich werde Chris die Chance geben, sich zu erklären. Vielleicht gibt es für das Ganze ja einen plausiblen Grund.

Als das Freizeichen ertönt, bin ich dann doch etwas nervös.

Tut, tut.

Dreimal, viermal.

Vielleicht war es doch keine gute Idee, ihn anzurufen. Er hat bestimmt nicht ohne Grund die Textnachricht als Kommunikationsmethode gewählt?

Tut, tut.

Fünfmal, sechsmal.

So ein Idiot. Ich will gerade auflegen, als-

Hallo! Sie sind verbunden mit der Mailbox von…

Wütend nehme ich das Handy vom Ohr und drücke »auflegen«. Von wegen »plausible Erklärung«! Der Mistkerl geht ja nicht mal ans Telefon! Haut einfach ab und ignoriert mich dann!

Weil ich spüre, wie die Wut schon wieder in mir aufkeimt, schreibe ich schnell Val eine Nachricht.

* * *

Am Abend kommt wie verabredet Val zu Besuch. Ich habe zwischenzeitlich ein wenig Papierkram im Café erledigt, konnte mich aber kaum konzentrieren und bin wieder in meine Wohnung hochgegangen. Stunden später haben Val und ich nun in einem plötzlichen Anflug von Disney-Stimmung *Die Schöne und das Biest*, *Pocahontas* und *Arielle, die Meerjungfrau* geschaut. Zwischendurch haben wir uns Pizza liefern lassen und überlegen gerade, welchen Film wir als Nächstes gucken wollen. Vals Vorschlag, einen Ausflug zu Winnie Pooh in den Hundertmorgenwald zu unternehmen, klingt durchaus verlockend. Immerhin lassen sich dort alle Probleme mit Honig lösen.

Prüfend werfe ich einen Blick auf die Wohnzimmeruhr. Zwei Minuten nach Mitternacht. Das heißt, jetzt ist Samstag. Mein Hochzeitstag. Ex-Hochzeitstag, um genau zu sein.

Val folgt meinem Blick, rückt ein Stück näher und legt den Arm um mich.

»Alles gut, Em?«, fragt sie leise, fast flüsternd.

»Ja«, antworte ich krächzend, dann räuspere ich mich. »Ja, alles okay. Es ist nur … heute hätte ein ganz besonderer Tag für mich sein sollen.«

»Ich weiß, Emi. Ich weiß«, sagt sie und kann ein Schluchzen selbst nicht unterdrücken. Ihr Gesicht verzieht sich vor Anspannung. Gerade erst wird mir richtig bewusst, dass nicht nur ich Tom verloren habe. Dass nicht nur ich ihn vermisse. Er stand seinen Eltern zwar genauso wenig nahe wie ich meinen, aber trotzdem hatte er Freunde hier. Val und Timo kannte er von Beginn an. Wir alle haben so viel zusammen erlebt. Und hatten Pläne für die Zukunft.

»Ich wünsche mir doch auch, dass er noch hier wäre«, gibt Val zu und drückt mir einen sanften, feuchten Kuss aufs Haar. »Ich hab mich so gefreut, als ihr von eurer Verlobung erzählt habt! Und wir … ich meine, ich war gespannt auf das, was kommen sollte. Wie alles werden würde. Du und Tom und ich und … irgendjemand halt. Und jetzt ist er einfach weg.«

Val fängt plötzlich an zu weinen und ich setze mich ein wenig auf, löse mich aus ihrer Umarmung und schlinge stattdessen meinen Arm um sie. Die ganze Zeit über dachte ich, ich sei die Einzige, die leidet. Wie dumm von mir! Wie egoistisch! Ich habe mir Zeit genommen, mit der Sache fertig zu werden, und habe Val, Timo und den anderen all meine Sorgen aufgeladen. Sie haben sich um die Wohnungsauflösung gekümmert. Val hat für mich beim Restaurant angerufen und dort unsere Reservierung storniert. Sie ist zum Floristen gefahren, um die Tischgestecke abzubestellen. Sie hat dem Fotografen abgesagt und den Druck der Platzkarten gestoppt. Sie hat all die Menschen von mir ferngehalten, die mich nach Toms Tod belagerten und wissen wollten, wie es mir geht. Ist zu mir in die Klinik gefahren. Hat Chris abgewimmelt.

»Val?«, frage ich leise.

»Hm?«, gibt sie schniefend aus den Tiefen meiner Umarmung zurück.

»Ich danke dir. Du bist die allerbeste Freundin, die man haben kann.«

»Du doch auch, Emi. Du und ich, durch dick und dünn. Weißt du noch?«

Ich muss lächeln. Klar weiß ich das noch. Als wir zwölf waren, haben wir dieses »durch dick und dünn« mal aufgeschnappt und zu unserem persönlichen Freundschaftsmotto erklärt.

Mit einer Mischung aus Lachen und Weinen rappelt Val sich auf, wischt sich die Tränen aus dem Gesicht und geht in die Küche. Sekunden später kommt sie mit einer Packung Schoko-Karamell-Eis mit Cookie-Splittern zurück.

»Jetzt sorgen wir mal für das *dick* in *dick und dünn*, ja?«

Grinsend steckt sie einen Löffel ins Eis und hält mir den anderen hin.

»Nichts lieber als das«, antworte ich und in Windeseile verputzen wir den gesamten Becher.

* * *

Nach unserer Disneyfilm-, Heul- und Schokoeis-Eskapade und bevor sich Val auf den Heimweg machte, haben wir beschlossen, am nächsten Abend feiern zu gehen. So wie früher. Damit wir nicht an die ursprünglich geplante Hochzeit denken müssen und unsere Probleme und Sorgen vergessen können – zumindest vorübergehend… Tom ist tot, sein Mörder läuft frei herum, Chris hat mich im Stich gelassen, als ich ihn als Freund wirklich gebraucht hätte und zu allem Überfluss wird mein geliebtes Café bald in die Hände der rachsüchtigen Melissa gelangen…

Da stehe ich nun: alleine, ohne Zukunftsperspektive. Na, wenn das nicht tolle Aussichten sind! Es gibt also Grund genug, mal das Gehirn abzuschalten und alles zu verdrängen. Wenigstens einen Abend lang so zu tun, als sei mein Leben in Ordnung. Val kommt gleich nach Ladenschluss mit einer Flasche Sekt bei mir vorbei. Die haben wir schon nach einer halben Stunde gekillt, doch sie zaubert eine weitere aus ihrer Tasche hervor.

»Geh niemals ohne zwei Flaschen Sekt aus dem Haus!«, zitiert sie gerade ihr eben erst frei erfundenes Lebensmotto und lässt den Korken knallen. Lola und Molly zucken zusammen und huschen eilig aus dem Wohnzimmer.

»Oops«, kichert Val leicht angetrunken. Sie war schon immer für den Alkoholnachschub zuständig, allerdings war sie auch stets diejenige, die zuerst betrunken war. Vor allem Sekt verträgt sie schlecht. Um sie daran zu hindern, womöglich noch eine dritte Flasche hervorzuziehen, krame ich aus meinem Küchenschrank eine Flasche Amaretto hervor. Den haben wir früher schon immer mit Apfelsaft gemischt und diese Mischung verträgt sie jedenfalls besser als den kohlensäurehaltigen Sekt.

Während ich den Alkohol und die Saftflasche ins Wohnzimmer trage, folgt mir Rocco auf Schritt und Tritt und reibt sein Köpfchen liebevoll an meinem Bein. Er lässt sich nicht von einem kleinen Knall abschrecken. Im Gegenteil: Er ist einfach zu neugierig, was hier vor sich geht, und liebt Vals Streicheleinheiten viel zu sehr, als dass er sich wie die anderen zwei im Schlafzimmer verkriechen würde. Er braucht die Action. Und ich heute auch!

»Her damit!«, fordere ich Val grinsend auf und greife nach einem der frisch aufgefüllten Sektgläser in ihrer Hand. Feierlich hebe ich es in die Höhe und sage dann: »Auf die Liebe und auf die Hochzeit, die wir heute feiern sollten.«

Val prostet mir zu und ergänzt: »Auf das Leben. Auf dieses beschissene Leben.«

Ich nicke und im Nu stürzen wir den Sekt hinunter. Bald wird es Zeit für Nachschub. Auch bei mir wirkt der Alkohol allmählich und ich bin froh, die Tabletten heute wegzulassen zu haben. Dann könnte ich jetzt nämlich nur noch torkeln. Und der Alkohol wird meine Sinne ohnehin genug betäuben, wozu bräuchte ich da heute noch meine Medikamente?

»Val, dein Handy klingelt«, sage ich, als die Partymusik, die sie zur Einstimmung angestellt hat, einem klassischen Anrufton weicht.

»Huch, tatsächlich«, kichert Val und starrt mich mit großen Augen an. »Es ist Jana«, flüstert sie dann ohne erkennbaren Grund.

»Geh ran«, sage ich, aber da Val bereits nahezu handlungsunfähig ist, schnappe ich mir das Smartphone.

»Hey, Jana! Ich bin's.«

»Oh, hi, Em. Ist Val nicht da?«

»Doch, aber sie hat Sekt getrunken. Du weißt ja, wie sie dann ist…«

»Oooh, ja! Val, unsere Partyqueen«, sagt Jana und ich kann ihr Augenrollen förmlich hören. »So hab ich sie ja schon lange nicht mehr erlebt«, kichert sie dann. »Na, ist ja auch erst mal egal. Ihr wolltet heute nach Düsseldorf, oder?«

»Ja, in die Altstadt. Kommst du mit?«

»Das hatte ich vor. Ich bin aber noch in Essen in unserem Laden. Die Putzfrau ist krank und ich hab hier noch sauber gemacht. Val wollte schon mal nach dir sehen.«

»Das merke ich. Irgendwie sehe ich gerade eher nach ihr«, sage ich mit Blick auf die vor sich hin summende Val, die sich auf dem Sofa wälzt und mit Rocco spielt.

»Ich wollte nur fragen, wann ihr in Essen seid? Dann ziehe ich mich gleich hier im Laden um und komme zum Bahnhof. Dann können wir gemeinsam nach Düsseldorf weiter fahren.«

»Klar, kein Problem«, antworte ich und schaue kurz auf meine Armbanduhr. »Die nächste Bahn kommt in einer halben Stunde. Ich schätze, die kriegen wir. Es sei denn, Val trinkt noch mehr Sekt«, ergänze ich lachend.

»Alles klar, dann weiß ich Bescheid. Dann sehen wir uns gleich!«

»Genau. Bis dann! Tschüss, Jana!«

Nachdem der Anruf beendet ist, erklingt wieder Vals Partymusik.

»Ah, ich liiieeebe diesen Song!«, jubelt meine betrunkene Freundin etwas zu euphorisch und fängt gleich an zu tanzen.

»Süße, was ist los?«, frage ich sie stirnrunzelnd.

»Ich hab ein bisschen zu viel getrunken«, kichert sie und will nach ihrem Amaretto-Apfelsaft greifen, den ich rasch vor ihr in Sicherheit bringe.

»Ich versteh ja, wieso ich mich heute betrinken will«, sage ich mehr zu mir selbst als zu Val. »Aber warum du?«

Stöhnend wirft Val den Kopf nach hinten und fährt sich mit der rechten Hand durch ihr samtschwarzes Haar. Dann beugt sie sich verschwörerisch zu mir rüber.

»Weil ich ein Geheimnis habe!«, flüstert sie dann und verzieht ihren Mund zu einem Grinsen.

»Was denn für ein Geheimnis?«, frage ich interessiert und räume den Wohnzimmertisch ab, damit die Katzen nicht an unsere Gläser gehen, wenn wir fort sind.

»Ich kann's eigentlich niemandem sagen. Das is ja das Schlimme! Ich haaassee Geheimnisse!«, jammert Val.

»Gut, dann erzähl's mir. Dann musst du es nicht mehr allein mit dir herumschleppen.«

»Jaaa, aber ich hab's doch versprochen. Er meinte, es is besser so… Na gut, aber wenn ich's dir erzähle, musst du mir versprechen, dass du es Em nicht sagst!«, flüstert Val wieder und lässt sich erschöpft aufs Sofa plumpsen.

Kopfschüttelnd halte ich meiner besten Freundin eine kleine Wasserflasche hin.

»Hier, für die Fahrt. Du bist offensichtlich jetzt schon betrunkener, als ich es je sein könnte.«

Erst dachte ich, sie wolle mir wirklich etwas erzählen. Nachdem sie aber scheinbar nicht einmal weiß, dass ich Em bin, quasselt sie vermutlich mal wieder nur Blödsinn.

»Ich hab Jana gesagt, wir nehmen die nächste Bahn. Geh besser nochmal aufs Klo vorher«, schlage ich Val vor und ziehe sie wieder von der Couch hoch.

»Gute Idee«, stimmt sie zu und schnappt sich ihre Handtasche. Schließlich befinden sich darin alle nötigen Utensilien zum Nachschminken. Kichernd und schon wieder summend torkelt Val ins Bad. Ich begutachte mich derweil im Spiegel im Flur. Ich sehe ganz okay aus, obwohl ich mich nicht sonderlich zurechtgemacht habe. Ich trage eine schlichte, dunkle Jeans, die meinen Po gut zur Geltung bringt. Mein Basic-Shirt habe ich gegen ein hellgraues, eng anliegendes Top ausgetauscht. Das war's. Ansonsten ist alles wie immer. Wenig Make-Up, ein hoher, lockerer Dutt. Einen Spritzer Parfüm vielleicht noch.

Ob ich meine Sneakers anziehen soll? Oder ausnahmsweise mal ein Paar von den Pumps? Unwillkürlich schüttle ich den Kopf. Ja, wir gehen aus und ja, wir wollen Spaß haben. Mädelsabend halt. Aber heute ist der Tag, an dem eigentlich meine Hochzeit hätte stattfinden sollen. Der Anfang von »und sie lebten glücklich bis ans Ende ihrer Tage«. Ich bin heute definitiv nicht auf Männerfang. Ich freue mich einfach nur darauf, meine Gedanken mit etwas Alkohol zu betäuben und mit meinen Freundinnen ausgelassen die Tanzfläche unsicher zu machen.

»Val, bist du fertig?«, frage ich und hämmere kurz an die Badezimmertür.

»Komme gleich«, murmelt sie und ich nutze die verbleibende Zeit, um mich von den Katzen zu verabschieden. Alle bekommen ein kleines Nasenküsschen und ein Leckerli. Als ich fertig bin und gerade meinen Schlüssel vom Brett nehme, verlässt Val das Bad und zieht sich ihre High Heels an. Gar nicht so einfach in ihrem Zustand. Sie muss sich mit einer Hand an mir festhalten, um die Schuhe an ihre Füße zu bekommen. Sie hat so eine traumhafte Figur, wieso hat sie solche Absätze überhaupt nötig? Und vor allem, wie kann sie ständig auf diesen Dingern laufen?

Ich hole mir noch ein Mischbier für die Bahnfahrt, dann streife ich mir ebenfalls meine Schuhe über und bugsiere Val durch die Straßen zum Bahnhof. Glücklichweise bekommen wir die Bahn noch und auch Jana ist pünktlich in Essen am Bahnhof, um mit uns in den nächsten Zug Richtung Düsseldorf zu steigen.

Da Jana etwas aufzuholen hat, um unseren Pegel zu erreichen, hat sie uns ein paar kurze »Klopfer« mitgebracht. Wodka-Sauerkirsche. Ganz lecker, aber darauf kommt es mir heute sowieso nicht an. Ich will nur nicht mehr daran denken, was ich verloren habe. Jana und ich vernichten einige der Kurzen und nähern uns allmählich Vals Level an.

Als wir in der Düsseldorfer Altstadt eintreffen und aus der U-Bahn die Stufen hochtorkeln, sind wir schon ordentlich angetrunken. Ich nehme alles nur noch wie durch Watte wahr. Val singt die ganze Zeit irgendwelche Songs vor sich hin.

»Haha, ich kann den Text gar nich, das is Französisch«, lacht sie und hakt sich bei mir unter.

»Ich konnt gar nich hörn, was du da summst«, entgegne ich leicht lallend.

»Hat Chris nich mal für dich gesungen? So n französisches Lied? Femme like … irgenwas? War das nich euer Song?«, murmelt sie dann.

»Jaa, hör mir damit auf, Val!«, antworte ich und stupse Jana mit dem anderen Arm an. »Krieg ich noch einen?«, frage ich sie und Jana reicht mir einen neuen Klopfer.

»Ach, ihr wart auch immer so n süßes Pärchen«, lallt Val seufzend.

»Schluss damit«, sage ich und tadele sie spaßeshalber mit erhobenem Zeigefinger.

»Kommt mal hier rüber«, ruft uns Jana zu und deutet auf eine Bar. »Wollen wir nicht hier rein?«

Ich kneife die Augen zusammen und mustere den Laden, in den sie uns schleppen will.

»Ein Irish Pub? Is das dein Ernst, Jana?«

»Ich dachte nur-«

»Heeey, Mädels, wollt ihr was kaufen?«, fragt eine gut gelaunte Blondine mit pinkem T-Shirt. Die weiße Aufschrift darauf kann ich trotz erneutem Augenzusammenkneifen nicht entziffern.

»Was verkaufste denn?«, fragt Val neugierig.

»Nichts, sie verkauft nichts. Lasst uns-«, beginnt Jana, aber die Fremde unterbricht sie: »Meine Freundin da drüben heiratet bald. Die mit dem Bauchladen. Wollt ihr was haben?«, fragt sie uns freundlich. Schlagartig fühle ich mich wieder nüchtern. Jetzt weiß ich, warum Jana uns so schnell hier weglotsen wollte. Sie wollte mich von dem Junggesellinnenabschied fernhalten. Nun erblicke ich auch die Braut in spe, die gerade mit kurzem weißen Kleidchen und einem kitschigen Schleier auf der Straße steht und ein paar Männern ihre Waren anbietet.

»Sollen Bräute nich eigentlich nur an Männer verkaufen?«, fragt Val neugierig und begutachtet die Auslage, nachdem die männliche Kundschaft von dannen gezogen ist.

»Ja, aber irgendwie werden wir die Handschellen hier nicht los«, sagt die Frau in dem weißen Kleid und kichert. »Keine Ahnung, warum. Ich würd die ja sofort nehmen. Jedenfalls dachten wir, wir erweitern unsere Zielgruppe mal.«

»Ich nehm die!«, sagt Val und kramt bereits in ihrer Handtasche nach ihrem Portemonnaie. Dabei schwankt sie gefährlich von vorn nach hinten.

»Was willst du denn damit? Du hast doch nicht mal einen Freund«, bemerkt Jana kopfschüttelnd.

»Na, man weiß ja nie«, murmelt Val mit einem vielsagenden Grinsen auf den Lippen.

»Is ja gut, ich nehm auch was«, sage ich dann und ziehe mein Geld hervor. »Irgendwas Alkoholisches, wenn du noch was davon hast.«

»Na, davon haben wir genug!«, entgegnet die Braut und drückt mir eine winzige Flasche Likör in die Hand. Zufrieden verabschiedet sich die Truppe und zieht weiter durch die Straße, während meine Mädels und ich den Likör vernichten.

»Wollen wir da mal rein?«, schlägt Val vor und deutet auf einen Club auf der anderen Straßenseite. Glücklicherweise kein Irish Pub.

»Ja, gute Idee! Ich war da schon mal und die spielen super Musik«, stimmt Jana zu und somit ist es beschlossene Sache. Zu dritt torkeln wir rüber und sind überrascht, dass uns die Türsteher kommentarlos eintreten lassen. Los geht die Party.

* * *

Eine laute Sirene lässt mich aus dem Schlaf schrecken. Wobei, eigentlich hört es sich weniger an wie eine Sirene als ein… Wolfsgeheul? Oder ist es vielleicht doch… ?

Es macht *Rums* und erst hüpft eine Katze auf mein Bett, dann folgen schon die anderen beiden.

»Miau«, machen sie im Chor. Ich stöhne laut und ziehe mir die Bettdecke über den Kopf. Warum habe ich noch mal Katzen? Und warum versorgen sie sich nicht selbst mit Mäusen oder Vögeln, wenn sie doch jederzeit durch die Katzenklappe im Laden raus können?

Von meinem inneren Kampf zwischen Aufstehen und weiter vor mich Hinvegetieren bekommen die Fellknäuel nichts mit. Sie lassen lieber einen weiteren Sermon von Mauzern über mich ergehen.

»Is ja gut«, murmele ich, dann schlage ich die Decke schwungvoll zurück und quäle mich aus dem Bett. Vielleicht zu schnell. Als ich merke, wie sich der Raum um mich herum dreht, setze ich mich rasch wieder auf die Bettkante.

Eine der Katzen – ich kann sie nur spüren, denn ich habe die Augen wieder fest geschlossen – streift um meine Beine, während eine andere versucht, mit ihrem Köpfchen unter meinen Arm zu kriechen. »Miauuuu«, macht es noch einmal.

»Ich komm ja schon«, entgegne ich, um die süßen Quälgeister zu beruhigen, aber vergeblich. Erst als ich ihnen ihr Frühstück in den Näpfen serviere, geben sie endlich Ruhe und ich kann zurück ins Bett kriechen.

So niedlich sie auch sind, an einem verkaterten Sonntagmorgen würde ich gern entspannt ausschlafen. Ich stopfe das Kissen so unter meinen Kopf, dass es bequem ist, und schließe die Augen wieder. Vergebens. Einmal wach, kann ich nun nicht mehr einschlafen. Also lasse ich in Gedanken den gestrigen Abend Revue passieren, bevor ich das gemütliche Bett verlasse und mich einer erfrischenden Dusche stellen werde.

Nachdem wir den Club betreten hatten, verschwimmt meine Erinnerung etwas. Ich kann mich noch bruchstückhaft daran erinnern, wie wir an der Bar stehen und etwas bestellen. Dann sind wir wieder auf der Tanzfläche. Val muss sich wie üblich den Avancen mehrer Verehrer erwehren. Anscheinend war für sie aber keiner interessant, denn sie hat nicht einem Einzigen ihre Nummer gegeben oder gar länger mit ihm gesprochen. Ungewöhnlich für sie. Das fällt mir erst heute auf, gestern Nacht war ich dafür anscheinend zu benebelt.

Weitere Fetzen durchzucken meinen Kopf wie das Stroboskop-Licht die Tanzfläche. Wir bewegen uns im Takt der Musik, hüpfen unbeschwert herum und lassen je nach Rhythmus die Hüften kreisen. Es war ein schöner Abend, denke ich lächelnd. Wir hatten wirklich viel Spaß. Das erste Mal seit dem Unfall, dass ich einfach mal loslassen konnte. Den Abend genießen und im Hier und Jetzt leben konnte.

An die Rückfahrt erinnere ich mich kaum. Ich weiß nur noch, dass ich zuhause aus dem Taxi gestiegen bin und Val und Jana noch drin saßen. Sie wohnen beide einige Straßen weiter und haben mich sicherlich als Erste raus gelassen.

Ich greife nach der Wasserflasche, die auf dem Nachttisch neben meinem Bett steht, und trinke sie zur Hälfte aus, ohne auch nur einmal abzusetzen. Erfrischt entfährt mir ein »aah«, dann fühle ich mich bereit, dem Tag entgegenzutreten. Oder doch nicht, denke ich, als schon wieder alles gefährlich zu schwanken scheint und mein Magen plötzlich verrückt spielt. Wieso muss der Kater am Tag nach einer Party so übel sein?

Das Schlimmste ist jedoch, dass jetzt, im Tageslicht betrachtet, all meine Probleme und Sorgen zurückkehren.

Na ja, nicht unbedingt zurückkehren. Schließlich waren sie ja nie wirklich fort. Die Party, der Alkohol, das Tanzen… Das alles hat Spaß gemacht. Und doch hat sich nichts geändert. Tom ist weg. Chris ist weg. Bald ist mein Café weg.

Ein Seufzen bahnt sich den Weg aus den Tiefen meiner Kehle und ich spüre, wie mir stumme Tränen die Wange hinablaufen. Wann hat mein Leben eigentlich begonnen, den Bach runterzugehen? Wann hat das Universum beschlossen, dass ich genug schöne Momente hatte? Dass ich auch ohne Tom leben könnte? Dass ich es nicht verdiene, glücklich zu sein? Und wieso sträube ich mich so sehr dagegen, mein Leben wieder in den Griff zu kriegen?

14. Kapitel

»Hast du Erna schon ihren Cappuccino gebracht?«

Es ist Donnerstag und die Woche vergeht wie im Flug. Ich bin froh, dass Elif emsig bei der Arbeit ist.

»Natürlich. Ich wollte gleich die neue Lieferung Bücher vorsortieren und in die Regale einräumen, solange das Café noch spärlich besucht ist.«

»Du bist ein Schatz, Elif«, sage ich lächelnd zu meiner Aushilfe. Sie könnte den Laden alleine schmeißen, so engagiert ist sie immer bei der Sache. Manchmal erinnert sie mich daran, wie ich früher war, als der Laden noch Betti und Ludwig gehörte.

»Ich tu mein Bestes, Frau Krämer«, antwortet sie augenzwinkernd. »Ich hätte aber noch eine Bitte. Ich würde gerne-«

Sie verstummt, als mein Handy aufleuchtet und den Eingang einer E-Mail verkündet.

»Einen Augenblick, ja?«, bitte ich sie und schaue rasch aufs Display. Die E-Mail hat den Betreff *AW: Anfrage für Lesung in meinem Café*. Nervös tippe ich die Nachricht an, um sie gänzlich lesen zu können.

Sehr geehrte Frau Krämer,
vielen Dank für Ihre nette E-Mail. Es freut mich sehr, dass Sie meinen neuen Roman gelesen haben und er Ihnen gefallen hat.
Ich finde Ihr Konzept »Lesecafé« interessant und denke, dass die von Ihnen geplante Veranstaltung sicher erfolgreich sein wird.
Gerne wäre ich also dabei, um das Programm mit zu gestalten. Bitte setzen Sie sich telefonisch mit mir in Kontakt, um die weitere Vorgehensweise und den konkreten Veranstaltungstermin abzustimmen. Meine Telefonnummer finden Sie in der Signatur dieser E-Mail.
Ich freue mich auf Ihren Anruf!
Viele Grüße

Ihre Nadine K.

»Ist es etwas Wichtiges?«, fragt Elif. Erst da fällt mir auf, dass ich vollkommen verstummt und in der Mail versunken bin. Es hat geklappt! Es hat tatsächlich geklappt!

»Ähm, ja. Aber du zuerst. Was wolltest du fragen?«

»Ich würde gern am Samstag die Spätschicht übernehmen, weil ich vormittags zum Tag der offenen Tür an die Uni fahren möchte. Wäre das okay, wenn ich tausche?«

»Klar doch, Elif. Ich arbeite samstags sowieso am liebsten früh morgens. Fahr ruhig! Es ist wichtig, sich in Ruhe darüber klar zu werden, wie man seine Zukunft gestalten möchte.«

»Danke, Frau Krämer. Das ist super. Ich komme auch ganz sicher pünktlich zum Schichtbeginn und-«

»Ich bräuchte dich aber demnächst ausnahmsweise mal an einem Sonntag. Ich hab da etwas geplant und…«

»Hat das etwas mit der E-Mail von gerade zu tun?«

Ich nicke. »Ich will einen Event-Sonntag organisieren. Mit ein oder zwei Lesungen, Snacks und musikalischer Begleitung. Gerade hat die erste Autorin zugesagt und wenn alles klappt und auch der Caterer sich meldet, dann kann ich bald die Flyer drucken lassen!«

Vorfreude schwingt in meiner Stimme mit. Als die Aktion mir vor einigen Wochen zum ersten Mal in den Sinn kam, war mir natürlich klar, dass ich damit mein Café nicht retten kann. Aber vielleicht hilft es wenigstens bei der Schadensbegrenzung. Kampflos werde ich meinen Traum sicher nicht aufgeben! Und selbst wenn es so weit kommen sollte, dann habe ich zumindest noch ein rauschendes Abschiedsfest in meinem Café feiern können.

»Das hört sich toll an! Welche Autoren werden es denn sein?«

»Die erste Autorin … hat dieses Buch da geschrieben«, sage ich lachend und deute auf den Stapel Neuerscheinungen, den Elif zum Vorsortieren auf einem Tisch ausgebreitet hat.

»Wirklich? Ich habe schon ihr letztes Buch gelesen und es war grandios! Das kostet Sie sicher viel, oder?«

»Ehrlich gesagt: Nein. Es ist eine Art gemeinsames Projekt. Alle beteiligten Künstler erhalten keine feste Entlohnung, sondern werden prozentual am Gewinn beteiligt. Sonst könnte ich mir das nie leisten. Deshalb bin ich auch so begeistert…«

»…dass sie zugesagt hat! Ich verstehe. Sie können natürlich auf mich zählen«, verspricht mir Elif und zaubert mir ein Lächeln auf das Gesicht.

»Danke, Elif. Ich muss nur schauen, wen ich als Musiker engagiere.«

»Ihr Bruder hat doch eine Band?«

»Ja, das schon. Im Notfall wird er auch einspringen, aber seine Jungs machen eher Rockmusik. Ich hatte ursprünglich an jemand anderen gedacht, als ich den Veranstaltungsplan geschmiedet habe, aber der…«

»Ist jetzt weg. Ihr alter Schulfreund, richtig?«

»Ja, genau. Chris. Aber … ich werde schon jemanden finden. Na gut, aber ich hab dich lang genug aufgehalten. Sortier bitte die Bücher ein, ich bin dann drüben im Büro und versuche nochmal den Caterer zu erreichen.«

Elif nickt zustimmend und macht sich an dem Bücherstapel zu schaffen, während ich mir meinen Kaffee vom Tresen nehme, ins Büro umziehe und den PC starte. Ich kann's immer noch nicht glauben. Nadine hat tatsächlich zugesagt! Damit wäre schon mal die Hälfte aller Tickets verkauft. Auch wenn es für meinen Laden dann wohl zu spät sein wird, so freue ich mich trotzdem auf dieses Event. Wieso bin ich nicht früher auf solche Ideen gekommen? Dann wäre der Niedergang meines Cafés vielleicht noch zu verhindern gewesen…

Ich habe gerade die Nummer vom Caterer ins Telefon getippt, als es an der Tür klopft.

»Entschuldige, dass ich störe, aber hier ist ein junger Mann für dich«, sagt Simone schulterzuckend. Ein junger Mann? Doch nicht etwa…?

»Schick ihn rein«, sage ich, bevor ich es mir anders überlege, und drücke auf den »Auflegen«-Knopf am Telefon. Den Caterer werde ich später noch anrufen können. Kurz darauf tritt tatsächlich ein junger Mann durch die Tür. Allerdings ist es nicht Chris. Es ist überhaupt niemand, den ich kenne.

»Frau Krämer?«, fragt er und hält mir freundlich die Hand hin. Zögernd schüttele ich sie.

»Ich bin Benjamin Auermann von der-«

»Bank?«, frage ich tonlos und meine Augen weiten sich. »Es hieß, ich hätte noch ein paar Wochen Zeit! Sie können nicht einfach…«

»Schon gut. Beruhigen Sie sich«, sagt mein Gegenüber, das fast genauso alt ist wie ich. Zugegeben, im Gegensatz zu mir trägt er keine Jeans, ein langweiliges Shirt und einen locker hochgesteckten Dutt, sondern einen schicken Anzug und sein braunes Haar ist perfekt frisiert. Selbst die Krawatte an seinem Hals macht einen teuren Eindruck.

»Bitte, setzen Sie sich wieder«, sagt er und deutet auf meinen Bürostuhl. Schweigend gehorche ich, als wäre ich der Eindringling in diesem Büro und nicht er.

»Darf ich?«, fragt er dann und zieht einen Holzstuhl aus der Ecke hinter der Tür hervor. Ich nicke wieder.

»Hören Sie, es geht um den Unfall Ihres Mannes. Mein aufrichtiges Beileid«, beginnt er, als er sich in gebührendem Abstand zu mir auf dem unbequemen Stuhl niedergelassen hat. Sein Tonfall ist sichtlich um Mitleid bemüht, doch entgeht mir nicht, dass er Tom gar nicht kannte.

»Um den Unfall?«

Vielleicht ist er doch nicht von der Bank? Ist er ein Privatdetektiv? Womöglich…

»Hier. Meine Karte«, sagt Herr Auermann und reicht mir eine edel bedruckte und geprägte Visitenkarte. Das Papier ist recht dick und fühlt sich hochwertig an. Keine Bank. Eine Versicherung!

»Ihr Mann hat bei uns eine Risikolebensversicherung abgeschlossen. Da ich heute geschäftlich hier in der Stadt bin, wollte ich Ihnen den Scheck persönlich vorbei bringen.«

»Scheck? Ich verstehe nicht ganz. Tom und ich waren noch nicht verheiratet.«

»Entschuldigen Sie. Mein Fehler. Jedenfalls sind Sie als Begünstigte in den Unterlagen hinterlegt.«

»D…das muss ein Fehler sein«, stammele ich irritiert.

»Sie sind doch Emily Krämer?«, vergewissert sich Herr Auermann.

»Ja, die bin ich.«

»Bitte sehr. Nehmen Sie ihn«, sagt er und hält mir einen dünnen Fetzen Papier hin. Langsam strecke ich die Hand danach aus. Es ist ein Scheck. Als ich die Summe darauf entziffere, stockt mein Atem.

»Das kann nicht… Er hatte keine Versicherung. Das ist nicht möglich«, sage ich dann und strecke ihm den Scheck wieder entgegen.

»Bitte. Glauben Sie mir. Sie sehen doch meine Karte. Es handelt sich nicht um einen Fehler. Ihr … Verlobter hat vorgesorgt. So traurig der Verlust eines geliebten Menschen auch ist, so ist das vielleicht ein kleiner Trost für Sie. Um die Beerdigungskosten zu begleichen, zum Beispiel.«

»Das ist weit mehr, als die Beerdigung gekostet hat!«, entfährt es mir. Zumal ich ja nur die Hälfte davon bezahlt habe. Das Geld reicht sogar, um den Laden zu retten und noch einen Kurzurlaub hinten dran zu hängen!

»Dann nehmen Sie es. Es gehört Ihnen.«

Schlagartig springt Auermann von seinem Stuhl auf und streicht sich die Kleider glatt. Als hätten sie von der einen Minute, die er dort gesessen hat, Falten bekommen.

»Frau Krämer, ich bedauere den Verlust Ihres Verlobten. Aber ich wünsche Ihnen gleichwohl alles Gute für die Zukunft. Vielleicht hilft Ihnen das Geld dabei«, sagt er und schüttelt mir die Hand zum Abschied.

Wie in Trance lasse ich es geschehen und setze mich wieder auf meinen Stuhl, während der Versicherungsmakler das Büro verlässt. Dann starre ich wieder ungläubig auf den Scheck. Ich habe tatsächlich noch nie zuvor einen bekommen. Ich halte ihn an meine Nase. Er riecht nach Nichts. Dann begutachte ich ihn wieder, drehe und wende ihn in meinen Händen. Ein paar Zentimeter Papier. Einige Zahlen darauf, eine krakelige Unterschrift. Das war's. Kann dieses Ding meine Zukunft verändern?

* * *

»Und dann ist er einfach gegangen?«, fragt Val.

»Ja. Er hat sich höflich verabschiedet und war dann weg. Ich hab ihn hier noch nie gesehen«, antworte ich und rücke den Telefonhörer an meinem Ohr zurecht. Gleichzeitig Tische abwischen und telefonieren wäre mit der Freisprecheinrichtung bestimmt einfacher, aber Val hat sich beklagt, dass sie dann nur die Hälfte versteht. Elif und Simone sind schon im Feierabend und ich konnte es kaum erwarten, Val anzurufen. Leider hatte sie bis gerade eben noch eine Kundin im Salon, sodass ich sie erst jetzt erreichen konnte.

»Und, wirst du ihn einlösen?«, fragt sie und reißt mich aus meinen Gedanken.

»Ja. Nein. Also, ich weiß nicht«, gebe ich zu. Tatsächlich bin ich hin- und hergerissen.

»Tom hätte gewollt, dass du ihn einlöst. Er hätte gewollt, dass du damit den Laden rettest. Wenn er das nicht gewollt hätte, dann hätte er diese Versicherung doch niemals abgeschlossen!« Vals Argumente sind einleuchtend. Doch trotzdem…

»Ich kann mir einfach nicht vorstellen, dass er sowas abgeschlossen hat. Er hat mir sonst alles erzählt…«

»Aber das ist nun mal kein Thema, über das man gerne spricht. Wer will schon an den Tod denken? Und vom Testament wusstest du ja auch nichts.«

Das stimmt. Bis der Testamentsvollstrecker sich bei mir gemeldet hatte, wusste ich nicht einmal, dass Tom eins verfasst hatte.

»Hast recht. Anscheinend war Tom besser auf … so etwas vorbereitet als ich. Ich hab noch keinen Gedanken an eine Lebensversicherung oder ein Testament verschwendet«, gestehe ich.

»Ich auch nicht«, stimmt Val mir zu. »Trotzdem ist es doch gut, dass Tom es getan hat. Er war einfach ein planender, vorausschauender Mensch.«

Ich verziehe traurig das Gesicht. Tom war wirklich genau so. Umsichtig. Klug. Strategisch. Ich war immer etwas chaotisch und spontan. Im Vergleich zu den meisten Menschen bin ich zwar eher ängstlich und zurückhaltend, aber im direkten Vergleich zu Tom war ich wirklich mutig. Abenteuerlustig. Deswegen haben wir wohl so gut miteinander harmoniert.

»Tut mir leid, Em«, sagt Val, die die plötzlich eintretende Stille in der Leitung bemerkt hat.

»Schon gut. Du sagst ja nichts als die Wahrheit. Ich denke, ich sollte ihn einlösen.«

»Denken allein reicht nicht, Em. Du musst zur Bank. Fahr gleich morgen früh hin, ja?«

»Ja, okay. Ich werd seinen Scheck für den Laden einlösen.«

»Versprich es mir!«, verlangt meine beste Freundin, die mich nur zu gut kennt.

»Okay. Versprochen. Ich fahre morgen hin. Zufrieden?«

»Ja, das bin ich«, entgegnet Val kichernd. »Hast du Lust, morgen Abend mit mir Essen zu gehen? Um die Rettung deines Cafés ein wenig zu feiern? Ich lade dich ein.«

»Gute Idee, Val! Wir waren schon lange nicht mehr Essen. Aber du brauchst mich doch nicht einzuladen! Ich zahle selbst.«

»Klar doch. Keine Widerrede! Ich reserviere uns dann einen Tisch bei dem neuen Inder, ja?«

Manchmal glaube ich, sie kann Gedanken lesen. »Perfekt! Da wollte ich sowieso endlich mal hin«, entgegne ich.

Während Val mir dann noch von der furchtbaren Kundin berichtet, die ihr Make-Up schlicht, aber nicht langweilig und dezent, aber dennoch ihre Falten überdeckend haben wollte, wische ich die restlichen Tische ab. Nach dem Telefonat fühle ich mich besser und die Nervosität, die den ganzen Tag seit dem Besuch von Herrn Auermann an meinem Körper nagte, ist verschwunden. Etwas entspannter als zuvor schnappe ich mir meine aktuelle Lektüre und ein kühles Glas Maracuja-Schorle. Dann setze ich mich für meine halbe Stunde Lesezeit an einen der Tische vor dem Laden in den Halbschatten.

* * *

Nachdem ich die Drehtür verlassen habe, empfängt mich die helle Morgensonne. Eine gute Stunde habe ich in diesem Gebäude verbracht und inzwischen ist es warm geworden. Ich spüre schon, dass es wieder ein schöner Sommertag wird.

Am Anfang hat mein Bankberater mich skeptisch angeblickt. Wahrscheinlich dachte er, ich könnte nirgendwo so schnell Geld aufgetrieben haben. Jedenfalls nicht auf legalem Wege. Dachte ich ja selbst nicht. Erst als er den Scheck geprüft und mir das Geld per Verrechnung auf mein Konto eingezahlt hat, schien er der Sache plötzlich Glauben zu schenken. Ich ebenfalls. Erleichtert atmete ich auf. Anscheinend habe ich die Sekunden, während derer er die Echtheit des Schecks und das Vorhandensein aller nötigen Bestandteile prüfte, vergessen zu atmen und stattdessen die Luft angehalten. Als er dann jedoch begann, eifrig in seine Tastatur zu tippen und mir ein paar Formulare zum Unterschreiben hinhielt, beruhigte ich mich allmählich.

Damit war dann alles erledigt. Das Geld ist nun auf meinem Konto, die Rückstände beglichen und die Vorauszahlung als Reserve ebenfalls. Ich bin jetzt nicht nur mit mir und meinem Konto im Reinen, sondern sogar im Plus.

Ein Hochgefühl überkommt mich und lässt mich wie auf Wolken zu meinem Auto schweben. Der Laden ist gerettet! Tom hat es selbst aus dem Jenseits hinbekommen, mein

Leben zu managen und mich aus der Krise heraus zu katapultieren. Mir gelingt so etwas nicht einmal selbst und das, obwohl ich quicklebendig bin!

Ich weiß nicht, was ich ohne diese Fügung getan hätte. Ja, ich habe den Event-Sonntag geplant und versucht, die geldfressenden Quellen in der Buchhaltung ausfindig zu machen. Und doch hätte es nicht gereicht. Ich hatte einfach nicht die Kraft, um weiter um den Laden zu kämpfen. Jeden Tag versuche ich, mich mit meinem neuen Leben zu arrangieren, aber es reicht nicht. Es reicht nie. Ohne Tom habe ich das Gefühl, unvollständig zu sein. Es ist ein permanenter Zustand des Übergangs. Als käme Tom eines Tages vorbei und alles wäre wieder wie vorher. Als müsste ich einfach nur durchhalten, bis dieser Albtraum ein Ende hat.

Aber so ist es nicht. Er wird nicht wiederkommen. Ich muss versuchen, mein Leben wieder in den Griff zu bekommen. Muss aufstehen. Weitermachen. Kämpfen. Und dabei bin ich nicht alleine.

Vor meinem Auto stehend schließe ich dankbar einen Moment lang die Augen und lege den Kopf in den Nacken, während ein ungewohnt befreiendes Gefühl Besitz von mir ergreift.

Danke, Tom. Danke, danke. Wo auch immer du jetzt bist, ich liebe dich über alles. Du rettest mich immer und immer wieder. Bitte bleib in meiner Nähe und pass auf mich auf. Wer soll sonst die Scherben meines zerbrochenen Lebens wieder zusammensetzen, wenn nicht du?

Nachdem ich die letzten Worte meines Stoßgebetes gen Himmel geschickt habe, öffne ich die Augen und mir huscht ein leichtes Lächeln über das Gesicht. Endlich kann ich an Tom denken, ohne ständig zu weinen. Ich fühle mich zwar genauso merkwürdig einsam wie zuvor, aber immerhin kommt es mir so vor, als hielte Tom seine schützende Hand über mich. Ich bin nicht allein. Egal, wo Tom jetzt auch sein mag – er ist immer bei mir. In meinen Gedanken, in meinem Herzen. Mit dieser Gewissheit schwinge ich mich neuen Mutes auf den Fahrersitz, starte den Motor und fahre zurück zum Café, das Elif inzwischen aufgeschlossen hat.

Den ganzen Tag über begleitet mich eine positive Stimmung. Nichts kann mir heute etwas anhaben. Tom hat mich gerettet.

* * *

In diesem Zustand sonderbarer Erleichterung, die ich kaum noch kenne, geht der Freitag schnell um. Ich habe das Gefühl, dass mir alles gelingt und ich endlich wieder ein Stück Kontrolle über mein Leben zurückgewonnen habe. Endlich wieder ein bisschen so werde, wie ich eigentlich bin.

Nach Ladenschluss kümmere ich mich noch um die Kätzchen, die sich aufgrund der Wärme erschöpft in eine Ecke verkrochen haben, und mache mich kurz zurecht. Nach einem Blick in den Spiegel wechsele ich rasch meine Kleidung und tausche meine Alltags-Basics gegen ein knielanges, schwarzes Kleid mit großen, roten Blüten aus. Es hat einen V-Ausschnitt an Dekolleté und Rücken und durch das weit ausgestellte Rockteil ist es schön luftig. Perfekt für mein anstehendes Abendessen mit Val, denn die Sonne geht sicher erst spät unter und wird noch einige Zeit gnadenlos vom Himmel brennen.

Als ich das neue Restaurant in der Seitenstraße erreiche, laufe ich geradewegs zum Außenbereich durch, wo Val mir bereits zuwinkt.

»Em, Süße, du siehst bezaubernd aus!«, schenkt sie mir gleich zur Begrüßung ein Kompliment.

»Gleichfalls. Du bist so hübsch wie immer«, entgegne ich grinsend. Val schafft es jederzeit, ohne viel Aufwand so auszusehen, als entspränge sie einem Hochglanzmagazin. Selbst bei der Hitze scheint ihr dezentes Make-Up nicht zu schmelzen. Ich bin jedes Mal aufs Neue beeindruckt.

»Ganz schön voll hier«, sage ich, während ich mich im Restaurant umsehe. Fast alle Tische sind belegt und auf den wenigen, an denen noch niemand sitzt, befinden sich kleine »Reserviert«-Schildchen.

»Merkwürdig, dass sie uns einen so großen Tisch gegeben haben«, bemerke ich dann, denn hier könnten problemlos vier Personen Platz nehmen.

»Nun ja«, druckst Val herum und ich erlebe sie zum ersten Mal seit langer Zeit verlegen.

»Was ist los?«, frage ich verdutzt und bedeute dem sich uns nähernden Kellner mit einer Handbewegung, dass wir mit der Auswahl noch ein wenig Zeit brauchen.

»Wir essen nicht ganz alleine. Ich wollte dir bei der Gelegenheit auch noch jemanden ... sagen wir, vorstellen.«

»Vorstellen?«, wiederhole ich irritiert. »Wen? Einen Mann?«

Unter ihrer Puderschicht erahne ich ein zaghaftes Erröten. »Also habe ich recht! Hast du einen Freund?«

Ich lege die Karte, die ich mir vorhin noch neugierig ansehen wollte, zurück auf den Tisch und beuge mich vor.

»Her mit den Infos, Val! Ich will alles wissen! Wer ist es?«

Meiner Freundin ist die Situation sichtlich unangenehm. Sie verdreht ihren Oberkörper nervös in verschiedene Richtungen und wirft den Kopf nach hinten. Dabei rutscht sie auf ihrem Stuhl von links nach rechts.

»Das ist soo ungerecht, dass ich das machen soll! Aargh ... aber denk dran, du hast mich lieb und so, nicht wahr, Em? Ich wollte es dir schon länger sagen und-«

»Was ist los, Val? Was stimmt denn nicht mit ihm?«

Entschuldigend verzieht Val ihr Gesicht zu einem Grinsen.

»Ist es überhaupt ein Mann?«, frage ich und beuge mich dann verschwörerisch vor. »Oder ist es eine Frau?«, flüstere ich kichernd. Val, die Männerfresserin. Ich kann mir ja viel vorstellen, aber nicht, dass sie eine Frau datet. Da wäre eher Jana der Typ für.

»Du weißt, ich hätte kein Problem damit«, flüstere ich erneut.

»Ich weiß«, kichert Val und haut mich scherzhaft auf den Unterarm.

»Ich glaube, es wäre mir jetzt fast lieber, dir zu gestehen, dass ich mich in eine Frau verguckt habe«, gibt sie zu. Ich runzele die Stirn.

»Was meinst du damit? Wer ist es denn nun?«, frage ich, als ein großer Schatten auf unseren Tisch geworfen wird. Ich blicke zur Seite, um die Ursache ausfindig zu machen und zum zweiten Mal an diesem Tag bleibt mir fast die Luft weg.

»Was?«, rufe ich und reiße die Augen auf. »Das ist nicht dein Ernst, oder?«

Der Mann vor uns ist definitiv keine Frau. Und ganz sicher auch kein Fremder! So verlegen wie jetzt habe ich ihn fast noch nie gesehen. Eine Hand unsicher in die Hüfte gestützt, mit der anderen fährt er sich durchs Haar, bemüht um einen möglichst lockeren Eindruck.

»Hey, Schwesterherz«, sagt er dann und ich löse mich aus der Starre, um aufzustehen und meinen Bruder zur Begrüßung zu umarmen.

»Timo, du bist also… Bist du mit Val zusammen?«, frage ich überflüssigerweise.

Die beiden wechseln einen vielsagenden Blick, dann sehen sie mich entschuldigend an.

»Wir wollten es dir sagen, aber-«, beginnt Val, doch ich unterbreche sie, indem ich die zwei gleichzeitig mit meinen Armen umschließe.

»Das sind wunderbare Neuigkeiten«, sage ich ehrlich erfreut.

»Du … findest das gut?«, fragt Timo und ich höre ihm an, wie die Anspannung von ihm abfällt.

»Aber natürlich! Was dachtet ihr denn? Meine beste Freundin und mein Bruder! Ihr seid doch die wichtigsten Menschen in meinem Leben!«

Ein glückliches Lächeln legt sich auf meine Lippen. Es scheint auf Val und Timo über zu springen, denn auch sie grinsen nun über beide Ohren, sehen sich immer wieder tief in die Augen und verschränken ihre Hände ineinander, während sie sich nebeneinander an den Tisch setzen.

»Ich weiß zwar nicht, was du an dem Chaoten hier findest…«, beginne ich lachend und sehe Val schulterzuckend an.

»Wenn ich's rausfinde, sag ich's dir!«, verspricht sie mir, ebenfalls lachend.

»Hey, ich bin auch noch hier«, bemerkt Timo und setzt spaßeshalber ein beleidigtes Gesicht auf.

»Gewöhn dich an solche Gespräche«, gibt Val grinsend zurück.

»Also, ich will alles wissen!«, sage ich und platze fast vor Neugier. »Wie lange geht das denn schon? Seit der Klinik? Ihr seid ja oft gemeinsam zu mir gefahren. Oder-«

»Kurz vor dem Abend im Biergarten«, unterbricht mich Timo und Val stößt ihm mit einem vernichtenden Blick in die Seite.

»Seit … so lange schon?«, frage ich überrascht. Der Abend im Biergarten. Der Abend, an dem mein Leben begann, den Bach runter zu gehen. Da ging es für die beiden bergauf. Welche Ironie des Schicksals!

»Also ist Val deine mysteriöse Freundin, die du uns noch nicht vorstellen wolltest?«

»Ja. Wir wollten es noch für uns behalten, weil wir dachten, du hältst das Ganze für eine dumme Idee. Dass wir nur alles kaputt machen würden und du nachher zwischen den Stühlen stehst. Außerdem mussten wir selbst erst einmal rausfinden, wohin das alles führt. Eigentlich wollten wir es dir bald danach sagen, aber dann … ist der Unfall geschehen. Wir dachten nicht, es wäre gut für dich, die Neuigkeit zu erfahren und so haben wir es weiterhin geheim gehalten.« Entschuldigend sieht Timo mich an und schaut gleich darauf zu Val, die bestätigend nickt.

»Ihr habt das für mich getan? Dachtet ihr, ich verkrafte das nicht? Weil ihr glücklich seid und ich … den beschissensten Sommer meines Lebens ertrage?«

Ein betretenes Schweigen ist Antwort genug. Die beiden haben recht. Bis vor Kurzem war mein Leben eine einzige Katastrophe. Jetzt geht es endlich aufwärts. Vor ein, zwei Wochen hätte diese Nachricht mich sicherlich zerstört. Mir gezeigt, was ich verloren habe. Ich ohne Tom, stattdessen Val mit Timo. Aber heute ist endlich mal ein guter Tag gewesen. Und Tom ist immer noch bei mir, wenn auch nicht körperlich.

»Ach, ich freu mich für euch. Wirklich!«, sage ich und nicke, um meiner Aussage Nachdruck zu verleihen.

Lächelnd schauen die zwei erst sich in die Augen, dann blicken sie mich an.

»Danke, Em. Ohne deinen Segen hätte ich heute sofort Schluss gemacht«, sagt Val kichernd.

»Hättest du nicht«, entgegnet Timo.

»Hätte ich doch«, gibt Val zurück.

»Und wie sie das getan hätte!«, sage ich grinsend. »Du solltest Frauenfreundschaften niemals unterschätzen – ganz besonders nicht unsere!«

Val nickt zustimmend und sagt dann: »Lektion Nummer eins hast du jetzt gelernt, Timo. Also, was meint ihr: Wollen wir darauf anstoßen? Und auf den geretteten Laden?«, fragt sie dann und erntet begeisterten Zuspruch.

»Sehr gut«, fährt sie fort. »Der Kellner da drüben starrt uns nämlich die ganze Zeit schon an und wartet auf unsere Bestellung.«

15. Kapitel

An diesem Abend liege ich noch lange im Bett und finde keinen Schlaf. Es ist einfach zu viel passiert. Erst Toms Hilfe aus dem Jenseits. Dann die Gewissheit, dass ich mein Café behalten kann. Dieses sonderbare Gefühl, dass Tom bei mir ist – egal, wo ich bin und was ich tu.

Und dann Val und Timo. Im Leben wäre ich nicht darauf gekommen, dass die beiden ein Paar sind. Val kennt Timo schon fast so lange, wie sie mich kennt, und niemals habe ich auch nur ansatzweise Funken sprühen gesehen. Und Timo ist außerdem ein paar Jahre jünger als Val. Aber na ja, wo die Liebe hinfällt…

Es musste ja so kommen. Wir sind alle auf derselben Wellenlänge. Was für andere Menschen ihre Eltern sind, das sind für mich Val und Timo. Nicht, dass sie mir Ausgehzeiten festlegen oder Hausarrest erteilen würden, nein. Aber Timo und ich waren schon immer auf uns gestellt. Unsere Eltern waren nie die Bilderbucheltern, die man sich wünscht. Das ist sicher ein Grund dafür gewesen, dass wir uns so gut verstanden haben und was uns im Laufe der Jahre immer mehr zusammenschweißte. Wozu brauchten wir Eltern? Wir hatten uns und das war genug. Es war sogar besser, muss ich grinsend zugeben.

Und Val und ich gingen stets durch dick und dünn. Sie ging mit mir Shoppen. War immer für mich da. Machte mit mir gemeinsam eine Diät, weil ich sie alleine nicht durchgestanden hätte, dabei hätte Val wohl lieber etwas zunehmen sollen.

Und sie half mir durch meinen ersten Liebeskummer, als ich in der achten Klasse hoffnungslos in Josh verliebt war. Wir hatten zwar nie miteinander gesprochen und er ging bereits in die Oberstufe, doch brach er mir das Herz – und er wusste es nicht einmal. Für den Valentinstag organisierte der Abschlussjahrgang einen geheimen Liebesbotschaften-

Briefkasten. Gegen eine kleine Spende in ihre Abschluss-ball-Spardose konnte man anonym einen Liebesbrief hineinwerfen. Tagelang hatte ich an der Formulierung gefeilt und war stolz auf das, was ich zu Papier brachte. Besonders das kurze Gedicht am Ende sollte meinen Gefühlen Nachdruck verleihen.

Doch als ich am Valentinstag im Pausenhof nach Josh Ausschau hielt, sah ich, wie er meinen lilafarbenen Briefumschlag mit den Herzchen in den Händen hielt und lauthals daraus zitierte. Seine Freunde machten sich lächerlich über mich und das Gedicht verrissen sie regelrecht mit ihren Worten.

»...verzweifelt lauf ich durch die Nacht – frag mich, was hast du bloß mit mir gemacht? Gib mir doch die Gelegenheit – und ich verspreche dir Unendlichkeit.«

Die letzten Zeilen meiner Reime gingen unter in dem wilden Gelächter seiner Kumpel. Niemand achtete darauf, wie ich davonstürzte und mich in der Toilette einschloss. Da wurde mir klar, dass Josh mich noch nicht einmal wahrgenommen hatte. Nicht wusste, wer ich war.

Val folgte mir, nahm mich in den Arm, bis die Tränen versiegten, lästerte aufs Übelste über die Oberstufen-Jungs und kümmerte sich um Tickets für ein Backstreet-Boys-Konzert, zu dem wir heimlich hinfuhren. Nichts konnte meinen Liebeskummer so gut heilen, wie die Backstreet Boys auf der Bühne anzuschmachten. Bis heute wissen meine Eltern nichts von diesem Abend.

Mit Val und Timo an meiner Seite habe ich bislang alles durchgestanden. Und doch kann ich verstehen, wieso sie es mir verschwiegen haben. Nicht nur, weil ich Tom verloren habe. Sondern auch, weil beide wussten, dass ich sie in ihren schlimmsten Augenblicken begleitet hatte.

Timo war schon immer schwierig gewesen. Prügeleien in der Schule oder kleinere Streiche waren da noch harmlos. Einmal hab ich ihn dabei erwischt, wie er einem Lehrer die Autoreifen auf dem Parkplatz zerstechen wollte, »weil er einfach ein Arsch ist«. Ich konnte ihn noch rechtzeitig davon abbringen und vor einer Straftat bewahren. Mit Ach und Krach schaffte er den Schulabschluss mit nur einem Jahr Verspätung – er war nicht dumm, sondern einfach nur faul. Als er endlich einen Ausbildungsplatz in dem Maler-betrieb meines ehemaligen Schulkameraden, der schon immer was für mich übrig gehabt hatte, bekam, war ich überglücklich. Aber mit dem ersten selbst verdienten Geld kamen neue Probleme. Timo trieb sich öfter in Casinos herum, spielte und wettete. Nicht nur einmal musste ich ihm mit meinem Notgroschen aus der Klemme helfen. Erst als Tom und ich ihn aus einem solchen Untergrund-Treffen rausholten, wurde ihm der Ernst der Lage klar. Danach habe ich ihn glücklicherweise nie wieder spielen sehen.

Val war da nicht anders: Zugegeben, sie schlug sich nicht, verwettete kein Geld und ging stattdessen zur Uni, um Wirtschaft zu studieren, und absolvierte anschließend die Kosmetikerausbildung, um ihren Traum vom eigenen Salon zu verwirklichen. Aber auch sie baute öfter mal Mist. Meis-tens hatte es mit Männern zu tun. An der Uni hatte sie eine Affäre mit ihrem Dozenten. Nachdem sie mit ihm Schluss gemacht hatte, musste sie um ihren Studienplatz bangen. Ein anderer Kerl hatte zwielichtige Geschäfte laufen und wurde eines Tages bei einer Razzia verhaftet. Gott sei Dank war sie zu dem Zeitpunkt mit mir im Urlaub und damit aus dem Schneider! Ein anderer Typ war verheiratet. Val wusste das. Er versprach ihr alles, was sie hören wollte, und es dauerte lange, bis sie begriff, dass er seine Frau nicht für sie verlassen würde. Vals Liste mit fehlgeleiteten Männer-geschichten ist endlos.

Also, ja. Ich kann verstehen, warum die zwei es mir nicht erzählt haben. Noch nicht. Jeder von ihnen ist auf seine Weise kaputt und zugleich das Beste, was mir je passieren konnte. Wenn das mit den beiden schief geht, wird auch meine Beziehung zu ihnen leiden. Unruhig drehe ich mich auf die andere Seite und ziehe mir die dünne Sommerdecke über die Ohren. Warum finde ich heute bloß keinen Schlaf? Weil ich im tiefsten Innern doch etwas gegen ihre Verbindung habe? Weil ich mich für sie freue? Weil ich jetzt alleine bin und die beiden zumindest einander haben? Vielleicht ist es eine Mischung aus allem.

Morgen Abend ist Weinfest in der Stadt. Ich hab Val und Timo versprochen, mit ihnen zusammen hinzugehen. Nach diesem Abend werde ich wissen, wie ich die zwei einschätzen muss. Ich wünsche ihnen doch alles Glück der Welt...

Ich hole tief Luft, stopfe mir das Kissen etwas fester unter den Kopf und falle schließlich in einen unruhigen, traumlosen Schlaf.

* * *

Am nächsten Morgen stehe ich zeitig auf, denn Elif kommt erst zur Spätschicht ins Café. Ich habe gerade die Sitzgruppe vor dem Laden platziert und den Sonnenschirm darüber aufgespannt, weil uns laut Wetterbericht der wärmste Tag des Jahres bevorsteht – und zugleich der letzte schöne Tag, bevor ein spätsommerlicher Wetterumschwung uns kühlere Luft bescheren soll. Als ich wieder in den Laden gehe, müssen sich meine Augen einen Moment lang an die hier herrschende Dunkelheit gewöhnen. Während ich die Kaffeemaschine reinige und mit neuen Bohnen befülle, klingelt mein Handy. Bestimmt sind es Val oder Timo, die sichergehen wollen, dass ich es mir mit meinem Segen nicht anders überlegt habe, denke ich grinsend, als mir das Handy aus der Hand fällt und krachend zu Boden geht. Es ist eine Nachricht von Chris. Mit zitternden Fingern lege ich die Packung Bohnen beiseite und klaube mein Handy vom Boden auf.

Emi! Es tut mir leid, dass ich mich erst jetzt melden kann. Es war einfach sehr stressig. Erkläre dir alles, wenn wir uns sehen. Hast du heute Abend Zeit, um unser Treffen nachzuholen? Wenn nicht, dann klappere ich die Werkstätten alleine ab. Meld dich!
Chris

Ich weiß nicht, was ich davon halten soll. Erst verschwindet Chris urplötzlich, als hätte er nie herkommen dürfen, und dann taucht er genauso spontan wieder auf! Was soll das Ganze nur? Will er mich zum Narren halten? So wütend ich auch auf ihn sein will, so gelingt es mir nicht. Schon beim Gedanken daran, die Werkstätten gemeinsam zu überprüfen, macht mein Herz einen Sprung. Außerdem schreibt er ja, er könne es erklären. Eilig tippe ich meine Antwort ins Handy, bevor ich es mir anders überlege. Er soll mich um vier Uhr am Nachmittag abholen.

* * *

Er ist auf die Minute pünktlich. Der Radiosprecher läutet gerade die Nachrichten ein, als Chris den Laden betritt und etwas zögerlich in Richtung Kasse läuft, wo Elif und ich gerade noch ein paar Dinge besprechen. Ich habe es extra zeitlich so gelegt, damit es nicht so wirkt, als warte ich auf ihn. Mit einer Handbewegung bedeute ich ihm, dass ich gleich bei ihm bin, und verabschiede mich in Ruhe von meiner Aushilfe. Dann stecke ich mir Handy und Schlüsselbund in die Hosentaschen und bin startklar.

»Hey«, sage ich ganz beiläufig und versuche mir nicht anmerken zu lassen, wie sehr es mich gekränkt hat, dass er einfach abgehauen ist.

»Emi, schön, dich zu sehen!«, sagt Chris und streckt die Arme aus, um mich herzlich zu begrüßen. Ich lasse ihn kurz gewähren, dann stoße ich die Ladentür auf und trete hinaus in die Hitze.

»Wo hast du geparkt?«, frage ich möglichst lässig.

»Da drüben«, antwortet er und deutet in eine Nebenstraße. »Hey, Emi, warte kurz. Ich will dir das erklären.«

»Da gibt es nichts zu erklären. Du bist mir keinerlei Rechenschaft schuldig.«

»Doch, das bin ich. Ich wollte dich nicht versetzen, aber ich musste zurück nach München.«

»Zu Swetlana«, entfährt es mir und mir wird klar, wie eifersüchtig das klingt. Was habe ich überhaupt für ein Recht, ihn so anzufahren, wenn er mir doch nur helfen will?

»Zu … nein, überhaupt nicht! Ich musste zu Luisa.«

»Deiner Schwester?«

»Ja. Ihr Mann hatte einen ziemlich üblen Arbeitsunfall und sie mussten ihn stundenlang operieren. Sie war am Ende ihrer Kräfte und bangte im Krankenhaus um sein Leben.«

»Oh mein Gott«, stammele ich. »Das tut mir so leid. Ist er…?«

»Es ist alles gut«, entgegnet Chris beschwichtigend. »Aber ihre Tochter Hanna war mit dem Babysitter zuhause und konnte kaum aufhören zu weinen. Luisa hat mich gebeten, hinzufahren. Hanna und ich kommen schon immer gut miteinander aus«, ergänzt er dann.

Ich weiß nicht, was ich sagen soll. Ich war sauer auf ihn, weil er mich vermeintlich versetzt hat, dabei war er einfach nur ein guter Mensch und kümmerte sich um seine Nichte! Wieder einmal habe ich das Gefühl, dass ich ein schrecklicher Mensch bin. Ich habe seine Hilfe gar nicht verdient.

»Du hast das Richtige getan«, bringe ich noch hervor, denn ich muss mich zusammenreißen, um nicht zu weinen. Ob vor Erleichterung, vor Rührung… Ich weiß es nicht.

»Ich wollte dich nicht versetzen, Emi. Ich-«

»Schon gut. Ich verstehe das.« Und jetzt tu ich es wirklich.

»Mit Swetlana ist Schluss, das weißt du doch? Ich hatte es in dem Brief geschrieben und es hat sich nichts geändert. Ich will dich damit nicht unter Druck setzen, aber du sollst es wissen.«

Stumm nicke ich, während ich mich auf den Beifahrersitz seines noch ziemlich neu aussehenden Mercedes setze, dessen Tür er mir aufhält.

»Seit wann hast du dieses Auto?«, frage ich irritiert, als er losfährt. Irgendwie bin ich nicht davon ausgegangen, dass er ein Eigenes hätte und hatte einen Mietwagen erwartet.

»Schon lange. In München stand es fast nur in der Garage, schließlich kommt man da besser mit der Bahn durch. Da ich jetzt aber endgültig zurückziehen werde, dachte ich, ich kann es schon mal mit nach Langenberg nehmen. Zumal ich ja weiß, dass du seit dem Unfall noch kein neues Auto gekauft hast…«

»Hast du schon einen neuen Job?«, wechsele ich spontan das Thema. Ich fühle mich noch nicht bereit dazu, sofort über den Unfall zu sprechen.

»Ich hab eine Zusage bekommen, ja. Aber ich muss noch schauen, was die anderen Gespräche ergeben.«

»Und was ist mit deiner Wohnungssuche?«

»Ich hab da eine in Aussicht. Muss nur noch den Vertrag unterschreiben… Sag mal, ist die Straße zum Industriegebiet gesperrt? Ich hab gerade Umleitungsschilder gesehen.«

»Ja, du musst hier abbiegen«, antworte ich ihm und lotse ihn um die Baustelle herum.

»Wo fangen wir an?«, frage ich dann.

»Hier ist eine Liste der Werkstätten«, sagt er und zieht einen handbeschriebenen Zettel aus dem Handschuhfach.

»Die meisten werden schon geschlossen haben, aber das ist auch der springende Punkt.«

»Wieso?«, frage ich und überfliege die Liste. Kaum ein Name darauf sagen mir etwas. Ich könnte eher jeden Blumenladen und jede Konditorei der Stadt benennen, als auf Anhieb auch nur eine Werkstatt zu finden. Dafür hatte ich Leos Bruder Flo, zumindest solange ich meinen eigenen Wagen noch hatte. Nachdem Tom und ich den Clio gekauft hatten, kümmerte er sich allein um solche Dinge.

»Weil sie womöglich nicht alles sagen, was sie wissen. Ich möchte mich lieber in Ruhe umschauen. Vielleicht finden wir einen Wagen, der zu der Beschreibung passt.«

Ich nicke zustimmend. »Klingt einleuchtend.«

»Hier fangen wir an«, sagt er schließlich und parkt sein Auto am Straßenrand. Dann steigen wir aus und laufen über den Hof, auf dem unzählige Wagen stehen.

* * *

216

»Glaubst du wirklich, wir finden noch was?«, frage ich stöhnend, als Chris sein Auto zum fünften Mal parkt. Die vorherigen Werkstätten waren allesamt Sackgassen. Wenn dort das Auto versteckt war, das in den Unfall verwickelt gewesen ist, dann nicht für jedermann zugänglich. Gemeinsam mit der allmählich untergehenden Abendsonne schwindet auch meine Hoffnung.

»Ich werde erst aufgeben, wenn ich jeden Ort von dieser Liste aufgesucht habe«, entgegnet Chris und geht voran auf das Gelände. Es ist eine Art Garagen- und Schuppensiedlung, ein kunterbunter Haufen aus ungleich großen, wechselnd hohen Gebäuden. Hier reiht sich eine Schrauberhöhle an die andere.

»Ich war schon mal hier«, sage ich leise.

»Ja?«, fragt Chris, genauso leise.

»Hier hat Flo seine Werkstatt. Leos Bruder.«

»Timos Bandkollege Leo?«, fragt Chris. Ich nicke.

»Normalerweise ist hier mehr los. Die sind sicher alle auf dem Weinfest in der Stadt«, bemerke ich. Tatsächlich ist das Gelände wie ausgestorben. Ich kann keine Menschenseele ausfindig machen und nicht einmal ein entferntes Hämmern oder Schweißen ist zu hören. Anscheinend ist wirklich niemand hier. Die Hitze liegt wie eine Glocke über dem Areal. Während wir über den Schotterplatz laufen, der vor den Garagen und Schuppen liegt, wirbeln unsere Schuhe Staub auf, der in der Luft tanzt. Ein merkwürdiges Gefühl überkommt mich.

»Vielleicht sollten wir wieder gehen«, flüstere ich Chris zu und packe ihn am Unterarm. Er hält kurz inne.

»Du musst nicht flüstern«, flüstert er zurück und lächelt mich an.

»Ich weiß«, wispere ich. »Aber irgendwie fühlt es sich an, als müsste ich das. Vielleicht sollten wir ein andermal-«

»Emi, wir haben noch nicht einmal die Hälfte aller Werkstätten besucht. Keine Ahnung, ob wir Erfolg haben werden, aber wir müssen es doch wenigstens versuchen, findest du nicht? Für Tom?«

Seine Worte, so leise er sie auch ausspricht, graben sich tief in mein Gedächtnis. Für Tom.

»Du hast recht«, stimme ich zu und folge ihm. Das erste Gebäude ist mit einer Glaswand verkleidet, sodass wir fast alles einsehen können. Auf der Hebebühne steht ein alter BMW, der seine besten Tage bereits hinter sich hat. Chris tritt so nahe an die Scheiben, dass er alles erspähen kann, was im Inneren der Werkstatt liegt.

»Nichts«, sagt er schließlich und läuft weiter. Erschöpft von der Hitze und durstig zugleich trotte ich ihm hinterher.

»Bist du sicher, dass…«

»Psst«, unterbricht er mich und legt den Zeigefinger auf seine Lippen. »Da drüben ist jemand.«

Er zieht mich in einen Spalt zwischen einer Garage und einem Holzschuppen. Der Eigentümer hat ein Plastikdach darüber angebracht, um hier ein paar Werkzeuge und Eimer zu lagern. Jeder Platz will genutzt werden, denke ich still, während ich mich an die Garagenwand drücke und das gewellte Dach betrachte, das wohl mal durchsichtig war, jetzt jedoch von einer grünen Moosschicht überzogen ist.

Chris steht gleich neben mir und ich kann ihn atmen hören. Auch ihm setzt die Hitze zu. Als er mir seinen Blick zuwendet, spüre ich, wo sein Atem mich berührt. Ein wohliges Schaudern überkommt mich. Unwillkürlich schaue ich auf meine entblößte Schulter, auf der sich neben einer sanften Rötung durch die Sonne auch eine verräterische Gänsehaut abzeichnet. Vielleicht hätte ich besser kein Top angezogen heute und wäre bei meinem Shirt geblieben.

Mein Blick wandert hinauf über Chris' muskulösen Oberkörper, der sich unter seiner Atmung hebt und senkt, bis hin zu seinem Gesicht.

»Ich glaube, die Luft ist rein«, durchbricht er unwillkürlich diesen Augenblick, als wir ein Motorrad starten und vom Hof fahren hören.

»Okay«, sage ich überflüssigerweise und krieche aus unserem Versteck.

»Ich schau mal hier drüben«, sagt Chris und läuft zu einem Gebäude uns gegenüber. Es ist im unteren Bereich mit einem Tor verschlossen, aber darüber befindet sich ein schmaler Glasspalt, durch den Chris hineingucken will. Obwohl er so groß ist, muss er sich ein wenig auf die Zehenspitzen stellen. Dann presst er seine Hände an die Scheibe, um das Licht abzuschirmen und besser zu sehen.

»Ein Anhänger ... ein ausgeschlachtetes Motorrad ... und ein Astra, dessen Motorhaube offen steht. Halt, warte, da ist noch ein Wagen«, murmelt er, während ich von unten zusehe.

»Das könnte er sein. Er ist ziemlich zerbeult. Und er ist blau, Emi«, sagt Chris nun zunehmend aufgeregt. »Oh Gott, und er hat rote Lackschäden an der Seite!«, ruft er dann und dreht sich zu mir um. »Scheiße, ich glaub, wir haben den Wagen gefunden.«

»Ich muss es auch sehen«, drängele ich und versuche, Chris beiseite zu schieben. Was natürlich nichts bringt, weil ich viel kleiner bin als er und nicht durch das Glas schauen kann.

»Warte, ich mache dir eine Räuberleiter«, schlägt er vor und faltet seine Hände, sodass ich hinaufklettern kann. Mit einer Hand halte ich mich an einem seitlich des Tors befestigten Rohr fest und ziehe mich nach oben. Ein Blick bestätigt Chris' Vermutung. Es muss der Unfallwagen sein! Es passt alles zusammen! Als ich auf dem Arbeitstisch einen verstaubten CD-Spieler und die Hülle des ersten Albums von *The Rocking Burgers* entdecke, wird mir schlagartig schlecht. Es ist Flos Werkstatt. Es ist Flos Wagen. Er hat uns gerammt. Er hat Tom getötet. Blitzartig durchzucken mich Erinnerungsfetzen. Tom und ich im Wagen, auf der Autobahn. Lachend, ausgelassen. Es ist stockduster, nur die Reflektoren der Pfosten am Fahrbahnrand leuchten gelegentlich auf. Dann hören wir plötzlich lautes Motorengeheul und im Auto weit hinter uns tritt jemand aufs Gaspedal. Man kann ihn noch nicht sehen, aber umso mehr hören.

»Was für ein Idiot«, sagt Tom, als der Wagen sich uns nähert und das Licht seiner Scheinwerfer immer greller wird. Er fährt auf der linken Spur neben uns. Gleich hinter ihm ist weiteres Motorengeheul zu hören. Dann spüre ich einen Aufprall. Ein Ruck reißt mich ein Stück nach vorn, doch der Gurt hält meinen Körper zurück. Ein lauter Knall. Schreie. Und allmählich verliere ich die Besinnung…

* * *

»Emi! Emily, ist alles in Ordnung? Bitte wach auf!«

Ganz allmählich dringt die Stimme zu mir durch. Ich höre sie wie durch Watte. Eine Hand schlägt sanft auf meine Wangen, versucht, mich zu wecken. Ich schlage die Augen auf und blicke in das grelle Licht der Abendsonne. Über mir ein Schatten. Es ist Chris.

»Gott sei Dank. Du hast mich vielleicht erschreckt!«, sagt er und seufzt erleichtert.

»Setz dich hin, wenn es geht«, schlägt er vor und ich strecke meine Hand nach seiner. Er ergreift sie und hilft mir dabei, mich aufzurappeln.

»Was ist passiert?«, frage ich und fasse mir an den Kopf. Mir ist schwindelig und schlecht.

»Du bist ohnmächtig geworden… Warte hier, ich hole dir Wasser«, ergänzt er und läuft rasch zu seinem Auto. Hinter ihm wirbeln seine Schritte eine Staubwolke auf. Ich versuche, mich aufzurichten, doch ein pochender Schmerz in meinem rechten Fußgelenk hält mich davon ab. Wenige Augenblicke später sprintet Chris bereits zurück zu mir.

»Du sollst doch sitzen bleiben«, tadelt er mich und hält mir eine Flasche Wasser hin. »Trink. Vielleicht hattest du einen Hitzeschlag oder so«, sagt er und klingt selbst nicht überzeugt. Womöglich ahnt er, was der Anblick des Unfallwagens gerade in mir ausgelöst hat. Dennoch ist er so respektvoll, kein Wort darüber zu verlieren.

Dankbar nehme ich die Flasche entgegen, trinke einige Schlucke und stelle sie anschließend beiseite.

»Ich kann nicht aufstehen«, sage ich und deute auf meinen Fuß. »Ich muss mich beim Sturz verletzt haben.«

Er begutachtet meinen Knöchel genauer und zieht scharf die Luft ein. »Das ist ganz schön geschwollen. Vielleicht ist es nur verstaucht, aber wir sollten sicher gehen und dich zu einem Arzt bringen.«

Ich winkele mein anderes Bein an, dann stellt Chris sich hinter mich und hilft mir, aufzustehen. An seinen starken Arm gestützt humpeln wir zurück zum Auto. Als hätte der Sturz meine Sinne geschärft, bemerke ich plötzlich, wie gut er riecht. Nach frischem Rasierwasser. Hat er vorhin auch so gut gerochen, als wir uns vor dem Motorradfahrer versteckt haben? Sein verführerischer Duft ruft fast schon eine weitere Ohnmacht hervor. Herrgott, Emily, reiß dich zusammen! Er ist hier, um mit dir den Fahrer zu finden. Der, der deinen Verlobten umgebracht hat!

So sehr ich mich auch bemühe, so kann ich doch nicht umhin, Chris' Nähe zu genießen. Er hat mir schon immer dieses Gefühl gegeben, in Sicherheit zu sein. Wenn er bei mir war, war alles gut. Nichts konnte mir geschehen.

Am Straßenrand angekommen stellt er mir den Sitz in Liegeposition ein – als hätte ich was am Rücken! – und hievt mich vorsichtig in das Auto. Dann fährt er in Windeseile zum Krankenhaus in einen anderen Stadtteil, denn so groß ist unser Dorf nun auch wieder nicht und samstagabends werden wir wohl kaum noch einen Arzt in der Praxis erwischen. Nachdem er seinen Wagen im Parkhaus abgestellt und mich wieder heraus gehievt hat, humpeln wir zusammen in die Notaufnahme.

Die Schwester lässt mich erst einmal ein Formular ausfüllen, dann heißt es warten. Hin und wieder kommen Leute hinzu, dann verschwinden sie in den Sprechzimmern. Sicher haben andere Notfälle Vorrang. Eine junge, ansonsten gesunde Frau mit verletztem Fuß wird bestimmt als Letzte drankommen. Schweigend sitzen Chris und ich nebeneinander, während der Raum immer leerer wird. Chris sieht die meiste Zeit zum Fernseher in einer Ecke, der aktuelle Nachrichten anzeigt und stumm die Neuigkeiten des Tages verkündet. Nur eine Neuigkeit nicht. Dass wir den Wagen gefunden haben. Das wissen nur wir zwei. In meinem Kopf dreht sich alles und das liegt nicht bloß an der Hitze heute. Wir haben das Auto gefunden. Es gehört Flo. Flo! Dem, der uns seinen Transporter geliehen hat, um Toms Büro leer zu räumen. Der Schuld daran ist, dass wir die Wohnung überhaupt ausräumen mussten! Ich kann es noch nicht so richtig fassen. Flo ist Leos Bruder. Quasi Timos Kumpel. Und er hat Tom einfach so…

Selbst den Gedanken zu Ende zu denken, macht mich fertig. Ich erwische mich mehrmals dabei, wie ich nach Luft schnappe. Chris sieht dann zu mir hin, greift nach meiner Hand und streicht fürsorglich mit dem Daumen über meine Handfläche. Er weiß, dass mein Schmerz gerade nicht von dem Fuß kommt, sondern aus meinem Kopf. Meinen Gedanken, Erinnerungen. Es tut mir gut, dass er einfach für mich da ist, ohne Fragen zu stellen. Die Uhr läuft und läuft und irgendwann, es ist bereits halb elf, ruft die Schwester uns auf. Außer uns sitzt nur noch ein Mann Mitte vierzig hier, der seinen linken Arm in einer provisorischen Schlinge hält. Eilig humpeln wir an ihm vorbei in das Sprechzimmer des Arztes. Allmählich dringen die Fußschmerzen immer mehr in mein Bewusstsein. Ich traue mich gar nicht, den verletzten Fuß anzusehen, denn auch so fühle ich, dass die Schwellung eher schlimmer als besser geworden ist. Wir schildern dem Arzt den Unfall, er tastet meinen Fuß ab und schickt uns dann zum Röntgen.

Eine weitere Stunde später verlassen wir das Krankenhaus wieder, mit einer Knöchelschiene und Krücken im Gepäck. Zum Glück ist nichts gebrochen, es handelt sich aber um eine Verstauchung dritten Grades. Was auch immer das heißen mag. Der Arzt hat darauf bestanden, mir Schmerztabletten mitzugeben, auch wenn ich sie nicht haben wollte. Meine Tabletten aus der Psychiatrie reichen mir, aber ich habe das Rezept dennoch angenommen, damit er Ruhe gibt. Chris fährt uns zurück zu meiner Wohnung, während das Pochen in meinem Fuß immer schlimmer wird und zunehmend die Gedanken an den Unfallwagen verdrängt.

»Danke, Chris. Für alles«, sage ich, öffne die Tür und will aussteigen. Chris hat gerade in der Seitenstraße gehalten, die meinem Haus am nächsten ist. Mit dem Auto kommt er in die Altstadt nicht rein.

»Du glaubst doch nicht ernsthaft, dass ich dich jetzt alleine lasse?«, fragt er und steigt, ohne eine Antwort zu erwarten, aus. Er läuft um das Auto herum, öffnet mir die Tür und hilft mir beim Aussteigen.

»Wirklich, du musst nicht…«

»Keine Widerrede«, unterbricht er mich und verriegelt seinen Mercedes. Dann hält er mir die Krücken hin.

»Versuch's mal. Wenn du nicht damit klarkommst, biete ich dir gern wieder meinen Arm an. Zu irgendwas muss er ja gut sein, und wenn nur dafür, hübschen Frauen beim Laufen zu assistieren.«

Trotz der Schmerzen muss ich lächeln. Er ist noch genauso charmant wie früher.

»Es geht schon«, sage ich jedoch und humpele mehr schlecht als recht mit den Krücken über das Altstadtpflaster zu meinem Café.

»Der Schlüssel?«, fragt Chris mich, als wir dort ankommen, und ich antworte bloß »In meiner Hosentasche«. Da ich die Krücken fest umklammert halte, um nicht umzukippen, greift er in meine Hosentasche und zieht den Schlüsselbund hervor. Seine Berührung schickt elektrisierende Stromschläge durch meinen Körper und ich befürchte, erneut das Bewusstsein zu verlieren. Chris schließt auf und tastet unsicher nach dem Lichtschalter.

»Neben dem Bücherregal links«, navigiere ich ihn und er findet ihn auf Anhieb. Mein Café wird in ein angenehmes Licht getaucht. Die Birnen habe ich einmal mit viel Mühe ausgesucht, denn schließlich soll ein Lesecafé kein grellweißes Licht wie eine Arztpraxis haben und gleichwohl so hell gestaltet sein, dass man auch im Winter oder abends angenehm lesen kann. Nachdem die Eingangstür hinter uns zugefallen ist und Chris abschließt, verebben die entfernten Geräusche vorbeifahrender Autos der Nebenstraße und das gedämpfte Gelächter aus dem *Bierkeller*, das der Wind zu uns hinüberweht. Chris geht voran durch den Laden bis zur Treppe und lässt mich dann vorgehen. Wahrscheinlich will er mich auffangen, falls ich die Treppe hinabfalle, denke ich schmunzelnd.

Oben angekommen schließt er meine Wohnungstür auf und lässt mir dann erneut den Vortritt. Ich humpele hinein und werde sogleich von Rocco begrüßt. Neugierig schnuppert er an den Krücken, während ich mich auf das Sofa plumpsen lasse.

»Nun, also, wenn du…«, beginnt Chris, doch ich unterbreche ihn.

»Bleib noch, wenn du möchtest«, biete ich an und er setzt sich dankbar neben mich.

* * *

Als ich aufwache, ist es stockdunkel. Neben mir höre ich gleichmäßige Atemzüge. Ich versuche, zuzuordnen, wo ich mich befinde, und blinzele einige Male, bis ich es herausfinde. Ich liege auf der Couch in meinem Wohnzimmer. Das rechte Bein ruht ausgestreckt auf dem langen Fußteil, das linke habe ich leicht angewinkelt. Molly hat sich neben mir eingerollt und bewacht mich mit einer Pfote. Links neben mir spüre ich einen Körper. Einen warmen Körper. Ich habe meinen Kopf an seine Schulter gelehnt. Siedend heiß fällt mir ein, was geschehen ist und wer das neben mir sein muss. Ein warmes Gefühl durchströmt mich von oben bis unten wie eine Welle. Liegt es an Chris oder daran, dass es sich unter dieser Fleecedecke aufgeheizt hat?

Ich kann mich nicht daran erinnern, sie über mir ausgebreitet zu haben. Nachdem wir uns hingesetzt haben, unterhielten Chris und ich uns noch ein wenig. Da ich mich letztlich doch dazu durchgerungen habe, eine Schmerztablette einzunehmen, war ich leicht weggetreten. Das Sprechen blieb also vornehmlich Chris überlassen, der mir von seiner Schwester Luisa, ihrem Mann Jonas und ihrer Tochter Hanna erzählte. Es war schön, ihm einfach zuhören zu können. Kurz bevor ich in einen sanften Schlaf fiel, spürte ich, wie er einen Arm um mich schlang und mich festhielt. So verloren, wie ich mich in der letzten Zeit gefühlt habe, war es das beste Gefühl seit Langem, daher vergrub ich mich noch tiefer in seinen Armen.

Irgendwann spürte ich seinen Atem auf meinem Haar. Langsam, ganz langsam drehte ich den Kopf zu ihm und fing den zarten Kuss auf. Ganz sachte. Liebevoll. Und … nass? Ich habe den Eindruck, dass mir ein paar winzige Tränen die Wange hinab kullerten. Das Gefühl seiner weichen Lippen auf den meinen werde ich nie vergessen. Und doch weiß ich nicht einmal, ob es wirklich geschehen ist oder ich das in dem fieberhaften Zustand, den die Tabletten mir bescherten, nur träumte. Aber spielt das eine Rolle? Was zählt, ist, dass er da ist. Und dass ich ihn brauche, auch wenn es mir noch immer schwerfällt, mir das einzugestehen. Ich schließe die Augen und falle in einen unruhigen Schlaf.

* * *

Der Duft frischen Kaffees steigt in meine Nase. In der Küche höre ich Geschirr klappern und den Wasserhahn laufen. Ich reibe meine Augen und sehe mich um. Zwar liege ich noch immer auf der Couch, eingekuschelt in die Decke. Allerdings ist Chris weg. Und Molly auch. Das Schmatzen, das ich aus der Küche höre, verrät mir, dass er den Miezen Futter gegeben hat.

»Guten Morgen«, sagt er, als er den Flur durchquert und einen Blick ins Wohnzimmer wirft. »Na, gut geschlafen? Wie geht es dir?«, fragt er mich schließlich.

»Guten Morgen… Ja, also, wenn man einen verstauchten Fuß hat, sollte man nicht auf dem Sofa schlafen«, antworte ich, setze mich ächzend auf und strecke mich. Dabei entfährt mir ein herzhaftes Gähnen.

»Ich wollte dich ja ins Bett tragen, hatte aber Angst dich zu wecken. Du hast so schön geschlafen«, gibt Chris lächelnd zu.

»Hast du etwa Kaffee gemacht?«, lenke ich ab. Ich bin mir immer noch nicht sicher, ob der Kuss letzte Nacht echt war oder wieder nur eins meiner Hirngespinste.

»Ja. Weil ich hier oben nur eine verstaubte Kaffeemaschine in der Ecke gefunden habe, hab ich den Vollautomaten im Café benutzt. Ich hoffe, das ist okay.«

»Klar, den benutze ich auch immer.«

»Hier, lass es dir schmecken«, sagt er und hält mir eine Tasse hin.

»Und du?«, frage ich.

»Ich hab meinen schon ausgetrunken«, gibt er verlegen zu. »Ich bin es auch nicht mehr gewohnt, auf einem Sofa zu schlafen. Bin ja schließlich kein Student mehr«, ergänzt er grinsend.

»Ich könnte gleich zum Bäcker rüber gehen und Brötchen holen?«, schlage ich vor und muss gleichzeitig lachen, weil ich mich an meinen Krüppelfuß erinnere. »Könnte nur etwas dauern«, füge ich dann hinzu.

»Macht nichts. Ich war schon beim Bäcker«, sagt Chris und holt ein Tablett mit zwei Tellern, Brötchen, Butter, Marmelade und etwas Aufschnitt aus der Küche. So ziemlich alles, was mein geplünderter Kühlschrank hergibt – außer Katzenfutter, natürlich.

»Wow«, bemerke ich erstaunt.

»So ein bisschen kenne ich mich ja in Langenberg noch aus. Und deine Küche ist nicht so groß, da findet man alles früher oder später«, sagt er augenzwinkernd.

Er setzt sich zu mir und wir frühstücken gemeinsam. Nach und nach trudeln auch die Katzen im Wohnzimmer ein, putzen sich ihre Mäulchen nach dem üppigen Mahl und rollen sich dann auf Sofa, Kratzbaum und Fensterbank ein, um sich etwas auszuruhen.

»Wie geht es dir?«, fragt Chris schließlich mit Blick auf meinen Fuß.

»Könnte besser sein«, gestehe ich. »Aber es ist okay. Ich werd's schon überstehen.«

»Und wie geht es *dir*?«, fragt er dann und betont das *dir* dabei besonders.

»Ich … fühle mich wie gerädert, ehrlich gesagt. Und ich weiß noch nicht, wie ich Timo beibringen soll, dass Flo was mit dem Unfall zu tun haben muss.«

»Hm«, bemerkt Chris nur und ich sehe ihm an, dass ihm noch weitere Fragen auf der Zunge liegen, fühle mich aber noch nicht dazu bereit, mich ihnen zu stellen. Ich weiß ja selbst nicht, was ich von dem Ganzen halten soll, wie soll ich da seine Fragen beantworten? Schnell lenke ich seine Aufmerksamkeit auf ein anderes Thema.

»Da du ja bald hierher ziehst: Hast du in ein paar Wochen vielleicht einen Abend lang Zeit für mich? Für eine Aktion im Café, meine ich.« Den letzten Teil füge ich eilig hinzu, weil Chris sich fast an seinem Brötchen verschluckt.

»In deinem Café?«, fragt er immer noch hustend.

»Ja, ich plane einen Event-Sonntag mit Lesungen und Live-Musik. Nur fehlt mir dazu noch der Teil mit der Live-Musik.«

»Also wird dein Laden doch nicht…«

»…verkauft? Nein. Es hat sich herausgestellt, dass Tom … dass er vorausschauend gedacht hat. Mein Lesecafé ist vorerst gerettet.«

»Wirklich? Das sind ja wunderbare Neuigkeiten! Ich gratuliere!« Wenngleich er nicht sonderlich überrascht aussieht, schenkt er mir ein strahlendes Lächeln und nimmt mich aufrichtig erfreut kurz in den Arm. Ganz kurz.

»Danke. Der Event-Sonntag soll erst einmal nur ein Testlauf sein. Wenn's gut läuft, möchte ich so etwas häufiger veranstalten.«

»Super Idee! Das kommt sicherlich gut an!«

»Also bist du dabei?«

»Natürlich! Das lasse ich mir nicht entgehen«, ergänzt er augenzwinkernd. »Also, gib mir einfach eine Liste von Songs oder Künstlern, die dir so in den Sinn kommen, dann stelle ich eine Setlist zusammen.«

»Ich dachte, vielleicht kannst du ein paar von deinen eigenen Liedern spielen?«, frage ich zögerlich. Chris hatte schon immer ein wahnsinnig gutes Gespür für emotionale Songs und traf mit seinen Zeilen meinen wunden Punkt. Zwar spielte er mir seine selbstgeschriebenen Lieder fast nie vor, doch durfte ich mir manchmal die Texte durch lesen und musste weinen vor Rührung. Allein schon beim Gedanken daran bekomme ich wieder eine Gänsehaut.

»Oh«, entgegnet er bloß und reibt sich nachdenklich mit der Hand über Wange und Kinn.

»Für dich mach ich das gerne«, antwortet er schließlich und innerlich jubiliere ich. Tatsächlich habe ich nicht erwartet, dass er so schnell zustimmen würde, und habe mich daher bereits auf eine lange Argumentation einge-stellt, wieso die Welt seine Lieder unbedingt hören muss. Zumal ich weiß, wie ungern er im Mittelpunkt steht. Obwohl es dafür absolut keinen Grund gibt.

»Danke, Chris! Danke, danke!« Für einen Moment ver-gesse ich meine Sorgen und Probleme und mein Herz macht einen kleinen Satz. Diesen Teil des Tages werde ich definitiv unter »Erfolg« verbuchen können.

Weniger schön wird der Teil mit Timo sein. Mir graut schon vor dem Gespräch, aber ich will erst mit ihm spre-chen, bevor ich Flo zur Rede stelle. Vielleicht gibt es ja für alles eine Erklärung und das Ganze ist nichts weiter als ein großes Missverständnis. Außerdem brauche ich von Timo erst einmal Flos aktuelle Handynummer.

Chris und ich frühstücken noch in Ruhe zu Ende und unterhalten uns über das anstehende Event, dann räumt er den Tisch ab und ich sehe ihm gezwungenermaßen dabei zu, mit meinen Krücken an den Türrahmen gelehnt. Es ist schön, ihn hier zu beobachten. So erstaunlich vertraut. Als wäre er schon einmal hier gewesen. Als wären wir nicht eigentlich zwei Fremde, die sich seit so vielen Jahren nicht gesehen haben…

Ein Klingeln an der Tür reißt mich jäh aus meinen Gedanken. Eilig humpele ich zur Gegensprechanlage.

»Hallo?«

»Emi, Schätzchen, wir sind's«, tönt Bettis Stimme durch den Flur.

»Alles klar«, entgegne ich und sehe dann hilfesuchend zu Chris. „Würdest du bitte…?«

»Die Tür aufschließen? Aber natürlich!« Er trocknet sich die Hände am Küchentuch und hängt es dann ordentlich wieder zum Trocknen auf.

»Danke dir. Bis ich unten bin, dauert es so lange, und dieses alte Haus hat keinen elektrischen Türöffner. Gott sei Dank hat T… Gott sei Dank haben wir hier so eine Gegensprechanlage installiert.«

»Macht nichts. Bin gleich wieder da«, sagt er und verschwindet bereits durch die Wohnungstür. Wenige Augenblicke später treten Betti und Ludwig hindurch.

»War die Treppe immer schon so steil?«, fragt Ludwig ächzend.

»Oder es liegt an unserem Alter, mein Lieber«, gibt Betti lachend zurück.

Hinter den beiden tritt Chris in die Wohnung und klaubt sich seine Sachen zusammen.

»Nun, ich lasse euch mal allein. Ich wollte sowieso eine Runde Joggen gehen und noch ist es immerhin nicht so heiß draußen.« Entschuldigend zuckt Chris mit den Achseln und nimmt mich verlegen in den Arm.

»Meld dich, wenn was ist«, sagt er zu mir und ich flüstere ihm ein ganz leises »danke« ins Ohr. Dann schüttelt er Betti und Ludwig die Hand.

»Es war schön, Sie kennenzulernen.«

»Ganz unsererseits!«, entgegnet Betti freudig.

Mit einem zögerlichen Lächeln in die Runde tritt er zurück und schließt die Tür behutsam hinter sich.

»Setzt euch doch«, biete ich meinen Gästen an und nicke einladend in Richtung Wohnzimmer. Die beiden folgen mir zum Sofa.

»Also, Kindchen, was hast du bloß wieder angestellt?«, kommt Betti gleich zur Sache, noch bevor ich meinen Gästen etwas zu Trinken anbieten kann, und deutet auf meinen Fuß.

»Ach, das…«, bemerke ich nur. „Seid ihr deswegen hier?«

»Ja, sicher doch, Emi-Schatz«, antwortet Betti.

»Woher wusstet ihr davon?«

»Na hör mal, das ist eine kleine Stadt. Gut, und wir haben heute mit Rosi und Hans gefrühstückt. Sie haben von Magarethe, die gestern ihren Sohn in die Notaufnahme fahren musste, davon gehört, dass ihr zwei auch da gewesen seid.« Verschwörerisch zieht Betti die Augenbrauen nach oben.

»Um die Frage meiner lieben Frau endlich auszusprechen: Wer war der junge Mann gerade?«, fragt Ludwig unverblümt und erntet von Betti einen liebevollen Seitenhieb.

»Ludwig! Du hast aber auch gar kein Taktgefühl!«

»Schon gut«, entgegne ich grinsend. Mir wird gerade erst klar, wie sehr es mir fehlt, die beiden um mich zu haben. Seit ich den Laden von ihnen übernommen habe, sind sie in ein kleines Häuschen am Stadtrand gezogen. Sie schauen zwar öfter mal im Laden vorbei, aber doch ist es was anderes, als fast jeden Tag mit ihnen zu verbringen. So wie früher, als ich noch für sie gearbeitet habe.

»Das war Chris. Und danke der Nachfrage, wie es mir geht«, kommentiere ich grinsend.

»Ach Gottchen, das haben wir wirklich nicht gefragt«, entfährt es Betti. »Aber du siehst gut aus und scheinst laufen zu können. Ein bisschen zumindest. Also ist es in Ordnung?« Sie schaut mich fragend an.

»Ja, alles gut. Der Fuß ist nur verstaucht. Trotzdem tut es noch etwas weh«, gestehe ich und nehme mir vor, gleich eine der verordneten Schmerztabletten einzunehmen.

»Gut, gut«, antwortet Betti. »So, nun zum anderen Punkt: Chris sagst du? Du meinst den Christian, der … du weißt schon, nach München gezogen ist?«

Natürlich wissen die beiden über ihn Bescheid. Über uns. Über früher. Schließlich waren sie quasi ab dem ersten Tag der Ausbildung meine Ersatz-Eltern, die ihre Sache definitiv besser gemacht haben als meine leiblichen Eltern. Vor allem, seit diese weggezogen sind.

In den ersten Monaten der Ausbildung hatte ich mir öfter die Augen ausgeweint, weil ich Chris so sehr vermisste. Nicht nur Val hat mir darüber hinweggeholfen, sondern auch Betti, die mir stets mit einem weisen Spruch zur Seite stand.

»Ja, genau der.«

»Oh … ein schmucker junger Mann ist das!« Bettis anzügliches Grinsen ist fast schon ansteckend.

»Fast so gut aussehend wie ich damals, nicht wahr?«, fragt Ludwig seine Frau mit einem genauso anzüglichen Grinsen.

»Betti! Ludwig!«, rufe ich gespielt vorwurfsvoll, kann mir ein Lachen aber selbst nicht verkneifen.

»Also wird in der Stadt über meinen kaputten Fuß getratscht?«, frage ich sie dann.

»Nun, weniger darüber, als über deinen Chris.«

»Über Chris? Du meinst, sie sprechen über *uns*?«

Entschuldigend verzieht Betti die Mundwinkel.

»Tut mir leid, Schätzchen. Das sind aufregende Neuigkeiten für Rentner wie uns, du musst das verstehen… Aber um ganz ehrlich zu sein, würde ich nichts auf das Gerede geben. Es ist dein Leben und du solltest keinen Tag davon verschwenden.«

»Oh Gott«, sage ich bloß und schlage mir die Hand vor den Mund.

»Das mit Tom ist erst ein paar Monate her und ich zeige mich schon mit Chris hier… Aber da läuft nichts und … oh, es ist einfach falsch. Ich hätte besser aufpassen müssen. Wir hätten uns nicht sehen sollen«, murmele ich vor mich hin.

»Nun ist aber gut, kleine Emi!«, unterbricht mich Betti energisch. So energisch, dass ich es nicht wage, wegen der Bezeichnung »kleine Emi« wie üblich zu protestieren.

»Das will ich dir doch gerade sagen. Das Leben ist zu kurz, um Trübsal zu blasen. Wir haben deinen Tom geliebt wie einen Sohn, das weißt du. Aber du kannst dich doch nicht wie eine Märchenprinzessin in deinen Turm einschließen und hoffen, dass er als Prinz wiederaufersteht und zurückkehrt!«

»Betti!«, fährt Ludwig sie entsetzt an.

»Aber ich habe doch recht! Was ich meine, Emi, ist Folgendes: Lebe dein Leben. Sei mutig. Geh hinaus in die weite Welt. Nutze die Zeit, die dir bleibt. Tom würde es nicht anders wollen. Und wenn dieser Chris dich immer noch so glücklich machen kann wie früher einmal, dann solltest du ihn treffen. Er scheint dir gut zu tun. Man sollte auf sich selbst und seine innere Stimme hören, Schätzchen, nicht auf das, was die Leute sagen. Denn letztendlich sollte man ja für sich leben – und nicht für andere.«

Bäm. Wieder eine Betti-Weisheit. Und irgendwie hört es sich gut an. Richtig. Wie so oft nach ihren Moralpredigten und Ratschlägen bleibe ich sprach- und regungslos sitzen, bis ich irgendwann nicke.

»Du hast recht, Betti. Es ist mein Leben«, sage ich schließlich zögerlich.

»Na, sag ich doch!«, ruft sie triumphierend. »Du solltest ihn wiedersehen. Dich um *dich* kümmern. Und wenn du dann herausfindest, dass er doch nicht gut für dich ist oder dir dein Herz schon wieder brechen will, dann beende es. Finde die Dinge, die dich glücklich machen – und dann halt sie ganz fest.« Lächelnd tastet Betti nach der Hand ihres Mannes.

»Wisst ihr eigentlich, wie lieb ich euch habe?«, frage ich und drücke beide herzlich an mich. Ich habe einen neuen Plan für heute.

Schritt eins: Mit Timo über Flo sprechen und die weiteren Schritte besprechen.

Schritt zwei: Chris anrufen und fragen, ob er mit dem Krüppelfuß zu Abend essen möchte. Als Dankeschön, sozusagen.

16. Kapitel

Nachdem Betti und Ludwig die Wohnung verlassen haben, zögere ich keine Sekunde und schnappe mir mein Handy. Noch während es die Verbindung zu Timos Nummer aufbaut, wippe ich nervös mit dem gesunden Fuß. Überflüssigerweise, denn es geht bloß die Mailbox dran. Augenrollend lege ich auf, bin aber gleichzeitig erleichtert. Ich bin sicher nicht erpicht darauf, mit ihm über Flo zu reden. Aber wenn ich in dem Fall weiter kommen will, muss ich wissen, was wirklich passiert ist. Vielleicht hat Flo sich ja Timo anvertraut? Oder ihm zumindest nebenbei eine plausible Erklärung dafür gegeben, dass er einen Unfallwagen bei sich in der Werkstatt stehen hat?

Jedenfalls hoffe ich das. Mir graut es bereits davor, mit Flo über meine Entdeckung zu sprechen. Ich spüre, dass die Antwort auf meine Fragen zum Greifen nahe ist und habe Angst vor dem, was mich erwartet. Die Wahrheit über den Tod meines Verlobten. Der Mörder, der sein Fluchtauto in Flos Werkstatt stehen hat.

Weil beim zweiten Versuch erneut die Mailbox den Anruf annimmt, probiere ich es bei Val. Sicherlich verbringen Timo und sie den Tag miteinander, frisch verliebt wie sie sind. Ich kann immer noch nicht fassen, dass die beiden tatsächlich ein Paar sind, denke ich, als das Freizeichen ertönt.

»Hm?«, meldet sich Val verschlafen.

»Entschuldige, hab ich dich geweckt?«, frage ich irritiert mit einem Blick auf die Uhr. Gleich halb zwölf.

»Mmh … nee. Ich war schon wach. Bin aber ins Bett zurück gekrochen. Bin noch etwas geschlaucht vom Weinfest gestern«, gesteht Val kichernd.

»Achso«, sage ich und kann mir bildlich vorstellen, wie Val verkatert im Bett liegt. Normalerweise wäre ich zum Weinfest mitgegangen, aber ich hatte gestern Wichtigeres zu tun. Toms Tod aufklären, zum Beispiel.

»Sag mal, ist Timo bei dir?«

»Nein, ist er nicht«, antwortet Val, nun etwas wacher klingend. Vermutlich hat sie sich inzwischen im Bett aufgesetzt. »Also, ich bin bei ihm zuhause, aber er ist nicht hier.«

»Warum denn nicht?«, frage ich verwundert.

»Er ist … in der Kirche.«

»Er ist *was*?«

»Ich werd's nicht wiederholen, Em.«

»Seit wann geht er denn in die Kirche?«

»Seit ein paar Monaten. Er hat noch keinen Sonntag ausgelassen.«

Das gibt's ja nicht! Timo in der Kirche? Was kommt als Nächstes? Verkauft er sein Fahrrad? Fängt an zu malen oder ehrenamtlich zu arbeiten?

»Okay, also … wenn du meinen Bruder gleich siehst-«

»…oder den in die Kirche gehenden Klon, der sich als Timo ausgibt…«

»…genau den. Ja, dann sag ihm bitte Bescheid, er soll mich anrufen, ja? Es ist wichtig.«

»Okay, mache ich. Klar doch, Emi. Was ist denn los? Kann ich dir irgendwie helfen?«

»Schon gut. Ich muss das erstmal mit Timo besprechen.«

»In Ordnung. Magst du vielleicht vorbei kommen? Ich wollte gleich Rührei mit Speck machen und-«

»Sorry, Val, das wird nichts. Ich bin bewegungseingeschränkt.«

»Bewegungseingeschränkt?«

»Ja, ich bin gestern gestürzt. Lange Geschichte. Jedenfalls hab ich einen verstauchten Fuß und kann nicht gut laufen.«

»Oh mein Gott, Em!«, ruft meine beste Freundin erschrocken. »Geht es dir gut? Ich meine, wie ist das passiert und-«

»Erzähl ich nachher, ja? Am besten kommt Timo nach der Kirche bei mir vorbei. Du kannst natürlich mitkommen.«

»Du machst es ganz schön spannend! Jetzt bin ich ja richtig neugierig! Geht in Ordnung, Timo und ich kommen dann nachher rum. Leg du solang deinen Fuß hoch und sag Bescheid, wenn wir was für dich tun können, ja?«

»Mach ich, danke. Bis später, Val!«

* * *

»Was ist denn los?«, fragt Timo und dreht sein Glas mit Eistee nervös in der Hand hin und her.

»Jetzt spann uns nicht auf die Folter«, ergänzt Val und blickt mich stirnrunzelnd an.

»Hört zu«, beginne ich, als mir klar wird, dass ich gar nicht weiß, was ich sagen soll. So weit habe ich nicht gedacht. Wie bringe ich ihm schonend bei, dass womöglich sein Kumpel in den Unfall verwickelt war, der Tom das Leben kostete und der mich genauso hätte verletzen können? Plötzlich habe ich Angst vor Timos Reaktion. Was, wenn er Flo einfach verprügelt? Nicht nur ein blaues Auge, meine ich, sondern so richtig. Wenn es um mich ging, war mein Bruder nie zimperlich. Ich bedeute ihm alles, so wie er mir alles bedeutet.

Nicht mehr ganz so überzeugt von meiner Idee, Timo von meinem Verdacht zu erzählen, räuspere ich mich und will es schnell hinter mich bringen. Ich berichte den beiden von Chris' und meiner Detektivarbeit und davon, dass wir schließlich auch auf Flos Werkstattgelände nach dem Wagen suchten. Mit jeder Minute schwindet die Farbe etwas mehr aus dem Gesicht meines Bruders, bis er schließlich kreidebleich ist.

»Deswegen denken wir, es muss Flo gewesen sein, der damals … ihr wisst schon. Auf jeden Fall muss ich der Polizei berichten, was wir rausgefunden haben«, schließe ich.

»Aber der Wagen könnte doch jemand anderem gehören und Flo hat ihn nur zur Reparatur in seiner Werkstatt?«, wirft Val ein. Natürlich, daran hatten Chris und ich auch schon gedacht. Aber irgendwie habe ich es im Gefühl, dass das Auto ihm gehört. Zumal ein Kunde ja nicht monatelang auf die Reparatur warten würde, schon gar nicht, wenn er damit einen Unfall begangen hat. Kein Unfallwagen – keine Beweise.

»Ich weiß, aber-«, setze ich an, doch Timo unterbricht mich. Er spricht ganz leise, sodass Val und ich ihn beide nicht verstehen können.

»Was sagst du?«, frage ich und mir entgeht nicht, dass Timo mich mit einem Blick anstarrt, als hätte er ein Gespenst gesehen. Kleine Schweißperlen zeichnen sich auf seiner Stirn ab. Er schließt die Augen und stützt den Kopf in die Hände.

»Schatz, was hast du gesagt?«, wiederholt Val meine Frage, als Timo immer noch nicht antwortet.

»*Ich war es*, hab ich gesagt.« Seine Stimme zittert. Mit glasigen Augen sieht Timo mich an.

»Du warst was?«, frage ich irritiert.

»Ich war es. Alles. Ich habe den Unfall verursacht. Nicht Flo. Ich war es ganz allein.« Mit jedem Wort gewinnt seine Stimme an Entschiedenheit. Gleichwohl spricht er ruhig und leise, fast so, als wolle er uns gleich eine Gute-Nacht-Geschichte vorlesen.

Obwohl meine Ohren seine Worte verstanden haben, dringen diese nicht bis in mein Gehirn vor. Ihr Sinn erschließt sich mir nicht. Es ist, als hätte mir jemand mit einer Bratpfanne vor den Kopf gehauen und diesen dann in dicke Watte gepackt.

»Timo, was redest du da bloß?«, flüstert Val verwirrt und will nach seiner Hand greifen, doch Timo zieht sie zurück.

»Ihr solltet mich hassen. Alle beide. Ich habe etwas Schreckliches getan und … ich werde die Konsequenzen tragen. Ich hätte es schon vorher tun müssen, aber … ich hatte einfach unbeschreibliche Angst. Habe sie immer noch.«

»Konsequenzen?«, echot Val.

»Ich werde zur Polizei gehen und mich selbst anzeigen.«

»Aber du hast nichts getan. Das kann nicht-«, setzt Val an, doch Timo unterbricht sie.

»Doch. Ich war es. Ich habe…«

»DU HAST TOM GETÖTET!«, schreie ich nun hysterisch und löse mich aus meiner Erstarrung. Mein Puls geht schneller, mir wird gleichzeitig heiß und kalt. Und übel. Unfassbar übel. Ich weiß nicht, ob ich weine, aber ich funkele meinen Bruder durch den Schleier auf meinen Augen an.

»Du hast meinen Verlobten getötet! Du hast … warum tust du das?«, rufe ich laut und breche anschließend in den schlimmsten Heulkrampf aus, den ich seit Toms Tod hatte. Vielleicht der Schlimmste, den ich jemals erlitt.

»Das ist nicht dein Ernst«, flüstert Val, rückt aber ein Stück von ihm ab. »Sag mir, dass das einer deiner schlechten Scherze ist, Timo.«

Als er den Kopf schüttelt, entfährt mir ein lauter Wutschrei, der dafür sorgt, dass meine Katzen allesamt aus dem Wohnzimmer flüchten.

»Warum? Warum *verdammt* tust du mir das an?«, bringe ich kreischend hervor, in einer Mischung aus Trauer, Enttäuschung und Wut.

»Ich … ich wollte es nicht. Es war ein Unfall. Wirklich, Emi, es war ein Unfall! Ich liebe dich doch, Schwesterchen. Ich würde nie-«

»Halt die Klappe«, fauche ich und schlage seine Hand weg, mit der er mir gerade tröstend über die Schulter streicheln will.

»Hau ab. Ich will dich nicht sehen. Nie wieder. Du hast… Du hast Tom GETÖTET!« Meine Hände machen sich plötzlich selbstständig, holen aus, um Timo zu treffen, doch er macht einen Satz zur Seite.

»Emi, ich wollte das nicht… Emi, bitte«, fängt Timo nun an zu schluchzen, doch ich werfe mit aller Kraft, die ich aufbringen kann, ein Sofakissen nach ihm.

»Ich hab gesagt, du sollst *abhauen*!«, rufe ich erneut und in meinen Augen liegt nur noch blanker Zorn. Wenn Timo mich wirklich kennt, dann ist ihm klar, dass das mein voller Ernst ist. Und tatsächlich entfernt er sich vorsichtig in Richtung Wohnungstür.

»Bitte, bitte… Lass es mich erklären! Gib mir nur eine Minute und ich-«

»Raus!«, schreie ich und werfe nun ein Buch, das auf dem Couchtisch liegt, nach ihm. Unter einem Weinkrampf, in den sich ständig das Wort »bitte« mischt, verlässt er die Wohnung.

Es ist mir egal. Mir ist alles egal. Timo war der Fahrer. Nur das zählt noch für mich. Er hat Tom getötet. Er hat mein Leben zerstört. Mein eigener Bruder! Die Person, der ich am meisten vertraue!

Meine Lippen beben, die Finger zittern und eine Welle der Enttäuschung überkommt mich. Nur Vals liebevolle Umarmung und die gut gemeinten Worte, die sie mir ins Ohr flüstert, bewahren mich jetzt davor, endgültig zu zerbrechen.

* * *

Ich weiß nicht, wie lange wir da sitzen, aber es muss Stunden dauern, bis ich mich halbwegs beruhigt habe. Ich habe Vals Shirt voll geheult und liege jetzt zusammengekauert auf dem Sofa. Mein Schädel brummt und ein stechender Schmerz zieht sich von meinem Knöchel hoch bis ins Bein.

»Kannst du mir die Tabletten aus dem Bad bringen?«, durchbreche ich krächzend die Stille und greife mit einer Hand nach der Taschentuchpackung auf dem Couchtisch. Vals Antwort geht in meinem Schniefen unter, doch sie steht auf und kommt kurz darauf mit den Schmerztabletten und einem Glas Wasser zurück.

»Ich kann's immer noch nicht glauben«, murmele ich und spüle den kleinen, weißen Brocken mit einem großen Schluck Wasser hinunter.

»Denkst du wirklich, dass er es war?«, fragt Val vorsichtig und sieht mich mit einem Blick an, in dem sich Sorge und Furcht mischen.

»Er hat es doch gesagt.«

»Ich weiß, aber … es ist Timo. Und er hat ja nicht mal ein Auto.«

»Na und? Das scheint ihn nicht daran gehindert zu haben, mich und Tom auf der Autobahn zu rammen.«

»Ich kann mir einfach nicht vorstellen, dass…«

»Lass gut sein, Val«, würge ich sie ab. Ich kann jetzt wirklich nicht über den Unfall nachdenken. Ich will nicht wahrhaben, dass Timo…

»Vielleicht sollten wir ihn fragen. Was genau passiert ist, meine ich.«

»Mach du das doch. Du bist doch jetzt seine Freundin. Und dank ihm bin ich jetzt alleine, ohne Tom!« Unwillkürlich schießen mir wieder die Tränen in die Augen. Ob vor Wut oder Trauer vermag ich kaum noch zu sagen.

»Em, das ist nicht fair. Du weißt, ich stehe immer hinter dir. Und wenn Timo wirklich … also, dann muss er dafür geradestehen. Aber gib ihm doch die Chance, sich zu erklären.«

»Tut mir leid. Ich meinte es nicht so, Val.« Ächzend lege ich den Kopf in den Nacken und versuche, meine Gefühle wieder unter Kontrolle zu bekommen.

»Schon gut«, entgegnet Val und nimmt sich ebenfalls eine von den Schmerztabletten, die sie allerdings in der Mitte durchbricht. Eine der Hälften schluckt sie eilig hinunter.

»Es war ein harter Abend gestern. Viel zu viel Wein. Ich hab das Gefühl, mein Kopf explodiert gleich.«

»Frag mich mal«, antworte ich trocken und schließe die Augen, die inzwischen fürchterlich brennen.

»Em, Süße. Ich … ist das dein Handy oder meins?«, fragt sie dann, als wir einen zunehmend lauter werdenden Klingelton vernehmen. Val geht in den Flur und kehrt mit meinem Handy in der Hand zurück.

»Wenn es Timo ist…«, warne ich sie, doch sie hält mir das Telefon auffordernd hin.

»Es ist Chris.«

»Oh.« Mit ihm habe ich jetzt gar nicht mehr gerechnet. Die letzten Stunden kommen mir vor wie Jahre und unser heutiges Frühstück ist in weite Ferne gerückt.

»Hey«, sage ich knapp, nachdem ich den Anruf angenommen habe.

»Hallo, Emi. Ich bin heute Morgen so schnell verschwunden, da wollte ich mal hören, wie es dir geht. Und was du als Nächstes vor hast, was den Unfall angeht.«

»Pah«, schnaube ich verächtlich und als mir einfällt, dass Chris von der ganzen Sache noch gar nichts weiß, füge ich rasch hinzu: »Also, ich weiß jetzt, wer der Fahrer war.«

Stille.

»Du weißt es?«

»Ja. Es war Timo.«

»Timo? Dein … Bruder Timo?«

»Ja.«

Erneute Stille.

»Scheiße. Ist das wahr?«

»Meinst du, ich mach Scherze?«

»Natürlich nicht! Soll ich vorbei kommen?«

»Val ist gerade hier. Aber … nachher vielleicht«, antworte ich. Tatsächlich käme mir seine Gesellschaft sehr gelegen, denn ich muss erst einmal die Neuigkeiten des Tages verdauen, bevor auch nur ansatzweise an erholsamen Schlaf zu denken ist.

»Alles klar. Ich bin in einer Stunde da und bringe was vom Chinesen mit, ja?«

»Okay«, bringe ich noch hervor, dann lege ich auf und werfe das Handy achtlos auf den Couchtisch.

»Kommt er gleich her?«, fragt Val, obwohl sie sich die Antwort bereits denken kann.

»Mmh… In einer Stunde.«

»Ist gestern Abend irgendwas zwischen euch passiert?«, tastet sich Val zaghaft vor.

»Ich … weiß es nicht. Ich war etwas auf Schmerzmitteln und … keine Ahnung. Es ist alles ziemlich kompliziert.«

»Hast du…«, setzt Val an, dann unterbricht sie sich, überlegt kurz und fährt dann fort: »Hast du noch Gefühle für Chris?«

»Ich sag ja: Es ist kompliziert.« Augenblicklich verziehe ich mein Gesicht und schon wieder werden meine Augen gläsern.

»Ich will das doch nicht«, sage ich leise und spüre, wie mein Oberkörper sich erneut verkrampft. Val nickt stumm und nimmt mich in den Arm.

»Weißt du, ich dachte, das sei nur ein Traum gewesen. Dass die Gefühle nicht echt sind. Ich meine, ich liebte Tom doch! Und ich liebe ihn immer noch. Aber…«

»Aber du liebst Chris auch?«

»Ich weiß es nicht. Ich glaub schon. Vielleicht. Ich meine, ich habe ihn ja mal geliebt. Da ist es bestimmt nicht schwer, sich zumindest wieder zu verlieben. Aber ich will das nicht. Ich will doch Tom. Ich wollte doch nie, dass das passiert!«

»Shht…«, sagt Val und wiegt mich beruhigend in den Armen. »Du kannst nichts dafür. Du machst gerade so viel durch. Natürlich hast du Tom geliebt und liebst ihn noch. Jeder, der euch nahe stand, konnte das sehen. Aber Tom kann nicht mehr für dich da sein. Er ist noch irgendwo, da oben«, sagt sie und deutet mit dem Kopf zur Zimmerdecke. »Aber du brauchst einen realen Menschen, der für dich da sein kann. Den du anfassen kannst. Der dich in den Arm nehmen kann. Wenn Chris gerade das für dich sein kann, dann lass es zu. Du solltest dich nicht wehren und krampfhaft versuchen, dein Leben lang nur Tom hinterher zu trauern.«

Wow. Seit Toms Tod hat Val kein einziges Mal klipp und klar gesagt, was sie denkt. Wie fast alle anderen hat sie mich viel zu oft mit Samthandschuhen angefasst. Aber genau das brauche ich jetzt: den ehrlichen Rat meiner besten Freundin.

»Also meinst du, ich sollte ihn weiter treffen?«

»Natürlich, Süße. Tu, was gut für dich ist. Ich kenne Chris. Er ist ein großartiger Mensch. Und ihr wart ein großartiges Paar damals. Gib ihm die Chance, wieder in dein Leben zu treten. Und wenn es nur als Freund ist.«

»Okay«, sage ich bloß, weil ich kaum noch weiß, was ich sonst sagen soll.

Egal, wie oft ich es höre, mein Innerstes sträubt sich noch davor, meine Gefühle für Chris zuzulassen. Ich fühle mich schuldig bei dem Gedanken daran, jemand anderen als Tom zu lieben. Als würde ich ihn betrügen.

Und das schlechte Gewissen, das ich bei dem Wunsch nach Glück verspüre, wächst ins Unermessliche. Aber was ist so falsch daran? Was ist daran verkehrt, wenn ich wieder lächeln möchte? Mich wohl fühlen will in meiner Haut? Den Tag genießen möchte ohne Schuldgefühle?

»Aber ich liebe Tom trotzdem«, muss ich noch hinzufügen.

»Ich weiß, Schätzchen. Das Herz tut manchmal verrückte Dinge. Nur weil es einen Menschen liebt, heißt das nicht automatisch, dass man für alle anderen nichts empfinden kann.«

Vals Worte bringen mich zum Schmunzeln und ich spüre, wie meine Augen feucht werden.

»Bist du erst jetzt so weise geworden, seit du in einer Beziehung bist, oder warst du schon immer eine heimliche Liebes-Expertin?«, frage ich sie grinsend.

»Ach, das war ich natürlich schon immer«, gibt Val schulterzuckend zurück.

»Fährst du jetzt zu … ihm?«, frage ich sie zögernd.

»Ja. Ich werde mir anhören, was er zu sagen hat, und dann entscheiden, was ich von dem Ganzen halte. Ich hoffe, du sprichst dich auch noch mit ihm aus. Bitte, versprich mir, es wenigstens zu versuchen.«

Val sieht mich flehend an, sodass ich nicht anders kann, als langsam zu nicken.

»Das heißt aber gar nichts«, entgegne ich.

Meine beste Freundin nickt, drückt mich noch einmal fest an sich und trägt mir auf, mich bei ihr zu melden, wenn was sein sollte. Dann lässt sie mich für ein paar Minuten alleine, bevor Chris auftaucht.

* * *

»Moment mal, Valentina und Timo sind ein Paar?«, fragt Chris irritiert und nimmt sich etwas Reis nach.

»Ja, seit ein paar Monaten. Sie haben es mir erst vor Kurzem gestanden, weil sie dachten, ich hätte was dagegen…«

»Hast du?«

»Nein. Jedenfalls nicht bis heute, als ich erfahren habe, dass mein eigener Bruder für den Tod meines Verlobten verantwortlich ist!« Während die Wut wieder in mir auflodert, schiebe ich mir eine weitere Gabel voll gebratener Nudeln in den Mund.

»Hat er das wirklich so gesagt?«

»Ja. Er hat es zugegeben, Chris! Er war es!«

»Aber er fährt doch immer nur Fahrrad. Wie kann er-«

»Keine Ahnung«, unterbreche ich ihn.

»Wirst du ihm die Gelegenheit geben, dir zu erzählen, was geschehen ist?«

»Ich glaube, ich muss. Er ist mein Bruder. Ich muss ihm zumindest zuhören. Aber nicht sofort. Ich hatte bis heute Morgen eigentlich gedacht, Timo hätte sicher eine Erklärung für alles und es wäre bloß ein riesiges Missverständnis. Stattdessen überrumpelt er mich mit so einem schrecklichen Geständnis.«

Meine Gefühle überkommen mich wieder, ich halte kurz inne und hole tief Luft.

»Ich verstehe dich vollkommen, Emi«, sagt Chris und legt mir sanft seine Hand auf die Wange. Ich spüre, wie alle Zellen in meinem Gesicht aktiviert werden und positive Signale an mein Gehirn senden. Rasch drehe ich den Kopf zur Seite und entziehe mich damit seiner Berührung.

»Das Schlimmste daran ist, dass ich endlich wieder auf die Beine gekommen bin. Ich meine, inzwischen fange ich nicht mehr bei jedem Gedanken an Tom sofort an zu weinen. Ich habe mein Leben wieder halbwegs im Griff. Und dann kommt so eine schockierende Nachricht… Als wäre der Tod meines Verlobten nicht schon schlimm genug! Nein, mein Bruder ist auch noch Schuld daran!«

Ich sehe Chris seine Sprachlosigkeit an. Was könnte er auch sagen, damit ich mich besser fühle? Ihm entgeht seine Hilflosigkeit ebenfalls nicht und so tut er das einzig Richtige und zieht mich an seine Brust.

»Gib dir Zeit. Und gib ihm Zeit. Ihr werdet das schon regeln. Du warst so tapfer bisher. Das stehst du nun auch noch durch.« Während ich meinen Kopf in seiner Umarmung vergrabe, atme ich den Duft seines Aftershaves ein. Es hat mich schon immer um den Verstand gebracht. Zunächst genieße ich das Kribbeln, das sich in meinem Körper ausbreitet. Es beruht auf Gegenseitigkeit. Als ich Chris' Blick auffange, liegt darin dieselbe Sehnsucht wie in meinem. Ich versuche, mir Vals Worte in Erinnerung zu rufen. Und Bettis. Es ist okay, wieder leben zu wollen…

Nein, ist es nicht. Es ist falsch. Es ist vollkommen falsch, jetzt bei Chris schwach zu werden. Das darf nicht sein. Das kann ich Tom nicht antun! Rasch löse ich mich aus seiner Umarmung und setze mich mit etwas Abstand wieder hin. Um dem Moment die ihm innewohnende Romantik zu nehmen, schiebe ich mir demonstrativ eine Gabel voll chinesischen Essens in den Mund.

Falls Chris angesichts meiner Reaktion irritiert sein sollte, so lässt er es sich nicht anmerken. Auch er isst weiter, als sei nichts geschehen.

* * *

Es ist noch dunkel in meinem Schlafzimmer, als ich erwache. Rocco und Molly tapsen hungrig über meine dünne Bettdecke und als Lola ebenfalls aufs Bett hinauf springt, verfehlt sie nur knapp meinen verstauchten Fuß.

»Wartet kurz«, murmele ich den Fellnasen zu und schwinge mich behutsam aus den Federn. An meine Krücke gestützt bewege ich mich wenig elegant in die Küche und versorge die hungrigen Tiere. Anschließend humpele ich weiter ins Wohnzimmer, um nach Chris zu sehen.

Nachdem wir gestern Abend lange gesprochen haben – zumeist über Belanglosigkeiten – schalteten wir später einen Film ein, bis ich schließlich in einem tiefen Schlaf versank. Als ich gegen Ende des Films aufwachte, trug mich Chris ins Schlafzimmer. Er hätte die Situation ausnutzen können, natürlich. Und doch war er ein Gentleman wie eh und je, hauchte mir einen liebevollen und gleichwohl sehnsüchtigen Kuss auf die Wange und kehrte dann ins Wohnzimmer zurück. Er hatte mir versprochen, die Nacht über bei mir zu bleiben, falls ich ihn brauche, und wollte auf dem Sofa schlafen.

Weil Chris seine Stelle in der neuen Kanzlei frühestens in zwei Wochen antritt, ist er momentan noch flexibel. Ich hingegen habe gestern Abend noch vor seinem Besuch Elif angerufen und sie darum gebeten, zusätzliche Schichten zu übernehmen. Mit meinem Krüppelfuß stünde ich ohnehin nur unnütz im Café herum. Glücklicherweise hat Elif sofort zugesagt, sodass ich mir heute keine Sorgen um den Laden machen muss.

Als ich die Wohnzimmertür öffne, halte ich stöhnend inne. Ist das sein Ernst? Muss das sein? Chris befindet sich am Boden und macht Liegestütz. Die Muskeln an Oberkörper, Nacken und Armen spannen sich im Wechsel an und sein fast schulterlanges, blondes Haar fällt ihm ins Gesicht. Verlegen wende ich mich ab, als er mich bemerkt.

»Guten Morgen, Emi. Entschuldige, hab ich zu viel Lärm gemacht?«, fragt er, springt leichtfüßig auf und haucht mir zur Begrüßung wieder einen zärtlichen und gleichzeitig unschuldigen Kuss auf die Wange.

»Nein, alles gut.«

»Ich wollte eigentlich Joggen gehen, aber heute ist das Wetter nicht so berauschend«, antwortet Chris und nickt mit dem Kopf in Richtung Wohnzimmerfenster. Tatsächlich hängen am Himmel dunkle Wolken, aus denen immer wieder einige Regentropfen fallen. Nichts erinnert mehr daran, dass vorgestern noch der heißeste Tag des Jahres war und ich fast einen Sonnenbrand bekommen hätte. Der Sommer ist wohl vorbei.

»Es hat heute Nacht gewittert«, sagt Chris und legt sich ein Handtuch in den Nacken.

»Oh«, antworte ich bloß. Das erklärt auch, warum es sich in der Wohnung inzwischen deutlich abgekühlt hat. Wobei Chris' Anwesenheit die Temperatur eher steigen lässt…

»Für den ganzen Tag sind noch Regen und Unwetter angesagt. Dein Café wird heute bestimmt gut besucht sein.«

»Na, immerhin etwas«, entgegne ich, dann komme ich zu einem wichtigeren Thema. »Ich rufe gleich Timo an und schlage ihm vor, dass wir uns heute treffen. Würde es dir etwas ausmachen, mich zu begleiten? Ich fühle mich unwohl dabei, allein hinzugehen.«

»Aber natürlich komme ich mit! Ich bin für dich da.«

»Danke«, sage ich, greife nach meinem Handy und setze mich an den Wohnzimmertisch. Glücklicherweise hat Timo meinen Wunsch respektiert und ist weder vorbeigekommen noch hat er telefonisch versucht, mich zu erreichen. Allerdings konnte ich heute Nacht nur schlecht schlafen – schlechter als sonst schon seit dem Unfall – und bin um vier Uhr schweißgebadet aus einem Albtraum aufgeschreckt. Es war einer dieser Träume, die sich erstaunlich echt anfühlen. Ich habe noch lange nach dem Erwachen gezittert.

In meinem Traum habe ich Timo im Gefängnis besucht. Er sitzt in der Todeszelle und soll bald hingerichtet werden für den Mord an Tom. Val kann mich nicht begleiten, weil sie seit der Urteilsverkündung in sich gekehrt ist und ihre Trauer und Sorge um ihn mit Medikamenten und Alkohol betäubt. Also sitze ich alleine bei meinem Bruder, der gerade seine Henkersmahlzeit auswählen soll. Plötzlich kommt ein Wärter, reißt Timo unsanft von seinem Stuhl und schiebt ihn aus dem Besuchsraum. Ich kann mich nicht einmal von ihm verabschieden…

Natürlich gibt es in Deutschland keine Todesstrafe, das ist mir klar. Aber sagt das bitte mal jemand meinem Unterbewusstsein, das mir diesen grausamen Traum beschert hat? Irgendwie habe ich es mit lebensverändernden Träumen. Ich lag noch lange so da und konnte nicht wieder einschlafen, als ich den Entschluss fasste, am kommenden Tag mit Timo zu sprechen. Keinesfalls würde ich zulassen, dass er in eine Situation gerät, die auch nur ansatzweise meinem Albtraum gleicht. Nein, ich werde nicht auch noch meinen Bruder verlieren!

Ich werde mit ihm sprechen. Ihn anhören. Ich muss einfach wissen, was passiert ist, um die weiteren Schritte überdenken zu können. Gerade scrolle ich durch mein Adressbuch, um ihn anzurufen, als ein eingehender Anruf von Val angezeigt wird.

»Ja?«, nehme ich ihn an.

»Em? Hör mal, wir müssen uns dringend treffen. Timo dreht vollkommen am Rad. Er will sofort zur Polizei fahren und sich stellen. Er sitzt fast schon im Auto!« Ich höre im Hintergrund, wie Val durch das Treppenhaus eilt, dann knallt die Haustür zu.

»Ach du scheiße«, kommentiere ich wahrheitsgemäß. Zugegeben, ich werde Timo wohl nie verzeihen können, was er getan hat. Trotzdem will ich nicht, dass mein einziger Bruder im Knast verschmort. Damit hätte ich dann nicht nur Tom, sondern auch Timo verloren. Welche Strafe gibt es wohl für Fahrerflucht? Und für fahrlässige Tötung?

»Val, pass auf. Sag Timo, dass er erst mit mir reden soll, bevor er zur Polizei geht, ja? Er kann da nicht einfach hinfahren. Ich will erst wissen, was-«

»Okay, warte.«

Ich höre Val im Hintergrund aufgebracht mit Timo diskutieren, dann wechselt ihre Stimme in einen beschwichtigenden Tonfall. Durch mein Handy kommt jedoch nur ein unverständliches Gemurmel bei mir an.

»Wo treffen wir uns?«, fragt Val mich schließlich.

»Frühstück im *Café Sunshine*?«, schlage ich spontan vor. Es ist der erste Ort, der mir gerade in den Sinn kommt.

»Okay. Wir fahren jetzt los. Bis gleich«, sagt Val, dann legt sie auf.

»Ähm, Chris?«, frage ich zögernd. »Planänderung: Wir müssten sofort los.«

»Kein Problem. Ich zieh mich nur kurz um«, sagt er und verschwindet im Bad. Ich humpele in mein Schlafzimmer zurück, tausche den Schlafanzug gegen eine lockere Hose und ein Shirt mit Cardigan und beschließe, erst nach dem Frühstück zu duschen. Timo ist jetzt wichtiger. Eilig kämme ich meine Haare, stecke sie zum Dutt hoch und versprühe ein paar Spritzer Parfüm, um mir wenigstens selbst vormachen zu können, ich sei erfrischt.

»Können wir?«, fragt Chris auffordernd aus dem Flur und wir verlassen gemeinsam die Wohnung. Da mein Café erst seit ein paar Minuten geöffnet hat, ist glücklicherweise noch kein Gast da und Elif werkelt mit Simone in der Küche. Chris und ich schleichen uns daher hinaus und laufen vorsichtig zu seinem Wagen. Dabei muss ich höllisch aufpassen, dass ich nicht mit den Krücken auf dem nassen Pflaster ausrutsche. Sicher am Wagen angekommen, fährt Chris uns schließlich zu dem Café, wo wir uns mit Timo und Val treffen wollen.

Wenige Minuten später sitzen wir zu viert an einem Tisch in der Ecke des Café *Sunshine*. Die Geräuschkulisse ist ohrenbetäubend, nur an unserem Tisch wird kein Wort gesprochen. Timo und Val sitzen mir und Chris gegenüber. Beide sehen aus, als hätten sie die ganze Nacht nicht geschlafen. Timos Augen sind genauso gerötet wie meine. Er scheint nicht erstaunt zu sein, Chris zu sehen. Sicher hat Val ihm bereits von uns berichtet.

»Hör zu, Emi«, beginnt Timo schließlich. »Ich werde dir alles sagen, was du wissen willst. Trotzdem fahre ich gleich nach unserem Gespräch hier zur Polizei. Ich habe es entschieden und werde für meine Fehler geradestehen. Ich hätte mich schon längst stellen sollen. Es war falsch, so lange zu warten. Das ist mir jetzt klar geworden.«

»Denk aber an die Konsequenzen und übereile deine Entscheidung nicht. Fahrerflucht wird ziemlich streng geahndet«, wirft Chris ein.

Auf der Fahrt hierher habe ich ihm gesagt, was ich von Timos Idee, sich zu stellen, halte. Er wird schon genug leiden mit dem Wissen, was er getan hat. Außerdem hat er es mir ja jetzt erzählt. Auch, wenn ich dieses Geständnis quasi erzwungen habe: Es gibt keinen Grund, seine Tat noch mehr Menschen bekannt zu machen. Die einzige noch lebende Person, die zu Schaden gekommen ist, bin ich. Timo sollte nicht auch noch seine gesamte Zukunft verbauen, indem er inhaftiert wird und Gott weiß wann aus dem Gefängnis raus kommt.

Vermutlich hat Chris sich sein erstes Zusammentreffen mit Timo nach so vielen Jahren anders vorgestellt, doch er gibt sich souverän und streichelt meine Hand, die unter dem Tisch auf seinem Oberschenkel liegt. Seine Berührung gibt mir Kraft für das, was jetzt noch kommt.

»Erzähl es mir erst mal, Timo«, sage ich tonlos und wirke zu meiner eigenen Verwunderung erstaunlich gefasst. »Was… Wie ist es passiert?«

»Ich hatte mir Flos Wagen ausgeliehen. Ich wollte Val an dem Wochenende überraschen und mit ihr einen schönen Tag in einer Wellness-Therme verbringen. Quasi als Entschuldigung dafür, dass ich sie darum gebeten habe, unsere Beziehung vor dir zu verheimlichen.«

Ich nicke. Bis jetzt einleuchtend. Geheime Beziehung, romantischer Ausflug. Timo hat kein Auto, also leiht er sich eins.

»Flo verleiht öfter mal seinen Wagen und deswegen war das kein Problem«, fährt Timo fort. »Um Val zu überraschen, habe ich ihr natürlich nichts von dem Auto erzählt und um die Ecke geparkt, als wir im Restaurant waren.«

»Und als wir zurückfuhren hast du behauptet, du würdest dich in Essen noch mit einem Arbeitskollegen auf ein

Bier treffen. Deshalb sollte ich dich nicht in meinem Auto mitnehmen«, sagt Val.

»Ja«, stimmt Timo zu. »Ich wartete also kurz, bis alle den Parkplatz vor dem Restaurant verlassen hatten. Als ich dann auf die Autobahn auffuhr, wart ihr schon weit vorausgefahren. Plötzlich sah ich hinter mir Scheinwerfer, die immer heller wurden. Irgendwann erkannte ich, wer drin saß.«

Irritiert runzele ich die Stirn. Noch ein Auto? Was hat das mit dem Unfall zu tun?

»Erinnerst du dich an Kevin und René?«, fragt Timo. Ich brauche einen Augenblick, bis ich die Namen zuordnen kann.

»Die Typen aus dem Casino von damals?«, antworte ich fragend. Seine früheren Freunde waren mir noch nie geheuer, zumal sie seine Spielsucht nur förderten.

»Ja. Ich hatte vor einem Jahr etwa einen kurzen Rückfall und hab etwas zu viel gespielt.«

Ich ziehe scharf die Luft ein. Rückfall. Na super.

Timo fährt unbeirrt fort: »Jedenfalls habe ich mich übernommen und schulde den beiden noch einen Haufen Kohle. Ich hab das Geld fast zusammen, aber ihnen ging's wohl nicht schnell genug. Sie hatten uns im Biergarten gesehen und sich spontan überlegt, mir Druck zu machen. Deshalb sind sie mir gefolgt.«

Timo macht eine kurze Pause und nimmt einen großen Schluck von dem Kaffee vor ihm. Seine Hände zittern und er verschüttet fast etwas.

»Auf der Autobahn hab ich sie dann bemerkt. Sie waren direkt hinter mir und fuhren immer dichter auf. Haben regelrecht gedrängelt. Ich bekam Panik. Ich kenn die beiden. Die bedeuten meist nichts Gutes und können ganz schön ungemütlich werden, wenn sie was von dir wollen. Also hab ich auf's Gaspedal gedrückt und bin auf die Überholspur gezogen, um vor denen abzuhauen. Und irgendwann … tauchten eure Rücklichter auf. Ich hab das Auto nicht erkannt, glaub mir!«, beteuert Timo und seine

Stimme wird plötzlich ganz dünn. Sie klingt verletzlich und hohl.

Unfähig, etwas zu sagen, nicke ich bloß. Timo fährt fort.

»Als ich dann etwa auf eurer Höhe war, hatten Kevin und René zu mir aufgeschlossen. Sie saßen mir fast im Kofferraum! Ich hab ständig in den Rückspiegel geguckt und dann … dann kam ich irgendwie von der Spur ab und bin in euer Auto rein gefahren. Von da an hatte ich keine Kontrolle mehr. Es ging so schnell… Plötzlich lag euer Auto im Graben. Ich hielt sofort an und stieg aus. Dann erkannte ich, dass es euer Clio war. Kevin und René fuhren laut hupend einfach weiter. Ich rannte zu euch und…«

Timos Augen füllen sich mit stummen Tränen. Val schluckt und schüttelt immer wieder entsetzt den Kopf. Chris' Hand streichelt weiter über die meine.

»Er war sofort tot, Emi. Ich hab seinen Puls fühlen wollen, aber da war nichts. Ich hätte einfach nichts…«

Seine Stimme versagt. Timo räuspert sich und fährt dann fort: »Du sahst okay aus, aber warst bewusstlos. Ich hab sofort den Notruf gewählt und einen Krankenwagen gerufen. Weil du immer noch nicht aufgewacht bist und die Sirenen schon näher kamen, stieg Panik in mir auf. Ich konnte nicht derjenige sein, der dir die Liebe deines Lebens nimmt.«

Chris' Hand zuckt kurz zusammen, dann nimmt seine Hand wieder ihre Tätigkeit auf und streichelt die meine zärtlich. Seine Berührung wirkt erstaunlich beruhigend auf mich.

»Ich bin wieder in Flos Auto eingestiegen und abgehauen. Bin zu ihm in die Werkstatt und hab's da abgestellt. Ich wusste nicht, was ich sonst hätte tun sollen! Kurz darauf wurden wir informiert und ich bin mit dem Taxi sofort zurück zur Unfallstelle gefahren. Du warst so neben der Spur, aber am Leben. Ich dachte erst, du… Es tut mir so unendlich leid, Emi.«

Die Tränen, die sich zunächst in seinen Augen gesammelt haben, fließen nun über sein Gesicht. Immer wieder schüttelt er den Kopf, haut sich mit der flachen Hand dagegen und murmelt »es tut mir so leid«. Ich hingegen bin recht gefasst. So wie nach dem Unfall. In Schockmomenten scheint mein Körper sich aufs Existieren zu konzentrieren. Erst später bricht alles über mir zusammen.

»Es war wirklich ein Unfall«, sage ich schließlich nach einer langen Stille. Meine Stimme klingt leise, als käme sie von weit weg.

»Ja. Ich hätte doch niemals…«

»Du solltest nicht zur Polizei gehen. Bitte, tu's nicht.« Mein Körper zittert wie verrückt und auch meine Stimme bebt, aber noch bringe ich klare Worte hervor.

»Das heißt nicht, dass ich dir verzeihe. Aber ich will nicht, dass du dein Leben wegwirfst.«

Val und Chris wechseln vielsagende Blicke, sagen aber nichts. Das ist eine Sache zwischen Timo und mir.

»Emi, das hab ich schon längst. Und deins hab ich auch kaputt gemacht und nichts, was ich je tun oder sagen könnte, würde es ungeschehen machen. Ich kann nicht mit dieser Schuld leben. Nicht noch länger.«

Vor meinen Augen bricht mein Bruder zusammen. Ich kann mich kaum daran erinnern, wann er das letzte Mal so zerbrechlich und aufgewühlt zugleich war. Er weint und schnieft laut. Haut zwischendurch mit der Faust auf den Tisch, doch die Kellner und die anderen Gäste bemerken uns nicht. Wir sind gefangen in unserer eigenen, kleinen Horrorwelt.

»Ich kann es nicht mehr ertragen«, sagt Timo dann leise, springt schnell auf und verlässt das Café.

»Timo!«, ruft Val und läuft ihm hinterher.

»Er haut mit meinem Auto ab!«, ruft sie uns zu, als sie einen Blick auf den Parkplatz erhascht.

»Komm, wir folgen ihm!«, fordert Chris mich auf, doch ich stütze mich bereits am Tisch ab und ziehe mich hoch. Chris wirft achtlos einen Geldschein auf den Tisch, um unsere Getränke zu bezahlen, reicht mir die Krücken und wir laufen so schnell, wie es mir möglich ist, zu seinem Wagen.

»Er ist da hinten links abgebogen«, murmelt Val eine Minute später vom Rücksitz des Wagens.

»Ich glaub, er will echt zur Polizei«, bemerkt Chris.

»Oder er will sich was antun«, entgegne ich. »Da drüben kommt die Brücke, ihr wisst schon… Nicht, dass er… Ich ertrage das nicht!«, sage ich und versuche, die allmählich in mir aufsteigende Panik zu unterdrücken. Chris indes drückt auf das Gaspedal und verfolgt Timo.

Drei Kreuzungen weiter steht fest, dass er zur Polizei fährt. Wir sehen nur noch, wie er die Tür aufreißt und eilig hineinläuft, als Chris gleich vor dem Revier haltmacht. Dann fällt die Eingangstür zu. Es ist zu spät.

17. Kapitel

Drei Wochen ist es nun her, dass Timo die Polizeiwache betreten und sich selbst gestellt hat. Wir konnten ihn nicht aufhalten. Er hat den Polizisten erzählt, was geschehen ist. In allen Einzelheiten, ohne etwas auszulassen, legte er ein umfassendes Geständnis ab. Auf meine Bitte hin kontaktierte Chris umgehend Timos Anwalt und gemeinsam konnten sie erreichen, dass er nicht in die Untersuchungshaft musste. Allerdings wurde ihm eine wöchentliche Meldepflicht auferlegt, bis das Verfahren gänzlich abgeschlossen ist.

Am liebsten hätte ich Chris gleich den ganzen Fall übertragen: Niemandem sonst hätte ich das Leben meines Bruders eher anvertraut. Da er aber nicht auf Strafrecht spezialisiert ist, schlug er selbst vor, dem Strafverteidiger bloß beratend zur Seite zu stehen. Der zunächst festgesetzte Verhandlungstermin wurde von Gerichts wegen verschoben. Daher bangen wir noch immer um Timos Zukunft. Ich hoffe so sehr, dass das Urteil nicht allzu schwer ausfällt. Ich hätte Timo doch niemals angezeigt! Wenn es nach mir gegangen wäre, hätte die Polizei das Verfahren eines Tages mangels Erfolgs eingestellt. Niemand hätte je erfahren müssen, was wirklich passiert ist. Aber Timo hat sich anders entschieden und jetzt wird er die Konsequenzen tragen müssen.

»Sind das alle Stühle?«

Elifs Stimme reißt mich aus meinen Gedanken. Wir bereiten gerade das Lesecafé für den Event-Sonntag vor und in einer knappen Stunde kommen bereits die Gäste.

Ich zähle kurz durch.

»Da müssten noch ein paar Klappstühle in der Abstellkammer sein«, sage ich zu meiner Aushilfe, die in den letzten Wochen eher eine unverzichtbare Vollzeitkraft für mich war. Wenngleich ich inzwischen auf meine Krücken verzichten kann und die Schmerzmittel nur noch sicherheitshalber in meiner Handtasche liegen, so ist mein Fuß immer noch nicht problemlos belastbar. In der letzten Zeit blieb viel Arbeit an Elif hängen.

»Ich schau nochmal nach«, sagt sie und verlässt den Raum, während ich mich prüfend umsehe. Wir haben einige der Regale verschoben, Tische verrückt und die eigentliche Café- und Verkaufsfläche durch eine Stuhllandschaft ersetzt, damit die Gäste es bei der Lesung bequem haben. Zwar gibt mein kleiner Laden nicht viel Platz her, jedoch haben wir das Beste aus den Gegebenheiten gemacht, stelle ich zufrieden fest.

»Klopf, klopf«, sagt Chris und steht mit einer Kiste Bücher in der Eingangstür, deren Glöckchen klingelt.

»Ach, du bist schon da?«, frage ich erstaunt. Obwohl er mir neben seinem Auftritt heute Abend auch Hilfe bei der Organisation angeboten hatte, hatte ich abgelehnt. Er soll sich lieber um seinen neuen Job kümmern. Chris hat erst vor einer Woche dort angefangen und es ist zwar keine Hochglanz-Kanzlei, gleichwohl hat er für die ersten Tage genug zu tun. Zumal er sicher jeden Tag nach Feierabend an Timos Verteidigungstaktik tüftelt. Aus seinen Erzählungen weiß ich allerdings, dass die »paar« Überstunden im neuen Job in keinem Vergleich zu seinem damaligen Münchener Arbeitsleben stehen.

»Sieht ganz so aus. Und ich hab noch jemanden mitgebracht«, sagt er und hinter ihm streckt eine gut gelaunte, kleine Frau mit braunem Lockenschopf ihren Kopf durch die Tür.

»Hallo, ich bin Nadine. Wir hatten telefoniert«, ergänzt sie überflüssigerweise, denn mir ist klar, dass es sich hier um die Autorin handelt, die hier aus ihrem Buch lesen wird. Abgesehen von Nadine hat sich noch Justyne, eine junge Poetry-Slammerin aus der Nachbarstadt, angekündigt und nach den zwei Auftritten wird es noch eine kleine Signierstunde und Häppchen geben. Zum Abschluss stehen dann noch Chris und seine Gitarre auf dem Programm.

»Richtig. Ich bin Emily. Freut mich sehr«, sage ich und schüttle der aufgeweckten Frau die Hand. Sie hat eine beeindruckende Ausstrahlung und grinst über beide Ohren.

»Ganz meinerseits«, sagt sie und ich habe den Eindruck, dass sogar ihre Augen lachen. Bei so guter Laune muss ja wenigstens ein Funke davon auf die Gäste überspringen, denke ich erfreut.

»Ich habe übrigens ein paar Bücher zum Signieren mitgebracht«, sagt sie und nickt mit dem Kopf in Richtung Chris. Jetzt erst entdecke ich, dass es sich bei den Büchern in der Kiste um Nadines neuesten Roman handelt, eine spritzige Liebeskomödie.

»Super«, bemerke ich erfreut und zeige ihr, wo der Lesungs- und Signiertisch für sie steht, damit sie sich dort einrichten kann. Als Elif sie entdeckt, lässt sie fast die Klappstühle in ihren Händen fallen, stellt sie schließlich jedoch behutsam beiseite, bevor sie zu Nadine läuft und ihr berichtet, wie sie ihr neues Buch verschlungen hat.

Ich will mich indessen gerade zu Chris gesellen und ihn nach seiner Setlist für den Abend ausfragen – aus ihm war bislang kein Wort heraus zu bekommen! – , als der Caterer um die Ecke lugt und fragt, wo er die Warmhalteboxen abstellen kann. Ich werfe Chris einen entschuldigenden Blick zu und zeige dem Caterer eine freigeräumte Nische in der Küche. Obwohl die Behälter gut verschlossen sind, kann ich die Mini-Burger schon riechen. Oder bilde ich es mir vor Vorfreude bloß ein?

* * *

Ich stehe an die Theke gelehnt hinter der letzten Stuhlreihe und beobachte die Menschentraube, die sich um Nadines Tisch auf der Erhöhung an der Fensterfront gebildet hat. Ihre Lesung war ein voller Erfolg. Obwohl bereits viele Tickets im Vorverkauf über den Ladentisch gegangen sind, nehmen wir heute mindestens noch einmal dasselbe ein. Sicher spielt mir auch das Wetter in die Hände, denn es hat sich deutlich abgekühlt in den letzten Wochen. Gestern gab es den ersten Herbstschauer, doch heute bleibt es glücklicherweise trocken. Perfekte Umstände, um einen trübnebligen Sonntag im Lesecafé zu verbringen!

»Na, das lief doch hervorragend«, reißt mich eine Stimme aus meinen Gedanken. Vor mir stehen Betti und Ludwig.

»Danke«, sage ich lächelnd.

»Ich bin zwar ein wenig zu alt für dieses Genre, aber die Autorin hat einen amüsanten Schreibstil. Da hast du jemand Gutes ausgewählt«, sagt Betti und klatscht erfreut in die Hände.

»Deinen Gästen hat es gefallen, das hat man gemerkt«, fügt nun Ludwig hinzu.

»Ja, den Eindruck hatte ich auch. Ich bin froh, dass Nadine für die Veranstaltung zugesagt hat!« Tatsächlich bin ich gerade außerdem ziemlich erleichtert, Teil eins des heutigen Programms erfolgreich hinter mich gebracht zu haben.

»Wollt ihr schon gehen?«, frage ich dann, als ich bemerke, dass die zwei ihre Jacken bereits wieder angezogen haben.

»Ja, Schätzchen, tut uns leid. Wir würden zu gern deinen Chris noch sehen-«

»Er ist nicht *mein* Chris«, werfe ich ein.

»Na, wenn du das sagst. Jedenfalls hätten wir gerne seiner Musik gelauscht, aber dieser Poetry-Slam ist nicht so ganz unser Fall, schätze ich«, entgegnet Betti und Ludwig nickt entschuldigend.

»Außerdem möchte ich gleich noch zu Rosi ins Krankenhaus, bevor die Besuchszeit um ist. Hans hat vorhin angerufen und gesagt, sie hätte einen Schlaganfall gehabt. Das ist jetzt schon das zweite Mal und wir machen uns Sorgen.«

Ein Hauch Unsicherheit zuckt über Bettis Gesicht, dann fängt sie sich wieder und strahlt Souveränität aus wie eh und je.

»Aber natürlich, Betti! Richtet Rosi meine Genesungswünsche aus! Ich danke euch, dass ihr hier wart!«

Herzlich umarme ich die beiden, dann verlassen sie eilig das Café. Während Nadine vorne die letzten Bücher signiert, bereitet die Poetry-Slammerin Justyne ihren Auftritt vor. Obwohl sie sonst nur bei echten Slams, also Wettbewerben, teilnimmt, macht sie für mich eine Ausnahme und präsentiert ihre Kunst ohne Konkurrenz. Die Gäste nehmen wieder Platz und das Gemurmel und Getuschel verstummt allmählich. Meine Augen suchen den Raum nach Chris ab, den ich schließlich an der Eingangstür entdecke. Zielstrebig kommt er durch das Café auf mich zu und lehnt sich neben mich an die Theke.

»Du glaubst nicht, wen ich gerade vor der Tür abwimmeln musste«, eröffnet er das Gespräch.

Mein Herz bleibt einen Augenblick lang stehen.

»Timo?«, forme ich tonlos mit den Lippen und in das Hochgefühl, das vorhin noch durch meinen Körper strömte, mischt sich nun Unsicherheit und Verwirrung.

»Nein, nein«, beschwichtigt mich Chris, der in meinem Gesicht lesen kann wie in einem Buch. »Er weiß doch, dass du momentan Abstand brauchst und er nicht herkommen sollte. Und du kennst ihn: Er respektiert deine Entscheidung.«

Erleichtert atme ich auf. Obwohl ich Timo nicht im Gefängnis sehen will, kann ich ihm nicht gegenübertreten, als sei nichts passiert. Noch nicht. Er ist mein Bruder und ich liebe ihn, aber mein Herz hat ihm seine Tat noch nicht verziehen. Ich bin zuversichtlich, dass wir das wieder hinbekommen, aber noch bin ich nicht darüber hinweg. Ich brauche Zeit.

»Wer war's dann?«, frage ich stirnrunzelnd, denn mir käme sonst kaum jemand in den Sinn, den ich nicht hier haben möchte.

»Melissa«, lässt Chris die Bombe platzen.

»Nein! Das gibt's nicht!«, antworte ich nun im Flüsterton, da Justyne gerade das Mikro testet und gleich beginnen will.

»Doch. Keine Ahnung, was das sollte. Will sie dich und dein Café ausspionieren? Deine Veranstaltung torpedieren? Jedenfalls hab ich ihr gesagt, sie soll verschwinden und bloß nicht wiederkommen.«

Ich lächle ihn dankbar an und lehne meinen Kopf an seine Schulter. Er weiß genau, wie mich Melissas Auftauchen aus dem Konzept gebracht hätte. Wie früher schon, als wir zusammen waren, beschützt Chris mich immer und überall. Ich versuche, nicht zu tief einzuatmen, denn dann brächte mich sein Rasierwasser wieder mal um den Verstand. Trotzdem will ich in seiner Nähe sein und taste ganz vorsichtig mit den Fingern nach seiner Hand. Er ergreift die meine und so stehen wir stumm da und beobachten Justyne auf der provisorischen Bühne.

Es wäre gelogen, wenn ich sagte, ich höre ihr wirklich zu. Im Gegenteil: Ich bin zu sehr damit beschäftigt, Chris neben mir zu spüren und dieses wohlige Gefühl der Geborgenheit zu genießen, das meinen Körper von Kopf bis Fuß durchströmt. Als der Auftritt endet und die Menge jubelnd applaudiert, schrecke ich abrupt hoch und lasse Chris' Hand rasch los.

»Ich muss die Mini-Burger holen«, murmele ich und laufe in die Küche, um die Deckel der Warmhalteboxen abzunehmen und die vorbereiteten Tabletts hinüberzutragen. Bestimmt stürzen sich die hungrigen Gäste gleich darauf.

»Lass mich dir helfen«, sagt Chris, als er wenige Augenblicke nach mir durch die Küchentür tritt. Er trägt das Essen in den Verkaufsraum und ich halte kurz inne, um in Ruhe durchzuatmen und meinen Körper wieder in den Griff zu bekommen. Noch immer kribbelt die Stelle an meiner Hand, an der ich Chris berührt habe.

Aus dem Durchatmen wird jedoch nichts, denn schon steht Elif im Raum und holt ein paar Pakete Kaffeebohnen.

»Die Maschine wird gleich kaum stillstehen«, sagt sie erklärend und strahlt über das ganze Gesicht. Die Begeisterung für die Veranstaltung ist meiner Mitarbeiterin anzumerken und wieder einmal bin ich unfassbar froh darüber, sie zu haben.

»Vergiss den Vanille- und Mandelsirup nicht, den ich extra für heute besorgt habe«, sage ich und ziehe die beiden Flaschen aus dem Einkaufskorb.

»Die hole ich gleich«, gibt Elif nickend zurück. Ich gehe erneut die Küche ab und kontrolliere, ob sonst noch etwas fehlt. Dann folge ich Elif in den Verkaufsraum, in dem sich die Gäste nun grüppchenweise in Büffet-Nähe versammelt haben. Leider kann Judith heute nicht vorbeischauen, weil ihre Schwester Geburtstag feiert. Die meisten Anwesenden sind jahrelange Stammkunden, aber auch ein paar neue Gesichter haben sich darunter gemischt. Die Flyer scheinen sich gelohnt zu haben, denke ich zufrieden, als mein Blick auf die Ladentür fällt, durch die gerade ein Mann tritt, der etwa in meinem Alter sein muss. Er trägt eine schlichte Jeans und ein dunkles Hemd. Sein braunes Haar ist perfekt zurechtgemacht. Obwohl er nicht so schick aussieht wie beim letzten Mal, erkenne ich ihn doch sofort: Benjamin Auermann von der Versicherung! Während er suchend durch den Raum schaut, wird mir heiß und kalt. Was hat das zu bedeuten? Warum ist er hier? War es doch ein Fehler mit der Versicherung? Hatte Tom doch keine abgeschlossen und ich habe das Geld eines anderen ausgegeben?

Ich zittere. Mir wird schlecht. Meine Gedanken drehen sich im Kreis und ich sehe schon vor meinem inneren Auge, wie er mir seinen Fehler erklärt und ich mein Café doch an Melissa verkaufen muss. Schließlich löse ich mich jedoch aus meiner Erstarrung und laufe langsam auf ihn zu. Er hat mich noch nicht entdeckt und steht weiterhin verloren im Eingang herum.

Fast habe ich ihn erreicht, als sich plötzlich ein gut duftender, großer Mann zwischen uns drängt … und ihn umarmt.

»Benni, hey! Schön, dass du kommen konntest!«

Irritiert bleibe ich stehen. Chris?

»Na klar doch! Wenn du schon mal wieder einen Auftritt hast nach so vielen Jahren, dann muss ich doch dabei sein!«

Freundschaftlich hauen sich die zwei auf die Schulter und lachen einander vertraut an.

»Oh, Emi, da bist du ja«, sagt Chris, als er mich hinter sich bemerkt.

»Ich … ähm, wollte gerade…«

»Das ist Benni«, stellt mich Chris dem Neuankömmling vor. Mechanisch strecke ich ihm die Hand entgegen. Herr Auermann greift danach und schüttelt sie freundlich.

»Benni, das ist Emily«, sagt er dann, an Auermann gewandt.

»Freut mich«, sage ich wie einstudiert. Freut mich? Wieso tu ich so, als kenne ich Auermann nicht? Warum sage ich Chris nicht einfach, dass er für Toms Versicherung arbeitet?

»Mich auch«, antwortet Auermann – *Benni* – und schenkt mir ein Lächeln. Wieso sagt er auch nichts? Kann er sich nicht an mich erinnern?

»Ich bin Chris' Cousin«, ergänzt Benni schließlich und schlägt Chris wieder auf die Schulter. »Er hat mir von seinem Auftritt erzählt und da er fast nie vor Publikum spielt, musste ich die Chance einfach nutzen.«

Ich nicke, als sei das Ganze absolut plausibel. Vollkommen logisch, dass Chris verwandt ist mit dem Versicherungsvertreter, der mir Toms Geld ausgezahlt hat. Am liebsten würde ich den Kopf schütteln, aber mein Körper gehorcht mir nicht mehr. Ich stehe stumm daneben, während Chris seinen Cousin nach der Anreise ausfragt – er scheint in Essen zu wohnen und selten nach Langenberg zu kommen – und ihm die Mini-Burger empfiehlt. Er zieht ihn beiseite und die beiden merken nicht einmal, dass ich weiter wie angewurzelt dastehe.

Erst als die Ladentür erneut aufgeht und mich Vals freundliches Gesicht angrinst, zwinge ich mich zur Bewegung.

»Em, Süße, hi! Ich bin so schnell gekommen, wie ich konnte!«, ruft sie aufgeregt und drückt mich kurz. Val und

Jana mussten heute eine Frau stylen, die mit ihrem Mann Silberhochzeit feiert und sich zu diesem Anlass noch einmal kleiden wollte wie an ihrem Hochzeitstag. Daher hatte sie schon vorher angekündigt, es nicht rechtzeitig zum Event zu schaffen.

»Jana kommt auch gleich«, fährt Val fort und schält sich aus ihrem Herbstmantel, den sie sich anschließend über den Unterarm wirft. »Martin wollte aber doch nicht mit, er meinte, er fährt zu Timo«, sagt sie dann und ich zucke wie so oft in letzter Zeit bei der Erwähnung meines Bruders zusammen.

»Em, alles okay bei dir? Du bist etwas blass«, bemerkt sie schließlich und fühlt prüfend mit der Rückseite ihrer Hand an meiner Stirn, als hätte ich Fieber.

»Alles okay«, murmele ich und schiebe ihre Hand beiseite.

»Was ist dann?«, fragt sie.

»Weißt du noch, dass dieser Mann von der Versicherung hier aufgekreuzt ist? Nach Toms Tod, meine ich?«

Val nickt, schaut allerdings verwirrt drein. »Ja, klar, wie könnte ich das vergessen. Was ist mit ihm?«

»Er ist Chris' Cousin«, antworte ich und deute mit dem Finger auf die beiden, die sich an der Theke gerade den Bauch mit den Mini-Burgern vollschlagen.

»Sein Cousin?«, echot Val.

»Jep. Komisch, oder? Und er konnte sich anscheinend nicht mal mehr an mich erinnern, als Chris ihn mir vorgestellt hat«, fahre ich fort.

»Merkwürdiger Zufall, da hast du recht. Aber wenn's sonst nichts ist… Ich hab einen Mordshunger und muss mir schnell was besorgen, bevor Chris' Auftritt los geht.« Val wirft Mantel und Handtasche auf einen Stuhl, schnappt sich einen Pappteller und reiht sich in die Schlange am Büffet ein. Ich werde indessen in eine Unterhaltung von Erna und Melli einbezogen und kann mich so schnell nicht wieder loseisen. Schließlich ist es mein Event und ich möchte auch ein wenig mit meinen Gästen plaudern.

»Wir sollten gleich mit dem Auftritt loslegen«, flüstert mir Elif ins Ohr und hält mir erklärend ihre Armbanduhr vor die Nase. Ich entschuldige mich bei Melli und Erna und eile zu Chris, um ihn auf die Bühne zu schicken.

»Bin schon unterwegs«, sagt er, noch bevor ich ein Wort von mir geben kann, und greift hinter die Theke, wo er seinen Gitarrenkoffer verstaut hat. Während Chris nun auf der Bühne seine Gitarre stimmt, nimmt die Menge wieder Platz auf den Stühlen. Ein paar Nachzügler, die eine Zigarettenpause vor dem Laden eingelegt haben, kommen anschließend hinzu. Jana ist mittlerweile ebenfalls eingetroffen und winkt vom Platz neben Val. Ich winke zurück, bleibe allerdings hinten an der Theke stehen, um einen besseren Überblick zu haben. Außerdem ist Benni noch hier und da er außer Chris niemanden zu kennen scheint und auch keine Anstalten macht, sich zu setzen, finde ich es besser, ebenfalls hierzubleiben.

»Du hast ihn also dazu gebracht, endlich mal vor Menschen zu spielen«, bemerkt Benni lächelnd. »Respekt«, sagt er dann und hebt auffordernd seine Kaffeetasse, als sei sie ein Sektglas.

»Danke«, antworte ich und stoße mit meiner Kaffeetasse an. »Auf einen schönen Abend, der dem Nachmittag in nichts nachsteht.«

»Cheers«, sagt Benni und nimmt einen Schluck.

»Also hat Chris sich, was das angeht, nicht geändert? Er spielt immer noch am liebsten alleine zuhause?«, frage ich neugierig.

»Genau. Ich habe ihm vielleicht drei, vier Mal zugehört, als er sich unbeobachtet vorkam. Ich weiß gar nicht, warum er sich versteckt. Er ist wirklich talentiert.«

»Und wie! Das habe ich ihm früher auch immer gesagt«, stimme ich zu. Als Chris sich auf der Bühne räuspert und die Zuschauer begrüßt, trinke ich rasch meinen Kaffee aus und stelle die Tasse beiseite, um die Hände frei zu haben.

»Also, wenn euch was nicht gefallen sollte, dann dürft ihr euch bei Emily bedanken, die mich zu dem Auftritt heute überredet hat«, sagt er und macht es sich auf dem Barhocker bequem, den er vorn auf die Bühne gestellt hat. Vereinzelt folgen ein paar Lacher aus dem Publikum.

»Nein, im Ernst. Emily hat das Ganze super organisiert und ich freue mich, mit dabei sein zu dürfen. Einen Applaus bitte für Emily!«, ruft er und zeigt mit der Hand zu mir. Ein paar Leute drehen sich um, aber alle klatschen wie verlangt in die Hände. Gut, dass wir hier keine echte Konzert-Lichttechnik haben, sonst hätte jetzt wahrscheinlich jemand den Scheinwerfer auf mich gerichtet. Der Applaus verstummt und Chris kündigt seinen ersten Song an. *Always and Forever.*

Es ist mucksmäuschenstill im Raum. Chris' Finger fliegen über die Gitarrensaiten und als die ersten Töne des Liedes erklingen, erkenne ich es sofort. Es ist das Lied, das Chris mir zu meinem achtzehnten Geburtstag geschrieben und um Mitternacht vor dem Kamin vorgesungen hatte. Es handelt von wahrer Liebe und davon, dass sie alles überstehen kann. Dass sie niemals vergeht.

Noch nie habe ich jemandem von diesem Lied erzählt. Nicht einmal Val. Ich hatte ihr damals nur gesagt, dass er einen Song für mich geschrieben hatte, nicht aber, um was es genau ging. Da er das Lied seither nie wieder – nicht einmal für mich – gespielt hatte, hört sie es wie alle anderen zum ersten Mal.

Ich nicht. Ich höre es zum zweiten Mal und doch kommt es mir vertraut vor, denn es erzählt unsere Liebesgeschichte. Wie man jahrelang nebeneinander wohnt, ohne dass je etwas passiert. Wie ein einziger Abend alles verändern kann. Wie das Singen eines Liedes auf dem Heimweg mit einem Kuss endet und den wunderbaren Beginn einer einzigartigen Beziehung begründet.

Während alle anwesenden Frauen gebannt an seinen Lippen hängen, werden sie von ihren Männern zumeist amüsiert beobachtet. Zugegeben, für manch einen mag das alles kitschig klingen. Für mich aber nicht. Das Lied ist so emotional und berührend, dass ich eine Gänsehaut bekomme und vor meinem geistigen Auge die Szene von dem Geburtstag damals vorbeizieht. Vor Rührung muss ich eine kleine Träne verdrücken, als das Lied vorbei ist. Einerseits durchströmt mich das gleiche Glücksgefühl wie damals, als ich das Lied das letzte Mal hörte. Andererseits weiß ich es heute besser: Unsere Liebe war nicht für die Ewigkeit bestimmt. Sie sollte schon kurze Zeit später durch die Entfernung zerstört werden.

Ein Schauer überkommt mich, doch ich schüttle ihn ab und beobachte das Publikum. Meine Gäste sind außer sich und ein stürmischer Applaus verleiht ihrer Begeisterung Ausdruck.

»Er ist wirklich super«, bemerkt Benni und nickt anerkennend. Da erst fällt mir wieder ein, dass er ja neben mir steht. Die letzten Minuten lang war ich so sehr in dieses Lied und in Chris' Worte versunken, dass ich alles um mich herum vergessen habe.

Als hätte er das schon unzählige Male getan, unterhält Chris das Publikum mit einem Witz und fragt nach, ob jemand einen speziellen Cover-Song hören möchte. Prompt ertönen die ersten Antworten und Chris wählt einen aktuellen Popsong aus den Charts aus, den er anschließend auf seine ganz eigene Weise interpretiert.

»Emily?«, fragt Benni plötzlich und ich drehe den Kopf zu ihm. Er schaut etwas verlegen drein.

»Ja?«

»Bitte sei gut zu Chris. Er … hat endlich wieder etwas Liebe verdient. Ich weiß, wie schwer das damals für ihn war.« Benni unterbricht sich selbst, holt tief Luft und fährt schließlich fort.

»Ich war früher nicht so ein Familienmensch, immer ein Rebell. Hatte keine Lust auf Geburtstagsfeiern oder gemeinsames Weihnachtsessen. Da kam es mir ganz recht, dass Chris' Eltern mit meinen gesprochen hatten und sagten, ich solle dann doch lieber zuhause bleiben. Das tat ich. Deshalb haben wir uns wohl nicht früher kennengelernt«, sagt Benni und ich nicke. Tatsächlich habe ich auch schon gegrübelt, wieso ich ihm nicht eher über den Weg gelaufen bin. Seine Eltern Mona und Thorsten habe ich einmal auf Chris' Geburtstagsfeier gesehen, glaube ich. Jedenfalls hat Chris nur einen Onkel und eine Tante, daher werden sie es sicher gewesen sein. Nur worauf will Benni hinaus?

»Als ich dann älter wurde, hatte ich immer mehr Kontakt zu Chris, Facebook sei Dank«, sagt er und schmunzelt. »Na ja, und als meine Eltern dann den Unfall hatten, war Chris für mich da. Er half mir durch diese schwere Zeit, kam extra aus München zu mir und unterstützte mich dabei, eine eigene Wohnung zu finden. Seitdem haben wir den Kontakt gehalten und tun es noch. Lange Rede, kurzer Sinn: Sei bitte gut zu ihm. Du bedeutest ihm wirklich viel. Und er ist für mich inzwischen wie ein Bruder, deshalb ist es mir so wichtig.«

Dieser Tag ist wirklich ein ständiges Auf und Ab. Meine Gefühle spielen völlig verrückt und ich weiß kaum, was ich erwidern soll.

»Benni … bitte. Chris und ich sind nicht… Du weißt doch, dass mein Verlobter erst vor Kurzem…«

»Ich weiß, Emily. Und das tut mir furchtbar leid. Aber du solltest auch etwas wissen.«

Verwirrt sehe ich ihn an, doch Benni verstummt.

»Was denn?«, hake ich also nach.

»Ich sollte dir das eigentlich nicht sagen… Aber ich kann nicht zusehen, wie ihr euch gegenseitig das Herz brecht. Selbst ein Blinder kann erkennen, dass ihr etwas füreinander empfindet.«

»*Was* solltest du mir nicht sagen?«, frage ich erneut nach.

»Das Geld. Es war nicht von deinem Verlobten.«

Mein Herz bleibt kurz stehen, doch dann schlägt es rasend schnell.

»Es war nicht von Tom? Von wem dann? War es doch ein Fehler?« Schon wieder ist mir schlagartig übel.

»Nein, nein. Kein Fehler. Es war von Chris.«

Benni spricht unglaublich schnell, so, als könne er es damit ungesagt machen.

»Von Chris?«, echot meine Stimme.

»Ja. Er hat sowieso gerade seine Wohnung in München verkauft, als er von deinen finanziellen Problemen hörte. Er wollte es dir anbieten, aber du hast abgelehnt. Also hat er mich um Hilfe gebeten…«

»Du solltest so tun, als sei es Geld, das mir rechtmäßig zusteht.«

»Ja. Ich wollte das zuerst nicht, aber dann hat er mir gesagt, dass es um dich geht. Also habe ich seinen Scheck genommen und bin zu dir gefahren.«

Ich halte einen Moment inne. Das Ganze muss ich erst einmal verdauen. Das Geld war nicht von Tom? Sondern von Chris?

»Ich weiß, das klingt alles etwas verrückt, aber Chris wollte nur das Beste für dich. Er wollte nicht, dass du deinen Traum von dem Café aufgeben musst.«

»Also arbeitest du nicht bei der Versicherung?«, frage ich ihn. Meine Stimme zittert.

»Doch. Meine Visitenkarte war echt. Nur hat dein Verlobter dort nie einen Vertrag abgeschlossen. Der Scheck war von Chris. Bitte versprich mir, dass du Chris nicht sagst, dass ich es dir erzählt habe!«

Benni sieht mich flehend an. Es ist, als sei der kompetente Anzugträger ausgewechselt worden durch den freundlichen, musikhörenden Cousin. Der sich Sorgen macht um Chris und mir deshalb dieses Geheimnis beichtet.

»Ich … okay«, stimme ich zu. »Warum nicht?«, frage ich schließlich.

»Er will nicht, dass du dich irgendwie schuldig fühlst oder ihm gegenüber zu etwas verpflichtet. Oder dass du sauer auf ihn bist.«

Sauer? Bin ich das? Ich versuche, in mich hinein zu horchen, was gar nicht so einfach ist, wenn um einen herum erneut ein tosender Applaus losgeht. Chris hat soeben seinen Song beendet und lächelt glücklich ins Publikum. Dann fange ich seinen Blick auf und sein Lächeln wird noch breiter. Ich grinse unwillkürlich zurück und in dem Moment weiß ich es.

»Ich bin nicht sauer. Ich komme mir zwar etwas übergangen vor, aber ich kenne Chris. Er hatte sicher nur das Beste für mich im Sinn.«

Erleichtert atmet Benni auf und drückt mich kurz.

»Danke, dass du das sagst! Ich musste es einfach loswerden, ich bin so ein miserabler Lügner. Dich damals so zu überrumpeln war leicht, schließlich hast du mich nicht erwartet und im Anzug fühle ich mich sowieso sicherer und selbstbewusster. Aber dich heute hier zu sehen ... mit Chris... Ich könnte die Lüge nicht länger für mich behalten.«

»Ist in Ordnung, Benni. Wirklich. Ich werde ihm nichts sagen.«

Benni will gerade etwas erwidern, als Chris ein neues Lied anstimmt. Er sieht mich daher nur dankbar an und wir verfolgen wieder den Auftritt vorn. Nachdem Chris bis auf mein Geburtstagslied nur Coversongs gespielt hat, ist mir das neue Lied unbekannt. Er muss es selbst geschrieben haben.

Während ich den Zeilen lausche, offenbart sich mir ihre Bedeutung. Es ist ein trauriger Song über eine verlorene Liebe. Darüber, wie Entfernung alles zerstören kann und wie es immer besser ist, um die Liebe zu kämpfen, statt sie aufzugeben. Ich fange Vals Blick auf, die sich fragend zu mir umdreht, doch ich zucke bloß die Schultern. Natürlich ist mir klar, dass es auch in diesem Lied um uns geht. Um unsere Trennung, um Chris' Liebeskummer und Verzweiflung. Bis vor wenigen Minuten habe ich noch gedacht, nichts könnte je mein Geburtstagslied toppen, doch jetzt stehe ich hier und weine stumme Tränen vor Rührung. Nicht nur ich habe mir damals die Augen aus dem Kopf geheult. Auch Chris hat gelitten, in München. Wie konnte alles bloß so furchtbar schief gehen?

Als Chris das Lied beendet, bin ich ein nervliches Wrack. Es war so schön und traurig zugleich, dass ich kaum noch etwas durch meine tränenverschleierten Augen sehen kann. Trotzdem falle ich in den Applaus mit ein und bin erleichtert, dass das nächste Lied eine flottere Nummer ist, in der es bloß darum geht, dass er tagein, tagaus arbeitet und mal wieder Sonnenstrahlen auf der Haut spüren und die Seele baumeln lassen will.

* * *

»Und du bist sicher, dass wir dir nicht mehr helfen sollen?«, fragt Val und schüttelt fassungslos den Kopf.

»Kein Problem. Elif hat das Meiste bereits weggeräumt und den Rest erledigen Chris und ich.«

»Aah, okay. Alles klar«, entgegnet Val augenzwinkernd und ich steche ihr spaßeshalber mit dem Ellbogen in die Seite.

»Von mir aus können wir los«, sagt Jana, die gerade von der Toilette zurückkommt, an Val gerichtet.

»Okay, machen wir uns schnell auf den Weg«, sagt Val lachend und zieht Jana hinter sich her. Das Glöckchen bimmelt, als sie den Laden verlassen.

»Ihr seid bekloppt«, rufe ich noch, doch ich ernte bloß ein kindisches Gekicher. Dann fällt die Tür ins Schloss.

»Ich hab die Spülmaschine angeworfen und die Warmhalteboxen gestapelt. Gibt es sonst noch etwas, das ich tun kann?«, fragt Chris, der aus der Küche kommt.

Plötzlich ist es ungewöhnlich ruhig hier im Laden. Draußen ist es dunkel; man merkt, dass bereits September ist. Beim Hinausgehen haben Val und Jana das große Deckenlicht ausgeschaltet, sodass nur noch der Lampenschirm in der Leseecke und die Kerzen, die ich auf der Theke verteilt habe, Licht spenden.

»Du könntest den Tisch hier an die Fensterfront zurück stellen«, schlage ich vor und deute auf den letzten Büffet-Tisch, auf dem noch eine halb volle Salatschale und ein Stapel Servietten stehen. Die anderen Tische hat Elif bereits auf die Erhöhung am Fenster zurückgetragen.

»Klar doch«, sagt Chris und schnappt sich den Tisch, als sei er leicht wie eine Feder. Einen Augenblick später kehrt er bereits zu mir zurück.

»Und jetzt?«, fragt er leise. Durch die Dunkelheit habe auch ich das Gefühl, flüstern zu müssen. Ein wohliger Schauer überkommt mich, als ich Chris in seine strahlend blauen Augen blicke.

»Ich glaube, da gibt es nichts mehr…«, sage ich, doch meine Worte sind so leise, dass sie schließlich verstummen. Chris steht ganz nah vor mir, dass ich seinen Atem hören kann. Und auf meiner Wange fühlen.

»Du hast das großartig organisiert«, flüstert er mir zu.

»Und du … warst unglaublich auf der Bühne«, antworte ich wahrheitsgemäß. »Die Leute lieben deine Songs.«

»Und sie lieben dich.«

»Mich?«

»Ja. Du warst meine Inspirationsquelle für so viele Songs. Meine Muse, wenn du so willst.«

»Muse?«

»Doch ich wünschte, ich hätte eins der Lieder nie schreiben müssen…« Chris flüstert noch leiser. Ich kann ihn nur verstehen, weil er so nah an meinem Ohr spricht. Ob es daran liegt, dass ich den ganzen Tag lang gestanden habe oder daran, dass er so unverschämt gut riecht… Jedenfalls kann ich mich kaum noch auf meinen Beinen halten und klammere mich mit den Händen an seinen Armen fest. Chris jedoch schlingt sie eng um meinen Körper und zieht mich noch näher zu sich heran.

Dann nähert sich sein Mund dem Meinen und er schenkt mir einen leidenschaftlichen Kuss. Tausende Schmetterlinge flattern in meinem Bauch. Die Gänsehaut ist wieder da und als ich den Kuss erwidere, überkommt mich eine Welle des Glücks. Glück, das ich so lange nicht gespürt habe. Sein Kuss ist zärtlich, aber sehnsüchtig; verlangend, doch nicht zu fordernd. Er ist genau richtig.

»Chris«, murmele ich und stoße ihn sanft von mir weg.

»Hm?«, fragt er und will mich wieder an sich ziehen, doch ich bleibe beharrlich.

»Wir dürfen das nicht. Ich kann das nicht«, flüstere ich ihm ins Ohr. Ich schließe die Augen vor Schmerzen. Diese unerträglichen Worte kommen mir kaum über die Lippen.

»Ich verstehe«, antwortet Chris und als ich meine Augen wieder öffne, sehe ich den Schmerz auch in seinen. Der Kerzenschein spiegelt sich flackernd in ihnen wider und Chris wendet sich einen Moment lang ab.

»Bitte-«, setze ich an, doch er dreht sich wieder zu mir.

»Sag mir einfach, wenn du bereit bist, Emi«, flüstert Chris mir zu und küsst mich noch einmal ganz kurz und zärtlich auf die Wange. Dann streicht er mir liebevoll eine Strähne aus dem Gesicht, lächelt schmerzverzerrt und verlässt das Café.

Ich stehe noch lange da, alleine und im Dunkeln. Dann setze ich mich irgendwann in Bewegung, puste die Kerzen aus und trotte anschließend mechanisch die Treppe nach oben in die Wohnung.

18. Kapitel

Zielstrebig betrete ich das Gelände und laufe über den Schotterweg. An der ersten Kreuzung biege ich links ab. Ich bin diesen Weg schon unzählige Male gelaufen und könnte mich im Schlaf zurechtfinden. Allerdings ist heute ein besonderer Tag.

Fröstelnd schlinge ich den Mantel enger um meinen Körper und weiche einem älteren Paar aus, das mir entgegenkommt. Allzu breit ist der Pfad an dieser Stelle nicht und wenn man vermeiden will, auf das matschige Gras zu treten, so muss man sich eng aneinander vorbei schieben. Ich vergrabe meine Hände in den Manteltaschen, da sie jetzt schon ziemlich kalt sind. Der Wind schleudert den Stoffbeutel, den ich mir um mein rechtes Handgelenk gehängt habe, wild umher.

Wenige Minuten später habe ich mein Ziel erreicht. Zwei Mauern stehen sich gegenüber; in der Mitte befindet sich ein schmaler, steinerner Gang. Ich habe Glück, ich bin alleine. Es gab Tage, an denen es hier von Menschen nur so wimmelte, und dann bin ich zumeist schnell wieder gegangen. Heute aber ist es mir gerade recht, dass ich meine Ruhe habe. Ich stelle die Tasche auf den Boden und ziehe die Tortenplatte mit dem Marmorkuchen hervor. Die Kerze, die ich hinein gesteckt habe, ist beim Transport umgeknickt. Vielleicht hätte ich sie besser erst hier positioniert, denke ich, während ich sie wieder zurechtrücke. Dann ziehe ich ein Feuerzeug aus der Tasche hervor, lege eine Hand schützend um den Docht der Kerze und zünde sie an. Die Flamme tanzt im kühlen Herbstwind und ich muss meine Hand um sie legen, damit sie nicht ausgeht.

Mit der anderen Hand ziehe ich ein Blumengesteck aus der Tasche und lege es vor die Mauer.

»Happy Birthday, Tom«, flüstere ich, schließe die Augen und puste die Kerzenflamme aus. Ich atme den Rauch der erloschenen Flamme tief ein. Er erinnert mich stets an Weihnachten und Geburtstage. Ich liebe diesen Duft. Eigentlich.

Es ist totenstill hier. Nur hin und wieder trägt der Wind Stimmen von den Besuchern der anderen Gräber zu mir hinüber.

»Ich würde so gern mit dir zusammen feiern«, flüstere ich dem Grab zu, in dem sich Toms Urne befindet. Dann küsse ich den kalten Marmor und sinke an der Mauer hinab. Kaum habe ich den harten Steinboden erreicht, spüre ich einen Regentropfen auf meiner Nase. Gleich darauf folgt ein zweiter. Ich lege den Kopf in den Nacken und lasse die zarten Tropfen mein Gesicht benetzen.

Es ist pure Ironie. An seiner Beerdigung herrschte eine extreme Sommerhitze, die Sonne strahlte unschuldig vom Himmel herab und erzeugte eine gespenstische Atmosphäre, denn der Widerspruch aus trauernder Gemeinde und fröhlichem Sommertag war einfach zu viel.

Heute hingegen ist das Wetter genau richtig, so wie es damals hätte sein sollen. So trüb wie unsere Gedanken. Nass, kalt, traurig. Mir entfährt ein hohles Lachen, das sich anhört, als käme es aus weiter Ferne.

Der Regen prasselt mit zunehmender Härte auf mich und bald darauf sind meine Haare durchnässt. Zwar hat mein Mantel eine Kapuze, aber ich setze sie nicht auf. Es ist mir egal. Was ist ein bisschen Regen schon verglichen mit dem Verlust eines Lebens?

Lediglich den Marmorkuchen schiebe ich zurück in die Tasche, nachdem ich mir ein Stück davon abgeschnitten habe. Es war Toms Lieblingskuchen. Ihm waren schlichte Rührkuchen lieber als aufwendige Sahnetorten und so bekam er in jedem Jahr den gleichen Kuchen mit einer Kerze darin. Auch heute.

Während ich mir den Kuchen langsam in den Mund schiebe, vermischen sich die Regentropfen mit meinen Tränen. Seit Toms Tod sind fast fünf Monate vergangen. Es gibt gute und schlechte Tage. An den Guten überliste ich mein Gewissen und versuche, sie unbeschwert durchzustehen. Zu lachen. Nur alle paar Stunden innezuhalten und an Tom zu denken. Doch es gelingt mir nicht immer. Häufig noch mischen sich unter die guten Tage auch schlechte, an denen ich mich kaum aus der Wohnung traue und mich am liebsten mit den Katzen unter der Bettdecke vergrabe.

Ich kann immer noch nicht verstehen, warum es ausgerechnet Tom treffen musste. So einen gütigen und warmherzigen Menschen. Ich habe gelernt, seinen Tod zu akzeptieren, aber das bedeutet noch längst nicht, dass ich ihn verstehe oder gar überwinde. Ich glaube, das werde ich nie. Sein Verlust und die Trauer um ihn wird immer ein Teil von mir bleiben. Trotzdem nehme ich mir jeden Tag vor, ein Stückchen weiter in die Zukunft zu schauen und wieder richtig zu leben. Ohne Sorgen und traurige Erinnerungen. Stattdessen mit Toms Lächeln im Herzen und der Aussicht auf eine Zukunft, die ich selbst in den Händen habe.

Schluchzend kaue ich auf dem Kuchen herum, als der Regen urplötzlich aufhört. Ich schaue nach oben und entdecke…

»Timo?«

»Darf ich?«, fragt mein Bruder und sinkt auf mein kaum wahrnehmbares Nicken hin neben mir am Grabstein hinab. Sofort ist der Regen zurück, er wird zunehmend heftiger und erbarmungsloser.

»Was machst du hier?«, frage ich ihn. Ich habe ihn in den letzten zwei Monaten seit seinem Geständnis kaum gesehen, was vor allem daran lag, dass ich ihn um Freiraum gebeten habe. Wie soll mein Herz sonst verarbeiten können, dass einer der Menschen, die ich am meisten liebe, mir meinen Verlobten genommen hat? Ich weiß, es war ein Unfall. Es hätte jemand anders sein können. Oder jemand anderen treffen können. Aber mein Herz denkt nicht, es fühlt. Und in den letzten Monaten fühlte es sich allein, verraten und enttäuscht.

»Es ist Toms Geburtstag«, beantwortet Timo meine Frage.

»Ja«, sage ich tonlos und reiche ihm die Stofftasche.

»Marmorkuchen?«, fragt er und nimmt sich ebenfalls ein Stück. Es ist mehr Feststellung als Frage, daher antworte ich ihm nicht. Schweigend sitzen wir beide an der Mauer und essen unseren Kuchen. Als der Regen stärker wird, die Wolken noch mehr zuziehen und ein Donnergrollen am Himmel ertönt, steht Timo auf und reicht mir seine Hand. Ich ziehe mich daran hoch und beobachte meinen Bruder dabei, wie er eine Grabkerze anzündet und sie auf der Mauer platziert.

»Wir sollten gehen«, flüstert er mir ins Ohr und ich nicke. Ein letztes Mal lege ich meine Hand auf den kalten, nassen Marmor, dann wende ich mich von dem Urnengrab ab und verkrieche mich in der Umarmung meines Bruders.

»Komm«, sagt er schließlich, legt seinen Arm um meine Schultern und streicht mir eine nasse Strähne aus dem Gesicht. Ich kann den Weg, der vor mir liegt, kaum sehen, also klammere ich mich an ihn und lasse mich leiten. Dann verlassen wir gemeinsam den Friedhof und plötzlich weiß ich, dass mein Herz Timo verzeihen wird. Irgendwann.

* * *

»Alles okay?«, fragt Chris, als ich mich zu ihm an den Tisch setze. Er hatte angeboten, mich zum Grab zu begleiten, aber ich hatte abgelehnt. Bei so einer intimen Sache zwischen Tom und mir wollte ich ihn nicht dabei haben. Obwohl wir inzwischen viel Zeit miteinander verbringen. Chris ist großartig und kommt jeden Tag nach der Arbeit im Café vorbei. Während ich meine halbe Stunde in einem Buch schmökere, arbeitet er an einem Fall, meistens an Timos. Die Verhandlung wurde erneut verschoben, sie wurde für nächste Woche festgesetzt. Hoffentlich hat das Bangen dann ein Ende.

Über den Kuss nach dem Event-Sonntag hat keiner von uns je ein Wort verloren. Nicht einmal letzte Woche, als die Stadt den alljährlichen Langenberger *Kerzenzauber* feierte, der die Altstadt in ein Lichtermeer tauchte und zu dessen Anlass ich eine Mitternachtslesung veranstaltete. Da ist Romantik eigentlich vorprogrammiert.

Zwar existiert noch immer diese schmerzvolle, sehnsüchtige Spannung zwischen uns, doch bislang ist es uns gelungen, diese auf ein Knistern zu reduzieren.

»Ja, schon in Ordnung«, antworte ich, obwohl ich vermutlich ziemlich derangiert aussehe mit meinen zerzausten, noch feuchten Haaren und der durchweichten Kleidung.

»Gott, du bist ja ganz kalt«, bemerkt Chris, als er nach meiner Hand greift.

»Elif, bringst du ihr bitte einen Kaffee?«, ruft er dann durch den Laden und Elif nickt. Für einen Samstagnachmittag im Herbst ist erstaunlich wenig los im Café, weshalb wir uns halbwegs ungestört hier unterhalten können.

»Timo war da«, bemerke ich schließlich, nachdem ich Elif für den Kaffee gedankt habe.

»Oh«, sagt Chris bloß und lässt mich weiter sprechen.

»Wir … haben gemeinsam von dem Kuchen gegessen. Er wirkte so, als ginge es ihm heute genauso wie mir.«

»Das glaube ich dir auf's Wort. Timo ist ein guter Mensch.«

Erschrocken schaut er mich an, als könne er nicht glauben, was er gerade gesagt hat.

»Ich meine, er-«

»Ich weiß. Schon gut«, sage ich und nippe an dem Kaffee. »Es ist nur… An einem Tag wie heute kommen diese Gefühle wieder hoch. Dachte ich vor ein paar Tagen noch, ich hätte alles einigermaßen im Griff, so fühle ich mich heute wieder wie ein Häufchen Elend.«

Erschöpft seufze ich und schaue auf die Tischplatte; bemüht, nicht Chris ansehen zu müssen.

»Ich kann mir nur vorstellen, was du durchmachst, Emi… Aber ich habe eine Idee. Vielleicht hilft sie dir.«

»Eine Idee?« Neugierig horche ich auf und hebe meinen Blick wieder.

»Ja. Du erinnerst dich an den Notenschlüssel, den ich auf meiner Brust habe?«

»Das Tattoo?«, frage ich und erinnere mich schlagartig an den Augenblick, als ich mit ihm in der Bar in München stand und die schwarze Farbe auf seiner Haut entdeckte.

»Genau. Weißt du, es war nicht immer ein Notenschlüssel.«

»Nicht?«

»Nein. Früher war es ein Buchstabe. Ich habe ihn mir tätowieren lassen, als ich eine ziemlich schwierige Phase durchstehen musste. Später, als ich glaubte, endlich darüber hinweg zu sein und wieder normal weitermachen zu können, habe ich den Rest dazu stechen lassen.«

»Welcher Buchstabe war es?«, frage ich interessiert. Das Tattoo ist so schön und verschnörkelt, dass mir damals gar nicht in den Sinn kam, es könnte zusammengesetzt sein.

»Ein *E*.«

Gerade, als ich erneut die Kaffeetasse an meine Lippen setzen will, halte ich inne.

»Ein *E*?«, wiederhole ich.

»Bevor du fragst: Ja, es steht für *Emily*.«

»Du meine Güte«, sage ich und lehne mich in dem Stuhl zurück. »Du hast dir echt ein Tattoo mit meinem Namen stechen lassen?«

»Mit dem ersten Buchstaben deines Namens, ja. Als ich nach München gezogen bin, kam ich mir so verloren vor. So einsam ohne dich. Eines nachts, als ich mich auf einer Erstsemesterparty ziemlich betrunken hatte, habe ich den Entschluss gefasst, mir dieses *E* tätowieren zu lassen. Um wenigstens noch eine Erinnerung an dich behalten zu können. Am darauffolgenden Tag bin ich sofort losgezogen, um mein Vorhaben in die Tat umzusetzen. Erst Jahre später kam der Rest hinzu, der den Notenschlüssel darstellt.«

»Oh Gott, Chris«, sage ich ehrlich gerührt. »Das ist so romantisch.«

»Ich meine nur, du solltest vielleicht auch etwas Ähnliches machen. Für Tom.«

Chris lächelt mich liebevoll an und greift nach meiner Hand, die neben der Kaffeetasse auf dem Tisch ruht.

»Wie? Ich soll mir ein Tattoo stechen lassen?«

»Ist nur ein Vorschlag. Mir hat es damals geholfen. So konnte ich endlich mit unserer Beziehung abschließen und mein Leben wieder richtig in die Hand nehmen. Bis dahin habe ich alles nur halb durchgezogen und es kam mir so vor, als seist du gar nicht fort.«

Ich nicke langsam, weil ich verstehe, was er mir sagen will. Genau in so einer Situation stecke ich alle paar Tage aufs Neue. An den schlechten Tagen. Es fühlt sich an, als käme Tom bald zurück. Als dürfte ich mein neues Leben ohne ihn nicht aufnehmen, weil er dann nicht zurückkehren könnte. Als müsste ich nur lange genug warten, damit ich endlich belohnt würde.

»Denk einfach drüber nach«, sagt Chris und wechselt dann das Thema.

Tatsächlich tu ich das. Um genau zu sein denke ich die ganze Nacht lang daran und den nächsten Vormittag. Um elf Uhr vierunddreißig habe ich mich entschlossen: Morgen früh werde ich gleich beim Tätowierer anrufen und einen Termin vereinbaren.

* * *

»Sie haben Glück. Es hat gerade jemand abgesagt. Kommen Sie heute gegen vier Uhr einfach rein«, sagt die Frau am Telefon. Im Hintergrund ist das Surren von Geräten zu hören, deshalb spricht sie betont laut.

»Okay«, antworte ich und lege auf. Es steht also fest: Ich habe heute den Termin für mein erstes Tattoo. Als ich die Nummer wählte, hatte ich nicht erwartet, so schnell an einen zu kommen. Ehrlich gesagt hat ein Teil von mir gehofft, abgewiesen zu werden. Da ich mein Tattoo nun aber bereits in gut fünf Stunden bekommen werde, steigt ein wenig flatterhafte Panik in mir auf. Aufgeregt rufe ich Val an und berichte ihr von meinem Plan.

279

»Ein Tattoo?«, wiederholt sie, als habe sie mich nicht richtig verstanden.

»Ja. Ich krieg Schiss. Kommst du mit?«, flehe ich sie an.

»Ähm… Okay. Ich denke, ich kann Jana ein paar Stunden allein im Salon lassen. Um wieviel Uhr musst du da sein?«

»Um vier. Soll ich dich auf der Arbeit abholen? Das Studio ist ganz in der Nähe.«

»Alles klar«, stimmt Val zu und verabschiedet sich rasch, weil eine Kundin ihren Laden betreten hat.

Die folgenden Stunden versuche ich, mich auf die Arbeit zu konzentrieren, doch es fällt mir schwer. Immer wieder kreisen meine Gedanken um heute Nachmittag. Wird es sehr weh tun? Sollte ich es besser doch nicht machen? Ein Tattoo wird man ja nicht mal eben wieder los.

Glücklicherweise ist vorhin eine große Buchbestellung eingetroffen und so habe ich alle Hände voll zu tun. Da ein neu gegründeter Buchklub für den Nachmittag einen Tisch reserviert hat, wird auch Elif später gut beschäftigt sein. Besser, ich sortiere die neuen Bücher ein, bevor sie zu ihrer Schicht kommt. Weil ihr erstes Unisemester erst nächste Woche so richtig beginnt, kann ich sie momentan noch voll einplanen – mir graut schon bei dem Gedanken daran, ohne Elif auskommen zu müssen oder mich nach Ersatz umzusehen.

Der Tag geht schnell vorbei. Erna schaut rein und nimmt eine neue Bestellung in Empfang und später sagt auch Melli kurz Hallo, bevor sie zur Spätschicht fährt. Seit dem Konzert letzte Woche habe ich sie nicht mehr gesehen. Auch wenn es an einem Mittwochabend stattfand und ich am darauffolgenden Morgen gleich zur Buchmesse nach Frankfurt fahren musste, so hat es sich doch absolut gelohnt.

Der Sänger – Ryan Keen – ist tatsächlich erstaunlich talentiert. Während er mit den Händen Gitarre spielt und gleichzeitig singt, bedient er mit den Füßen eine Fußorgel, mit der er weitere Töne erzeugt. Dadurch kommt es einem vor, als stünde eine ganze Band auf der Bühne, obwohl es bloß Ryan mit seinem Kollegen Lee ist, der bei Live-Shows die Cajon spielt und damit Trommelklänge beisteuert. Ich war vollends begeistert von dem Auftritt und dankte Melli zig Male dafür, dass sie mir das zweite Gewinnerticket überlassen hat.

Nach dem Konzert haben uns die beiden unsere Alben signiert und sogar ein Foto mit uns geschossen. Eins davon drückt mir Melli gerade in die Hand. Es ist in einen schlichten, hölzernen Bilderrahmen gefasst. Auf dem Foto sind wir alle vier gemeinsam zu sehen, wir schneiden Grimassen. Ich nehme mir vor, das Bild auf dem kleinen Regal im Flur zu platzieren, wo früher die Aufnahme von mir und Tom im Nordseeurlaub stand. Es wird Zeit für neue Erinnerungen.

Dankbar falle ich Melli um den Hals und verspreche ihr, sie zu seinem nächsten Konzert im Frühjahr zu begleiten. Nachdem ich sie verabschiedet habe, werfe ich einen Blick auf die Uhr und stelle erschreckt fest, dass es bereits fast drei Uhr ist. Elif müsste gleich da sein und ich sollte mich allmählich auf den Weg nach Essen machen.

* * *

Als wir das Tattoo-Studio betreten, ist mir mulmig zumute. Am liebsten würde ich auf der Stelle kehrtmachen, doch die Empfangsdame hat uns bereits registriert.

»Guten Tag, ich bin Julia«, sagt sie und schüttelt uns freundlich die Hand, während wir uns ebenfalls vorstellen.

»Wir hatten telefoniert, richtig?«, fragt Julia dann an mich gewandt und ich nicke zögerlich.

»Dein erstes Tattoo?«, fragt sie und ich frage mich, woran sie das jetzt schon erkennt. Noch trage ich meinen Mantel und nur Kopf und Hände sind entblößt. Theoretisch könnte ich sehr wohl welche haben… Vermutlich verraten mich meine Aufregung, das leichte Zittern der Hände und die Tatsache, dass ich mit Val »Verstärkung« mitgebracht habe.

»Was hättest du denn gerne?«, fragt sie mich, nachdem wir an einem winzigen Tisch in der Ecke Platz genommen haben. Ich ziehe ein Foto aus meiner Tasche und schildere

Julia, welches Tattoo ich mir vorstelle. Sie nickt aufmerksam, dann nimmt sie das Foto mit in einen Nebenraum. Da sie die Schiebetür einen Spalt breit geöffnet lässt, hören wir deutlich, wie sie einem Mann von meinem Vorhaben berichtet.

»Alles klar«, sagt sie dann und schließt die Tür wieder hinter sich. »Noél braucht noch ein paar Minuten, dann könnt ihr rein.« Lächelnd gibt sie mir das Bild zurück und ich halte es fest in den Händen.

»Nicht kaputt machen«, bemerkt Julia grinsend. »Noél hat zwar eine Vorlage, aber er würde sie gern an dein Bild anpassen. Damit er nachher wirklich aussieht wie deiner.«

»Oh, okay«, sage ich und lasse das Bild wieder los.

Es kommt mir vor wie einen Wimpernschlag später, als ich auf dem Tätowierstuhl sitze und meine linke Hand auf einer Ablage thront. Noél bereitet gerade die Gerätschaften vor und legt Dinge bereit. Er ist ein kleiner, aber stämmiger Mann mit Glatze, Piercings an allen möglichen Stellen und Tattoos, soweit die Haut reicht. Die meisten verschlingen sich so stark ineinander, dass ich kaum ihre Grenzen auszumachen vermag. Zwischendurch fährt Noél sich durch seinen extrem langen, rötlich gefärbten Vollbart und mustert mich.

Unwillkürlich zuckt der Gedanke durch meinen Kopf, ob Tätowierer genauso aussehen müssen. Über und über tätowiert, kräftig und extravagant. Ob das eine Art Berufskleidung ist? Wie die Kochschürze, die Polizistenuniform oder der Feuerwehrhelm? Vielleicht gibt es da draußen irgendwo Tätowiererinnen mit unberührter Haut, einem zerbrechlichen Äußeren und einer zurückhaltenden Art. Noél aber entspricht dem Klischee vollkommen, doch macht er einen überaus kompetenten Eindruck auf mich.

Er bereitet gerade meine Haut mit Vaseline vor und cremt sie mit einer Lotion ein. Mit Desinfektionsmittel oder etwas, das zumindest stark danach riecht, bringt er nun die Vorlage aus Pauspapier auf meiner Haut an und wird gleich zur Tat schreiten.

Er hat nicht lange dafür gebraucht, um sein Muster meinen Wünschen anzupassen. Mit der Vorlage bin ich sehr zufrieden und ich bin gespannt, wie das fertige Ergebnis wohl auf meiner Haut aussehen wird.

»Bereit?«, fragt Noél und schaltet die Maschine an. Ein leises Surren erinnert mich an meinen letzten Zahnarztbesuch. Ich will schreien und mich wehren, doch stattdessen nicke ich und greife mit der rechten Hand fester nach Val, die mir aufmunternd zulächelt.

* * *

Am Donnerstag zeugt nur noch die dünne Schutzfolie, die Noél mir anschließend um den Finger wickelte, von meinem Besuch im Tattoo-Studio. Und die schwarze Farbe darunter natürlich, doch kann man deren Konturen kaum erkennen. Noél sagte, ich könne die Folie heute Abend entfernen, müsse die Stelle dann aber erst mit Wasser reinigen und anschließend eincremen. Ich freue mich bereits darauf, sie endlich abnehmen und diesen Ring jederzeit betrachten zu können.

In den letzten Tagen habe ich mich zunehmend an den Gedanken gewöhnt, Tom in Form seines Verlobungsringes immer bei mir zu tragen – als Tattoo. Chris lag goldrichtig mit seiner Idee, es könne mir dabei helfen, meinen Schmerz zu überwinden und die Vergangenheit hinter mir zu lassen. Zumindest fühlt es sich so an, als sei ich jetzt endlich auf dem richtigen Weg.

Heute muss ich noch einen weiteren großen Tag überstehen, bevor meinem Neuanfang nichts mehr im Wege steht. Nervös sitzen Jana und ich in der Eingangshalle des Gerichtsgebäudes auf einer unbequemen Bank und werfen alle paar Minuten einen Blick auf die große Uhr an der uns gegenüberliegenden Wand. Warum dauert das bloß so lange? Bedeutet das etwas Gutes oder Schlechtes?

Val wollte verständlicherweise im Gerichtssaal sitzen während der Verhandlung und für Timo da sein. Da Chris seine Verteidigung unterstützt, müsste ich jetzt wohl allein draußen sitzen, hätte sich Jana nicht bereit erklärt, mir Gesellschaft zu leisten. Ich wollte partout nicht bei der Verhandlung anwesend sein. Glücklicherweise konnte ich meine Aussage bereits auf dem Polizeirevier aufnehmen lassen, sodass ich nun nicht zur Anwesenheit verpflichtet bin. Natürlich sorge ich mich um Timos Zukunft, aber ich glaube nicht, dass ich dazu in der Lage wäre, den Tag des Unfalls in allen Einzelheiten geschildert zu bekommen und das Ganze noch einmal durchleben zu müssen. Ich will einfach nur, dass es vorbei ist.

Chris hat vor dem Termin gesagt, es sähe gut aus für Timo. Weil er trotz Fahrerflucht sofort nach dem Unfall einen Notruf abgesetzt hat und ihm noch weitere Umstände zu Gute kommen, hat er wohl nicht allzu viel zu befürchten. Außerdem ist er nicht vorbestraft oder je polizeilich auffällig gewesen.

Trotzdem wird mir zunehmend übel, je länger wir hier sitzen und warten. Was ist bloß los hinter dieser Tür?

»Da sind sie«, sagt Jana und haut mir ruckartig auf den Oberarm.

»Und?«, rufe ich, springe von der Bank auf und will ihnen entgegenlaufen, doch meine Füße reagieren nicht. Ich bleibe wie angewurzelt stehen und warte, bis Timo, Chris und Val sich uns nähern. In weiterer Entfernung sehe ich die Anwälte und den Richter, die den Saal verlassen, doch achte ich gar nicht auf sie. Ich versuche, in Timos Gesicht zu lesen und mit einem Mal wird mir klar, dass es gut gegangen ist. Dass ich nicht auch noch meinen Bruder verlieren werde.

Ungestüm sprintet Timo die letzten Meter auf mich zu, nimmt mich in den Arm und drückt so fest zu, wie er nur kann.

»Ich muss nicht ins Gefängnis«, flüstert er mir ins Ohr, dann fließen Freudentränen und ich kann kaum unterscheiden, ob es meine sind oder Timos.

19. Kapitel

»Hast du dich schon entschieden, ob du den Lesecafé-Adventskalender auch in diesem Jahr veranstalten wirst?«, fragt Chris und während er ein großes Stück von seiner Pizza abbeißt, frage ich mich, warum ich ihm bloß davon erzählt habe.

Den Adventskalender habe ich vor Jahren mit Val und Jana ins Leben gerufen, als wir gemeinsam an einem Marketingkonzept für ihren Kosmetiksalon und mein Café arbeiteten. Um für einen der wechselnden Tagesgewinne in den Lostopf zu hüpfen, mussten die Kunden vor Ort ein Formular mit Quizfrage ausfüllen. Das führte dazu, dass Lesecafé und Kosmetiksalon in der Vorweihnachtszeit gut besucht waren. Im Salon konnten die Kundinnen Mascara, Parfüm und Cremes gewinnen, während bei mir im Café Bücher, Hörbücher oder Lesekissen zur Wahl standen.

Wir waren ziemlich stolz auf den Erfolg unserer Aktion, weshalb Val mich vor ein paar Wochen beim gemeinsamen Spieleabend fragte, ob wir den Adventskalender bald erneut starten wollen. Leider hat Chris unser Gespräch mitgehört und fragte mich auf dem Heimweg danach aus, bis ich ihm alles erzählte.

»Ehrlich gesagt habe ich dieses Jahr keine Lust darauf«, beantworte ich Chris' Frage, schiebe meinen leeren Pizzakarton beiseite und hoffe, dass er nicht nachhakt. Allerdings wäre er nicht Chris, wenn jetzt keine weitere Frage käme…

»Wieso nicht? Val sagte, ihr konntet eure Umsätze deutlich steigern und ihre Idee, Nadine für eine Nikolauslesung einzuladen, klingt doch vielversprechend. Und die letzten Event-Sonntage waren auch erfolgreich!«

»Ich will einfach nicht«, kommentiere ich knapp, doch Chris lässt sich nicht damit abspeisen.

»Ich weiß, dass du Weihnachten nicht magst… Aber die Aktion würde deinem Café guttun.«

»Tatsächlich mag ich Weihnachten inzwischen«, gestehe ich ihm und ich merke, dass ich seinen Fragen nicht länger ausweichen kann.

»Wirklich? Da bin ich mal ein paar Jahre lang weg und schon wird aus dem Grinch ein Weihnachtswichtel?«, fragt Chris grinsend und ich stoße ihm aus Spaß mit dem Ellbogen in die Seite.

»Ich war kein Grinch. Ich hatte bloß nie Lust, mit meiner verkorksten Familie tagelang einen auf heile Welt zu machen.«

Zumal meine Großeltern beider Seiten recht früh gestorben sind und meine Eltern sich mit ihren Geschwistern zerstritten hatten. Also blieb Timo und mir nichts anderes übrig, als die Feiertage mit unseren Eltern zuhause zu verbringen. Am Weihnachtsabend konnten wir uns noch zusammenreißen, aber am Tag darauf war die Luft raus und wir verkrochen uns alle in unseren Zimmern, um zu lesen, Gitarre zu spielen oder zu malen. Nur mein Vater versuchte gelegentlich, uns an einen Tisch zu bekommen, doch irgendwann gab auch er auf. Ich war froh, wenn die Ferien vorbei waren und ich endlich nicht mehr so tun musste, als sei ich gern zuhause.

»Ich weiß, Emi«, sagt Chris und zieht mich näher zu sich heran, wo ich mich in seiner Umarmung vergrabe. »Was hat dich umgestimmt?«, fragt er schließlich nach einer langen Pause.

»Tom«, gebe ich leise zurück.

»Willst du mir von ihm erzählen?«, fragt er dann und ich nicke langsam. Tatsächlich würde es mir guttun, ihm ein wenig den Mann näher zu bringen, der mich durch seine Abwesenheit noch immer an den Rand der Verzweiflung treibt.

»Er war fast immer gut gelaunt«, fange ich an und die Erinnerung an Toms fröhliches Lachen zaubert mir ein Lächeln auf das Gesicht. »An Weihnachten drehte er dann immer so richtig auf. Auch er hatte nicht die besten Familienverhältnisse und seitdem er hergezogen war, sah er sie noch seltener. Also begründeten wir unsere eigenen Weihnachtstraditionen … und wurden richtige *Weihnachtswichtel*, wenn du so willst.«

Ich mache eine kurze Pause und Chris schmunzelt.

»Wir hingen Mistelzweige im Café auf, dekorierten die Regale mit bunten Christbaumkugeln und backten Kekse, die wir im Laden verkauften. Die Einnahmen haben wir einem guten Zweck gespendet. Es verging nicht ein Tag, an dem keine Weihnachtslieder bei uns liefen. Auch wenn Tom absolut unmusikalisch war und nicht einmal den Text richtig kannte, trällerte er jedes Lied vom Anfang bis zum Ende mit.«

»Er war sicher ein toller Mensch«, sagt Chris und lächelt mich mitfühlend an. »Ich wünschte, ich hätte ihn kennengelernt.«

Ich will etwas darauf erwidern, doch ich weiß nicht, was ich sagen soll. Also schweige ich und genieße bloß seine Nähe. Chris ist inzwischen wieder ein fester Bestandteil meines Lebens geworden und auch wenn ich seine Berührungen vor Sehnsucht kaum ertrage, so lasse ich sie manchmal dennoch zu. So wie heute. Chris freut sich offensichtlich über diese Momente, doch spürt er auch, dass ich noch nicht bereit bin, weiter zu gehen. Er ist geduldig und verständnisvoll und meine starke Schulter zum Anlehnen. Ich weiß, er wäre gern mehr für mich, doch jetzt ist er erst einmal genau das, was ich brauche: Mein bester Freund, den ich schon seit Kindestagen kenne und dem ich vollkommen vertrauen kann.

»Wenn du Angst hast, dass es dieses Jahr nicht so schön wird, weil er fehlt…«, durchbricht Chris schließlich die Stille und ich hebe meinen Kopf, um ihn anzusehen. »Ich bin für dich da. Du weißt, ich war schon immer ein absoluter Weihnachtswichtel«, ergänzt er grinsend, schnappt sich eine rote Bommelmütze aus der Tüte mit Weihnachtsdeko, die wir gerade in meinem Wohnzimmer ausräumen, und setzt sie sich auf den Kopf.

»Ich weiß«, bemerke ich lachend und ziehe die weißen Flechtzöpfe unter der Mütze hervor.

»Ich musste dich früher immer überreden, mit mir auf einen Weihnachtsmarkt zu fahren«, sagt Chris und stopft die Zöpfe wieder unter den roten Stoff der Mütze.

»Müsstest du jetzt auch noch. Ich war mit Tom immer nur in Köln auf dem Weihnachtsmarkt, er hat sich daran einen Narren gefressen.«

»Was hältst du davon, wenn wir stattdessen auf den Mittelalterweihnachtsmarkt auf Schloss Hardenberg fahren?«

»In Neviges?«, frage ich und Chris nickt. Obwohl Neviges ein benachbarter Stadtteil ist, war ich noch nie auf diesem Weihnachtsmarkt. »Okay«, stimme ich zu, denn ich befürchte, es mir sonst anders zu überlegen.

Seit es auf die Vorweihnachtszeit zugeht, habe ich ständig dieses nervöse Kribbeln in der Magengegend. Auch, wenn ich schwören könnte, dass es an manchen Tagen durch Chris verursacht wird, so entsteht es doch auch häufig durch den Gedanken an Tom. An unser letztes Weihnachten. Kurz zuvor hatten wir uns verlobt und freuten uns auf das neue Jahr, das so viele wundervolle Augenblicke für uns bereit halten sollte. Wir hofften, das nächste Weihnachten vielleicht schon zu dritt feiern zu können.

Doch nichts kam so, wie wir es planten. Tom ist fort, unser Baby wird es niemals geben und den funkelnden Diamanten an meiner Hand habe ich durch ein schlichtes Tattoo ersetzt. Zugegeben, es ist wirklich sehr hübsch und ich könnte es stundenlang betrachten.

Doch jetzt ist schon wieder Weihnachten. Ich bin dankbar, dass ich wenigstens Chris bei mir habe, sonst könnte ich diese Zeit nicht durchstehen. Seit Monaten drehen sich meine Gedanken im Kreis. Einerseits verspüre ich endlich wieder etwas, wenn ich Chris ansehe. Ich merke, dass ich noch am Leben bin. Andererseits mischt sich bald schon ein schlechtes Gewissen darunter, dass ich es kaum ertrage, ihn anzusehen. Ein beklemmendes Gefühl drückt auf meine

288

Stimmung und seit es in den letzten Wochen kälter und dunkler geworden ist, fühle ich mich zunehmend eingeengt. Als schnüre mir etwas die Luft ab. Ich müsste dringend mal raus. Abstand gewinnen zu meinem Leben hier.

»Woran denkst du?«, fragt Chris, der meine geistige Abwesenheit bemerkt hat.

»Daran, dass ich dringend mal wieder einen Urlaub vertragen könnte«, murmele ich und während ich diese Worte ausspreche, wird mir erst bewusst, wie wahr sie sind.

»Gut, dann buchen wir was«, antwortet er und auf meinen verdutzten Blick ergänzt er rasch: »Natürlich komme ich nur mit, wenn du es willst.«

»Ich kann doch jetzt nicht in den Urlaub fliegen«, entgegne ich kopfschüttelnd.

»Nicht sofort. Aber wie wäre es im nächsten Frühjahr? Oder im Sommer? Wohin willst du?«

Chris' Augen leuchten und ich muss aufpassen, dass ich mich von seinem Enthusiasmus und der Spontaneität nicht anstecken lasse. So war es schon immer.

»Die Frage ist eher: Was kannst du dir leisten? Und die Antwort ist: Langenberg.«

»Ach komm schon, Emi. Ich hab noch genug Geld übrig vom Verkauf meiner Wohnung. Außerdem verdiene ich nicht schlecht in der neuen Kanzlei. Ich lade dich ein.«

»Chris, du sollst mir nicht wieder was bezahlen«, ermahne ich ihn. Vor ein paar Wochen habe ich ihm gestanden, dass Benni mir von dem Scheck und der angeblichen Lebensversicherung erzählt hatte. Darauf folgte unser bisher einziger kleiner Streit, den wir aber schnell wieder beilegen konnten.

»Ich will es aber. Warum nimmst du es nicht an? Was soll ich schon mit dem Geld? Allein in den Urlaub fliegen macht auch keinen Spaß. Außerdem bekomme ich in deinem Café immer gratis Getränke, da hast du sicher einiges gut bei mir«, antwortet er augenzwinkernd.

»Ha ha«, kommentiere ich trocken, doch der Gedanke an einen Urlaub reizt mich. Da es im Café seit dem Event-

Sonntag erstaunlich gut läuft, könnte ich es mir sogar ein bisschen leisten. Obwohl ich eigentlich vorhatte, das Geld für schlechtere Zeiten beiseitezulegen. Oder es zu sparen, um es heimlich Chris zurückzahlen zu können. Die Hälfte habe ich bald schon zusammen, dann kann ich endlich meine Schulden begleichen. Ich ertrage kaum den Gedanken daran, dass Chris mir das Geld für die Rettung des Ladens überlassen hatte.

»Wolltest du nicht früher immer nach Chile?«

»Das weißt du noch?«, frage ich ihn erstaunt.

»Klar doch. Seit du damals dieses eine Buch gelesen hast, hast du ständig davon geschwärmt«, gibt Chris zurück und ich muss grinsen. Tatsächlich habe ich mit fünfzehn ein Buch gelesen, in dem die Hauptfigur durch Peru und Chile reiste und dort in den Anden ihre große Liebe traf. Die Geschichte war so herzzerreißend schön und die Beschreibungen derartig fesselnd, dass ich mir damals geschworen habe, eines Tages dorthin zu fliegen. Bevor ich den Ausbildungsplatz bei Betti und Ludwig sicher hatte, zog ich sogar kurze Zeit in Erwägung, nach der Schule eine kleine Weltreise einzulegen und in Chile zu starten. Wobei ich mir nicht sicher bin, ob ich das tatsächlich alleine durchgezogen hätte.

»Da möchte ich wirklich irgendwann mal hin«, sage ich seufzend.

»Dann machen wir das. Nur ein paar Monate lang. Peru, Chile, vielleicht noch Kolumbien oder Venezuela. Was hältst du davon?«

»Chris, ich kann nicht einfach nach Südamerika fliegen.«

»Warum nicht?«

»Das Café…«

»Wir finden Ersatz für Elif.«

»Und Timo…«

»Der hat bloß Bewährung bekommen. Er kommt klar.«

»Aber Val…«

»Die hat Timo. Keine Ausreden, Emi. Willst du lieber zuhause bleiben und eines Tages bereuen, etwas verpasst zu

haben? Bücher lesen und sich in eine andere Welt davonzu-
träumen ist schön und gut, aber es ist kein Ersatz für das
wahre Leben. Für echte Erinnerungen und Erfahrungen.«

Ich schweige. Chris hat recht. Ich habe schon immer von
einer Weltreise geträumt. Davon, etwas zu erleben und
andere Länder zu entdecken. Die Sonne auf meiner Haut zu
spüren, das Salzwasser zu schmecken und nicht zu wissen,
was der nächste Tag bringt oder wohin ich morgen reise.
Mich treiben zu lassen. Im Hier und Jetzt zu leben und den
Augenblick zu genießen.

»Es wäre zu schön« sage ich leise.

»Was hält uns dann davon ab?«

»Du hast auch einen Job«, bemerke ich.

»Na und? Arbeiten kann ich noch den Rest meines
Lebens. Ich werde fragen, ob ich einige Monate lang pau-
sieren kann. Und wenn nicht, ist das auch nicht schlimm.
Ich finde schon was Neues. Es gibt Wichtigeres im Leben als
die Karriere.«

»Und du meinst, wir kriegen das mit dem Café hin?«,
frage ich zögernd.

»Natürlich. Wenn wir das wirklich wollen, klappt es
auch.«

Jetzt hat er es geschafft. Sein Enthusiasmus springt auf
mich über und meine Finger kribbeln nervös. Eine ange-
nehme Unruhe breitet sich in mir aus, voller Vorfreude auf
die Dinge, die noch kommen. Chris hat mich schon immer
aus meinem Schneckenhaus geholt. Allein würde ich mich
das nie trauen, aber mit Chris an meiner Seite…

Er fordert mich heraus. Bringt mich dazu, etwas zu
wagen. Zu leben.

»Also, was meinst du? Fliegen wir nach Chile?«, fragt er.

»Wir fliegen nach Chile!«, jubele ich und falle ihm um
den Hals. Eine Woge des Glücks überkommt mich und ich
muss mich ermahnen, Chris nicht zu küssen. Die Vorfreude
bringt mich zum Zittern und eine kleine Freudenträne läuft
mir über die Wange.

Epilog – Neun Monate später

Durch meine geschlossenen Augenlider erahne ich das Rot der untergehenden Abendsonne, die bald dort versinken wird, wo das Himmelblau des Horizonts und das Tiefblau des Meeres sich vereinen.

Der Sand zwischen meinen Zehen ist nicht mehr so heiß wie heute Mittag und je tiefer ich sie darin vergrabe, desto kühler wird es. Genau das Richtige nach einem derart heißen Tag. Aus der Ferne wehen Gesprächsfetzen, heiteres Lachen und vereinzelte Gitarrenklänge zu mir herüber.

Ich halte die Augen weiterhin geschlossen und genieße den Augenblick. Den Moment der Ruhe und Stille, bevor wir aufs Neue in das bunte Treiben der Stadt gezogen werden. Heute hat Chris wieder einen Auftritt, diesmal in einer gemütlichen Bar an der Strandpromenade. Wir sind am Morgen erst hergekommen in diese kleine Stadt irgendwo zwischen Los Angeles und San Francisco. Chris hat den Barbesitzer James gestern in L. A. kennen gelernt, als wir einer Strandparty beiwohnten, zu der uns andere Weggefährten – Stacey und John – mitgenommen hatten. Im Gespräch hatte sich ergeben, dass James für heute ein Konzert in seiner Bar geplant hatte, sein angekündigter Musiker Corey jedoch aufgrund eines Flugausfalls noch in Miami festsitzt. Chris hatte angeboten, einzuspringen, und so kommt es, dass er gerade seine Gitarre stimmt.

Seit seinem Auftritt in meinem Lesecafé habe ich Chris oft singen hören. Er hat endlich die Blockade, vor Publikum aufzutreten, überwinden können. Gott sei Dank, denn damit finanziert er nicht unwesentlich unsere kleine Weltreise. In den meisten winzigen Bars liebt man den Auftritt des schüchternen Deutschen im Surfer-Look und so bringen diverse Hutspenden uns genug Geld ein, um die jeweils nächsten Übernachtungen zu bezahlen.

Die Vorbereitungen unserer Reise hatten monatelang gedauert, schließlich musste die Führung des Cafés gewährleistet sein und ich wollte zunächst den gesamten Geldbetrag ansparen, den ich Chris nach seiner selbstlosen Rettungsaktion mit dem Scheck schuldete. Er wollte das Geld erst gar nicht annehmen, doch ich bestand darauf und er gab schließlich klein bei.

Seit Monaten lassen wir uns bereits treiben. Schauen spontan, was als Nächstes kommt. Angefangen haben wir wie geplant in Chile. Nachdem wir seine Hauptstadt Santiago de Chile besichtigt hatten, erkundeten wir die Atacamawüste und anschließend die Anden, von denen ich schon lange geträumt hatte. Es war dort nahezu so romantisch wie in meinem Buch von früher, was aber auch dem Umstand geschuldet war, dass Chris und ich uns endlich näher kamen.

Die ersten Wochen unserer Reise waren anstrengend und ereignisreich zugleich, denn wir mussten uns erst einmal an das veränderte Klima und den ungewohnten Tagesablauf gewöhnen. Während unserer Tour durch die Anden nächtigten wir einmal in einer verlassenen Berghütte und verkrochen uns erschöpft unter der Decke. In allen Nächten zuvor hatten wir stets in Hostels oder billigen Hotels geschlafen. An Romantik war nicht zu denken gewesen, auch wenn das Knistern zwischen uns mittlerweile unerträglich laut geworden ist.

Noch vor unserem Abflug aus Deutschland habe ich ein langes »Gespräch« mit Tom geführt. An seinem Grab. Habe ihm von meinen Plänen erzählt. Ihn um Erlaubnis gebeten, mein Leben weiterzuleben. Natürlich hat er mir nicht geantwortet. Doch während ich mit mir selbst sprach, wurde mir klar, dass Tom gar nicht die Antwort für mich hatte, auf die ich so lange gewartet hatte. Die musste ich mir selbst geben. Tom hatte mich geliebt und er hätte gewollt, dass ich glücklich bin.

Dasselbe hätte ich mir für ihn gewünscht. Tom wird immer ein Teil von mir bleiben, genau wie die Trauer um ihn. Doch das Leben ist zu kurz, um unglücklich zu sein. Das ist eine Lektion, die ich nach seinem Tod hart lernen musste. Es tat mir gut, mich bei ihm am Grab auszusprechen, denn so konnte ich mir endlich selbst erlauben, wieder lebendig zu sein. Eine Zukunft zu wollen, Wünsche zu haben und zu träumen. Das Gefühl, geliebt zu werden, zu genießen. Und mich vielleicht selbst wieder zu verlieben. Schließlich ist Liebe immer die richtige Antwort auf all unsere Fragen.

Was nicht heißt, dass ich Tom je vergessen werde, denn Liebe vergisst nie. Tom wird immer in meinem Herzen sein. Nur wird sich vielleicht noch jemand dazugesellen, der schon lange einen Platz darin einnimmt, ohne dass ich es so recht wahrgenommen habe.

Seit unserer Abreise habe ich wieder das Gefühl, Herr über meinen Körper und mein Leben sein zu können. Wirklich da zu sein und nicht bloß anwesend. Eine mir völlig neue Lebensenergie durchströmt mich Tag für Tag. Und in dieser einen Nacht in den Anden spürte es auch Chris. Fühlte, dass ich endlich bereit war, mich meinen Gefühlen zu stellen und unsere Liebe zuzulassen. Es war eine magische Nacht für uns, die ich niemals vergessen werde. Es bedeutete nicht das Ende von etwas, sondern den Anfang. Unseren Neuanfang nach so vielen Jahren.

Obwohl wir uns schon früher nahegestanden haben und ich Chris in- und auswendig kenne, so fühlte es sich zunächst noch etwas befremdlich an, ihm derart nahe zu sein. Und doch legte sich dieses Gefühl bald darauf, weil es überlagert wurde von unzählig vielen, positiven Empfindungen. Liebe, Lust, Leidenschaft. Sehnsucht, Erfüllung, Zärtlichkeit. Unwillkürlich muss ich lächeln, während ich an seine liebevollen Berührungen zurückdenke.

»Na, Träumerin?«, fragt Chris und reißt mich aus meinen Gedanken.

»Oh, du bist schon fertig?«, frage ich und setze mich etwas auf, während er sich neben mir im Sand niederlässt.

»Ja, den Rest mache ich gleich kurz vor dem Auftritt. James hat angeboten, mit ihm zusammen zu essen. Seine Frau Olivia kocht gerade und wollte uns unbedingt einladen.«

Ich nicke und kann ein Lächeln nicht verbergen. Auf unserer Reise sind wir unglaublich vielen Menschen begegnet, die uns aus reiner Gastfreundschaft aufgenommen haben, hilfsbereit waren und uns unterstützten, ohne eine Gegenleistung zu erwarten. Seit unserem Trip glaube ich mit fester Überzeugung daran, dass es noch das Gute auf dieser Welt gibt.

»Das ist wirklich nett von ihr«, bemerke ich und schaue Chris in seine tiefblauen Augen, während er sich lässig das sonnengebleichte Haar aus dem Gesicht streicht. Er hat wirklich gut Farbe bekommen in den letzten Monaten. Man könnte ihn tatsächlich für einen Surfer halten, wohingegen ich anfangs eher mit Sonnenbrand zu kämpfen hatte und mehr einer überreifen Tomate glich als einem sexy Surfergirl.

»Kommst du gut voran?«, fragt er mich und deutet auf das Notizbuch, das neben mir im Sand liegt.

»Eigentlich schon. Das Problem ist eher, Dinge zu finden, die ich streichen kann«, antworte ich mit einem verlegenen Grinsen. Tatsächlich ist es gar nicht so leicht, ein Reisetagebuch zu führen und es auf das Nötigste zu beschränken.

Alles kommt mir irgendwie wichtig vor. Unser Andentrip in Chile. Die Inka-Stadt Machu Picchu in Peru. Strandspaziergänge an der Karibikküste Kolumbiens. Ein Maluma-Konzert in Bogotá. Überhaupt bin ich von der lateinamerikanischen Kultur, Musik und Sprache überwältigt. Dann erinnere ich mich noch an Surfstunden mit Chris in Bocas del Toro in Panama. An den plötzlichen Heiratsantrag im Regenwald Costa Ricas. Wir standen auf einer Hängebrücke in schwindelerregender Höhe, unter uns vermischten sich die grünen Baumkleider der vielen Pflanzen. Statt andächtiger Stille summte und brummte es überall und ein paar Tukane und Kolibris sangen ihre Lieder. Ich genoss gerade die unglaubliche Aussicht und versuchte, den Moment in mich aufzusaugen, als Chris von hinten seine Arme um meinen Körper schlang und mir ganz überraschend die Frage aller Fragen stellte.

Und es werden noch viele Momente hinzukommen, auf die ich mich jetzt bereits unendlich freue. Auf den *Día de los Muertos* zum Beispiel, den wir im Oktober in Mexiko feiern wollen. Und wer weiß, wohin es uns sonst noch so verschlägt…

Jedes einzelne Ereignis hat seine Berechtigung, erwähnt zu werden. Und doch kann ich in dem Blog, den ich vor ein paar Monaten während der Reisevorbereitungen gegründet habe und seither aus der Ferne pflege, nicht alles schreiben. Jeder Artikel muss auf interessante Fakten und Details begrenzt werden, sodass die Leser nicht scharenweise abspringen, weil sie meinem unsortierten Gedankenstrom ausgesetzt sind.

»Kann ich verstehen. Jeder Moment ist einzigartig«, sagt Chris und ich lasse diese Worte kurz auf mich wirken.

»Ich weiß nur noch nicht, wie ich das alles in ein Buch packen soll«, entgegne ich seufzend. Nachdem der Blog zunehmende Besucherzahlen verzeichnete, habe ich beschlossen, das gesamte Online-Reisetagebuch als ›echtes‹ Buch herauszubringen. Dadurch könnte ich zumindest im Anschluss finanziell etwas zur Reise beisteuern, denn die gelegentlichen Sponsoring-Angebote und kostenlosen Übernachtungen oder Mahlzeiten in größeren Hotelketten und Restaurants sind kein Vergleich zu Chris' Einnahmen durch die Bar-Auftritte.

»Das wird schon. Mach dir nicht zu viele Gedanken darum. Das hattest du dir doch vorgenommen: Nicht grübeln, sondern den Augenblick genießen.«

»Das mache ich«, antworte ich und ziehe ihn näher an mich heran, um ihn zärtlich zu küssen. Chris erwidert den Kuss leidenschaftlich und legt mir sanft seinen starken Arm um die Schultern. Allmählich beginne ich zu frösteln, weil die Sonne nun vollends versunken ist. Schweigsam sitzen wir einfach da und genießen die Ruhe und die Nähe des anderen. In dem Moment wird mir wieder einmal bewusst, was für ein Glück im Unglück ich hatte. Dass ich den Unfall überlebt habe, ohne eine einzige Schramme. Dass ich wundervolle Freunde habe, die mir durch die Zeit danach halfen. Dass Chris wieder in mein Leben zurückgefunden hat und wir eine zweite Chance bekommen haben.

»Wollen wir rein gehen? Ich möchte James und Olivia nicht warten lassen«, sagt Chris und ich nicke. Er springt mühelos auf und hält mir seine Hand hin, damit ich mich an ihm hochziehen kann. Hand in Hand schlendern wir zurück zur Promenade.

* * *

»Bist du dir da wirklich sicher?«, fragt mich Chris bereits zum dritten Mal und schüttelt ungläubig den Kopf.

»Natürlich, sonst würde ich es dir doch nicht vorschlagen! Freust du dich denn gar nicht?« Allmählich beginne ich an meiner Idee zu zweifeln.

»Aber klar doch! Ich möchte dich nur nicht um deine Traumhochzeit bringen.«

»Das tust du nicht. Ich hatte schon mal eine Traumhochzeit geplant und wir wissen beide, wie das geendet hat.«

Chris schweigt, greift nach meiner Hand und fährt zärtlich mit dem Daumen über die Innenfläche. Ein wohliges Kribbeln überkommt mich.

»Also?«, frage ich ihn noch einmal.

»Okay, wenn du es wirklich willst. Dann tun wir es.«

»Das wird wunderbar!«, jubele ich. Chris hebt mich an der Hüfte hoch und wir drehen uns einige Male im Kreis. Dann küsst er mich zärtlich.

»Heute also?«, fragt er unsicher.

»Ja. Ich will nicht länger warten. Ich will spontan sein, das Leben genießen. Einfach das tun, was ich genau jetzt tun möchte und nicht auf den ›richtigen‹ Moment warten.

Den gibt es nicht. Das Jetzt ist immer der beste Augenblick, man weiß nicht, was die Zukunft bringt.«

Ich bin selbst erstaunt angesichts der Worte, die mir da so mühelos über die Lippen kommen. Chris hat mich endlich aus meinem Schneckenhaus gelockt und mir die Welt gezeigt. Das Leben. Und so glücklich wie gerade war ich schon lange nicht mehr, deshalb will ich diesen Augenblick noch schöner machen.

»Aber es wird sicher schwer, das heute zu organisieren. Wir sind hier nicht in Las Vegas«, gibt Chris zu bedenken.

»Kein Problem. Olivia sagte gestern Abend beim Abwasch, ihre Tochter arbeite hier in einem Hotel, das Strandhochzeiten organisiert. Ihre Arbeitskollegin hält die Trauungen ab. Sie sind rechtswirksam«, füge ich hinzu, als Chris die Stirn runzelt.

»Du hast das Ganze ja wirklich gut durchdacht«, gibt er grinsend zu.

»Hab ich. Ein weißes Kleid bekomme ich an der Promenade, Blumen auch. Olivia kann Fotos schießen. Make-Up und Frisur kann ich selbst machen. Was brauchen wir noch?«, frage ich und grinse gewinnend zurück.

»Ringe«, bemerkt er und zieht enttäuscht die Mundwinkel nach unten.

»Oh«, sage ich. »Daran hab ich dann doch nicht gedacht. Aber auch das ist kein Problem: Gestern habe ich an der Promenade einen kleinen Schmuckladen entdeckt. Sie werden zumindest was Provisorisches für uns haben.«

Ein stolzes Lächeln huscht über Chris' Gesicht.

»Ich hätte nie geglaubt, dass aus der zurückhaltenden Kleinstadt-Emi mal eine spontane Weltenbummlerin wird«, sagt er schließlich.

»Hey, was soll das denn heißen!«, empöre ich mich scherzhaft, doch kann ich ihn verstehen. Ich hätte ja selbst nicht gedacht, was alles in mir steckt. Es ist, als hätten all diese Wünsche und Sehnsüchte schon lange in mir geschlummert und bloß darauf gewartet, von Chris geweckt zu werden.

»Ist ja gut«, gibt Chris schmunzelnd zurück. »Also, dann los. Wir müssen heute eine Hochzeit organisieren!«

Er drückt mir einen Kuss auf den Mund und will gerade unser bescheidenes Motelzimmer verlassen, als ich ihn aufhalte.

»Warte, ich bin gleich fertig und komme mit«, sage ich und kämme mir rasch durch das noch feuchte Haar.

»Nein, ich muss noch was erledigen. Treffen wir uns in einer Stunde bei dem Schmuckladen?«, fragt er und ich nicke. Als die Tür ins Schloss fällt kann ich nicht anders, als kurz einen Jubelschrei loszulassen und wie eine Bekloppte durchs Zimmer zu hüpfen. Heute ist es so weit: Ich werde heiraten. Das hätte ich vor einer Stunde, als ich die Augen aufschlug, sicher noch nicht gedacht. Dabei spukte mir der Gedanke bereits seit dem Vorabend im Kopf herum, nachdem Olivia mir von den Strandhochzeiten erzählte.

Jetzt aber flott, ermahne ich mich, und greife rasch nach der Wimperntusche. Es ist schließlich ein besonderer Tag, da sollte ich mich noch etwas zurechtmachen.

* * *

Knapp neun Stunden später stehen Chris und ich uns bei der improvisierten Trauung gegenüber. Ich trage ein lockerleichtes, weißes Strandkleid und stehe barfuß im Sand. Chris hat sich eine kurze schwarze Anzughose und ein helles Leinenhemd besorgt. Auch er trägt keine Schuhe.

Mit der rechten Hand zieht er den Blumenkranz in meinem Haar zurecht. Heute habe ich ausnahmsweise mal auf den klassischen Dutt verzichtet und trage das Haar offen. Einige Strähnen tänzeln im Wind und wehen mir ins Gesicht.

»Können wir anfangen?«, ruft Joyce, die Standesbeamtin, Olivia zu. Die hantiert gerade mit ihrer Tochter Sophia am Tablet und versucht, die Verbindungen aufzubauen.

»Einer fehlt noch«, gibt Sophia zu bedenken, also warten wir noch einen Augenblick. Derweil sehe ich mich in unserer kleinen Hochzeitsgesellschaft um: Chris und ich, Joyce, Olivia und James, Sophia. Corey, der Musiker aus James' Bar, der es erst mit einem Tag Verspätung aus Miami nach Kalifornien schaffte. Stacey und John, das Paar, das uns schon seit einigen Wochen auf unserer Reise begleitet und das uns vorgestern auf der Strandparty James vorgestellt hat.

»Jetzt ist er online!«, ruft Sophia eine Minute später und wir starren alle wie gebannt auf das Display. Tatsächlich befinden sich darauf mehrere kleine Fenster, in denen Miniaturansichten unserer Freunde zu erkennen sind.

»Alle da?«, fragt Chris und um sicher zu gehen, frage ich einzeln ab.

»Val und Timo?«

»Jep«, kommt prompt zurück.

»Martin und Jana?« Ein zustimmendes Gemurmel.

»Benni?«

»Seit gerade mit dabei«, antwortet er.

»Elif und Judith?«, frage ich dann.

»Sind da«, geben sie im Chor zurück und Molly tapst vor das Display. Nachdem ich Elif damals von meinen Urlaubsplänen berichtet hatte, hat sie sich kurzerhand entschlossen, bereits das zweite Semester ihres Wirtschaftsstudiums als Praxissemester zu nutzen und die Arbeit in meinem Café als Praktikum anrechnen zu lassen. Da Judith gelernte Buchhalterin ist, hat sie sich Elif als Aushilfe angeschlossen und die zwei haben spontan für die Zeit meiner Abwesenheit eine Mädels- und Katzen-WG in der Wohnung über dem Café gegründet. Gott sei Dank sind meine Fellknäuel also in besten Händen!

»Luisa mit Anhang?«, frage ich schließlich.

»Luisa ohne Anhang«, gibt Chris' Schwester aus dem Skype-Fenster zurück. »Hanna schläft noch und Jonas hat Nachtschicht.«

»Damit müssen wir leben«, kommentiert Chris schulterzuckend.

»Betti und Ludwig?«, frage ich noch, um die Liste zu komplettieren.

»Wir sind schon seit Stunden hier in diesem Ding drin. Wir wissen nicht, wie man es an- und ausstellt, deshalb hat Valentina es uns gestern Abend eingerichtet«, sagt Betti aufgeregt und winkt in die Kamera. Unwillkürlich huscht ein Lächeln über mein Gesicht und ich winke zurück. Das sind Betti und Ludwig, wie ich sie kenne.

Meine Eltern habe ich heute Morgen auch noch erwischt, doch sie sagten, ich solle ihnen aus Deutschland später ein Video zuschicken. Was habe ich auch anderes erwartet... Chris' Eltern sind ebenfalls nicht online, weil sie seit seinem Umzug aus München jeden Kontakt zu ihm abgebrochen haben. Doch ich kenne Chris, es macht ihm nichts aus. Er hat viel zu lange schon nach ihren Regeln gespielt; es wurde Zeit, dass er das änderte.

»Können wir jetzt bitte loslegen?«, jammert Val aus ihrem Skype-Fenster. »Es ist hier vier Uhr morgens an einem Sonntag. Ich will wieder in mein Bett«, beschwert sie sich scherzend.

»Außerdem tritt das Baby, es will auch schlafen«, bemerkt Jana aus ihrem Fenster und Martin streicht ihr beruhigend über den kugelrunden Bauch.

»Alles klar. Wir beeilen uns«, sage ich augenzwinkernd und nicke Joyce aufmunternd zu. Es kann losgehen. Doch bevor Joye auch nur den Mund aufmachen kann, setzt plötzlich Gitarrenmusik ein. Corey stellt sich hinter sie und begleitet ihre Rede mit sanften Klängen.

»Ich hab ihn heute Morgen nach seiner Ankunft gefragt, ob er seinen geplanten gestrigen Auftritt nicht in kleinerem Rahmen nachholen möchte«, erklärt Chris augenzwinkernd auf mein irritiertes Staunen.

»Das ist wunderschön«, gebe ich zu und küsse ihn kurz.

»Na, na. Erst heiraten!«, ermahnt uns Joyce und wedelt mit dem Finger. Dann beginnt sie mit der Zeremonie, doch ich muss gestehen, dass ich kaum ein Wort mitbekomme. Denn als ich Chris ansehe, blende ich wie gebannt alles aus.

Coreys Gitarrenklänge, das Wellenrauschen, das gerührte Schniefen unserer Hochzeitsgäste am Strand und auf Skype.

Stattdessen sehe ich dem Mann in die Augen, der mir meine Welt bedeutet. Der mir schon immer so unglaublich viel bedeutet hat, mehr als mir klar war. Der mich auf Händen trägt, mir eine Zukunft schenken will und mich bedingungslos liebt. Der mir beruhigend mit dem Finger über den Daumen streicht, weil er genau weiß, was in mir vorgeht. Der genauso wenig Joyce zuhört wie ich, denn so schön ihre Rede auch sein mag, wir benötigen keine Worte. Wir brauchen bloß uns, unsere Nähe und Liebe.

Ich bin so unendlich glücklich und dankbar dafür, dass ich mich damals in meiner größten Not zurückgeträumt habe in meine Zeit mit Chris. Zurückgeträumt in meine Liebe zu ihm. Dass er nicht aufgab und für uns gekämpft hat. Weil auch er sich erinnerte. Sich zurückträumte.

Während die Sonne am Horizont versinkt und das flammende Rot in ein buntes Farbenspiel übergeht, stellt uns Joyce schließlich die alles entscheidende Frage. Wir bejahen und liegen uns kurz darauf küssend in den Armen. Aus der Ferne höre ich noch Applaus und Glückwunschbekundungen, doch ich versinke ganz im Hier und Jetzt. Und als ich ihm in die vor Rührung glänzenden Augen sehe, weiß ich, dass auch er froh ist, dass ich mich zurückgeträumt habe.

Und jetzt kommt unsere gemeinsame Zukunft. Und wir werden sie nicht nur träumen, sondern leben. Zusammen.

Danksagung

Es ist gar nicht so leicht, die richtigen Worte für eine Danksagung zu finden. Gerade als Autorin, die mit diesem Roman erst ihr zweites Buch veröffentlicht hat, gibt es unzählig viele Menschen, denen ich dankbar bin. Auf die Gefahr hin, dass ich hier jemanden zu nennen vergesse, möchte ich trotzdem ein paar Namen besonders hervorheben.

Besten Dank an alle Vorab-Leser, insbesondere an Anne, Bianca, Denise, Jenny, Michi, Miri und Petra. Und an Puschi, einfach so. Ihr habt das Beste aus meinem Manuskript herausgeholt, Logikfehler entdeckt und mit mir an kniffligen Formulierungen gefeilt. Habt Emi davon abgehalten, sich den falschen Finger tätowieren zu lassen und Chris eine Swetlana gegeben. Ihr habt mich mit eurer Begeisterung unterstützt, wenn ich auf dem richtigen Weg war, und mich davor bewahrt, in Sackgassen zu laufen.

Danke an Tanja, die keinen Stress und keine (Porto-)Kosten gescheut hat, um mich mit ihrer Lektoratsarbeit rechtzeitig zu unterstützen!

Vielen Dank auch an Matthias und Mici dafür, dass ihr mich bei der Recherche unterstützt habt. Dank euch musste Timo nicht ins Gefängnis und Noél wusste genau, was er zu tun hatte.

Ein riesiger Dank geht außerdem an alle Unterstützer da draußen – egal, ob ich sie persönlich kenne oder ob sie mir aus der Ferne geholfen haben. Ich danke euch fürs Folgen in den sozialen Medien, für eure lieben Nachrichten, für das Lesen meines ersten Romans, für das Verfassen von Rezensionen und fürs Weiterempfehlen. Ohne euch wäre ich verloren, denn ihr seid die Besten und motiviert mich jedes Mal aufs Neue dazu, weiterzumachen und meinen Autorentraum zu leben!

Auch möchte ich meine lieben Autorenkolleginnen Bianca, Christiane, Eva (eine Autorin von sehr großem Verstand!), Jana, Jasmin, Maria und Saskia nennen, die mir stets mit einem offenen Ohr zur Seite standen. Ohne euch wäre jedes Autoren-Event nur halb so schön!

Ganz wichtig ist es mir, meine Familie, Freunde und George zu erwähnen. Danke dafür, dass ihr euch meine Autorenprobleme anhört und mir meine Ideen nicht ausredet, sondern mich dabei unterstützt. Ein besonderer Dank geht vor allem an meine Mutter, die von Anfang an Feuer und Flamme war für meine Schreibtätigkeit und gleichzeitig eine der ersten Leserinnen von *Zurückgeträumt* – nur, um gleich nach der letzten Seite zu fragen, wann ich denn mit dem nächsten Buch fertig wäre. Großen Dank auch an die Konzertgängerin Melly, die mir die Liebe zur Live-Musik näher brachte und mit der ich gemeinsam den Sänger Ryan Keen kennenlernte – den gibt's nämlich tatsächlich! Ihr solltet mal in seine Lieder reinhören, sie dienen mir oft als Inspirationsquelle.

Zu guter Letzt möchte ich auch einen großen Dank an mein erst kürzlich gegründetes Rezensenten-Team aussprechen:

Danke an den Bücherwurm Angela Beumann – schon seit der Aktion Bücherschrank war sie eine wunderbare Unterstützung für mich, die ich nicht missen möchte!

Danke an Chiara Goldfuss, die schon in der Veröffentlichungsphase meines Debütromans Kontakt zu mir aufgenommen hatte. Ich freue mich, dich nun als Mitglied in meinem Rezensenten-Team zu haben!

Danke an die Bloggerin eileens.good.vibes, der ich per Zufall auf Instagram begegnet bin und mit der ich nicht nur die Liebe zu Büchern, sondern auch zu Katzen teile. Es ist schön, dich im Team dabei zu haben!

Danke an die liebe Buchelly, die schon lange vor ihrem Beitritt zu meinem Rezensenten-Team eine meiner größten Unterstützerinnen war. Ihre süßen Katzen-Storys auf Instagram zaubern mir jeden Tag ein Lächeln auf die Lippen! Es freut mich unglaublich, dass du mit im Team bist!

Danke an Gwendolyn, die sich gleich als eine der Ersten für mein Rezensenten-Team bewarb und ihre Fotos für Instagram und ihren Blog mit viel Liebe fürs Detail vorbereitet. Ich freue mich schon sehr darauf, zu sehen, wie du *Zurückgeträumt* in Szene setzt!

Danke an simonesbuecherzimmer, die eine wunderbare Bewerbung für das Rezensenten-Team geschrieben hatte und ihren Buchblog mit Leib und Seele betreut. Diese Begeisterung zeichnet ein loyales Mitglied meines Teams aus – schön, dass du mit dabei bist!

Lieber Leser,

vielen Dank dafür, dass du Emily und Chris auf ihrer Reise begleitet hast. Wenn dir *Zurückgeträumt* gefallen hat, wäre ich dir für eine kurze Rezension sehr dankbar, zum Beispiel auf Amazon oder bei Lovelybooks.

Gerne kannst du dich auch per E-Mail an mich wenden, um mir persönlich von deinem Leseeindruck zu erzählen. Du erreichst mich unter autorinjeannettekauric@outlook.com oder über mein Facebook- bzw. Instagram-Profil. Ich freue mich auf deine Nachricht!

Weitere Bücher der Autorin:

JEANNETTE KAURIC

Ein Traum wie ein Leben

Michael ist beruflich erfolgreich, ledig und genießt sein Leben in vollen Zügen: mit seinem schicken Mercedes, teurer Designerkleidung und in der Gesellschaft wechselnder Frauen. Doch dann wird ihm eine Wette mit seinem Kumpel zum Verhängnis.

Die Herausforderung: er muss die bodenständige Lisa, Tochter eines Düsseldorfer Modeunternehmers, kennen lernen und um den Finger wickeln.

Leider passt Lisa so gar nicht in sein Beuteschema. Doch dann reißt ein plötzlicher Unfall Michael heraus aus seiner Großstadtwelt in eine gänzlich andere, in der Geld und Einfluss nichts wert sind. Hier wird er mit seiner Vergangenheit konfrontiert ...

Wo endet die Realität und wo beginnen Träume?

ISBN: 978-3-740-72743-7 / 9,99 €
Oder als E-Book für nur 3,99 €!